好家风

若星 著

西安出版社

图书在版编目（CIP）数据

好家风 / 若星著. —西安：西安出版社，2017.4（2019.7重印）

ISBN 978-7-5541-2126-9

Ⅰ.①好… Ⅱ.①陈… Ⅲ.①故事—作品集—中国—当代 Ⅳ.①I247.81

中国版本图书馆 CIP 数据核字(2017)第 103239 号

好家风

著　　者：	若星
出版发行：	西安出版社有限责任公司
社　　址：	西安市长安北路 56 号
电　　话：	(029) 85253740
邮政编码：	710061
网　　址：	www.xacbs.com
印　　刷：	三河市元兴印务有限公司
开　　本：	787mm×1092 mm　1/16
印　　张：	23.5
字　　数：	324 千
版　　次：	2018 年 1 月第 1 版 2019 年 7 月第 2 次印刷
书　　号：	ISBN 978-7-5541-2126-9
定　　价：	45.00 元

△本书如有缺页、误装，请寄回另换。

自序一

当我们谈论家风时，我们在谈论什么

在世界的东方，在西方人的视野中被称为"远东"，而被这里的主人称之为"中国"的地方，有一片广袤的大平原。在长达五千年的岁月中，这片平原上，流淌着一条波澜壮阔的大河，盛产着一种富于营养的植物。这种植物、这条大河、这片平原，孕育出一支博大厚重的文明，一个源远流长、生生不息的民族。这种植物，叫作小麦；这条大河，叫作黄河；这片平原，叫作关中平原；这个民族，就是我们永远为之骄傲的中华民族。正是这片文化底蕴厚重的土地，这里勤劳耕耘的人民，孕育并传承着诗书传家的家风。

一年的春夏之交，曾经去往关中平原的东部，一路上，目力所及，到处是一片片生长茂盛的绿色的麦田，散发着即将成熟时节的馨香；那条奔腾向前的黄河，就在我们的远方澎湃地流淌。春末夏初，在这片漂浮着麦香的平原上，我们在这里的一片古村落中领略诗书传承的家风。

走在关中平原的大地上，有关诗书传承、教化育人的故事俯拾皆是。

关中平原东部的黄河湿地，有着"蒹葭苍苍，白露为霜"的美丽风景，也是我国最古老的诗歌《诗经》的发源地。

在《诗经》中，可以找到中国有关家风家教的最早的内容：

《诗经·大雅·既醉》中，"威仪孔时，君子有孝子。孝子不匮，永锡尔类。"是最早的将孝子孝亲与家族幸福美满紧密联系的诗意表达。

《诗经·小雅·小宛》中,则讲述了一个力守家门家风的故事,也是"惴惴小心,如临于谷,战战兢兢,如履薄冰"这些成语的启始与发源。

在陕西西安,还出现过以品德与才学闻名于世的著名书法家与政治家颜真卿。其道德操守与书法成就都为后人所景仰。而颜真卿,正是其五世祖颜之推所做《颜氏家训》教养培育而成。《颜氏家训》,是为了教育子孙礼仪、道德、学术、文化,保持其家风、传承其家学。至今仍为大家所耳熟能详、朗朗上口的《劝学》诗:"三更灯火五更鸡,正是男儿读书时。黑发不知勤学早,白首方悔读书迟。"正是出自颜真卿的笔下。

北宋时期,关中平原上还出现了一位大哲学家,"关学"的创始人张载。他在哲学论述《西铭》中,就曾说道:人民是同胞,万物是朋友。处在富贵、安乐、享福的环境,那是天地对我生活的厚待;处在贫贱、困苦、发愁的环境,那是天地对我的考验。这些道理,为我们后世的做人,立下了一个标杆。

生活在关中平原,这个在春末夏初的季节里飘浮着麦香的平原上,从小耳濡目染着传统文化中有关家风家教的熏陶,诗书传承的家风,滋养着一代又一代人。当我们谈论家风时,实际上,我们是在谈论着,生长、生活在某个家庭中的个体生命,其所铸就的生命价值、所秉持的生存理念,以及所呈现出的生活风范;而这些价值、理念、风范,会因家庭这一社会基本单位,或称为细胞、元素等的不同,而对外展现出各自不同的风貌。

当代著名作家莫言在领取诺贝尔文学奖时的演讲中,令人动容地谈到母亲的悲悯与宽容:儿子不肯把他们全家一年中仅仅吃到一次的饺子分一点儿给老乞丐,儿子跟随着母亲卖菜时多收了一位老人一角钱,这些,都让母亲感到丢脸、难堪。

托尔斯泰的史诗巨著《战争与和平》中,主人公安德烈在奔赴战场前,那位性情古怪的老父亲这样对他说:"假使我知道你的行为不像尼古拉·保尔康斯基的儿子,我会感到……丢脸!"

这样的人,在历史中,在文学中,是无数人最珍贵的明灯,是无数人良

知的一面镜子,是无数人尊严、善良的源泉。

儿子小时候,会在我忙乱不堪时,提醒我收看当时央视每周五深夜播出的系列艺术专题片《世界名著名篇》,因为姥姥、姥爷培养了他的这个习惯。

在父亲植物人、母亲意识不清、我自己又罹患癌症的十余年里,整个家庭中爱的温暖、爱的氛围,将孝行的种子埋在了儿子的心里。读博士的他虽然学习工作压力很大,但只要能挤出时间回到家中,便总要抢过我手中的活,同我一起照顾老人。平时,他更是利用自己的专业知识,为老人配置防治褥疮的药酒擦身,为老人护理口腔、造瘘管,为老人分析用药方案。

看到孝顺的儿子,我常常感到欣慰与满足。在我们这个小家庭中,一种力量、一种启迪、一种希望在不断成长。而这些,都让我回忆起幼年的儿子,提醒我收看《世界名著名篇》时的情景。

自序二

培植参天之树的土壤

我在写作《好家风》这部书稿时，曾对书中这些伟人的童年少年时代，以及他们的家庭状况进行过系统的查阅、深入的回顾与悉心的研究。

这部作品中所囊括的古今中外思想界、科学界、文学界、艺术界、政界、军界、商界、实业界等几十位伟大的人物，各具特色，各耀光华，各显英姿，焕发着人的主体性和创造性精神，闪耀着人的思想、智慧和力量的光辉。这里边有深阅历史、洞察事物规律、博古通今、继往开来的思想家；有博采知识精华、思路开阔、敢于革新、敢于创造发明的科学家；有眼光、有胆识、有魅力，代表一个民族的民族英雄，代表一个时代的领袖人物；有创造美好世界、造福人类社会、通时达变的政治家；有通晓人类文化、才华横溢、妙笔生花的文学泰斗、文豪和文学家；有精兵法、善运筹、决胜千里的将军和主帅；有矢志不移、执着追求、痴心专业的艺术家；有少时备尝艰辛，后在社会实践中渐积才力、精通经济和产业之道、富于创业精神的实业家。

这些伟大人物，虽百人百志，但都是从少年时代便展露才华，或胸有奇志，或存美好憧憬，或具慧心天资，显示出高尚的品格和优异的素质才器。通观他们的家庭，无论贫寒或富有，都有着一些共同的特点：

一是尊重知识，崇尚读书，以知识去奠定自己对整个世界的认知，对每

一件事情的态度。用知识去丰盈、充沛自己的内心，从而认知到了骄傲自满的缺陷，于是学会了自谦低调；认知到了道德伦理的尺度，于是学会了原则礼法；认知到了自由的局限，于是学会了对自由的把握；认知到了苦难挫折的必然，于是学会了坚韧坦然地面对；认知到了仁义礼智信，于是学会诚实敬重。

二是志向远大，立己达人。这个远大的志向，不是以养尊处优、悠闲奢华为生活追求，而是以荣誉、责任、勇气、自律来自制克己，奉献自己，服务国民与国家。

20世纪一个白雪覆盖的初冬，一位83岁高龄的老人，为了拯救备受煎熬一生的灵魂，决意把所有的家产分给穷人，离开自己辽阔的庄园出走，带着聂赫留朵夫式的忏悔，最终像流浪汉一样死在一个小车站。他就是俄国伟大的作家托尔斯泰。奥地利作家茨威格评价说："这种没有光彩的卑微的最后命运无损他的伟大……如果他不是为我们这些人去承受苦难，那么列夫·托尔斯泰就不可能像今天这样属于全人类。"

第三是在深厚的人文素养积淀下所形成的得以立身处世的那种踏实与坚固的信念，或者说感觉。比如："历览前贤国与家，成由勤俭败由奢"；比如"一粥一饭，当思来之不易；半丝半缕，恒念物力维艰"；比如得以抵御浮躁、避免被牵着鼻子在时代漩涡中打转的内心的静修与操守。

尤其是，当人们在享受经济富足所带来的自信和尊重时，倘若没有文化的滋养，就会呈现出一种暴发户式的姿态。浮躁、浅薄、功利的心灵杂草，就会无节制地蔓延滋长。

第四是战胜挫败和不幸的坚强意志。正如中年失明的阿根廷作家博尔赫斯所说，应当把所有的东西，甚至包括不幸，视为对自己的馈赠。不幸、挫败、耻辱、失败，使之成为自己的工具。即使每天夜里要做的噩梦，也要把它们变为诗歌。如此，"我就会觉得我生命的每一时刻都具有诗意。我生命的每一时刻就像一种黏土，要由我来塑造，要由我来赋之以形态，把它炼成诗歌。"

目 录

自序一　当我们谈论家风时，我们在谈论什么　/1
自序二　培植参天之树的土壤　/4
玄　奘　我要去看天竺的大塔　/1
鲁　班　"班母"的由来　/5
孟　轲　孟母三迁　/6
亚历山大　名马与老师　/9
华　佗　母亲的夙愿　/12
张仲景　小荷才露尖尖角　/14
吕　蒙　是谁想用肉喂虎　/16
马　钧　织机边的"呆孩子"　/19
祖冲之　让我量量您的车轮吧　/21
释迦牟尼　神仙是人做　/23
韩　干　一笔画出两万钱　/33
白居易　少年诗惊长安人　/36
李　贺　小毛驴背上的诗人　/39
哥伦布　他是第一个接港的　/41
吴承恩　猴行者的知音　/45
伽利略　最好先数数自己的牙齿　/48
徐霞客　爱山的孩子　/52
笛卡儿　清晨的幽思　/58
牛　顿　苹果不只是好吃　/60
玄　烨　小皇帝不光知道玩　/63

1

巴　赫　偷窃声音的孩子　　　/66

孟德斯鸠　磨坊里的沙利　　　/68

伏尔泰　一张"盖有国王封印的信"　　　/71

富兰克林　最优秀的船长　　　/75

卢　梭　小建筑师和他的罗马水道　　　/77

狄德罗　出逃的小神父　　　/91

瓦　特　跳跃的壶盖　　　/95

歌　德　再来一下　　　/97

莫扎特　4岁的孩子要写协奏曲　　　/99

拿破仑　军事天才的萌芽　　　/101

洪　堡　天堂里的孩子　　　/103

贝多芬　父亲的雄心　　　/106

司各特　空空的课桌上　　　/112

斯蒂芬森　真正的"万事通"　　　/114

拜　伦　勇敢的反击　　　/118

舒伯特　"要是我有五线谱纸……"　　　/121

普希金　幽默的小蛐蛐　　　/124

安徒生　想当演员的孩子　　　/135

林　肯　荒野耕耘与密西西比之旅　　　/139

达尔文　射击飞手套的孩子　　　/141

果戈理　孤独的小鸟　　　/144

马克思　卡尔为什么不写诗了？　　　/146

南丁格尔　爱清洁的夜莺　　　/150

塔布曼　有一个会唱歌的女孩　　　/153

施特劳斯　父子之争　　　/160

托尔斯泰　蚁兄蚁弟　　　/164

马克·吐温　水深二哔　　　/170

卡内基　每月挣25美元的小孩　　　/174

塞　尚　我就是想当画家　　/177

洛克菲勒　约翰有一把小算盘　　/179

罗　丹　你雕的叶子看起来不活　　/188

莫　奈　玩出的画家　　/191

任伯年　你告诉我是谁画的就行了　　/194

爱迪生　善有善报　　/196

苏里科夫　俄罗斯人民的骄傲　　/198

巴甫洛夫　我想知道人是怎样构造的　　/202

莫泊桑　偷点儿酒喝就没事了　　/204

齐奥尔科夫斯基　人什么都发明得出来　　/207

詹天佑　河滩上　　/212

福　特　幸亏他是个讨厌马的人　　/215

高尔基　他姥姥是一个巫婆　　/220

甘　地　戒烟小故事　　/228

列　宁　终于当上"棋王"　　/231

丘吉尔　英国首相的第一个步兵师　　/237

杰克·伦敦　台风刮来的奖金　　/240

邓肯　妈妈，这是我办的舞蹈学校　　/243

爱因斯坦　神秘的指南针　　/248

于右任　三难不死　　/251

麦克阿瑟　出阵的兵　　/255

毕加索　15岁得下金质奖章　　/259

鲁　迅　百草园之外的世界　　/263

罗斯福　"富兰克大叔"的嗜好　　/266

朱　德　好听故事的代珍　　/269

卓别林　演戏从模仿开始　　/274

戴高乐　法国是我的　　/279

艾森豪威尔　小艾克为什么躺了三天？　　/285

好家风

霍普金斯　哈里主宰的选举　　　/291

毛泽东　重新复学的风波　　　/295

宋庆龄　罗莎蒙黛　/308

史楚金　你的零用钱到哪里去了　　/311

朱可夫　不知不觉的地形课程　/315

彭德怀　第一次做瓦岗寨英雄　/318

希区柯克　被关押了5分钟的"淘气鬼"　　/320

冼星海　家庭音乐教师　/323

方志敏　砸脸盆抗日货　/325

迪斯尼　我们在墙上面画些画吧　/330

奥本海默　胖子的小爸爸　/334

奥斯特洛夫斯基　撒烟丝的孩子　/337

斯诺　大河彼岸的召唤　/341

钱拉·菲立浦　他有个会"算命"的母亲　/345

卓娅　不是小姑娘干的事？我试试　/348

贝利　贝利！贝利！　/354

我要去看天竺的大塔

玄奘（602—664），通称三藏法师，俗称唐僧。唐高僧，佛教学者、旅行家，与鸠摩罗什、真谛并称为中国佛教三大翻译家。13岁出家，在国内遍访名师，感到所说分歧，难得定论，便决定到天竺学习，求得解决。27岁从长安西行，出玉门关，由新疆及中亚等地辗转到达天竺，历尽艰辛，游历

五万里，往返17年，取经求法，名震四方。带回佛经657部，译出75部，共1335卷，多用直译，笔法谨严，世称"新译"，誉满中华。由于他的卓越成就，所以民间广泛流传他的故事。

提起《西游记》里的唐僧，那副青头白脸、唇红齿明的慈颜，谁没在电视机里看见过？不过唐僧可不像孙悟空、猪八戒、沙和尚是作家笔下杜撰的神话人物，他是个有父有母、有名有姓的真人。

唐僧，法名玄奘，出家前叫陈祎。他出生在河南偃师县一个不大的村庄——陈河村。这个村子依山傍水，风景美丽。当时正值大隋朝的明主隋文帝

1

临朝称朕，天下太平，万民欢乐。玄奘祖上好几代都在朝廷做过官。玄奘的祖父陈康，曾做过北齐的国子博士，但传到他父亲陈惠这一代，日子不大好过了，虽说父亲也曾任隋朝的江陵县令，只因为他不好官场应酬，一心潜修儒学，解职还乡时，家里就露出穷的迹象，随后渐渐贫寒下来。

玄奘在家中的地位也不那么优越，他在男孩中排行老四。他有一位二哥，名叫陈素，早年就已出家，住在洛阳净土寺，法名长捷。这位二哥精通佛法经典，又熟读庄子和老子的著作，人们都称他为"佛门的栋梁"。

玄奘5岁时，母亲病故。10岁那年，父亲也去世了。第二年，二哥把年幼的玄奘带进净土寺同住，教他学习庄子和老子的著作，教他诵读佛经。朗朗如唱的诵经，深奥明达的佛经讲述，钟鼓齐鸣的佛事活动，更有那气韵万千的大雄宝殿，以及无数层层相接辉煌庄严的飞檐画栋，使小玄奘体悟到佛的无比圣洁、广大……就这样，玄奘不知不觉中走进了佛教的金门。

玄奘从小就天赋极高。出家前，只要有机会，他便到洛阳跟着哥哥听有学问的僧人讲经。入寺以后，他对佛学的兴趣更浓了。刚满11岁，对《维摩诘经》《妙法莲华经》等，就已经能够朗朗成诵。更难得的是他少年早慧，小小年纪就能懂得自律律人的道理。

一天，净土寺僧众做诵经功课。有些人读着读着走了神，到后来，见当家人不在，有几个人索性放下经书，谈起天来，说到有趣之处，哈哈大笑，秩序乱做一团。忽然，有人起身喝道："佛经上说，出家人当为无为大法，任重道远，做功课的怎么可以如此儿戏？"

众人听了这话先是一愣，当看清说话的是年幼的玄奘，不由都感到羞惭万分，于是整肃精神，再也不随意儿戏了。

玄奘生得相貌堂堂，仪容清秀，他本来天赋就很高，又刻苦认真，再加上老成持重，因此，常常在听了法师讲经之后。众人还需要进一步讨论时，就让玄奘升座复述，玄奘总是讲解得头头是道，所以，他虽然年幼，但众人对他已十分尊敬。齐口赞誉。

隋炀帝大业末年，天下大乱，饥荒连年，人民流离失所。洛阳地处中原，又成了混乱中心,玄奘和二哥感到此地再也待不下去了,于是出洛阳,过长安,经剑阁栈道,去了成都。

哥俩到成都时,隋已被大唐所灭。

玄奘在成都受具足戒,正式出家后,已不满足于他在洛阳学到的佛学知识。唐太宗贞观元年,他回到长安,拜在几个大法师门下,跟他们继续深研佛法。这时,正好天竺僧人波颇密多罗来到中国,说天竺那烂陀寺的戒贤法师讲授《瑜伽师地论》,极为出色,波颇密多罗向玄奘描绘的"百丈浮屠",塔全高为70丈,环塔一周300丈,塔身金碧辉煌,凌空逗雁,塔底密室精藏佛祖如来真舍利子。这一切令玄奘心神向往。

玄奘不愿再等待了。

一日晚上,玄奘和长捷弟兄俩闲来无事,在静室中共坐聊天。长捷见玄奘若有所思,问弟弟:

"兄弟,自从你就学佛门,遍求名师,贯通诸家,对各派观点,融汇自然,时人皆惊叹你的超常记忆和非凡悟性,道基法师说你是'少年神人',难道现在你仍感到不满足吗?"

玄奘听哥哥说完,过一会儿才点点头道:

"是的,的确感到不满足。"

长捷笑道:

"这又是为何?"

玄奘答道:"多年参悟佛法的生涯,反而使我越来越觉得,东土诸多法师,所说义理,往往各持己见,派别纷争,而佛教内部的派别纷争,对大法的弘行,十分不利,每当寻求佛典经论进行验证时,则更感觉到各类经典、译文多不完备,真不知何去何从,如何说得上满足二字?"

长捷看着弟弟,心中一动,一时说不出话来。

玄奘又说道:"我迄今所学,最喜爱瑜伽行派法理。我常常听说,天竺那烂陀寺有八大院,僧徒主客至万人,我真想亲赴天竺拜谒我佛如来真舍利大塔,求得真经,以释众生之疑,统一东土各家学说。所以玄奘已经决定,去西域求取真经……"

长捷大吃一惊:"此去西方,路途迢遥,千难万险,不可名状啊……"

玄奘道:"我心意已决,誓使大法,同日月而无穷,与乾坤而永大……"

贞观三年,玄奘联络其他僧人一起向朝廷上书,请求到天竺取经。唐太宗没有答应他的要求,众人只好作罢,唯独玄奘不肯罢休。这年8月,长安一带遭到雹灾,粮食歉收,朝廷下令允许人们外出谋食。这道敕令一下,玄奘立刻抓住时机,随着出城的人群出了长安,只身踏上了西行取经的道路。

他一路经天水、武威、张掖、安西,出玉门关,过哈密、吐鲁番、库车,再经中亚乌兹别克的撒马尔罕,穿阿富汗东北,越过兴都库什山,终于到达了他梦寐以求的佛的故乡——天竺。

"班母"的由来

鲁班,我国古代的建筑工匠,曾创造攻城的云梯和磨粉的磨子,又相传曾发明锯、钻、刨等木工工具。

我国古代的春秋战国时期,有一个国家叫鲁国。这个国家中有一个特殊的小男孩叫鲁班。他每天都花很多的时间,不是用木头搭个房子,就是用砖石筑个小桥,有时又用一些树根雕成各式各样的东西。他整天不停地搭呀、雕呀,有时连吃饭都忘记了。邻居们看到了,都说这孩子没什么出息。可鲁班的妈妈却用她饱含爱意的眼光看出,鲁班在摆弄这些东西时很动脑筋,不是盲目地乱弄,觉得这孩子很有心计,就鼓动鲁班去做他喜欢做的事,使鲁班的智力得到了充分的发展。

年龄稍大些时,鲁班就随家里人参加了许多土木建筑工程劳动,他因为年龄小,母亲就总在一旁帮助他。弹墨线时,线的一端自己拿着,另一端请母亲帮助拿着,而母亲因为家务活多,常常顾不上。有一天,母亲对他说:"如果在墨线的一头拴上个弯钩,往木料上一挂,不就可以代替手拉了吗?"从此,母亲再也不用帮忙了,他一个人操作就行了。后来,木工们把这个小钩叫作"班母",以纪念这个创造。

孟母三迁

孟轲（约前372—前289），战国时思想家。曾跟随子思的门人学习，遍游齐、宋、滕、薛、魏等国，做过齐宣王的客卿。后来和弟子万章等人著书立说。一生以继承孔子学说为己任，但最终以自己的学问成为学者和哲学家。倡导理想主义、乐观，强调一国之内以民为贵，拥护自由贸易，轻税，保护自然资源，更加平等地分享财富，政府为老弱病残者提供福利。由于他的观点深受中国老百姓的欢迎，被尊崇为"亚圣"。

大约在公元前372年，孟子出生在一个小国邹国。孟子名轲，他的家庭原本是贵族，在他出生之前，家道已经没落下来。

当时，正处于周朝的末期，史称战国时代，政治分裂，群雄并起，大人们你攻我伐，小百姓的日子没一天快活。孟子3岁时父亲就死了，他和妈妈相依为命。孟子太小，帮不了妈妈，全靠妈妈起早贪黑地织布，挣钱糊口。后来家里越来越穷，在城里安身不下，妈妈只好把家搬到偏僻的郊外。这里不远处就是一大片墓地，吃住便宜多了。

但时过不久,妈妈又担起了心事。事情的原委是这样的:离家不远的那片墓地,终年不断地有人来祭祖和办丧,那些人抬着羹饭、祭酒,扎起各色的旗幡,吹吹打打,好不热闹。孟子正是见什么学什么的年龄,喜欢跑到墓地上去和孩子们一起玩丧礼游戏,有时他玩得兴奋了,连回家吃饭都忘记了。

"小孩子最容易受环境影响,这样下去怎么行?"妈妈只好又考虑再搬回城去。

打定主意的第二天,妈妈雇了一辆牛车,拉上家具和那台旧织布机,又搬回城里,赁了一间集市旁边的小房子住下。

邹国虽是个小国,但它的北面是鲁国,再往北是堪称东方大国的齐国,南面是荆蛮之邦的楚国。齐国的国际贸易很繁盛,而楚国的国君对邹的疆土和臣民又很感兴趣,所以地处南北之间的邹国国都绎,热闹非凡。街上到处都是商铺、客店,穿着各国服装的行人,挑柴担苇的辛苦人,还有披着毡帷慢吞吞的牛车,来来往往,络绎不绝。

文舞场是街上最热闹的地方,也是小孩子最喜欢呆的地方。一个人手里拿着白鹭的羽毛,穿着熏得香喷喷的漂亮衣服,舞来舞去,一看就知道是从南边的楚国来的。孟子和他的小伙伴们也爱看齐国商贩和当地人讨价钱,挺大的个子,却说出细声细气的话来。街上有时还可以看到一些奇怪的人,和楚国人不一样,他们穿着颜色很重的黑衣服,不大说话,东瞅瞅西看看的,据说他们是从很远的秦国来的。孟子的拿手好戏,就是学秦国人一言不发走路的样子。

妈妈又搬家了。这次,她把家搬到一所学校的旁边。孟子终于进学堂念书了,这使妈妈很欣慰。

孟子虽然上学读书,但一点也不努力,还常常迟到早退,就是回到家里,也听不到他翻动竹子书简的声音,妈妈心里又担忧起来。

一天放学后,孟子刚进家门,妈妈问他:"这几天书读得怎么样?"

"马马虎虎。"孟子回答妈妈时,一脸满不在乎的表情。

妈妈听了很痛心,拿起一把剪刀,把织布机上的纱线全剪断了。

"妈，你为什么这样啊？"孟子给吓住了。

"孩子，你知道我这样辛苦操劳为什么？"妈妈反问他，语气很平静。

"为了我们能吃上饭。"

"还有呢？"

"为了能让我读书。"孟子似乎明白了妈妈的意思，他慢慢地给妈妈跪下了。

妈妈见他这样，语重心长地说："你既然知道，怎么可以不求上进？如果你读书读到一半而中途废学，这和剪断纱线织不成布有什么两样？我的辛苦岂不是白费了么？"

妈妈的话，织布机上的断纱，给了孟子一个无法回避的提示：是自己没明没黑地贪玩，剪断了妈妈辛辛苦苦织出来的希望，这希望就是母子俩早早地摆脱这受穷受累的日子。

孟子是天分极高的孩子。他不愿看着自己敬爱的母亲伤心失望，他像大人一样地发誓："妈，我错了。苍天大麓，古今圣贤，我祖我师，从今以后我一定好好读书。"

从此，孟子刻苦用功，努力读书。他经过坚持不懈的努力，终于在学业上取得很大成就，并在儒家哲学中形成了一个理论体系，被认为是孔子学说的继承者，有"亚圣"之称。他的著作《孟子》，不仅在中国，而且在世界许多国家，尤其是亚洲一些国家，享有盛誉，被推崇为经典。

孟母三迁的故事，流传了三千多年，至今仍是人们择邻而居的依据。

名马与老师

亚历山大（前356—前323），马其顿国王。少时就学于哲学家亚里士多德，醉心荷马史诗中的英雄人物。即位后，大规模发动征服东方的战争，在东起印度河，西至尼罗河与巴尔干半岛的领域内，建立了人类历史上的第一个大帝国——亚历山大帝国。

在耶稣诞生前356年的某一天里，马其顿国王菲利普二世的宫殿里灯烛辉煌，照耀如同白日，喧嚷热烈的喜庆号声，从宫殿的庭院里，透过一排排高大的石墙，传到王都大街上。街道上燃起了篝火，人们像过节一样，唱歌跳舞、奔走相告，不断地高呼："万岁！王太子诞生了，王太子诞生了！"亚历山大，这个将要震惊世界的人物，在举国欢庆之中呱呱坠地。

岁月如梭，转瞬间亚历山大就到了该上学的时候了。他的父王菲利普此时早已为他选好了一个家庭教师，他就是无比睿智的哲人亚里士多德。这样做的目的是把儿子培养成欧洲最聪明的人。

古希腊哲人的名字，像北斗七星一样璀璨耀眼，连续不断。而在这些哲人中，亚里士多德又是最博学的一个。他研究过数不清的学问：逻辑、诗歌、哲学……他还是第一个对各类生物进行观察、分类的希腊学者。他曾写过这样一句话："鱼类不能发出声音。因为它们没有肺或气管。"

他的住处到处都是书籍，以致被人称为"读者之家"，当时这些书都是写在羊皮上面的。亚里士多德跟随自己的老师学习研究20年，在老师死后，很多人都认为亚里士多德将成为最高的学者。

这就是马其顿的菲利普国王请他做家庭教师的原因。亚历山大王太子当时13岁，他对老师的名声十分钦羡，对老师进行了5年的生物学研究也很有兴趣。

不过，对于其父曾经创立了百战百胜的"马其顿方阵"的王太子而言，与读书相比，他对骑乘更加感兴趣。

有一天，宫里的空场上牵来了一匹年轻的骏马，菲利普国王看中了它，想出钱买。但是这匹马从未有人骑过，它又野又烈，似乎无人能够驾驭它。

"没人能骑这匹马！它太野了。"在宫内空场上站的人们，这样低声地讲着。

亚历山大王太子年轻好胜，热情奔放。在人们议论时，他黑亮的大眼睛直盯着这匹马。他认为自己能骑。就在父亲焦虑的注视下，他翻身上了马背。短短的几分钟，他仿佛与那匹马成了多年的朋友，骑在上边很自如。

菲利普国王买下了这匹马，并把它送给了亚历山大。亚历山大给它起了名字叫"武凯法卢斯"，骑着它南征北战。

这并不是亚历山大最后一次做了没人能做的事。当他还是少年时，他就率领父王的部队作战。20岁时父王遇刺身亡，亚历山大继位。他率领军队抗击强大的波斯王。在每次战役的初期战斗中，亚历山大总是亲率骑兵发起决定性的冲锋，这对部下的士气产生了巨大的鼓舞作用。因此在历次与波斯王及其庞大的军队作战中。他都获得了胜利。但亚历山大并不以此为满足。

他带领军队继续前进，翻山越岭，穿越沙漠。始终骑着武凯法卢斯。十多年间，他和他的部队不断推进，抗击敌对部落，建设新的城市。

在亚历山大大举进兵远征亚洲之后，他的老师亚里士多德又回到雅典定居。在那儿，他指导帮助人们建立起了庞大的动物园。此时的亚历山大大帝把亚洲和希腊每个地区的好几千人交给亚里士多德支配。其中有捕走兽、猎飞禽的，有渔民、猎苑的看守、放牧者、养蜂者，还有鱼塘和鸟舍的管理人，以免漏掉任何一种生物。通过这样收集的资料，亚里士多德得以写出大约50卷巨著。

好家风

母亲的夙愿

华佗（约141—208），东汉外科医生。精内、外、妇、儿、针灸各科，尤为擅长外科。创有"麻沸散"，是我国历史上第一个使用麻醉进行手术的医生。人称"神医"。

在华佗还很小的时候，他的父亲便去世了。唯一的哥哥被抓去充军后，便一去不返，杳无音信。只有慈祥的母亲，在他幼年时，一直陪伴在他的身边，两人相依为命，感情很深。

在这种家境下，华佗从小便养成了独立思索、独立钻研问题的习惯，个人意志和情趣得到了比较自由的发展。后来，华佗对医学逐渐发生了兴趣，并得到了母亲的关怀和支持。在母亲的教育下，他懂得了许多人生哲理，立志不图官位，愿为良医，从医救民。

有一年，华佗的家中发生了一件悲伤的事情：母亲得了一种奇怪的病，忽冷忽热，周身疼痛，皮肉肿胀。那时，华佗还小，对医学也是一知半解，见母亲的病情日益加重，自己又束手无策，心如刀绞，难过极了。他翻山越岭，四处奔波，请了许多大夫医治，但均没有效果。就这样，没有几个月的时光，母亲的生命便走到了尽头

母亲的夙愿

即将诀别之际,母亲语重心长地对小华佗说:"孩子,记住你父母都是被这样古怪的病折磨死的。我现在不行了,但妈妈希望你早日学成医术,让在世的人们少受些病痛的折磨吧!"

母亲的病逝,使华佗的心灵受到了极大的刺激,他不仅失去了唯一的亲人,更使他伤心的是母亲毕生为他操劳,而他却救不了母亲的命。这件事,更激发了华佗发奋学习医术的决心,他要用普济众生的行动来告慰母亲于九泉。

后来,华佗终于成为被世人拥戴的一代名医,实现了母亲的夙愿。

小荷才露尖尖角

张仲景（约150—219），东汉末医学家，我国传统医学理论奠基人之一。

古代的南阳，是个山清水秀、景色迷人的地方，沟渠连陌，五谷丰登。到东汉时，南阳郡的宛城更成为著名的都会，许多文人都唱着"驱车驾驽马，游戏宛与洛"的歌谣，来到这商贾云集、物华天宝的城市游玩。

可到张仲景出生时，南阳却已失去了往日的丰饶与秀美，连年不断的战争和瘟疫给人民带来了巨大灾难。张仲景在成长过程中，亲眼目睹了许多疾病给人们造成的痛苦，心中触动很大，决心立志从医，为百姓解除病痛。

后来，张仲景偶然得知，本家有个叫张伯祖的叔叔是一名很有声望的医生，便不顾一切地赶到了叔叔家。

见到风尘仆仆前来拜师的侄子，叔叔既高兴又感到很突然。他劝张仲景打消这个念头，做了大半辈子医生的叔叔深知行医不但辛苦，而且被人看不起，因而不愿再让侄儿走这条路。见叔叔不肯收留他，张仲景就把自己的想法和所见所闻讲给叔叔听，并表达了自己立志学医的坚定决心。叔叔不忍再推辞了，便答应了侄子。

随叔叔从医后，张仲景医术提高很快，并且在断病、处方、用药等方面还有不少独到见解，深得叔叔的赏识。

有一天，来了一个病人，他得的是"阳阴"之症，一种有高热的病，多汗伤津，内邪没能排出，大便秘结。叔叔思索良久，还是难下处方。给吃泻火的药吧，病人身体很虚，要伤元气；不吃吧，邪热不能泻，病就治不好，真是左右为难。

张仲景一直在旁边仔细地观察着，见到叔叔为难，便鼓起勇气说："叔叔，侄有一法或许能治此病。"

叔叔思之有理，便同意试一试。

张仲景拿来一些蜂蜜，放在锅中用小火熬了一会儿，蜜便像面糊一样稠了。张仲景趁热将浓蜜捏成细长条放入病人肛门内，过了一会儿，由于蜜的作用，肠道得到了润滑，病人大便果然通了。热邪排出后，病情也就大大减轻了。

叔叔被这奇妙的方法震动了，夸赞道："贤侄真是青出于蓝而胜于蓝呀！"

后来，张仲景又发明了用猪胆汁疏通大便，成为我国历史上第一个创造灌肠法的医生。

是谁想用肉喂虎

吕蒙（178—219），字子明，三国时期东吴名将。少年家贫，15岁即从军征战，为孙策所赏识。后来追随孙权攻略各地，参加过赤壁大会战，一生中最显著的功业为袭破荆州俘获关羽，从而使吴蜀之间的疆域稳定下来，最终巩固了鼎立之势。在历史上与周瑜、鲁肃齐名。

吕蒙出生于安徽阜阳，父亲死得很早，家里一贫如洗，连个纸片也难找到，所以吕蒙小时候没读过书，认识的字不多，连普通的借契都写不了。尽管条件如此，吕蒙却不放弃他那生就萌发出的男儿大志。

15岁那年，他听说自己的姐夫邓当在孙策麾下为将，孙策是江东豪杰，占据江南诸郡，广招人才。吕蒙拿定主意，草草地收拾了一点行装，渡江南下，投奔姐夫邓当从军去了。孙策当时正在同越族人打仗，这些越族人居住在深旷的山野中，他们有数万勇猛善战的士兵，所以战事很激烈。邓当在几次出征中出任统帅，吕蒙知道若直接去找姐夫，照自己的年龄，会被赶回家的。于是他晚上悄悄地来到营地附近，第二天清晨两军开始交战后，他就乘着大雾混在步军阵里面厮杀。

太阳升起，雾开始散去，步军分开阵势，大队军马漫山遍野冲杀起来。邓当正在阵上往来催动人马，忽地看见马前有个没穿号衣的少年，杂在步军队里，定睛一看认得是妻弟吕蒙，大吃一惊："这小家伙几时来的？他不来见我，却在这里，这是斩头沥血的勾当，倘有疏失，如之奈何？"邓当勒住马头，大声喝道："子明，你不得我言语，如何这等大胆，擅自在这里出军？快随我来！"

吕蒙哪里肯听，一股劲跟着大队冲杀。姐夫见禁约不住，只得作罢。这一仗大获全胜。吕蒙的"袍泽"们对他在战斗中的勇气赞不绝口，连姐夫邓当都风闻几许。可他还是放心不下，于是找机会把妻弟的情况告知了岳母。

"父母在不远游"，母亲生气地责备吕蒙说，"虽说你父亲亡过了，你如何不行孝悌，不在家侍奉高堂，在阵上违逆你姐丈的言语？这出军的事，可是你做得的？你若知过必改，便伸过胳膊来由娘打多少。"

吕蒙见娘拿着竹批要打，急得脸红，眼泪止不住落下来，他跪着说道："娘，这样的穷日子还能过吗？假如孩儿侥幸不死，立下战功，咱们就能过上富贵日子。不入虎穴，安得虎子？"

母亲听到吕蒙这几句声泪俱下的言词，心痛得放声大哭起来。母亲拉起吕蒙的手说："孩子，随娘去见你姐丈。"

母亲拉着吕蒙来到邓当的军衙前，向把门军吏告知情由，要见邓当将军，把门的一见吕蒙是个毛头小伙子，轻蔑地说："这么个黄口孺子上阵有啥用？垫刀头都嫌软，你们这等人好不晓事，你是要拿这块嫩肉喂老虎耶！"

听了这话，吕蒙正待发作，里面传话请岳母大人和小舅哥儿进去，他捺下了一肚皮的怒气，随母亲进去了。

经岳母一席话，加上邓当对吕蒙看法本来就不错，于是答应了母子俩的请求，吕蒙当天就穿上了士卒的号衣。

过了一些日子，一天吕蒙在营里的空场上演习刀法，上次嘲笑他的守门军吏正好挑水路过，大声讽刺他道："你这刀法，只好在没人处舞弄，却敢和我使一回耍？"

17

吕蒙大怒，说："我若输给你，吃你三百扁担！"

那军吏嬉皮笑脸地说："我若输给你这小子，情愿吃一刀了去。"

这时，看得人多了，有人急忙去告诉邓当。

那军吏身材长大，一开场欺负吕蒙人小，乘他尚未站好，抬腿一脚，早踢中吕蒙鼻子，鲜血迸流。吕蒙从地上爬起来，怒气填膺挺刀向前，军吏见状又抡起扁担迎头打来，吕蒙低头闪过，刀尖一挑，扁担丢在九霄云外，那军吏躲避不及，早中了一刀，往后便倒，众人急忙来救，吕蒙乘乱逃去了，躲避在村里的好友郑长的家里。

吕蒙躲了几天，与他相好的校尉袁雄来见他，劝他去自首免罪，并准备替他说些好话。孙策得知此事后。大为感叹，很快地召见了吕蒙，言谈之后，孙策认为吕蒙才智过人，于是安排他在自己身边做事。不多几年，邓当染病身亡，江东谋士张昭推荐吕蒙代行其职，官拜别部司马。

孙权总领政事后，认为那些小的将领统率的部队，兵力少而且费用长期不足，他打算将其合并起来，以发挥战斗潜力，并准备在合并前先视察一番，然后再行定夺。吕蒙得到这个消息后，私下到布店里去赊了一大批红布，为他辖下的士兵人人作了一身红色号衣和一条红裹腿。到校阅那天，阳光很好，吕蒙所部火红的号衣在阳光下灿烂夺目，士卒的操练更是整齐肃静，倏然生风。孙权见吕蒙带兵有方，非常高兴，不但未将他并入其他建制，还给他补充了人员和费用。

后来他跟随孙权四处征战，累官加爵。吕蒙因为家贫没念过书，常常口述由别人代写奏章。孙权见他很有才干而无文化，深感可惜，劝他业余多读点书，又命他尽快通读《孙子》《六韬》《左传》《国语》及三史。吕蒙自此开始就学。在繁忙的军务间隙，他专心致志，勤学不倦。所以进步很快，浏览史书之多，连年老博学的读书人也不能胜过他。

吕蒙起于微末之家，少年从军，一生戎马倥偬，身经百战，筹划计谋为东吴呕心沥血；袭破荆州功勋卓著，孙权奖他钱一亿，黄金五百斤，吕蒙坚决推辞掉了。其献身精神可与蜀汉诸葛亮"鞠躬尽瘁，死而后已"相媲美。陈寿在《三国志》中称他"有国士之量"。

织机边的"呆孩子"

马钧(230年前后),三国时机械制造家。

三国时,在陕西关中农村,有一个贫苦农民的孩子叫马钧。

马钧家里很穷,没钱让他读书,但他求知欲却很强,总喜欢默默地观察事物。

那时,他的家乡几乎每家都有织机,农民们过着男耕女织的生活。马钧的母亲也是终日以织布为生,在织机的"叽咔、叽咔"声中熬日月。马钧自懂事起,不管是晨晖初露的清晨,还是灯花闪烁的夜晚,总喜欢站在母亲身边看着织机,有时看得入了神,连饭都忘了吃。母亲见他不像别的孩子那样活泼,便认定他是个"呆孩子"。邻居们也很少见到马钧在外边做游戏,偶然见到了,他也是两眼发直,像是有什么心事。

一天,妈妈问站在织机边的马钧:"你整天站在这儿,想什么呢?"

"妈妈,"马钧兴奋地说:"能不能把织机改进一下呢?现在它用120根经线织布,机底下就要安装120块踏板,每织一根经线,就要踏120下,那要花费多大的力气和功夫呀!我琢磨着怎么改动一下呢!"

改动织机！妈妈心花怒放，想不到儿子整天呆呆地站在那儿竟是在琢磨这事，不由地暗暗庆幸。

时光流逝，母亲的生日快到了。一天，马钧把经过改装的织机放到母亲面前说："妈妈，你试一试吧，一定省劲多了。"母亲试了试，果真又灵又快，不住口地赞扬他。

经过改进的织机，工效提高了四五倍，方圆几百里的人都知道马钧的母亲有一个非常聪明的"呆儿子"。

让我量量您的车轮吧

祖冲之（429—500），南北朝时期南朝的科学家。推算出圆周率π的值。

祖冲之诞生在一个科学的世家里，祖父祖昌是宋王朝的大匠卿，掌管土木修建工程。祖冲之自幼就"专攻数术""搜炼古今"。

祖冲之五六岁的时候，父亲教他读《论语》，边读边背，可是教了两个月，祖冲之却只能背诵十来句，父亲为此十分气恼。

原来，祖冲之的心思都用在他所酷爱的数学、天文、历法上了。

一天深夜，小冲之还在翻来覆去地睡不着觉，脑子里总在想着：《周髀算经》上说，圆周是直径的三倍，这种说法可信吗？

次日清晨，天刚蒙蒙亮，他便把妈妈叫醒，说："把您绱鞋的绳子给我一根好吗？"妈妈以为他要玩什么游戏，就爽快地答应了。

拿到绳子后，小冲之便一溜烟似地飞跑到村头的大路上，着急地等待着。

只见前方尘土飞扬，一辆马车由远而近驶来，小冲之高兴极了，急忙冲上前去拦马车，赶车的老人吓了一跳，车子戛然而止。

21

好家风

"爷爷，让我用绳子量量您的车轮吧！"老人好生奇怪，想看个究竟，就说："你量吧！"

小冲之首先把绳子在车轮上绕了一圈，然后把被绕的绳子均分成三段，再用其中的一段量车轮的直径，左量右量，总觉得比直径长。他思前想后，迷惑不解。便问赶车的老人："爷爷，书上说周长是直径的三倍，可为什么周长的三分之一比直径长呢？"老人被祖冲之的话问愣了。他想，我赶了一辈子马车，从来没想过这个问题，你一个小孩子家，想这个问题干什么？他怕耽搁了赶路，便一边吆喝牲口，一边笑着说："傻孩子，我怎么知道它的长短呢？"

马车轱辘辘地向前走了，周长的三分之一比直径长的问题，在小冲之的脑海里翻腾着。他一直想啊，想啊，直到40多岁时，才终于解开了这个谜，算出了圆周率3.1415926和3.1415927之间的精确值。

神仙是人做

释迦牟尼（约前564—前484），佛教的创始人。古印度北部迦毗罗卫国净饭王的儿子。后来舍弃王族生活，出家修道，遍访名师，初无所获，经过6年苦行，在菩提树下"成道"，确信找到了人世间一切谜难的答案，随即在鹿野苑开始传教。其后45年间，在各地游行教化，获得信众很多，都尊他为佛陀——觉悟者。他的言语没有笔录下来，但他的弟子牢记他的教诲，交口相传，代代不绝。随着传播范围的扩大，佛教逐渐成为世界性的宗教。

很久很久以前，在冰雪耀眼的喜马拉雅山下，在清澈而湍急的罗泊提河东北部，有16个美丽富裕的小国，其中最大最美的一个叫迦毗罗卫王国。它的国王是释迦武士氏族的领袖、甘蔗王的后裔净饭，他把这个国家治理得井井有条。王后是与迦毗罗卫王城隔河相对的天臂城善觉王的长女摩耶，长得非常漂亮，性情温和贤淑。

国王和王后感情很深，恩爱异常。然而美中不足的是，结婚数年，尚未

好家风

有子。国王一直担着心事，他多么盼望王后能替自己生下一个小王子呀！而且，此时的迦毗罗卫国正受到强邻乔萨罗王国的威胁，他渴望上天赐给他一个智能双全的儿子承接王位，抵御强邻咄咄逼人的气焰，以使释迦部族国祚永继。

苍天不负苦心人！王后终于要生小王子了。王后一直为未能给国王添一个王位继承人而烦恼。现在她放下了这颗久悬的心。

冬去春来，王后临产的日子已经接近了。按照当时的风俗，必须回娘家去生孩子。虽说摩耶贵为王后，但也不能破坏这一古老的习俗。

四月初旬，王后离开王宫。这一天，风和日丽，春光明媚。国王派了许多侍臣和宫女，护送王后回娘家。当车行到城外的兰毗尼花园的时候，王后陶醉在这里的景色之中，便下车漫步。花园里芳草萋萋，湖边杨柳依依，小鸟在枝头鸣叫，蝴蝶在花丛中翻飞，百花争妍，绿草如茵，到处充满了吉祥喜庆的气氛。

王后心旷神怡，在一棵无忧树的绿荫下休息。她见这棵无忧树枝繁叶茂，柔软低垂，树上花果鲜丽，芬芳可爱，便举手攀摘花果，不料惊动了胎气，生下太子。随从宫女侍臣，急忙把王后和太子抬上车，送回宫里，国王得子后，非常高兴，立刻传令，举国欢庆。

一时之间，满朝的大臣和贵人们纷纷前来祝贺，宫廷里挤满了人。

国王正在应酬群臣礼节性的参贺，掌玺大臣悄悄通报：婆罗门学者阿私陀请求谒见殿下，他是迦毗罗卫人人皆知、能说未来的星相学家。

国王传令让阿私陀进宫。不一会，王室扈从领着一位相貌滑稽、身躯瘦削的驼背小老头走进宫来，小老头手里拄着一根木棍，原来他就是大名鼎鼎的阿私陀。

国王告诉这位老人，只要说出他心里想的事情，可以得到宫里任何可以搬动的东西。

小老头阿私陀没有吭声，他没拿棍子的那只手高扬起来，向左右摆了摆，然后用棍子戳了戳铺设华丽的地面。

精明的掌玺大臣马上禀告国王，老人说能够搬动的东西都可以随风而去，只有迦毗罗卫的土地是永恒的。

国王一听，老人正说着了自己的心事，马上礼请老人为太子看相。

看过太子，阿私陀便一言不发地坐在一边，满面悲痛的神色。

国王觉得有些奇怪，心想：全国上下一致欢庆，为什么你阿私陀却沉默不语呢？只见阿私陀转而又老泪纵横，嚎啕大哭起来。

"大王啊，太子的相貌太特别了！他将来如果做国王，成为统治印度的伟大君主，那一定能善理朝政，使国家富强。"

这席话正中国王的心坎，扫去了国王心头的乌云。他让人带阿私陀去领赏。然而阿私陀却跪在地上，一动不动。国王觉得非常奇怪，问道："你难道还有什么要说的吗？"

阿私陀看了国王一眼，低下头说："从太子的相貌上看，如果他出了家，将来一定会成为一位伟大的先知，用他的智慧造福于人类。可惜，我这一大把年龄，却再也看不到了。否则，我该是多幸福的人啊！"

听阿私陀这么一说，国王不禁哈哈大笑起来。国王年龄已大，希望自己的儿子将来能继承王位。他安慰阿私陀说："你是一个伟大的预言家，不必为自己的年龄担忧。到时候，我还要请您参加太子的庆功宴呢？既然太子的前途远大，烦您为他取个名字吧。"

阿私陀沉思了一会儿，对国王说："国王，就叫'悉达多'吧！它的意思是'成就'，这正和太子的未来占卜相符。"国王听后，沉吟了一会儿，连声说好，并当即赐阿私陀赴宴。

这时，夕阳西下，晚霞满天。阿私陀站了起来，合掌向太子行礼。

宴会上，国王和阿私陀，还有他的近臣们，发生了热烈的议论，有的说，作为一个先知，一定要经历苦行才可以获得崇拜，它们往往是互为因果的；有的说，是啊，这在一部对众神的古代颂歌集《梨俱吠陀》里面，写得十分清楚。还有的说，饶恕罪孽的神明伐楼拿，终于被奉为宇宙秩序的维护者，整个世界的领袖……最后，他们一致认为，不让王子看到人间的丑恶、贫困和

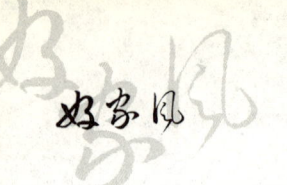

穷苦，他就不会向往成为先知。宴会结束时，国王在宫内宣布了一项永不更改的禁忌：有四种东西不要让太子看到，那就是：老、病、死和修行的沙门。

从此，国王父亲在悉达多身边由年轻美丽的男女筑成了一道人墙，终日包围着他。而且在太子诞生刚七天，他母亲摩耶王后因病去世后，立即把他交给姨妈摩诃波阇波抚养。

摩诃波阇波公主不但漂亮迷人，而且长得与姐姐十分相似。摩耶王后死后，许多国家均派使臣，想和迦毗罗卫国联姻；同时全国各地的官员也纷纷进贡美女，以期得到国王宠爱。然而国王一概不予理睬。不久，国王把一朵金莲花插在了摩诃波阇波的头上，同悉达多的这位新母亲完了婚礼大典。总之，悉达多是在与年轻、漂亮、健康的人交往的环境中成长起来的，国王尽一切可能不让儿子感到哪怕最小的苦恼、忧伤。

到了受教育的年龄，国王让悉达多受到了那个时代太子理应得到的正常教育：让他向婆罗门大师学习文学、哲学、算学，跟武士学习兵法和武艺。悉达多精通印度最高学术著作《吠陀》，尤其能背诵《梨俱吠陀》和《沙摩吠陀》。

16岁时，悉达多迎娶了跟他同岁的表妹，拘利国王善觉的女儿耶输陀罗公主。婚礼那天，年轻貌美、性情温和的公主，坐着白牛车，走进了迦毗罗卫国用无忧树枝扎成的凯旋门。

悉达多婚后生活很幸福。他和耶输陀罗公主都很喜爱文学，整天在一起读书，唱诗。夫妇二人相敬如宾。一年后，他们为国王生了一个皇孙，国王为孙子起了个能拴住爸爸心的名字：罗喉罗，意思是锁链。为了庆祝，宫中自然热闹非凡，到处都是欢乐的笑声。

春天来了，悉达多太子坐着象车出了城。春天的田野，风景秀丽，山清水秀，到处都是绿的天地。远处的坡上，有几只羊儿悠闲地吃着青草；坡下的小河上，漂浮着白鹅。附近的农舍，有几棵桃树花儿正竞相开放，微风过处，花香扑鼻。太子深深地吸着新鲜空气，觉得格外的轻松愉悦，便踏着青草，沿着小河，信步而行。

不知不觉间，太子来到一片田边，农人正在翻地，一只只毛色鲜丽的小鸟在田垄上飞来飞去,看到春天生机勃勃的景致,年轻的太子感到心情畅然。

在新翻开的土地上,一只小虫顺着青草根慢慢爬着,它想到哪里去呢?悉达多太子低头看了一会,又向前走。

待他恋恋不舍回头向小虫爬的草根看去,一幕景象映入眼睛:一只美丽的蓝色小鸟啄食了那只小虫,振动漂亮的羽毛飞到另一块土上……刚才还是一只活泼的小虫,此刻已成了小鸟的口中佳肴。悉达多生性仁慈,喜欢各种小动物。他不愿伤害一切小生命。现在,看到小鸟雀跃着啄食小虫子,他心里非常难过。同样是生命,为什么强者总欺负弱者?难道弱者就应该是强者的食物吗?

继而,他又想到人,也同样相互残杀,不断发动战争,将俘虏变作奴隶。为什么人们不能相互爱护呢?

那耕地的农人,小鸟成群落在他耕过的田垄上,开心可口、叽叽喳喳地争食那些小生命,他却全然无所顾及生命之可贵。唉,原来生命是如此飘忽不定的呀!

悉达多太子又望了望耕地的农人,犁很重,他必须不停地使劲提起犁头,汗水顺着他黝黑的脖子淌下来,滴进土里……悉达多宽厚的心胸里,涌起一个念头:世界原来是这样苦累的。这一切似乎很平常的生生息息,使太子的心情变得很沉重。

不久,太子在路上看到一位拄着拐棍的老人。只见那老人弯腰弓背,步履艰难,跟跟跄跄地向前走着。老人的胡子和头发都已雪白。满脸皱纹深如刀刻,干瘪的手紧紧地抓着拐棍。他骨瘦如柴,仿佛一阵风就能将他吹走一般。太子从车上下来,上前扶住老人,亲切地说道:

"老人家,您这是到哪去呢?让我用车子送送您,好吗?"

一连问了几声,老人似未听见,迈着艰难的步子,朝前走去。

太子以为老人耳聋,便又问了一声。老人抬起饱经风霜的脸,十分吃力地张口说道:"我没有家,我是一个无家可归的人。"老人说到这里,伤心地哭了。他老泪纵横地又继续说道:"儿女嫌我老,白吃白喝,又不给他们干活,

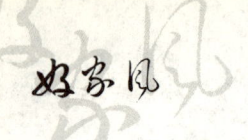

把我赶出了家门。"

听到这里，太子十分同情老人，就想把老人带回宫去，养老送终，老人听明白太子的用意后，却回绝了太子的好意："我知道，进宫后，您可以供我吃穿，可以让我度过一个美好的晚年，然而，我不愿去！因为太子您不能使我的白发变黑，不能使我的聋耳变聪，不能使我的脱齿再生，也同样不能恢复我已逝去的年华。"

说完，老人踉踉跄跄地远去了，不一会儿，就消失在密林中。太子闷闷不乐地向回走去。

又有一次，太子在城南门外，碰见了一位四肢残缺不全、浑身不停地痉挛、嘴里时时地呻吟着的病人。这位病人双手捧着一只破碗，向过往的行人哀求施舍：

"老爷、太太们，可怜可怜我这个病人吧！"

看到这里，太子含着眼泪，上前扶住了病人，对他说："你快去求医吧！我今天未带钱，你就拿这衣服上的珠宝换钱治病去吧！"

说着，太子递上自己的衣服。然而，那位病人不但没有接受太子的施舍，而且对太子说："虽然这些珠宝非常贵重，但对我却没有一丝一毫用处。我的病是根本治不好的。我需要的只是健康的身体，而不是这些珠宝。太子你能给我健康吗？"

太子回答不出这个问题。他不忍再看这位面黄肌瘦、气喘呻吟的病人。

又有一天，太子外出时，看见一个出殡的场面。只见那男人哭得像个泪人似的，哽咽得无法言语；后面的几个女的一把鼻涕，一把泪地哭诉着心酸和痛苦；在这个队伍后面，有一群孩子一边追赶，一边哭喊。那嘶喊的哭声，宛如一把把利剑似的，直刺悉达多太子的心。太子望着远去的出葬行列，陷入了深深的沉思之中：每个人都无法避免老、病和死亡。人们都会像那位老人一样，掉光牙齿，啃不动东西。而金钱和显贵又会有什么用处呢？金钱再多也没法买回失去的青春。

好好的一个人，为什么又会生病呢？那病人是多么的痛苦！而人为什么

要受疾病的折磨？即使有万金的宝衣，这对病人又有什么作用？

所有的人不论他生前有多么的显贵，或是多么的低贱，他最终都会像那送葬的人抬着的棺木一样，被人放进棺材里抬去埋葬了的。世界上的人都逃不过这一关。太子想道，终有一天我也会被埋在这黄土之中吗？

想到这里，太子的心仿佛被撕成了缕缕细丝一样，随风飘散了。他哪里还有心思观赏大自然的美丽风光！他觉得，应当想一个办法，让全世界的人们都脱离苦难，得到欢乐。然而，没有人理解他。

一天夜里，悉达多作了许多稀奇古怪的噩梦，一个个满脸皱纹的驼背老人，拄着棍子慢慢向他走来，成群的病人来撕拽他的衣服……

第二天一早，他去父亲的后宫道早安，那里有国内最美貌的女人。在他看到那些美丽无比的面庞时，他突然领悟到，这些女人不久也会变得皱纹满面，弯腰驼背，面色灰黑，步履蹒跚。他向父王道过早安，感到心灰意冷，郁郁寡欢。

国王觉察到儿子表情忧郁，暗令扈从队长传来心腹细加盘问，果然不出所料，他倍加防范的事还是发生了。

刻不容缓了。国王传下谕令：没有他的意旨，太子白天不得出城门。他一面责罚了办事不力的随行人，严饬扈从队长不得再生事端；一面想方设法让太子快乐起来。

可悉达多是一位聪明智慧的太子，他感到既然任何人都难逃疾病折磨，最终难免一死，这种轻松富足的王室生活也不过是瞬息欢愉。他想，上天生人，应不只是如此收场。太子又想起了一件事。有一次，自己在王城的北门外，碰见了一个出家人，相貌不俗，精神朗澈，一副与世无争、过平静生活的样子。太子将自己的心事询问那出家人，那人告诉了他解脱的办法。太子决定放弃这世俗上的荣华富贵，出家修行，以求彻底解脱老、病、死的苦海。

一天，悉达多太子请求父母，允许他出家修行，被拒绝了，而且摩诃波阇波王妃涕泣不许。于是，太子便向父母提出了四个愿望：一不老，二不病，三不死，四不别。并说如果满足其愿，便不出家。国王一听，知道太子决心

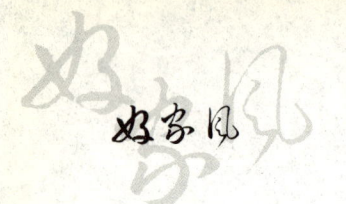

已下，重增忧虑。

为了让太子生活得更加快乐，并忘掉人世间的一切烦恼和忧愁，国王特意命人建造了一座更美丽的夏宫。

夏宫位于王城西北的夏山，是著名的避暑圣地。这儿林木丛生，几个瀑布从山顶泄下，凉风习习，风景优美。宫内广植花木，湖泉相映，是一个读书的好地方。而且选来一批能歌善舞的美女，为太子解闷。除此之外，国王还命令人警戒守护，不许太子离开。

这一切或许在别人看来，该是多么的惬意。然而，太子不再像以前那样和妻儿相亲相爱了。他不是读书，就是一个人独坐在一边思考着什么，很少同公主说话，公主很伤心。

太子整天为一些人生的难题所苦恼。他百思不得其解，觉得所有人从出生那天开始，时间就使人由小变大，由大变老，由老生病，因病而死。所有的美好、富有的生活，都不过是水中月，镜中花。可是，人怎样才能不会变老，得到长生呢？他觉得湖中鱼儿在莲下嬉戏时的情趣消失了，那只是一群鱼为了生存，而相互争夺鱼饵。世上所有的禽兽，甚至人类，为了自己的生存，就不顾及同类的死活。

夜深了，景色迷人。到处都是欢笑声、歌舞声。悉达多太子思虑着拯救自己和那些可怜无知的人们的办法。等他回到卧室里，他愣住了：他觉得美丽的妻子，一下子变成了一位白发苍苍的老太婆。那洁白如玉、圆润丰满的皮肤变得松弛干瘪，就像松树皮一样。她满脸皱纹，又老又丑。可爱活泼的爱子罗喉罗……

他不由悲伤起来，扑上去抱住儿子大哭起来。儿子被吓哭了，公主也被惊醒了。公主对太子说："您怎么了？哭什么呢？三更半夜，怪吓人的。"

太子这才如梦方醒，但他知道妻子不理解自己，只淡淡地说："夜深了，睡吧！"

太子决心到深山去访寻名师，出家修行。

公元前536年2月8日，人类最值得纪念的一个日子。那天深夜，悉达

多太子默默告别了妻儿，悄悄出走了。

这一夜，月色明朗。宫中一片宁静，所有的宫女和守卫的人们都沉浸在睡梦之中，犹如木石，太子又徒生许多感慨。而全世界的人们又有谁会想到，正是在这一夜，世界为之光明，一颗明亮的星正冉冉升起。那个注定要影响人类思维的圣人复苏了。

太子轻手轻脚来到了马厩。太子的坐骑很有灵性，远远望见主人走来，就昂首嘶鸣，仿佛知道，太子今夜一定会有一次不平凡的远行。这一声马鸣，也召来了太子最忠实的仆人——马夫车匿。他惊异地望着深夜驾到的太子，上前施礼："太子，这么晚了，您还没睡？"

太子知道瞒不过他，就对他说："车匿，我想了很久很久，现在决定出家修行。白天，我无法出去，所以只好趁夜深人静时逃走。你大概不会阻挡我吧！"

车匿苦苦挽留。太子怕惊醒侍卫，便对车匿说："我一定要弄清楚，人为什么会老？又为什么会生病？为什么会死？我虽然看了那么多的书，也思考了很长时间，但总不明白人生的种种矛盾。这次，我下了很大决心，去寻访名师为自己和人类寻找出解决生老病死的办法。谁也别想拦住我！"

车匿半天说不出一句话，他明白太子的决心是无法动摇的。他泪流满面，跪在地上，连连向太子磕头，恳求太子让他跟随在身边，侍候太子。

太子被他的真情所感动，便答应了这件事。车匿备好马，于是，主仆二人便从侧门悄悄地溜出了夏宫。一出城，便快马加鞭，宫中的灯光渐渐地消失在夜色朦胧之中。

起初，太子还不时地回头望望夏宫，想念着宫中熟睡的妻儿。后来，一想到自己此行的目的和责任，太子便淡忘了那一缕牵肠挂肚的情思。太子两腿一夹，骏马便箭一般地向前奔去。

黎明前，主仆二人来到一座山麓。这儿是阿拔弥河边的苦行林，是左跋伽仙人修苦行的地方。因为悉达多太子一直接受的是婆罗门教的传统文化，所以，他才到苦行林中修苦行，以求解脱。

太子见这里树木茂盛，寂静无哗，心中非常欢喜。他给马饮水，并用手抚摸着爱马，感慨万分。不久，车匿气喘吁吁地追上来了。

太子有些不忍地对他说："车匿，我知道你对我很忠心，我也会永远记着你。请别再送了。常言道：送君千里，总有一别。就到此为止吧！我想一个人独自去，你回王宫去吧！"

车匿早已泣不成声。太子也舍不得和他分别，但太子终于摘下宝冠和宝珠，让车匿带回去交给父王。并对他说：

"车匿，这么多年，我们虽名为主仆，可却像兄弟般相处。为了解脱人间的苦恼，我决定舍弃一切，到苦行林去修行。请你告诉父王，千万别派人来追寻我。你知道，我在宫中能安享荣华富贵，虽说免去了有形的荆棘虫兽，但却无法避免无形的东西。我现在正欲解除老病死苦，而得到永久真实的安乐。在修行没有成功之前，我是绝对不会返回王宫去的。"

然而，无论太子如何劝说，车匿总也不回。于是，太子趁车匿伏地大哭的时候，拔出宝刀，毅然割断了自己的长发和胡子，然后转身向苦行林走去。车匿捧着太子的断发，嚎啕大哭。他热泪盈眶，呆呆地望着太子远去的背影，直到消失在树林深处，才牵马拜辞，寻路回王宫去了。

太子在林中走了没有多久，见前面有家农舍，便走了过去。一位衣着破烂的老人正在灶边做饭。太子对老人说："老人家，我是去苦行林中修行的。有些饿，想找点吃的东西。"于是他用衣服换了一顿饭和老人的一件破外衣。

太子接过老人盛来的一大铁钵饭，忙道了声谢，便穿着老人的破衣服走了。可是，吃惯了珍馐美味的太子怎么能咽下这野菜和树叶混合的食物呢？肚子虽咕咕直叫，太子还是吃不下去。可一想到，自己要去修苦行，要拯救人类，这饭的怪味似乎也不那么重了，便大口大口地吃了起来。吃完了饭，悉达多迈步重新向前走去，开始了探索人生奥秘的历程。

一笔画出两万钱

韩干（706—783），唐代杰出画家。善画人物肖像，尤工画马，初学曹霸，并得到另一位名画家陈闳的指导，后自成风格。曾图绘"玉花骢""照夜白"等名马，能画出壮健雄骏的神态，当时称为独步。

韩干是唐朝的画马能手，他不凡的绘画天才能得以发挥，与慧眼识才、慷慨解囊的艺术大师王维的栽培是分不开的。

王维是盛唐时期享有很大名声的诗人和画家，他的名句"明月松间照，清泉石上流"，清丽明快，广为传诵。他绘的《江山霁雪图》，雪中景物浓淡相宜，树石、屋宇层次分明；人称其诗中有画，画中有诗。王维才艺超群，得到名相张九龄的提拔，曾任监察御史、吏部郎中和给事中等大官，后来张九龄罢相，他政治上失利，于是在终南山麓的蓝田辋川别墅过起亦官亦隐的优游生活。

蓝田辋川，山色清幽，林空雨淡，水田漠漠，夏木荫荫，又远离官场人事，王维得此佳境，邀道友裴迪浮舟往来，弹琴赋诗，啸咏终日。

时下韩干因家境贫困，在附近一家小酒店当伙计。韩干心灵手巧，切的

好家风

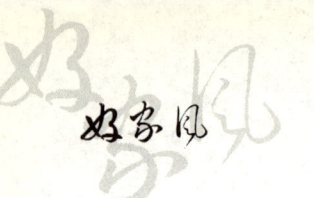

牛肉片薄而透影,安排得好菜蔬,调和得好汁水,来吃的人都喝彩,他为人勤谨,店里店外招呼得满满意意。况且他年轻,腿脚麻利,店主把送酒、结账的活儿尽委于他管。所以他经常去王维的辋川别墅送酒。

有一天上午,韩干到王维家算酒账,今番不像前几番挑满满两桶酒浆,空手走得快,未及日中早来到庄门外。前几次两扇朱漆大门总是大敞着,这一回却闭得很紧。韩干跨上台阶,扣响门环,无人应答。

"王大官人出外未回?"韩干心里寻思着,"只有等他一等。"韩干站了一会儿,有些无聊困乏,便去庄门下柳树荫里坐着,折了一根柳条在地上画起马来。沙沙、沙沙,很快泥沙地上显出了一匹马的清晰轮廓,虽然是一时随心所致,又没有丹青点染,倒也形骨周正,结构准确,强壮而有力。微风吹来,柳荫点点不时摇曳,给人一种仿佛在跃动的感觉。

"画得好哇!"

韩干听到一声叫好,猛得抬起头来:"王大官人!"原来王维悄悄地来到他坐的地方,看了他画的马,忍不住喝起彩来。

"小二,你何时学过画马?"王维笑着问道。

"小人不曾学过画马,今日不过一时戏画,妄惹大官人见笑。"韩干有些惶恐地答道。

王维微微点首,继续笑着说道:"我给你两万钱,你可跟我来取。"

"何须如此多?"韩干不解地问,"小人要的账不过才四担水酒。"

"酒钱自当给你。"王维认真地说,"这两万钱另有别用。据我半生见识,小二,你的笔力不凡,若得名师点拨,定然成旷世之名。每年便供给你两万钱,可作画资。"

韩干见王维待他一腔赤诚,下拜道:"叩谢大官人,荐拔之恩,终身难忘。"

王维见韩干下拜,哈哈大笑道:"我为你屈沉于村野酒肆,枉费光阴,空自有此盖天载地之才。只今你便在我这里住下,酒店之事我自使人去回了。"

自此韩干得到怜才的王维资助,辞了工,专攻绘画,技艺日进。天宝年间,他的作品传到长安,为唐玄宗赏识,被宣召入内廷,充当"供奉"。唐玄宗嗜爱养马，当时御马厩内养着大批从西域、大宛等地贡献的骏马，宫内不仅有专门饲养和管理马匹的官，而且让一些画家专门画马。韩干当上"供奉"后，玄宗命他以画马为主，并叫他向已名噪一时的"供奉"、画马名手陈闳学习画技。

韩干开始向陈闳学习时，是很虚心的，但后来他逐渐认识到，与其老是模仿陈闳的作品。听他讲一些抽象的技法，不如到活的马群中去作实际的观察；而且陈闳和自己从前的老师画的马，多是螭体龙形、肌消骨立的，缺乏生动的活力。大唐盛世，社会安定富足，从皇室到百姓都认为肥硕的体态是非常美好动人的，不必说体态丰腴、肤似凝脂的杨贵妃，就连御马也养得一匹匹膘肉肥满，躯体高壮。

韩干心中立下主见后，就天天跑到御马厩去，对各类马匹的形体、习性作具体的揣摩和写生；有时甚至搬到马厩去住，日以继夜地与马群相处，以求对马的了解更为细致具体。

一天，唐玄宗宣召韩干给自己心爱的坐骑"照夜白"画一幅画。韩干画成后，玄宗发现其笔下的"照夜白"肥壮有骨，雄悍矫健，与宫中其他画师的技法已是大相径庭。玄宗找来韩干问道："叫你向陈闳学，你为什么天天跑马厩呢？"

韩干回答说："臣下自然是有老师的。陛下马厩内的宝马，才是臣真正的老师哪！"

王维不愧一代人杰，眼力果然不凡。韩干由于反对一味模仿，而注意到现实生活中感受把握具体、生动、丰富的描写对象，丰富他创作的源泉，创造出了能反映大唐时代精神特征的马的典型形象，终于成为一代画马名手。

好家风

少年诗惊长安人

白居易（772—846），唐朝诗人。青少年时期曾避乱江南对社会生活和民间疾苦有较多的了解。贞元年间中进士，曾任翰林学士、左拾遗及左赞善大夫。晚年辞官，积极倡导新乐府运动，其诗语言通俗，今存诗三千首，数量在唐诗人中居首位。

唐朝著名大诗人白居易，公元772年出生在河南新郑一户贫困的读书人家庭。他从小就热爱学习，尤其是喜欢写诗。6岁时，白居易开始上学。他读书很认真，老师每教一篇文章，他不但用功读，而且还细细领会其中的含意。他特别爱好诗歌，对古人的名篇，百读不厌，而且还十遍、百遍地抄，加深理解。炎天暑月，有钱人的子弟在凉亭上水阁中浸着浮瓜沉李，调冰雪藕避暑，还嫌闷热难耐。白居易热得大汗淋漓仍抄写不停。日子一长，嘴唇皮磨破了，舌头上生了疔疮；伏案书写多了，手臂也磨出了厚厚的茧子。

白居易勤学苦练，学问上大有长进，写的诗歌得到村里人称颂。人们都叫他"少年诗人"。但白居易并不满足，他心里想："有些大诗人的诗品固然绮丽，可大家都看不懂，像这样的诗写得再好又有什么用呢？"

从此以后,他每写完一首诗,都仔细推敲,反复吟咏,然后念给村里人听。如果大家说好,就保留;如说听不懂,就反复修改,直到能听懂为止。

由于白居易的诗通俗易懂,吸取大量民间口语,因此连村里放牛娃、小姑娘都能背上几首,受到广泛的欢迎。

唐德宗贞元四年,16岁的白居易带着自己的一卷诗稿到了京城长安。为了求得名师指点,提高写诗水平,有一天他去拜访老诗人顾况。

顾况是一个乐观开朗、喜爱诙谐的人,在京中颇有诗名。他一看,来求见他的竟然是一个娃娃,诗稿上面写的名字是"白居易"三个字,就随口开玩笑说:"白——居——易?你这个名字取得不妙啊!"

白居易一惊:"怎么不妙?请先生指正!"

顾况捻须一笑:"你的名字叫居易,现在长安米贵,租屋困难,没本事的人,在这儿找不到门路,想白'居'可不'易'呀。"

可是,等他翻开白居易的诗稿一看,不由得大吃一惊,立刻被许多动人的诗句吸引住了,老人开始全神贯注地往下看,不时还停顿下来,细细品味,后来看到《春草》一诗,老诗人眼神一亮,竟不禁高声地朗诵起来:

离离原上草,一岁一枯荣。
野火烧不尽,春风吹又生。
远芳侵古道,晴翠接荒城。
又送王孙去,萋萋满别情。

他把起首"野火烧不尽,春风吹又生"两句反复吟咏,连声赞叹:"好诗!好诗!意新语新,动人情思!"他把诗稿往桌上一放,接着说:"你能写出这样的好诗,前途未可限量,居易这个名字取得真好啊!"

白居易听了,更是一惊,便问道:"老先生开头说我的名字取得不妙,现在又说我的名字取得真好,为何前后自相矛盾啊?"

顾况笑着说:"开头不知你会写诗,所以说你居长安不易,名字取得不妙;

好家风

现在见你写的一手好诗,所以又说你居长安不难,名字取得真好。前面的话不过是开玩笑罢了。"说完,就留白居易共进午饭,与他畅谈诗文,热情指点,使白居易获益不少。

白居易初到长安,就写出了"野火烧不尽,春风吹又生"的名句,又得到名诗人顾况的赏识,他的名声就像风一般吹遍了长安。可他并未沾沾自喜,而是更加发愤读书,立志要做个有真才实学的人。

功夫不负有心人,白居易终于成了唐代的伟大诗人。他一生写过3000多首诗,其中《长恨歌》《琵琶行》都很有名。《与元九书》是他诗论的纲领,为我国文学批评史上的重要文献。一千多年来,白居易的不朽诗篇一直被人们传诵着。他的诗还被翻译成多种文字,流传世界各地,同样受到那里人民的喜爱。

小毛驴背上的诗人

李贺(790—816),唐朝诗人。唐皇室远支。少年有才华,因避家讳,不得应进士考试。早年即以诗名见知于韩愈、皇甫湜。其诗充满怀才不遇的悲愤,在诗歌艺术上力求创新,有《歌诗》四卷,《外集》一卷,存诗二百余首。

李贺生于公元790年,他的父亲李晋肃是唐朝皇帝的远房子孙,在京城做小官。他很喜爱文学,也很重视对子女的教育。

李贺4岁时,父亲就教他识字,5岁时,又给他讲解诗文。李贺生性聪明,又肯认真学习,所以进步很快,到7岁时他已能写得一手好诗了。

对于写诗,李贺不仅勤动手,而且善于搜集创作素材。他经常吃了早饭就出门,骑一匹小驴,背一只旧锦囊,外出游历,观察生活。每当触景生情,有所收获时,就马上把想好的诗句写在纸条上,投入锦囊中。晚上回到家里,他再把纸条拿出来,对着油灯,把那些零碎诗句加工整理,反复琢磨,写成一首首新奇瑰丽的诗篇,写好一首就放入另外一个锦囊中。

李贺的母亲见儿子经常很晚才回家来,背的锦囊老是胀鼓鼓的,又是奇

好家风

怪，又是不安。有一天晚上，李贺刚回到家里，李母就叫丫头把李贺的锦囊拿过来，她倒出一看，全是纸条，差不多每张纸条上都写有诗句。李母这时方才明白儿子经常晚归的原因，禁不住心疼地说："这孩子真要把心呕出来才算完啊！"母亲怕李贺累出病来，唤来他说：

"贺儿，你年纪小，身体弱，不要累出病来。以后不许再这样干了！"

李贺不敢拂逆母亲的好意，就笑着劝慰说："母亲放心，我不会累病的。"

吃过晚饭，他又一个人悄悄地躲进屋里，独对油灯，取出纸条，反复琢磨，继续写诗了。

由于李贺平时注意观察生活，认真积累素材，所以他写的诗，构思新颖，想象丰富，意境奇丽。如"黑云压城城欲摧""天若有情天亦老"等，都成为千古传诵的名句。

他是第一个接港的

哥伦布(1451—1506),意大利航海家,第一个抵航美洲的欧洲人。出身于热那亚纺织工人家庭。青少年时航海到过英国、几内亚、地中海东岸一带。1476年移居里斯本。研究天文学,相信地圆说,向往东方的财富,提出向西环球航行到印度、中国的计划。因葡萄牙王拒绝资助,移居西班牙,又求助于国王斐迪南与王后伊莎蓓拉。1492年获准,被授予海军上将,预封为可能发现地区的总督。同年率3只帆船,90个水手,从巴罗斯港启程,横渡大西洋,到达巴哈马群岛、古巴、海地等地。以后他又进行了3次跨越大西洋的航行,抵达牙买加、波多黎各及中、南美洲大陆沿岸一带。

凌晨时分,热那亚狭窄的小街道里十分幽暗,街面上的小铺路石发出点点清冷的反光。

一个喝得醉醺醺的酒鬼在街上摇摇晃晃地赶路,嘴里哼着歌子。

这时,黑暗中出现了一个男孩子的身影,他向着码头的方向急急地跑,当

好家风

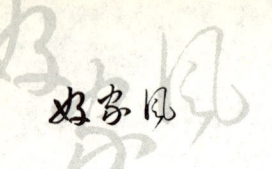

一只猫从他面前蹑手蹑脚地走过时,他都没看一眼。

他要到码头上去,到海边去,等在那里看第一艘到港的船。

这个男孩叫克里斯托夫,1451年降生在这个意大利北部的海滨城市。他的父亲多明尼各·哥伦布,是一个毛织匠,生有7个子女,克里斯托夫是长子。他从小喜爱大海,向往大海,非常爱听水手讲远航的故事。他在码头上一呆就没有够,不管妈妈怎么看住他,他都会想办法从家里溜出来,悄悄跑上还是黑咕隆咚的码头,找一块最高的地方,坐在上面等船。

远处海上面的天有点亮了,不一会,透出一抹鲍鱼壳里那样淡淡的银白色的光来。海里卷过一阵清凉的风,克里斯托夫这时才觉得有点儿冷,他的衣服都给低低地爬在码头上的早雾打湿了。

天渐渐地大亮,最令克里斯托夫兴奋的一刻来到了!一艘最早的船从碧翠的海面冒出来,它那舌形的白帆,就像从海底升起的一片白云一样,桅杆仿佛麦茎一样柔细。

这时,克里斯托夫觉出自己身后的码头广场上,人的说话声、马叫声,还有餐馆里的热闹声早已很响了。

船很快地靠岸了,接船的人们向前迎去,落最后一张帆,抛缆、架板,人们大声地吆喝着、忙着。

人群中走来一位身披红色斗篷的男子,他头戴一顶华贵的丝帽,手执一根瘤瘤节节的拐杖,在他身后跟着4个手握铁矛兵器,目光严肃的年轻人。

一筐筐的货物从船上抬下来,那个穿红斗篷的人认真地检点着,他时时拦住力夫,随手从筐子里拎起一个口袋,打开来抓起一把什么,放在鼻子前面嗅一嗅。

"他在闻什么呀?"小克里斯托夫好奇地自言自语。

"胡椒,"一个衣衫褴褛的水手对他说,'脸上堆满了神秘的微笑。"那一袋子胡椒,在西邦各只值1个杜邦托,在印度它们值40个,到了热那亚,就值到300个杜邦托了。"

"值那么多呀!"

他是第一个接港的

"当然,你看那个穿红斗篷的。他现在是老爷啦,多排场,三年前他还和我一样穷呢。这个人就靠胡椒发的财,他把钱全变成胡椒,再把胡椒全变成钱,他也变成了老爷。我只要有那一袋子,就一辈子享福不尽啦!"

筐子抬完了,穿红斗篷的人和那四个面色严肃的警卫监押着一长溜抬货的人走了。那个水手去了码头的酒馆。当更多的船向码头涌过来时,克里斯托夫的肚子也开始叫了,他又向码头附近的一家面包店跑去,那里还有许多家饭铺。

面包店的师傅一见克里斯托夫这个"大熟人",马上笑眯眯地递给他一个刚出炉的面包圈,上面镶着一颗艳红的樱桃。

"怎么样,接港的,今天早上到了多少条船?"

"已经到了14条船,9艘船是三桅的。"克里斯托夫一边咬面包,一边回答。

"嗨,不错。"面包师傅转过身对正在往面包篓里放面包的伙计说,"今个生意不赖。"

"艾牙黑牙马特宁?"(阿拉伯语:还有什么要效劳吗?)

"乃牙,莫揣克。"(不用,谢谢啦。)

"马哈塞拉姆蒂勒!"(再见!)

他该回家了。小克里斯托夫记性顶好,他会简单地说上好几种语言:什么卡斯蒂利亚语呀,卡塔卢西亚语呀,还有上面说的阿拉伯语,他的西班牙语和葡萄牙语说得最好。这些都是和码头广场上的抄信老人学来的。

那个抄信老人,头发全白了,他什么都懂,什么地方全到过,他经常给小克里斯托夫讲马代奥·波罗、尼可略·波罗和他们的侄子马可·波罗的故事。

"啊——你又到码头上去啦!"妈妈一摸小克里斯托夫潮乎乎的衣服,就知道自己的判断准没错。

晚上,当全家一起吃饭时,小克里斯托夫又说起那个穿红斗篷的人。

听完他的讲述,多明尼各爸爸说:"他是我的老主顾,经常有人送他的衣料来我这儿加工,听说他在做丁香、胡椒和肉桂的生意,很赚钱的。"

是啊,小克里斯托夫知道,全热那亚的人都知道,丁香、胡椒,还有肉

43

好家风

桂是人们最喜欢的调味品，在这里，在整个亚平宁半岛，还有西班牙、葡萄牙，它们简直就像金子一样珍贵。

想到这里，小克里斯托夫就盼着自己快快长大，好去当一名水手，驾上一艘三桅帆船，驶向远方，驶向丁香的国度……

猴行者的知音

吴承恩(1500—1582),明代小说家。自幼博览群书,熟悉古代神话和民间传说。他科举考试失意,60多岁时勉强就任浙江长兴县丞,不久就拂袖而归。一生困顿,晚年寄情诗酒,从事文学创作。他在民间流传的唐僧取经故事和有关话本、杂剧的基础上,写成著名的长篇小说《西游记》,成为中国古典小说富有浪漫主义色彩的杰作。

吴承恩生于明朝嘉靖年间。他自幼敏捷、聪明,喜爱读书。十几岁的时候,就已经写得一手好文章,成为四乡闻名的"小秀才",左邻右舍经常求他作文写字。吴承恩还很擅长诙谐滑稽的表演,插科打诨,无所不能,走到哪里四周总是笑声不断,是个人见人爱、心窍玲珑的快乐天使。

吴承恩从刚懂事起,就酷爱神话故事,听起来简直入迷。父亲给他的一点零用钱,他舍不得花,都偷偷地积攒起来。等到凑够数了,就欢天喜地地跑到铺子里,去买一本神话故事来看,这时候,他的心里,就别提多高兴了。

吴承恩看的书越来越多了,他那颗灵慧幼小的心整天随着诸神怪异奔天逐日，遁地走府。隋唐间的《古镜记》《白猿传》《酉阳杂俎》一篇篇传奇故事，还有唐末五代人的抄本《唐太宗入冥记》，吴承恩读得不忍释卷，翻来覆去看了不知多少遍。降伏精怪鬼魅的无比神力，冥宫地府的幽森、可怖，都令吴承恩心驰神往，浮起无边的想象。

一天，吴承恩照例去书铺转悠，一进门，店里的大伙计开口就说："小秀才，本店新进一部书，《大唐三藏取经诗话》，讲的是花果山紫云洞八万四千铜头铁额猕猴王的故事，这猴儿真是好神通！好书哇，买一本回去解解馋吧！"

听了这话，吴承恩欢喜极了。可他一问价，这本《大唐三藏取经诗话》一共3卷，并且刊印精致，店家实价要到五贯钱，因为他是"老主顾"，降一贯，四贯足钱就卖给他。就这样，自己手头上的钱还差得不少。他对着书籍软黄色的封皮看了一会儿，掉头朝家跑去。他是去找父亲讨书钱。

吴承恩的父亲是个忠厚正直的读书人，因为家境贫寒，只好摆一个小杂货摊，做点小本生意。当官的任意敲诈勒索，同行的又经常排挤欺负，所以父亲非常愤世，总喜欢在书本中寻求共鸣和解脱。每当读到屈原被流放、岳飞被杀害这一类故事时，他就默默地淌眼泪。父亲爱读书，对嗜书如命的儿子是很能理解的，虽然四贯是挺大一注钱。

当吴承恩从书铺捧回了《大唐三藏取经诗话》，他立即一下子被书的内容吸引住了，这本书讲得是唐朝和尚玄奘路遇猴行者，借助他的神通，一同去天竺，求得真经五千四百卷的故事。3卷书共有17章，而且章章有诗，故事情节曲折生动，书中的人物呼之欲出，尤其是第二章猴儿的亮相，机警、坦然、勇往直前，给吴承恩留下了难以磨灭的印象：

僧行六人，当时起行。偶于一日午时，见一白衣秀才，从正东而来，便揖和尚，"万福万福！和尚今往何处，莫不是再往西天取经否？"法师合掌曰："贫僧奉敕，为东土众生未有佛教，是取经也。"秀才曰："和尚生前两回去取经，中路遭难，此回若去，千死万死！"法师云："你如何得知？"秀才曰："我不是别人，我是花果山紫云洞八万四千铜头铁额猕猴王。我今来助和尚取经,此去百万程途。经过三十六国,多有祸难之处。"法师应曰:"果得如此,三世有缘,东土众生,获大利益。"当便改呼为猴行者。僧行七人,次日同行,左右伏事。猴行者因留诗曰:

百万程途向那边,今来佐助大师前,
一心祝愿逢真教,同往西天鸡足山。

这三藏法师借助行者神通,偕入大梵天王宫讲经,得隐形帽一顶,金环锡杖一条,钵盂一只。三件俱全,复返下界,经香林寺,过大蛇岭九龙池险地,出女儿国到达王母娘娘的住处,三藏法师想吃桃子,派猴行者去偷几个来。猴行者说:"我因八百岁时偷吃了十颗蟠桃,被王母捉下,左肋判八百,右肋判三千铁棒,配在花果山紫云洞,至今肋下尚痛,我这次绝不敢偷吃了。"后来法师取到真经,回归东土,唐太宗封猴行者为铜筋铁骨大圣。

吴承恩越来越喜欢这些神话故事,到他长成大人时,各种神话故事装得满脑子。这为他后来创作《西游记》准备了充分的条件。不过,这只是一个方面,更重要的另一个方面,是吴承恩出生在穷人的家庭,从小就受人欺负,自己一辈子很不得志。他写《西游记》就是要吐吐这口冤气。

吴承恩的愿望实现了。这部作者直抒胸臆的大作,已被译成许多世界各国的文字,孙悟空的形象已经成为全世界人民所熟悉、所喜爱的英雄形象了。

最好先数数自己的牙齿

伽利略（1564—1642），意大利文艺复兴后期的物理学家、天文学家。曾学习医学、数学、物理学、天文学，1609年发明了望远镜，提倡地动说。主张研究自然界必须进行系统的观察和实验。通过实验，他推翻了历来被奉为权威的亚里士多德的"物体下落的速度和重量成比例"的学说，建立了自由落体定律。1636年写下了被公认为近代科学经典的《新科学对话》，开辟了近代科学之路。

建立自由落体定律的伽里雷奥·伽利略出生于以斜塔著名的意大利比萨。他的父亲是个贫穷的衣料商人，同时也是音乐家。父亲说，幼年时的伽利略"是个迟钝的、能发现奇妙幻景、听见可怕声音的小天文学家"。少年时期的伽利略据说是个不接受别人讲解的孩子，什么事都想自己努力去证明。他一边玩耍，一边组装各种各样带机械装置的东西。

在学校里，当老师试图解说拉丁文的介词或意大利的动词的重要性时，伽利略的心已经随着他父亲送给他作为生日礼物的小气球飞到外边去了。上课时，他总爱向老师提问题，于是留给老师一个印象：这是一个不好对付的孩子。

伽利略的父亲还是位数学家。从童年起伽利略就耳濡目染，所以在他多方面的才能中，很早就显露出了数学才能。

11岁时，伽利略进入修道院的一所学校学习人文科学。在那里，他对自己学的当时已经成为常识的亚里士多德的学说产生了怀疑。

3年后，他中途退学，回到迁居佛罗伦萨的父亲那里，在音乐、文学方面受到了父亲的熏陶。

伽利略希望从事童年时代就很喜欢的数学研究，但是父亲不同意。因为父亲根据自己的经验认为靠数学无论如何也不可能维持生活。父亲想让伽利略当医生。做医生就能成为有钱人。他之所以这样考虑，是因为不想让儿子像自己这样一生穷困。

17岁时，伽利略听从父亲的劝告，进入比萨大学学医。可是，这时的伽利略对数学研究的热情之火非但没有熄灭，反而燃烧得更加旺盛了。他经常一个人躲起来钻研数学，为了避免教授的干预，他把欧几里德和阿基米德的著作藏在医学教科书下面。在空闲时，他用自制的仪器来进行实验。

他的教授们很快就风闻他的学习动向和实验活动了。他们很不赞成，因为一个学生要独立思考、我行我素，这简直是不可思议的异端。教授们宣布说，所有科学上的问题都最后而且一劳永逸地被亚里士多德解决了。无论何时，只要一个学生敢于对一条教条式的说法提出异议，教授们只需引用亚里士多德的一句话就可以结束争论。可是这儿却偏有一个学生，倔强到敢于用自己的实际观察来检验他的教授们的那些教条。终于有一天，他和教授们之间爆发了激烈的争论。

"亚里士多德是一个来自斯塔吉拉的神童"。为了感染学生们，尽量在班上孤立"很不成体统"的伽利略，教授采用了故事性的授课方式。"他18岁那年就离开了家乡，来到雅典聆听大哲人柏拉图的讲课。他身体健康，饱览群书，他在那个时代已经通晓了许多尚不为人知的事情；他还是第一个对各类生物进行考察、分类的人，他的书是智慧的源泉。对亚里士多德学说的一

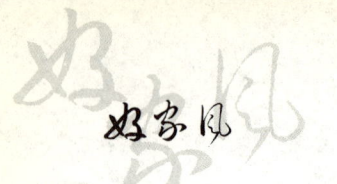

切轻率的怀疑,都如同冒渎神明一样。"说到这儿,教授瞥了一眼台下坐在很远的角落里的伽利略。

"冒渎神明?"伽利略在心里不服气地说,亚里士多德本人就曾说过:"神明的威力也是有限的。既然如此,这位圣贤本人的话也不应该是一成不变的。"他举起了右手。

"伽里雷奥,你又有什么奇想呢?"教授用揶揄的口气问道。

"尊敬的教授,您知道女子和男子的牙齿数之比吗?"伽利略冷静地提问着。

"什么意思?"教授有些摸不着头脑,但他马上随口说道:"亚里士多德讲得再清楚不过了,这还用再费唇舌吗?好发奇问的伽里雷奥?"

"你是想说女子的牙齿比男子少吗?那么好吧!我们最好马上先数数自己的牙齿,再去找一位过路的女士来,数数她的牙齿。当然不能找上年纪的人啦!"伽利略说着,自信地笑了。

全班的同学们几乎都领教过伽利略神奇的观察力。他说话时,他们全看着他那张谈吐掷地有声的嘴,伽利略的话音刚落,他们的脸全转回来,鸦雀无声地等着教授反驳。

教授被沉默地等待着他的学生们激怒了:"你们想听什么?难道还有第二种答案吗?!"

同学中有人开始低声地笑起来。

"这种狂妄的行为必须加以制裁!"几天来,教授休息室里滚来滚去的就是这句话。为了大学的名声,也为了有益于他的"灵魂",校方把这件事写信告诉了伽利略的父亲。

接信后,这位老乐师警告儿子,要儿子听从教授们的话,并且要他"洗心革面",不再同这样那样的未知事物发生纠葛。可是,伽利略不理会父亲的警告,他已经发现了一个具有深刻意义的事实:"数理科学是大自然的语言"。为了学好这种语言,他决意献出自己的一生。

据说伽利略18岁时发现了"摆的等时性"。当时他正在大学里学习亚里士多德的自然学。有一天，他无意中注视到斜塔礼拜堂里吊灯摆动的周期现象，由此引出了这一发现。

他正式开始研究数学是在 19 岁以后。并且，他以早就萌发的对亚里士多德学说的疑问为出发点，走上了一条反亚里士多德的道路。这在当时可是违反"常规"的。他在受迫害的逆境之中继续追求真理。

伽利略不仅在科学方面，而且在艺术方面也发挥出他的才能。他擅长演奏 14 世纪至 17 世纪流行的类似吉他的弦乐器——鲁特琴。还会灵巧地弹奏风琴及其他乐器。据说，他的钢笔画和油画也非常出色。

爱山的孩子

徐霞客（1586—1641），明朝旅行家、地理学家。幼年好学，博览图经地志。因见明末政治黑暗，不愿入仕，专心从事旅行，足迹所到，北及燕晋，南及云、贵、两广，旅途中备尝艰险。其观察所得，按日记载，后由他人整理成富有地理学价值和文学价值的《徐霞客游记》。

"……三月初一日，入谒西岳神，登万寿阁，向岳南趋。十五里，入云台观，觅导于十方庵。由峪口入，两崖壁立，一溪中出，玉泉院当其左，循溪随峪行，十里，为莎萝宫，路始峻；又十里，为青柯坪，路少坦；五里，过寥阳桥。路遂绝。攀锁上千尺㡣，再上百尺峡，从崖左转，上老君犁沟，过瑚猻岭。……上苍龙岭，过日月岩，去犁沟又五里，始上三峰足。望东峰侧而上，谒玉女祠，入迎阳洞，道士李姓者留余宿。乃以余晷上东峰，昏返洞。

"初二日，从南峰北麓上峰顶，悬南崖而下，观避静处，复上，直跻峰绝顶，上有小孔，道士指为仰天池，旁有黑龙潭。从西下，复上西峰，峰上石耸起，有石片覆其上，如荷叶，旁有玉井，甚深，以阁掩其上，不知何故。还，饭于迎阳，上东峰，悬南崖而下，一小台，峙绝壑中，是为棋盘台……"

上面的优美文字，摘自《徐霞客游记》，它以无比的魅力，清新隽永的语言，把人们带进了一个神秘的旅游天地：西岳华山。

华山，亦称太华山，是我国五岳之一，位于西安东 120 公里的华阴县南。它海拔约 2100 米，北瞰黄河、渭水。南接秦岭山脉，雄伟壮观。古书《水经注》里说它"远而望之若花状"，因名华山。又以其西临少华山，故称太华。

华山自古素有盛名，以"奇拔峻秀"冠于天下。其主峰南峰——落雁峰、东峰——朝阳峰、西峰——莲花峰鼎峙耸立，高插云霄；三峰之前，又有中峰——玉女峰、北峰——云台峰，高虽不及三峰，而亦各具特姿。环望四周，层峦叠嶂，翠黛罗列，起伏环拱，一望无垠。

华山名胜很多，自山麓至绝顶，庙宇古迹，天然奇景，然而并非所有的人都能如徐霞客一般，临绝壑而不惧，攀星岳愈无恐，登峰探洞，凡奇必往，无险不披，并且记述下一系列生动又真实的游记。

相传唐代著名诗人韩愈，贞元年间，登至华山绝顶，下到苍龙岭时心惊胆战，哭写遗书一封，多亏华阴县令相助方脱离险境。这位文才斐然，灵感四方的文豪大家，只在苍龙岭的巨崖上留下"韩退之投书处"六个石刻大字，也算到此一游。当然，有的名士文人一生也未能或未敢登上西岳华山。徐霞客作为中国历史上第一名旅游家，可谓胆艺过人。他的这种心理素质，除了有良好的身体条件作基础外，那就是他对中华河山的炽热感情。

徐霞客原名弘祖，1587 年 1 月 5 日，生于江苏省江阴县南一个小村庄的地主家庭。

弘祖的先祖做过北宋的开封府尹，后随宋室南迁杭州。到元朝初年。徐家迁居到江阴，为反对蒙古族的统治，都拒不出来做官。霞客的曾祖，做过大明朝的鸿胪主簿，主要职掌朝祭礼仪。

弘祖的父亲徐有勉，是一个洁身自好的正直的人，在明末政治日益腐败，

好家风

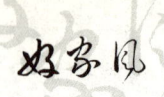

内外危机深重的情况下,他对科举和做官不感兴趣,而为园自隐,以居家治圃为乐。他喜欢自然山水,除了在居处的空地上购置"怪石伟木"之外,暇日还常带三五家僮往来于苏杭之间,在那里观赏湖光山色,品赏冷泉新茗,襟怀开朗,怡然自得。有的朋友曾劝他买个官衔以为一生的功名,而遭到他的反对。从弘祖的家世可以看到,他的先祖是官僚地主,传到他父亲这一代,由于不思高官厚禄,才变为一般的地主家庭。

弘祖的母亲是个目光远大、能力很强的妇女。她性格开朗,勤劳持家,明白事理。她很喜欢种篱豆,每年在庭院里牵绳搭架,让篱豆爬得又高又远,绿荫满院,豆实垂垂。她常在豆棚瓜架的绿荫下,一边纺纱一边教导儿子。

弘祖自幼聪明伶俐,三四岁时就跟着母亲识了一些字,五六岁已经能看几段小文章,并且很快就可以把它背出来,八岁那年,父亲将他送到附近的一所私塾去读书。

弘祖天分极高,记忆力强,老师教他念的书,很快就能熟背,还能写一手漂亮的字,经常受到老师的夸奖。可是,那些枯燥无味的经书,比如《大学》《中庸》,不能引起小弘祖真正的兴趣。

一日,小弘祖在书架上看到一本《山海经》,这本书有趣极了,不仅讲了各地山脉河流、鸟兽虫鱼,还有许多神话故事。光怪人就有25种……他一下子被迷住了。从这以后,小弘祖不断拿父亲书架上的书来看,地方志、名人轶事、金石碑文。书本当中,新鲜的故事层出不穷,什么夸父追日啦、大禹治水啦、张骞出使西域啦、玄奘西天取经啦,以及本朝三保太监郑和七下西洋啦……小弘祖心里很羡慕:这些人真了不起,他们跑过多少路,翻过多少高山,跨过多少江河,看到多少奇丽的景色呵!几时自己也能像他们一样周游天下呢?小弘祖不但爱读书,他还有个记笔记、随感的好习惯。他总是一边看书,一边还记下许多内容:五岳为什么这样高?泰山为什么那样神秘?华山果真高五千仞、广十里、鸟兽莫居?他向往有一天亲临其境,揭开这许多谜。

随着年岁的增长,小弘祖的知识越来越丰富了。在阅读过程中,他逐渐形成了自己对于古人的评价标准。有一次，弘祖读了《陶水监传》。读后，他很不满意陶水监这个人，暗暗想到：陶水监只在一些无名的小山中打转转，听听松涛的声音就心满意足了。后来，他在书中看到东汉严子陵说的一段话："天下有九州，我跑过了其中的八个州；神州有五岳，我登上了其中的四座。"弘祖看了，不禁精神振奋，大声称赞道：

"对啊，男子汉大丈夫就要有这样的雄心壮志！早晨，还面对着蔚蓝色的大海，晚上，就已经登上了雄伟摩天的苍梧高山。日后，我一定要遍涉九州登极五岳，亲眼看一看赤县神州究竟有多大，有多少好山好水！"

一天，弘祖在书房里向父亲吐露了自己的志向。父亲高兴地鼓励他："有志者事竟成！你有这志气将来一定能成功！"

从此以后，父亲主动把一些介绍名山大川的书给他看，还将自己游览过的名胜古迹、奇人奇事讲给他听，使小弘祖对旅游产生了更强烈的愿望。

这年，弘祖和几个同学到县城参加考试。到了县城，才知道考试要延期一月。纨绔子弟趁机走街串巷，看戏赌博。弘祖却约了几个同学，游览江阴的名胜古迹。

他们游览了县城的东岳庙，庙前有一座牌坊，叫飞驻跸，是为纪念明太祖朱元璋到此而建造的。殿下的春申君墓、山巅的无梁殿，也都被弘祖和同学们跑遍了。最令弘祖高兴的是游山北的望江楼。那里地处长江咽喉部位，是历史上的江防要塞，兵家必争之地，登上望江楼，浩浩荡荡的大江尽入眼底，弘祖和同学们感到心旷神怡，无比舒畅。

随后，他们又游览了黄山、彭公山、蟠龙山、凤凰山……每到一处，都请当地老人讲述有关的传说故事。

弘祖的文章和诗虽然都写得很好，但他酷爱旅游，"学业"渐渐荒废。发榜出来，他名落孙山。

亲友中有人看到这种情形，对弘祖的父亲说："这孩子聪明，就是不入正道。可惜了！"但父亲不那样看，他说："人各有志，不可强求，弘祖志在山水间，这是追求功名的人无法理解的。"

从此，弘祖更是一头钻进"闲书"堆里。他涉猎的知识十分广泛，文学、历史、地理、风土人情、山海图经……无所不读。渐渐地，他的知识更为渊博，对别人提出的各种问题都能对答如流。因此，人们给他取了个"博雅君子"的称号。

弘祖18岁那年，父亲遇盗受了重伤。弘祖和母亲精心护理，让他服用了许多汤药，但病情不见好转。第二年，父亲离开了人世。

父亲去世后，外边的欺压、凌辱不断地到来。甚至有些过去同父亲经常来往的人，也不把弘祖的母亲和他们三个兄弟当人看，这给弘祖以沉重的打击，使他看透了人与人关系的冷酷。弘祖不愿去考科举功名，他更坚定了自己的志向：以毕生精力考察神州的大好河山。

那时候，弘祖的母亲已经是个60开外的老人了，弘祖不忍心远离年迈的母亲。因此，他虽然继续阅读历史、地理方面的书籍，积极为旅游考察做好准备，但一直没有对母亲提起出外游览考察的事。有时候话到嘴边，又把它吞了下去。

母亲毕竟是最了解儿子的，她早就看出了弘祖的心思。母亲是个通情达理的人，不像当时一般的老年人，总希望儿孙们留在自己身边，不让他们远走高飞。她感到，儿子已是20岁的人了，不能老让他蹲在家里，应该让他到外边去见见世面，开开眼界了。当时，母亲和弘祖住在一起，她承担了一切家务，不叫弘祖操心。她还不断鼓励弘祖："志在四方，这才是男子汉的正事。怎么能因为我年纪大，就影响了你的前程。使你留恋家乡，像圈在竹篱笆里的小鸡，套在车辕上的小马那样呢？"经过母亲恳切地劝说，弘祖决定把长久藏在心中的计划付诸行动。

母亲为了鼓励弘祖第一次登上旅途，亲手准备行装，还仿古做了一顶远游冠，以壮行色。为了实现自己的抱负，弘祖辞别了母亲，向东南百里的太湖进发，开始了他第一次游历。

弘祖从22岁开始出游，此后30多年间，他经常旅行在祖国各地。最初他以对名山胜迹的热切向往而投身自然，攀天台石梁，登黄山顶峰，探武夷九曲，寻雁荡龙湫，游东岳泰山、中岳嵩山、北岳恒山、西岳华山。50岁以后，从江西、浙江西行，途径江西、湖南、广西、贵州，直到云南边陲。这时的弘祖作为一个经验丰富、足迹遍及祖国南北的旅行家，已不满足于早年的搜奇访胜，更多地注意到对各种地理现象的观察，诸如山脉河流、地貌特征、气象气候、岩石土质、火山温泉、动植物分布等。

在数十年的旅行探险生涯中，弘祖攀悬岩峭壁，涉激流暗河，冒风雪暴雨，行丛林绝径，出入高山峻岭之间，多次遇盗、绝粮、生病，经历了种种艰难困顿，他以坚定而勇敢的事业心和探索精神，战胜了这一切险阻和挫折，终于取得了丰硕的考察成果。文学家陈继儒给他取了个"霞客"的别号。

他所著的60多万字的《徐霞客游记》，真实地记述了他游历的见闻，具有很高的科学价值和文学价值。徐霞客以一位伟大的地理学家和旅行家的形象，走进了中国历史。

清晨的幽思

笛卡儿（1596—1650），法国哲学家、科学家和数学家。出身贵族，受过良好教育。青年时期曾四处游历，并分别在三国军队中短期服役。1637年，发表了他最著名的著作《方法谈》，在该书中发明了解析几何，并提出"普遍怀疑"的原则，与培根并列为近代哲学的鼻祖。

暮色沉沉，晚祷的钟声在这座山间的小城上空回荡。法国中部拉弗莱什学院的学生们三三两两地向教室走去，其中有一位身体羸弱、面色苍白的少年，他步履徐缓，不时发出阵阵咳嗽，整个身姿都呈现出一种若有所思的神态。

这位小小年纪就勤于思索的少年名叫勒内·笛卡儿。勒内·笛卡儿是法国贵族，出生在图尔和布瓦蒂耶交界处，查理大帝的祖父曾在那里挡住了穆罕默德的征服。

由于小笛卡儿太渴求知识，不满10岁就进入离家不远的拉弗莱什耶稣会的学院受教育。上学期间，小笛卡儿很惹人"讨厌"，因为他肯思考，没经过证明的东西就拒不接受。不过耶稣会会士很能调理这种难管的孩子：因为健康的缘故，勒内·笛卡儿可以早上睡到很晚起床，尽可能地让他充分休息。

尽管如此，在这躺在床上的时光里，笛卡儿的思绪依然如小溪般地潺潺流淌，对哲学问题和各方面的知识进行反复地思考、探求与整理。他常常是爬起来写一阵子，然后又马上躺回床上，再写……就这样，体弱多病的笛卡儿在拉弗莱什学院学习的8年中，几乎掌握了做学问所需的全部有关学科，并对经院哲学产生了非常有价值的怀疑。

成年后，笛卡儿接连完成了《方法谈》《形而上学的沉思》《哲学原理》《情感论》等著作，被誉为"近代哲学之父"。此外，笛卡儿在数学、物理学、解剖学等领域中也取得了很大的成就。

早年所养成的躺在床上思考问题的习惯，伴随笛卡儿度过了整个的一生。

好家风

苹果不只是好吃

牛顿（1642—1727），英国物理学家。就读于剑桥大学，研究天文、数学、光学，发明微积分法，制作反射望远镜，后来，又提出了"万有引力定律"。写下了不朽名著《自然哲学的哲学原理》，是促进近代科学创立的罕见天才。

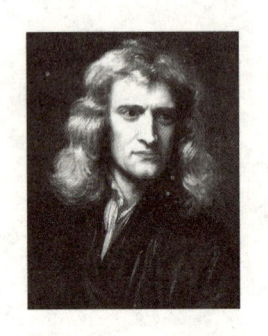

牛顿小时候是一个"古怪的孩子"，他童年时的学习非常差，曾经被人们嘲弄为笨蛋。据说每次排名次时，牛顿都是班上的末名。在遭受一顿痛打之后，他赶快回头，一跃成为全班魁首。

就是这个"古怪的孩子"，艾萨克·牛顿，1642年圣诞节出生于英格兰东海岸附近的马普索尔村，那一年伽利略刚好去世。牛顿是遗腹子。母亲生下的他，只是一个不足两公斤的早产婴儿，甚至能放进1公升的容器里。当时接生的女人认为他很难养得活，居然扔下不管了。牛顿的发育似乎也很差，直到1岁时，还要用夹板支撑着他的脑袋。

牛顿的父亲是一个粗野、古怪又很窝囊的人。他37岁时和邻居一个不很聪明的农家姑娘结婚，婚后8个月就死了。牛顿是在父亲死后不久出生，在根本不知道父亲长相是什么样中长大的，而且他和母亲的接触也很少。早早就成了寡妇的母亲在牛顿3岁时，又和附近的牧师再婚。此后，牛顿就被送到姥姥家抚养。

到了上学的年龄，他进了村里的小学。可是牛顿对语文和算术丝毫不感兴趣。他性格忧郁，少言寡语，也不像同龄的孩子那样和伙伴一起玩耍，经常沉思着什么，所以不太引人注意，同班同学都轻蔑地叫他"乡巴佬"。

在学校时对功课漫不经心的牛顿，却富有手工制作精巧机械的才能。只要有空儿，他就一个人画画儿，摆弄机器玩。牛顿特别拿手的是制作水车、风车、日晷、刻漏、幻灯机等模型。他还制作过用鼹鼠做动力的磨粉机模型。牛顿制作的日晷十分精巧，能把太阳的移动用半小时的刻度表示出来。他还喜欢收集物品，了解各种草药知识。在那样小的年龄，牛顿就很擅长磨镜片，这和他后来制作反射望远镜有密切关系。

做风筝也是牛顿的拿手好戏。有一回，他在半夜里把挂着灯笼的风筝放到夜空中，然后在村里宣扬说："出新彗星了！"当时，人们认为出现彗星是天塌地陷的前兆，因此，村里闹得翻了天。看着这番光景，牛顿心中暗自高兴。

有一次，姥姥让他去放牛羊，他在牧场里呆了一天。可是，到了晚上一看，牛羊都不知哪里去了。因为他一整天都在只顾专心致志地用小刀制作各种模型，根本就没注意到牛羊不见了。

姥姥也没有过于责备他。牛顿没把家里的活儿当回事，可他也没把孩子们的乐趣当回事啊！姥姥，还有舅舅给他的零用钱，他都花来买工具啦。在牛顿的一个小本子上，姥姥看见了这样的"账目"："钻头、刻刀、磨石、锤子、车床主轴5先令，磁铁16先令，圆规2先令，玻璃泡4先令……"

在姥姥家，牛顿快活、自在地长到了14岁。突然，他的命运之钟指向了一个新的起点。

这一年，牛顿的继父去世了。母亲领着牛顿和他的继父的两个孩子又回到了马尔索普村，生活更艰难了。母亲让牛顿退学，希望他将来学会管理农场。

小牛顿对管理农场没有兴趣。他乞求妈妈说："如果再去读书，我一定好好学习数学。妈妈，您让我呆在学校里读书吧！"

妈妈无可奈何地摇摇头，没有同意。

在牛顿父亲的亲戚中，有些人是传统的农场主、药剂师、牧师、医生。他们当中有个人发现了不爱学习的牛顿蕴藏的才能，想让他将来成为一个医生或牧师。

幸运的是，经过这位亲戚的劝说，母亲认识到牛顿的才能不在于务农。牛顿接受这位亲戚的资助，到附近镇上的中学继续读书了。

在中学里，牛顿对数学特别感兴趣，其才能也得到了最大的发挥。不过他的人际关系仍然不好，没有一个朋友。对同班同学的戒心非常强，比如，每次换新座位时，他都用刀在桌子上刻下自己的名字，防备别人侵占它。不久，牛顿进入了剑桥大学数学系。可是，他在大学的成绩似乎还是不好。然而，他的数学才能却渐渐地显现起来，加上他少年时代就喜欢搞实验，兴趣便对准了研究自然的本质。牛顿仍然保留着少年时代喜欢沉思的习惯，对所有的现象都怀着疑问去观察、思考。后来，当他苦思冥想苹果为什么落在地上的原因时，人类有史以来最伟大的天才就即将成熟了。

小皇帝不光知道玩

玄烨（1654—1722），中国历史上颇有作为的皇帝，也是具有世界影响的中国杰出政治家。他在一生中，完成了平定三藩之乱、统一台湾、击败沙俄侵略、平定噶尔丹叛乱等著名业绩。他勤奋好学，博览群书，尤其喜爱数学、天文等自然科学知识。史称康熙大帝。

康熙大帝是顺治皇帝的第三个儿子。玄烨8岁时，顺治皇帝去世了。遵照顺治的遗嘱，玄烨继承了皇位，改年号为康熙。他是满清入关定都北京后的第二个皇帝。

因为玄烨年幼，不能亲自执政，顺治皇帝在临终时命索尼、苏克萨哈、遏必隆、鳌拜四人为辅政大臣，小皇帝就在四位大臣的辅助下执政。在四个辅政大臣中，鳌拜野心勃勃，他自恃立过战功，专横跋扈、独揽大权、结党营私。他把自己的亲信、家人都安排在内大臣、大学士、六部尚书等重要职务上。

鳌拜专权之后，不仅把另三个辅政大臣踩在脚下，甚至连小皇帝康熙也不放在他眼里。他经常把来自各地呈送给康熙皇帝的奏折拿回家去，和他的

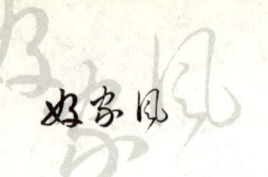

亲信商议。鳌拜还代表着满族的守旧势力，疯狂地以"圈地""换地"名义强占百姓的土地。还大肆推行"私买外藩人为仆"的奴隶占有政策，以扩大他的势力。鳌拜此时真是气焰嚣张！他经常自己私下计谋夺权，打算寻找机会先除掉其他三个大臣，再把小皇帝赶下台，他想学安禄山、朱温，想当皇帝了！

鳌拜的所作所为，遭到辅政大臣苏克萨哈和户部尚书苏纳海的反对。为此，鳌拜恨得咬牙切齿。过了些日子，辅政大臣中的四朝元老索尼病逝。为了消除异己，鳌拜假借康熙的圣旨，诬陷苏克萨哈犯有欺君之罪，先后把苏克萨哈、苏纳海等人给杀了。除掉了对手，诡计多端的鳌拜很快就独揽大权，把持了朝政。

面对鳌拜的弄权活动，年少的康熙皇帝早有认识和防备。为此，他不仅刻苦攻读，而且努力习武。经过几年的练武，康熙不仅会使用各种武器，还擅长骑术，更娴于强弓。他能左右开弓，百发百中。

康熙做了6年皇帝后，已长成14岁的少年了，他宣布亲政，要把皇权真正掌握在自己手里。满朝文武官员在太和殿向亲政的康熙山呼万岁，表示恭贺。

按照惯例，皇帝既已亲政，辅政大臣就应把大权交给皇帝。但鳌拜不仅不交权，反而更专横，有时竟在康熙皇帝面前施展威风，训斥大臣。康熙决心除掉鳌拜。但是鳌拜长期专权，死党很多。如果措施不利，很容易走漏风声，所以康熙表面上不动声色，对鳌拜言听计从。鳌拜病了，他还亲自登门问候。为了麻痹鳌拜，康熙还封他为一等功。与此同时，他在宫里苦想对付鳌拜的办法，这事，让康熙还真费了不少心思。

聪明的少年皇帝终于想出了一个办法。他按清朝的规矩，下令选了近百名聪明伶俐、体格健壮的亲王子弟，充当自己的贴身侍卫，一起在宫中练武习拳。

康熙令人严格地训练侍卫，使他们个个善使兵器，精于摔跤，人人忠于自己。因为他们的年纪与康熙相仿，平日康熙和他们也很亲热。每当鳌拜到来的时候，康熙就和那些少年侍卫们故意玩得热热闹闹的。鳌拜心想："这小皇帝就知道玩儿！"于是他更不把康熙放在眼里了。

不到一年，这些亲王子弟都练得拳术精通，武艺高强，康熙自己也学到不少本领。翦除鳌拜的时机成熟了。一天，康熙以下棋为借口，把他的亲信大臣索阁图等人召进宫去。他们假装下棋，低声商议着剪除鳌拜的具体安排。鳌拜的爪牙窥视着他们，还真以为是在下棋呢。

在一切都安排停当之后，康熙就借机召见鳌拜，鳌拜认为自己大权在握，有恃无恐，因此对康熙的召见根本不在乎，大模大样地踏入殿堂。

一入殿堂，只见康熙威严地坐在那里，鳌拜见状，不免有些诧异，粗声粗气地问："嗯？这是……"话音没落，随着康熙的一个眼色，十几个少年侍卫就朝鳌拜拥了过去。鳌拜是一个获得过英雄封号的武将。他见势不对，连忙拉开架势，但少年侍卫丝毫也没管他的架式，直朝他扑了过去。当鳌拜明白过来的时候也晚了：他已被小侍卫们捆绑起来，跪在满脸怒气的康熙皇帝面前。

康熙当即把议政王和大臣召进宫，让他们揭发审讯鳌拜。大臣们恨透了专横的鳌拜，都纷纷列举鳌拜的罪行：结党营私，嫉贤害能，欺君罔上，图谋不轨……根据揭发，负责审议的大臣们核实了鳌拜的三十条罪行，依照清朝的法律，判处鳌拜死刑，文武百官无不拍手称快。

这可吓坏了鳌拜。他狂呼："你们不能杀我呀！你们不能杀我呀！我有功，我有功啊！我要见皇上啊！"康熙降旨，念鳌拜效力年久，军功显著，赦免死罪，改判削职除籍，终身监禁。后来，鳌拜死于狱中。鳌拜的死党也被一网打尽了。他的弟弟塞本得、穆里玛，尚书阿里哈、噶褚哈、济世，大学士班布尔善等都被斩首了。康熙皇帝还为被枉杀的苏克萨哈、苏纳海等人平反昭雪，归还了他们的家产。从此康熙把政权牢牢地掌握在自己手中，精力充沛地全力治理国家。正如康熙自己所说："今，天下大小事务，皆朕一人亲理。"

康熙一共做了 62 年皇帝。他励精图治，收复台湾，在抵制外族入侵、维护国家统一的同时，吸收西洋文化，开创了康乾盛世，成为历史上一个很有作为的皇帝。除鳌拜，是他 16 岁那年的事儿。

好家风

偷窃声音的孩子

巴赫（1685—1750），德国作曲家。其先辈世代为乐师。巴赫幼年即刻苦学习音乐，擅奏管风琴。自1703年起相继在各地任教会乐师和宫廷乐师，受尽达官贵人的歧视，虽数易其职，仍不能摆脱屈辱和贫困，但始终刻苦钻研、奋力写作。作品生前多未出版，逝世后数十年，经门德尔松竭力推崇，始为后世所重，并被尊为"音乐之父"。他是近代奏鸣曲式的奠基者，对海顿、贝多芬等有直接影响。

1685年，约翰·赛巴斯梯安·巴赫生于德国的一个音乐世家。他父亲是音乐家，祖父也是音乐家，只要巴赫的家人聚在一起，屋里就充溢着音乐。巴赫从小就生活在良好的音乐环境中，7岁开始学习音乐，受到父亲严格的音乐训练。不幸的是，他9岁时母亲去世了。10岁又失去了父亲，小小的年纪就成了孤儿。他跟着24岁的哥哥继续学习音乐，他哥哥是一名出色的管风琴手。哥哥有了家室，境况也不富裕。为了减轻哥哥的负担，年纪小小的巴赫就参加了"乞童歌队"，走街串巷，靠唱歌乞食。巴赫的嗓音很美，唱出歌来很好听,后来他又进教堂当了歌童。15岁时,他由于变声不能继续靠唱歌为生度日了,于是开始拉小提琴,演奏管风琴。巴赫非常喜欢音乐,为了把音乐学好,他任何困难都不怕。他听说汉堡有位有名的管风琴大师名叫莱恩肯,弹奏技巧非常高超,被人们称为管风琴师之冠。巴赫多么想去听这位大师的演奏,求得他的指教呀!但是,从他住的地方到汉堡有90多里路。巴赫是个穷孩子,吃饭都很困难,哪里有钱去乘车呢!于是,他带上干粮,徒步上路,走累了就坐在田间、河旁休息一会儿;天晚了,就在农舍屋檐下的草堆里睡一夜。为了听一次演奏,求得一个学习机会,他经常这样步行往返180多里路。巴赫还曾为抄写许多管风琴乐谱度过许多不眠之夜。有一次,巴赫在哥哥家里发现了一个柜子,这柜里存放着许多著名作曲家作品的乐谱,巴赫想借来用用,他去求哥哥。哥哥没有答应,这些乐谱都是十分珍贵的,他舍不得借给十几岁的小弟弟。

巴赫不死心,过了几天他又去借,但仍然遭到了拒绝。每当他走过那存放乐谱的柜子时,都要多看上几眼。最后,他下定决心把这些乐谱偷偷抄下来。晚上夜深人静,趁哥哥不注意,他就悄悄从柜子里取出一份乐谱,跑到外边,借着月光认真地把它抄下来。没有月光的时候,只要有微弱的灯光,他也抄。他清楚地知道,如果被发现,他会受到严厉的斥责。但对他来说,音乐比这一点更重要。巴赫以坚强的毅力和耐心,坚持每天晚上抄一份。天天如此,坚持不懈,他用了整整六个月的时间,把哥哥柜里存放的乐谱都快抄完了。

当哥哥发现他悄悄拿走了管风琴乐谱,深更半夜躲在阁楼上的月光中抄写时,大为发火,扇了他一巴掌,还撕破了他的乐谱,又把原本锁在书柜里。但是不管遇到什么挫折,巴赫都不屈服,坚毅顽强、刻苦好学的精神贯穿了他的一生。后来,他取得了很大的成就,当他受到别人赞扬的时候,他总是谦虚地说:"这算得了什么呢,谁像我一样用功,谁也会有我一样的成就。"

磨坊里的沙利

孟德斯鸠（1689—1755），法国启蒙思想家、法学家，是与伏尔泰、卢梭齐名的思想先驱之一。出身于贵族家庭。早年就读于波尔多大学，毕业后曾任律师。1716年伯父病故，他承袭波尔多省高等法院院长职位，并按遗嘱获"孟德斯鸠男爵"封号。1726年辞去职务，后赴欧洲一些地方考察。回国后整理所收集材料，从事著述。提出著名的三权分立学说。

1689年1月18日，孟德斯鸠出生于法国南部波尔多附近的一个贵族家庭。他当时不叫孟德斯鸠，而叫沙利·路易·德·斯贡达。

斯贡达是一个古老的、出过不少文官武将的家族，他们以勇武不屈，素有反抗精神而闻名巴黎。在沙利·路易的父亲5岁那年，法国发生了投石党运动，在康迪亲王和一些贵族的影响下，巴黎群众用投石器射击了首席大臣马扎然的住宅。当时路易十四才12岁，由他的母亲路易十三的寡后安娜摄政，实权掌握在马扎然首席大臣手里。沙利·路易的祖辈勇敢地参加了这场运动，家族里出了不少投石党人。

磨坊里的沙利

沙利的父亲雅克是个军人，他虽然相貌出众，才华横溢，通晓事理，却一贫如洗。主要原因在于他在家里不是长子，按照当时长子继承权的规矩，雅克无权承袭爵位和封地。1686年，雅克与玛丽·弗朗索瓦·德·贝斯奈勒结婚。她是一个当地贵族的独生女儿，她血统高贵，不仅从达尔布兰和波旁两门显贵那里继承了英国血统，而且还是圣·路易的后裔。她出嫁时带来了拉柏烈德庄园和封地。这个庄园地处肥沃的波尔多葡萄种植区的最边缘地带。拉柏烈德出产的干白葡萄酒和罗凯莫林红葡萄酒，在当年享有盛名，销路极广。

沙利就是在母亲陪嫁来的庄园里出生的。他出生的那一天，在拉柏烈德教区的教堂受了洗礼，取名为沙利·路易。他的教父是村里的一个乞丐，也叫沙利。父亲之所以选乞丐作他的教父，完全是为了要让小沙利永远牢记他对穷苦人应当负有义务。不仅是父亲雅克，实际上沙利的整个家庭都充满浓厚的献身精神。沙利的母亲是个非常善良的妇女。她很喜爱自己的孩子，对他们有高度的责任心，并且乐善好施。她是个虔诚的教徒，她最爱读的书是《新约》。

沙利有两个姐妹，姐姐叫玛丽，妹妹叫特莱丝，她们后来都出家当了修女。特莱丝后来还成了阿让圣母院的院长。为了培养小沙利同平民人家的感情，父亲把他抱上马车，经过坎坷不平的土路，亲自送他去了拉柏烈德的一所磨坊。在那里，父亲把小沙利托付给一户平常人家的夫妇。

平时，小沙利吃的是粗茶淡饭，说的话也是当地的土腔土调，即便是节日，他也没有穿长靴、长袜，他和平民的孩子一样，穿着粗糙的布缝制的裤子。

在这样的乡间，小沙利有许多户外生活的乐趣。绿色的春天里，人们顺着蓝色的满盈盈的加龙河水放下一根根圆木，叮叮咣咣的箍桶季节也就到了；到了夏天，磨盘终日隆隆作响，它是由长着4个翅膀的风车带动的；隆冬腊月是最热闹的，全村人都聚集在热腾腾的谷仓里，大人们说笑着，年轻人在嬉闹，小沙利和伙伴们在屋里的大草垛上翻滚，扎猛子，打洞躲猫……小沙利在淳厚、静谧的乡间住了3年，他的乡村妈妈哺养了他，培养出了他对法国人民的感情。在这期间，他那位年轻、虔诚，对家庭忠贞的母亲，在生他最小的弟弟时去世了。当时的沙利才 7 岁，作为长子，他继承了母亲的遗产和拉柏烈德男爵爵位。

到 11 岁之前，小沙利是在家里和乡村接受教育的。教他读书的老师叫苏韦尔维。1700 年，他父亲决定送他到 370 英里以外的莫城主教辖区的朱伊公学去学习。

朱伊公学是一所很有名气的教会学校。它在巴黎附近，离巴黎圣母院仅有 20 公里。它于 1633 年经路易十三特许而建立，由奥拉托利红衣主教会议主管。

1700 年 8 月 11 日，11 岁的沙利与他的两个表兄弟一起来到了朱伊公学。在这所著名学校度过的 5 年里，沙利刻苦攻读，因而受到了人们的称赞。

对小沙利这位未来的启蒙思想家来说，这 5 年的学校生活也许是至关重要的。因为，这所学校的学生作息制度极严，教学内容充实，学生除了要学习拉丁文、法文、希腊文和地理、历史、数学以外，还要学习绘画、音乐、马术击剑、舞蹈等课程。

少年的沙利受到了较为全面的教育，为以后的发展打下了初步的、较为扎实的基础。在朱伊公学期间，沙利写了一篇很有价值的作品，一篇标题叫《罗马史》的笔记，它大约有 78 页，内容虽然是一些简单的历史事实，但却表现出了这位未来的《罗马盛衰原因论》著者对古代罗马的最初兴趣。在朱伊公学里，沙利还有一个自己很崇拜的人，他就是红衣主教会议最杰出的成员，著名哲学家马勒伯朗士。

1705 年，沙利在朱伊公学毕业，回到故乡，在波尔多大学主修法律。3 年后，他获得了法学学士学位和硕士学位，并获得律师资格。然而，19 岁的沙利心里明白，光有书本知识而无实际经验，不与更广大的社会和民众接触，是很难处理好律师事务的，出于这种考虑，他离开了美丽的故乡，到大都会巴黎去看世界了。

一张"盖有国王封印的信"

伏尔泰（1694—1778），法国启蒙思想家、作家、哲学家。生于公证人家庭。1717年因写诗讽刺摄政王遭逮捕，在巴士底狱中完成悲剧《哀狄普斯》，曾连续上演45个晚上，打破了18世纪的所有纪录。提出一切"享有天然能力"的人都是平等的。一生宣扬自由、平等，抨击封建专制制度，屡遭流放，临终时重返巴黎，受到人民热烈欢迎。

我们当中的许多人都见过"伏尔泰"，只是不认识"他"罢了。走进绘画艺术品店铺，在肌肤若温的维纳斯、表情痛苦的拉奥孔、目光如星的大卫这一尊尊洁白如玉的雕像群中，安然地坐着一位大智者，他长着一副"老婆婆"似的脸，一只鸭子嘴一般的扁鼻子，眼神斜睨，颇含调侃意味，这就是"伏尔泰"。他那张如切缝一样薄细轻快的嘴唇，真令18世纪的许多欧洲国王和权贵们寝食不安。不仅如此，他的手还让鹅也寝食不安，因为他使用的鹅毛笔赶得上20个作家。他在最可怕的逆境中写文章，也和作家协会所有的作家写得一样多。他在肮脏的乡下客栈里伏案疾书，他在冰冷孤独的乡下客房里，创作出了无以数计的六步韵诗歌。他的稿纸布满了他在格林威治寄宿的屋子的破地板。他把墨水飞溅到普鲁士王住宅的地毯上，他还用了大量印有巴士底狱监狱长名字的私人信笺，当时他被迫呆在那里。他是愚蠢、狭隘、固执和残忍的敌人。他曾经说过："我没有王权又有什么关系？我有一支笔。"

伏尔泰出生于法国一个中等家庭。他的父亲亚鲁艾是个不引人注意的公证员，给许多富豪家族的心腹打杂，兼管他们的法律和财务利益。他的母亲德·奥玛尔德，虽然说原本是个穷姑娘，没给丈夫带来一分钱的嫁妆，但是她的姓前那个小小的"德"字，就会使许多邻居都肃然起敬：在法国，人们的姓氏前若冠有"德"字，有如德国人冠有"冯"字一样，均表明是贵族家庭出身，算得上高贵血统。伏尔泰的爸爸觉得自己获得这样的奖赏是相当幸运了，连他的孩子也沉浸在祖辈的荣耀里。

伏尔泰是这个家庭的第三个孩子，他有一个哥哥和姐姐。伏尔泰非常喜欢姐姐，由于他一生下来就体弱多病，所以在母亲去世后，姐姐一直精心照料他的生活。伏尔泰的哥哥是个忠实的牧师，热情、正直，但伏尔泰讨厌他。因为玩滚铁环和蹦弹球才是小伏尔泰最喜欢的游戏。

亚鲁艾爸爸可不是傻瓜，他很快就觉察到了小儿子心中的"魔"，料定他将来不会太守规矩了。他做出决定，把伏尔泰送进耶稣会开办的学校，希望儿子成为一个精通拉丁文六步韵诗的人；同时，他认为，耶稣会学校橡木大门后面森严的斯巴达式的生活纪律，会改变这孩子崭露头角的心性。

在学校里，虔诚的神父尽最大努力开导伏尔泰，但是他们一开始就发现，这个下肢细长的学生身上，具有某种"古怪"的才能，而且是无法根除的。尽管教士们的训导始终够庄严、够认真了。不过像所有挑食的孩子一样，伏尔泰把自己认为有趣的东西都一股脑吸收了，他在语言方面得到了扎扎实实的基础训练。

伏尔泰再大些的时候，教士们都很乐意让他离开耶稣会。为了赢得父亲的欢心，伏尔泰开始学习法律。但伏尔泰不满足于整天闭目塞听地读书。晚上有许多闲散的时间，为了消磨时光，伏尔泰不是为地方报纸撰写一些滑稽风趣的小故事，就是在附近的咖啡店里给他亲密的朋友们朗诵新作。在伏尔泰生活的那个年代，过这种轻松自在的生活被看作是要罚下地狱的，弄不好会激怒教会。

那时，就是在距离现在两个世纪以前，教会的权力大得惊人，连欧洲国王头上戴的绿玉皇冕，都要由教皇亲手加授，方才显得隆重尊贵，为世人敬仰。

亚鲁艾爸爸充分意识到儿子所冒的风险。他求助于一个颇有影响的朋友，为伏尔泰在海牙的法国使馆里谋得一个秘书职位。

荷兰的首都，在伏尔泰眼里单调得出奇。由于没有事情好做，伏尔泰就开始谈起恋爱了，对方是个相貌并非出众的女孩。这个生活小花絮很快就飘散了。女孩的母亲是社交界的记者，一个高大肥胖、体格健壮、令人生畏的美妇人。这位夫人希望把自己的女儿嫁给一个更有前途的达官贵人，就赶忙找到法国大使，要求他在整个城市还不知道这件事的时候赶走这个危险的罗密欧。大使感到自身难保，不想再找麻烦。他把自己的小秘书找来，匆匆忙忙地攥进一辆去巴黎的公共马车。伏尔泰丢掉了工作，又一次回到了父亲的股掌之中。

在这一愁莫展之际，亚鲁艾爸爸想了一个权宜之计，他以前经常看到在司法界有熟人的朋友采用这种办法。他要求并得到一封"盖有国王封印的信"，把这封信放到了小儿子面前。

"盖有国王封印的信"，是一张空白花笺，在它上面印着王室的徽章，国王和上层贵族想抓谁的话，填上名字就行了。

看着这张纸片，伏尔泰明白父亲这次是彻底认真了，自己正站在生活的十字路口上：要么到强制空闲、什么也不许干、甚至不能随便动一下的监狱里去，要么按父亲的意愿，写一份到法律学校勤奋用功的申请书。

伏尔泰对亚鲁艾爸爸说，自己选择了后一种出路，并保证做勤奋和用功的模范。

很快，伏尔泰的勤奋便成为了整个镇子谈论的话题。不过他把勤奋投入了自由创作小册子的幸福之中，这可不大符合亚鲁艾爸爸的口味。这使他又

好家风

被赶到了乡下。伏尔泰在乡下的清新空气中待了一整年，得到准许刚刚返回到首都巴黎，笔下的文章又把这个才子送往他乡异地，这回可是第一次真正的流放！因为他讽刺了摄政王，尽管这个老家伙很卑鄙，怎样写他都不过分。

从此以后，只要伏尔泰笔底下涌出点什么，他就必定要换个落脚的地方，跟他的鹅毛笔过不去的人还不少呢！当然，喜欢他作品的人肯定多一些，不然在伏尔泰80多岁时，为什么还说要买一本大白纸和散装的咖啡，以便在无法逃脱的死亡到来之前再写一部书呢？

最优秀的船长

富兰克林（1706—1790），著名的美国科学家和政治家。他曾创建了美洲第一个公共图书馆，创办了宾夕法尼亚大学，参加起草了美国的《独立宣言》，他在世界上第一个揭示了雷电之谜，首次阐明了电的性质，并发明了避雷针。他被誉为美利坚民族的"科学和政治之父"。

1706年，本杰明·富兰克林出生在美国波士顿。他的父亲原是英国染匠，后来到美国，以制造蜡烛和肥皂为业。富兰克林在家排行老八，是男孩中最小的一个，他8岁时进公校读书，但因家庭拖累，只上了两年小学、一年写算学校就辍学回到家中的店里打杂。

波士顿是东临大西洋的一个港口城市。在海边长大，受大海的熏陶，使富兰克林从小酷爱自由，养成了不怕风浪、不畏强暴的性格。

1717年盛夏的一天，一艘荷兰帆船正驶向波士顿港。这时，天色骤变，海湾波涛汹涌，白浪滔天。忽然，一个红头发的水手指着右舷远处，惊呼起来："伙计们，快看！"

好家风

大家顺着他手指的方向，只见一只小船在波涛中沉浮着，像一片落叶，随时都可能被吞没，上面隐隐约约还有几个孩子在挥手，情况看来十分危急。帆船立刻改变航向，顶着风浪，向小船驶去。大约一刻工夫，小船清晰可见，大家意外地看到，小船上有四五个赤膊的孩子，个个精神抖擞，喜笑颜开，丝毫没有呼救的意思，为首的少年约莫十一二岁，又黑又胖，正稳坐船头，挥着手"一二一"地指挥着小伙伴们划桨。

"孩子们！快上大船，太危险了！"荷兰水手大声地喊着。"没关系，你们自己当心吧！"浪涛中传来小"水手"们快活的回答。

巨浪一排排涌过来，只听见"小船长"一声"加油"，孩子们划得更勇猛了。小船在波峰浪谷间，一起一伏，仿佛在向大海挑战。孩子们使劲地划着，划着，脸上洋溢着和大海搏斗的无穷乐趣。帆船上的人都为这群勇敢的孩子们惊叹不已，有的担心，有的赞扬，还有的挥帽致意。一位水手打赌说，驾舟的小黑胖子将来一定能成为最优秀的船长。

这个黑胖蛮勇的"船长"，就是富兰克林。

不过，他并没有成为船长，而是勇敢地面对着社会的黑暗和不公，面对着大自然的奥秘进行挑战，被人们称为"攫雷电于九天之上，夺强暴于权威之手"的历史中的英雄。

小建筑师和他的罗马水道

卢梭（1712—1778），法国思想家。少年时代在意大利、法国流浪，后研究哲学、自然科学，著有《论人类不平等的起源》《社会契约论》《爱弥儿》等大胆的思想性著作。还写下了自传体巨著《忏悔录》，终身过着孤独的生活。

让·雅克·卢梭是法国思想家。他的著作《社会契约论》主张回归自然，被称为法国革命的导火线。他少年时代是一个"没法管"的孩子。

雅克1712年出生于日内瓦。生下没几天，妈妈就撇下他死去。因为雅克生下来的时候几乎是个死孩子，人们都认为他也活不了几天。

雅克的爸爸是一个钟表匠。他的爷爷留下的财产本来就很微薄，还要由15个子女平分，分到他爸爸名下的那一份简直和没有差不多，全家就靠爸爸当钟表匠糊口。作为修表行里的能手，爸爸曾应聘到君士坦丁堡去当宫廷钟表师。尽管手艺过人，但爸爸对任何事都没有恒心，他是个富于幻想的人。

雅克不知道爸爸当时怎样忍受失去妈妈的悲痛，他只知道爸爸的悲痛一直没有减轻。每当爸爸拥抱雅克的时候，总对雅克说："雅克，我们谈谈你妈妈吧？"

雅克便跟着爸爸说：

"好吧，爸爸，我们又要哭一场了。"

这一句话会让爸爸流下泪来。接着他哽咽着说：

"唉！你把她还给我吧！安慰安慰我，让我能够减轻失掉她的痛苦吧！你把她在我心里留下的空虚填补上吧！孩子！若不是因为你是你那死去的妈妈生的孩子，我能这样疼你吗？"

雅克的妈妈留下了一些小说。每天吃过晚饭，雅克就和爸爸读这些小说。起初，爸爸想用这些有趣的读物让雅克练习阅读，但是不久以后，父子俩就兴致勃勃地轮流读，没完没了，通宵达旦。常常一本书到手，不一气读完是决不罢休的。有时爸爸听到早晨的燕子叫了，才很难为情地说："我们去睡吧，我简直比你还孩子气呢。"

通过这种奇妙的教育方法，雅克很快地获得了娴熟的阅读能力和理解能力。

在雅克7岁时，他和爸爸把妈妈的藏书看完了，父子俩又拿外祖父留给妈妈的书来读。雅克真幸运，里面有不少好书，奥维德的《变形记》，封得奈尔的《死人对话录》，莫里哀的《丈夫学堂》，还有普鲁塔克的《名人传记》，这本书从16世纪起就已成为一切拥护共和国的人们的公民读本。雅克把它们一齐搬到爸爸的工作室，每天爸爸修理钟表时，他就读这些书给爸爸听。与他同龄的孩子比较，雅克对这些书有一种罕见的兴趣，特别是普鲁塔克，他成为雅克最心爱的作者，雅克手不释卷一遍又一遍地读那部《名人传记》，对书中的希腊和罗马的伟大人物，雅克崇拜备至。他每逢读到一位英雄的传记，他就想象自己变成传记中的那个人物，达到了忘我的程度。有一天，雅克在吃饭时讲起罗马英雄西伏拉的故事：

"公元前507年，伊斯特拉坎人包围了罗马，无畏的西伏拉前去行刺侵略者的国王波森纳，但认错了人，刺死了国王的助手。他在被逮捕审问时，把手勇敢地放在火盆上烧，一声不响，以显示罗马人抵抗侵略的决心。"

讲到西伏拉的壮烈事迹时，为了表演他的行动，雅克伸出手放在火盆上，当时把大家都吓坏了。

在家里,雅克有一个比他大 7 岁的哥哥,他在学修理钟表的手艺。家里人对雅克过分疼爱,对这个哥哥则有些漠不关心,把他送到别的师傅那里去学艺,因此他经常偷跑出去。有一次,爸爸生气了,狠狠地打哥哥,雅克急忙冲到他们两人中间,紧紧地搂住哥哥,用自己的身子掩护他,替哥哥挨打。最后,爸爸只好把哥哥饶了。后来哥哥终于由家里逃走,一去无踪。这样一来,雅克就成了爸爸的独子了。

在哥哥逃走之后,家里人对雅克更是关怀备至。家里人从来不让雅克单独在街上和其他孩子们一齐乱跑,对雅克那些稀奇古怪的脾气也从来没有抑制。雅克好多说话,嘴馋,有时还撒谎。他偷吃过水果,偷吃过糖果或其他一些好吃的东西,但他从来不毁坏东西,虐待可怜的小动物。有一次,他趁一位邻居克罗特太太上教堂去的时候,在她家的锅里撒了一泡尿。说真的,雅克一直觉得这件事十分好笑,因为那位克罗特太太虽然是个善良的女人,但实在可以说是雅克从没有遇见过的爱唠叨的老太婆。

除在父亲身边念书写字以外,别的时间雅克总跟苏森姑姑在一起,在她身边坐着或站着,看她绣花,听她唱歌,心中十分快活。苏森姑姑为人好说好笑,很温柔,容貌也可爱,她两鬓上卷起的两个黑发小鬏,那是当时流行的式样,给雅克留下了极为深刻的印象。

雅克对于音乐的爱好,确是受了姑姑的影响。她会唱无数美妙的小调和歌曲,以她那清细的嗓音,唱起来十分动听:

> 我真没有胆量啊,狄西!
> 再到那小榆树下,
> 倾听你的牧笛;
> 因为在我们的小村里,
> 已经有人窃窃私议。
> 心儿是冒着危险的,

好家风

> 如果对一个牧童，
> 太那么一往情深，
> 无所畏惧，
> ……

这就是雅克踏入人世后的最初的感情，他开始养成一种既十分高傲，又不受约束的性格。

但是，一次意外的变故彻底打断了雅克的这种教育，其结果影响了他后来的一生。雅克的爸爸跟一个名叫高济埃先生的法国陆军上尉发生了一场纠纷，高济埃和议会里的人有亲戚关系。这个高济埃为人蛮横无理而又胆小如鼠，爸爸把他鼻子打出血了。为了报复，他就诬告雅克的爸爸在城里向他持剑行凶。他们要把雅克的爸爸送入监狱，爸爸只好离开日内瓦。

爸爸走后，舅舅贝纳尔做了雅克的监护人。舅舅那时正在日内瓦防御工事中任职，有一个和雅克同岁的儿子。他们一起被送到包塞，寄宿在朗拜尔西埃牧师家里，在那里跟他学习拉丁文。

乡村的生活，把雅克那种罗马人的严峻性格减弱了一些，恢复了他童年的稚气。在日内瓦，谁也不督促，雅克却喜欢学习，喜欢看书，那几乎是他唯一的消遣；到了包塞，功课使他对游戏发生了爱好。乡村对他真是太新奇了，雅克对它产生了浓厚的兴趣。

朗拜尔西埃先生是个很通情达理的人，他对孩子们的教学从不马虎，但也不给他们过多的课业。他在这方面安排得很好，尽管雅克很不愿意受老师管束，可从来没感到厌恶，他学到的东西虽不多，可是都没有费什么力气就学会了，而且一点也没有忘掉。朗拜尔西埃先生对雅克和他的表兄不但有父亲般的慈爱，还拥有父亲般的权威，遇到他们应该受罚的时候，他只是以惩罚来吓唬一番。这使雅克感到十分新鲜。他不但不怎么害怕，反倒希望尝几回他的责打。

淳朴的农村生活，给雅克带来了不可估量的好处，他的心里豁然开朗，懂得了友情。雅克和贝纳尔表兄相处得很亲密。表兄是一个身材高大却十分孱弱的男孩,他性情柔和,不以自己是监护人的儿子而过分利用家里对他的偏爱。他俩的功课、游戏和爱好完全相同,一时一刻谁也不能离开谁。

上课的时候,贝纳尔表兄背诵不出来,雅克就小声提示他;雅克的练习做完以后就帮助表兄做;游戏的时候,雅克的兴趣比他大,总是做他的辅导。总之,他俩性情是如此相投,几乎是形影不离。他们也常打架,但是从不需要别人来劝解,因为小哥俩之间的任何一次争吵,从来没有超过一刻钟,而且也从来没有谁去向老师告对方的状。

最值得一提的,是雅克和贝纳尔表兄的一宗"伟大工程"——栽一棵小柳树。

在朗拜尔西埃先生家的院门外边,左侧有一片土台,下午大家常到那里去闲坐,但那里一点荫凉也没有。为了使它能有点荫凉,朗拜尔西埃先生叫人在那里栽了一棵胡桃树。栽这棵树时仪式相当隆重,雅克和表兄两个寄宿生作了这棵树的教父。人们往坑里填土的时候,他俩每人用一只手扶着树,唱着凯歌。为了便于浇水,在树根周围还砌了个池子。雅克和表兄每天都兴致勃勃地看着人们浇水,他们天真地确信:在这土台上栽一棵树比在敌人堡垒的墙孔上插一面旗帜还要伟大;因此他俩决心取得这种光荣,而不让任何人分享。

他们砍来一根嫩柳树枝子,也把它栽在土台上,离那棵雄伟的胡桃树大约有十来尺。他们在自己那棵小树根下围起一个池子。可是没有水往里浇,水源离得相当远,人家又不许他们跑去提水。但柳树非浇水不可。那几天,雅克和贝纳尔表兄想出种种诡计来给它浇水。小哥俩太爱这棵小树了,他们亲眼看到它发了芽,长出嫩叶来,不时地量一量叶子长了多大。尽管全树不过一尺高,但他们确信它不久便会带来荫凉的。

这棵小树占据了两个孩子的整个心灵,弄得他们干什么也不能专心,一点书也念不下去,简直就像发了疯,眼看着小树要干死。

一天,雅克急中生智,想出了一个窍门,能保证小树免于一死,那就是

好家风

在地底下掘一个小暗沟，把浇胡桃树的水给小柳树暗暗引过来一部分。他们积极地执行了这项措施，但是起初并未成功，那个沟的斜坡做得太不合适，水根本不流，土往下坍，把小沟给堵死了，入口处又塞满了一些脏东西，一切都不顺利。但是两个小建筑师并不灰心。他们把小沟和小柳树根下的池子挖深了一些，让水容易流过来，又把小箱子的底劈成小窄木板，先一条接着一条地平铺在沟里，然后又用一些斜放在沟的两侧，做成了一个三角形的水道。在入口处插上一排细木棍，棍与棍之间留有空隙，好像一种铁笼子或澡盆里的放水孔，可以挡住泥沙石块，而又能使水流得通畅。他们非常仔细地把这项工程用土盖好，并且把土踩平。全部完工的那一天，小建筑师们怀着希望和恐惧交织在一起的紧张心情，等待着浇水时刻的到来。

这个时刻终于来到了。朗拜尔西埃先生跟往常一样，来参加这项工作；在浇水的时候，小哥俩老站在他身后，以便掩护那棵小柳树；最侥幸的是，他始终是背对着树，没有转过身来。

头一桶水刚刚浇完，小哥俩就看见水流到自己砌的池子里。看到这种情景，小建筑师们忘掉了谨慎，不由得欢呼起来，朗拜尔西埃先生因此回过头来。这一下可糟糕了！他刚才看到胡桃树底下的泥土大量吸收水分，认为是土质好，心里非常快活；此时，他忽然发觉水分到两个池子里去了，不禁吃了一惊，也大声叫起来。他仔细一瞧，看破了诡计，立刻叫人拿来一把大镐，一镐下去，雅克他们的木板就飞起了两三片，他大声喊道："一条地下水道！一条地下水道！"然后毫不留情地把各处都给刨了，每刨一下子，雅克小哥俩觉得都刨到他们的心上。一刹那间，木板、水沟、池子、小柳树，全部被刨得稀烂。在这一段可怕的破坏工作中，朗拜尔西埃先生什么话也没说，只是不停地叫着"地下水道、地下水道"。

雅克和表兄除了起初有点惊慌，也没有觉得太难过。他们在别处又栽了一棵树，虽然小哥俩也常常提起第一棵树的悲剧，但他们觉得能够亲手筑成一条地下水道，栽一棵小柳枝来和大树竞赛，那简直可与布鲁图斯的罗马水道工程媲美，真是至高无上的光荣。

两年过去了,雅克又到日内瓦,住在舅舅家里,等待着人们对他前途的安排。舅舅希望自己的儿子当工程师,他教给雅克的表兄一点制图学,并给他讲欧几里得的《几何学原理》。雅克也陪着他一起学,并且发生了兴趣,特别是对于制图学。这时大家都叫他钟表匠。雅克很喜欢做牧师,他觉得传道说教倒挺有意思,可是母亲遗产每年的那点收入是不够供他继续读书了。

舅舅和父亲一样,也是个喜欢玩乐的人,不善于用义务约束自己,所以很少关心雅克。舅母是一个虔诚的女人,她宁愿去唱圣诗,也不愿注意孩子们的教育,对他们几乎是完全放任的。

但雅克小哥俩很懂得自律,从不跟那些年纪相仿的顽童们厮混,他们整天在家里忙个不停,做自己感到有趣的游戏。小哥俩自己做鸟笼子、笛子、毽子、鼓,盖小房子,做水枪、弩、弓等玩具。他们也学年迈的外祖父那样制造钟表,有时竟弄坏了他的那些工具。另外还有一种雅克最喜欢的爱好,就是在纸上涂抹,起画稿,施墨,加彩。有一个名叫刚巴高尔达的意大利江湖艺人到日内瓦来,雅克小哥俩去看过他的木偶,回来后,他们也造起木偶来;那个意大利人让他的木偶演一些喜剧,雅克小哥俩也为自己的木偶编喜剧。没有变音哨子,他们就用假嗓子学那滑稽小丑的语声,来演动人的喜剧,大人们很喜欢小哥俩的节目。

雅克小哥俩不喜欢结交同伴,出去散步的时候,看到孩子们玩耍,他们不羡慕,也不打算参加。由于小哥俩形影不离,人们注意起他们来了。雅克的表兄身材很高,而雅克很矮,这样的一对兄弟确实十分可笑,表兄神气柔弱,步伐无力的样子常招得孩子们嘲笑。那些孩子给贝纳尔表兄起了一个绰号,叫他"笨驴",只要小哥俩一出门,就会在周围响起一片"笨驴、笨驴"的喊声。贝纳尔表兄对于这种嘲笑比雅克更能处之泰然。雅克恼火了,成了打抱不平的骑士,想跟他们打架,这正是那些小流氓求之不得的。雅克跟他们打起来了,结果挨了打。可怜的表兄尽力帮助雅克,可惜他弱不禁风,人家一拳就把他打倒了。这么一来,雅克简直气疯了。虽然他脑袋上、肩膀上挨的那几拳也不轻。

好家风

雅克少年时代的大好光阴,在舅舅家里度过了3年,舅舅根据雅克的"天性",经过再三考虑,终于给外甥选择了一个职业:在本城法院书记官马斯隆手下学习"承揽诉讼人"的行道,依照贝纳尔舅舅的说法,那是种有用的职业。雅克对"承揽诉讼人"这个雅号讨厌透了。天天干这行业务真是枯燥无味,令人难以容忍,加上工作时间又长,还得和奴才一样听人驱使,雅克心里就更不高兴了。他每走进事务所大门的时候,总是怀着憎恶的心情。

马斯隆先生很不满意,经常骂雅克,指着鼻子说他懒怠和蠢笨,每天都喋喋不休地说:

"你舅舅硬说你会这个,会那个,其实你什么也不会。他答应给我送来一个能干的小伙子,哪知道送来的却是一头驴。"

结果,马斯隆先生以"无能"的罪名,把雅克赶出了那家事务所;照那些办事员们的说法,雅克除了使用钟表匠的锉刀以外,没有别的用处。他们还大咧咧地指拨雅克,最好识相一点,别投靠钟表制造匠,去给一个零件雕刻师当徒弟就可以啦!

雅克只好去当学徒了。书记官的轻蔑态度实在把雅克的骄气压得太低了,他依命而行,毫无怨言。

雅克的师傅,人称杜康先生,是一个脾气粗暴的青年,在很短的期间里,就把雅克儿童时代的一切光华全都磨光了;他摧残了雅克那温柔多情、天真活泼的性格,使他不但在实际生活上,而且在精神面貌上变成了一个真正的学徒。雅克的拉丁文,他所学的古典文学和历史,都长期抛在脑后,他甚至记不起世界上有过罗马人。他不由得感到,在人们的心目中,自己再也不是风流潇洒的让·雅克了,朗拜尔西埃兄妹决不会认出自己是他们的学生,他真不好意思去拜访他们。从那以后,最低级的趣味、最下流的习惯代替了雅克当年可爱的娱乐,尽管他受过良好的教育。

起初,雅克对手艺本身并不讨厌。他非常喜欢打图样的艺术,挥动刻刀也觉得很有趣味。在钟表这一行里。雕刻零件,用不着多高超的技术,所以雅克希望在这方面能干得很出色。

雅克很爱读书，也很爱做手工，而且他的性格是不惯受约束的。但在这里占用工作时间偷着看书，会招来师傅的惩罚，雅克就背着他在工作时间搞一些对自己有吸引力的东西。

一天，雅克雕了一些骑士勋章，供自己伙伴们佩戴之用。师傅发现他私下里干这种违禁的活儿，痛打了他一顿，并且说雅克在练习制造伪币，因为勋章上面刻有共和国的国徽。雅克根本不懂得什么是伪币，他对罗马"阿斯"*的铸造方法倒挺熟悉。

由于师傅的专横，使雅克对本来喜爱的工作感到苦不堪言，并使他染上了撒谎、怠惰的恶习。

雅克感到自己完全成了杜康师傅的奴隶，一切正当的自由完全化为乌有了。过去跟父亲在一起的时候，他肆无忌惮；在朗拜尔西埃先生家里的时候，他无拘无束；在舅舅家里，他谨言慎行；可到了师傅这里，雅克变得胆小如鼠了。当初跟长辈在一起的时候，雅克过惯了完全和他们一样的生活：没有一种娱乐他不能参加，没有一种佳肴会缺少他的一份，他心里想什么，嘴里便说什么。而在师傅家里雅克有话不敢张嘴；饭只吃到三分之一时候，就得离开饭桌。马上走出去；在这里，他一天忙到晚，看见别人有玩有乐，只是自己什么也享受不着，主人及其狐朋狗友的逍遥放荡，越发使雅克感到受人奴役的重压，就是从前使他躲过责罚的那些聪明话，而今也休想再说了。

雅克记得一件事情：

某天晚上在家里，因为淘气，爸爸罚小雅克不吃饭就上床睡觉；当他拿着一小片面包从厨房走出去的时候，看见并且闻到铁叉子上烤着一大块肉。大家站在炉灶周围，小雅克从那儿走过去，不得不向他们每个人道声晚安。道过晚安之后，他向那块肉瞥了一眼，哎呀，它的颜色多么好看，它的味儿多么香啊！小雅克不由自主地也向它鞠了一躬，用悲戚的声音对它说："烤肉，再见吧！"这句灵机一动、天真无邪的玩笑话是那样逗乐，爸爸和家里人到

---

*阿斯：古罗马青铜币名。

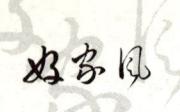

底还是叫小雅克一块吃晚饭了。在师傅家里，小雅克的这种机灵劲儿再也不见了，既便有，他也决不敢说出口来。

就这样，雅克学会了隐瞒、作假、撒谎，最后，还学会了偷东西——虽然第一次偷东西是出于给人帮忙的好意。

雅克的师傅有位伙友，叫作维拉，他家与杜康先生为邻，稍远处有一个园子，园中种着最名贵的龙须菜。这时维拉手头不大宽裕，他想背着自己的母亲偷几棵刚刚长成的嫩龙须菜，当作鲜货把它卖掉，换几顿酒饭吃。他自己不愿意去冒这个风险，而且他手脚也不灵便，就选中雅克去办这件事。

他首先恭维了雅克一顿，雅克当时没有识破他的用意所在，所以很容易就上了圈套。然后，他假装忽然想出这个主意，让雅克去干。雅克开始拒绝了好半天；可是维拉向他百般阿谀奉承，雅克抵抗不住，结果投降了。

每天早晨，雅克去割一些最好的龙须菜，拿到茂拉尔市场出售；市场上有位老太婆，她猜雅克是偷来的，便向他当面揭穿，以便贱价收买。雅克做贼心虚，只好凭她随意给价，然后将钱如数交给维拉，这钱马上变成一顿酒菜。维拉给的一点小费，已使雅克心满意足了，至于他们的酒杯，雅克摸都没有摸到。

这种小把戏雅克一直干了好几天，丝毫没有想到偷窃一下偷窃者，即从维拉盗卖龙须菜的收入中抽个头儿。他实心实意干这种勾当，唯一的动机就是为了讨得主人的欢心。

这样一来，雅克感到偷窃并不像自己原来想象的那样可怕。他对这门学问很快便登堂入室，凡是想弄到手的东西，只要力所能及，那就一搂到手。

在师傅家里，每次端来美味的时候，他便把雅克赶下桌子，然后自己大吃特吃，雅克觉得这简直是在培养馋鬼和小偷。没有多久，雅克便兼任这两种角色了；一般来说，他总是得心应手，只偶尔被捉住挨顿苦揍而已。

有一次，雅克为了偷一个大苹果，付出了很大的代价。那苹果放在储藏室的最里边，那间储藏室上面有个很高的格子窗，厨房里的阳光可以射到里面去。有一天，家里只有雅克自己一个人，他便登在案板上，把烤肉的铁叉子伸进格子窗，看它是否够得着，它太短了。雅克又找了一个小叉子，他的师傅喜欢打猎，为了烤打来的野味，所以专门预备一个小叉子，雅克把两个叉子接在一起。但他扎了几次，都没有成功，最后，到底扎上了一个苹果，这可把雅克乐坏了。他小心翼翼地往上拉，苹果已经接近格子窗户了。雅克伸手去拿。但是苹果太大，从格子里拿不出来。为了拿它，雅克费了不少苦心！要使铁叉子不掉下来，他必须找个夹住它的东西，要切苹果，他必须找把相当长的刀子，在切的时候，又必须有一块托板。等万事齐备以后，雅克开始切苹果，打算把它切成两半，分别取出来。但是，他刚刚切开，两块苹果就都掉到储藏室地下去了。

雅克并没有丧失勇气，不过他怕时间长了被人逮住，只好等第二天再来尝试。

第二天，雅克找了适当机会，又作了一次新的尝试。他爬上楼板，伸出铁叉，对准苹果，正准备去扎……谁知道储藏室的门吧嗒一声开了。师傅走出来，两手一叉，瞪着雅克，对他说："好哇……"

由于经常挨打，雅克渐渐对挨打也就满不在乎了。后来，他觉得这是抵销偷窃罪行的一种方式，自己反倒有了继续偷窃的权利了。雅克心里想，既是按小偷来治我，那就等于认可我做小偷。在这种思想的支配下，每当雅克偷东西的时候，就比以前更加心安理得了。他对自己说："结果怎样呢？挨揍吗？管它呢！我生来就是为挨揍的。"雅克没有把他的偷技长期局限在食物上，不久他便把它扩展到自己所希求的一切东西上面去了；后来雅克所以没有变成职业小偷，只是因为一向不爱钱的缘故。

在作坊的一端，雅克师傅另有一间私室，门老是锁着，雅克想了个窍门，把它打开，然后再人不知鬼不觉地把它关好。他潜入那个房间，征用了师傅的工具、精美图案和产品模型，凡是雅克所喜爱，凡是师傅有意瞒着他的东西，雅克都拿。由于能够自由支配那些小东西，雅克心里喜欢得不得了；他觉得，在偷师傅的产品时，仿佛连他的技术都偷来了。在一些小匣子里，雅克发现有碎金块、碎银块、小宝石、贵重物品和钱币。但雅克没有去摸匣子里的任何东西，也没贪婪地看上一眼。

雅克虽然染上了学徒的种种恶习，但是，他对这些恶习没有真正的兴趣，他也讨厌伙伴们的那些娱乐。由于束缚重重，连对工作都感到乏味的时候，雅克对一切都开始厌倦了。雅克把久已放弃的读书重新捡起来。因为是占用工作时间偷着看书的，因此造成一种新的罪过，惹来一些新的惩罚。不过，他的读书越受到限制，兴致也越高，不久，就陷入狂热状态了。

一个有名的女租书商，名字叫拉·特里布，她向雅克提供各种各样的书籍。雅克开始不加选择地贪婪地阅读起来。他在干活的案子上读，出去办事的时候读，蹲在厕所里读，经常一连几小时沉醉在书籍里，读得头晕脑胀，别的事儿什么也干不下去了。师傅窥探雅克，捉住他，打他，抢走他的书。雅克有很多本书被撕毁，被焚烧，被扔到窗户外边去了。雅克没钱的时候，就把自己的衬衫，自己的领带，自己的衣服给那位租书商顶账。每星期日，雅克把师傅给的三个苏零花钱都送去给她了。

新的兴趣完全征服了雅克。除了读书以外，雅克什么都不想干，连东西也不想偷了。书使雅克如醉如痴，忘却一切，一心只想自己所倾慕的新的东西。雅克口袋里只要有一本新书，他的心就怦怦跳了起来，恨不得一口气把它读完。只要剩下他一个人，他马上就把它掏出来，这时，雅克再也不想上师傅的私室里去乱翻了。只要有书放在口袋里，其他一切就全都抛到九霄云外。不管得到多少钱，雅克都原封不动献给那位女老板。当她向雅克催索欠款的时候，他便立刻拿自己的东西去抵偿。这样不到一年工夫，雅克把拉·特里布这家小书铺的书全读光了。

雅克对书籍，虽然有时选择不当，而且其中常常有些很坏的东西，可是，凡是他所读过的书籍，在内心里，都比他自己的职业能唤起更高尚的感情。雅克以沉思默想书中曾使他最感兴趣的环境来自娱，他追忆那些环境，改变它们，综合它们；把自己变成想象的人物之一，并使设想的那些空中楼阁恰恰适合自己的身份。到了最后，由于雅克喜欢这种空中楼阁，又容易到那里去神游，结果，他讨厌起周围的一切来，养成了爱好孤独的性格。就这样，雅克长到了16岁。他心神不安,对自己和其他一切都感到不满,对自己的工作毫无兴趣,他没有16岁少年应有的欢乐。

每到星期日的时候,伙伴们在做过礼拜以后,就来找雅克跟他们一同出去玩。在未去以前,如果雅克有可能逃走的话他宁愿逃开。不过,一旦参加他们的娱乐,雅克比谁都兴奋,比谁都跑得远。当大家到郊外去散步的时候,他总是跑在前头,除非别人提醒他,连到时候该回去都忘了。当时,日内瓦每个城门外边有三个吊桥,晚上关城门时吊起,第二天早晨开城门时放下来。有两回雅克不得不在城外过夜,因为在他回城以前,城门已经关上。第二天受到怎样的处分,是可以想象的。第二次,师傅警告他说,如果下次再犯,一定严惩不贷,因此雅克下定决心不再冒险了。可是,这个万分可怕的第三次仍然落到了他的头上。米努托里队长是一个该死的家伙,当他看守城门的时候,总比别人提前半个钟头关城门。雅克虽然早有警惕,结果也毫无用处。那天,他跟两个伙伴一同回城。离城还有半里,雅克听见预备关城的号声响了。他两步并作一步走。听见鼓声咚咚地响了起来。雅克拼命往前跑,跑得通身大汗,连气都喘不上来,心怦怦直跳。雅克远远看见那些兵士还在站岗,赶紧跑上前去,上气不接下气地呼喊,可是已经迟了。在离前卫二十步的地方,雅克看到第一号桥已经吊了起来。当雅克看到号兵吹起可怕的号角的时候,他身上就哆嗦起来,因为这是凶多吉少的预兆。他那不可避免的遭遇就从这一刹那开始了。雅克万分悲痛地倒在斜堤上,嘴啃着地。伙伴们对于他的不幸只是觉得可笑,他们马上决定应该怎么做。雅克也确定了自己的方针,但跟他们完全不同。雅克当场发誓,从今以后,再也不回师傅那儿去了。第二天,城门开后,他们回城的时候,雅克就跟他们永远道别了。雅克只是恳求他们把他的决定偷偷告诉表兄贝纳尔,通知他再见一面的地点。

自从雅克当学徒以后,因为住的地方离表兄家较远,二人就很少见面了。最初,他们每星期日还聚会一下,但是后来不知不觉两人就渐渐疏远起来。雅克知道,这种变化大部分是他母亲促成的。他是上城区的子弟,而雅克不过是个可怜的学徒,住在贫困的圣·日尔维区。尽管有亲戚关系,他们的身份

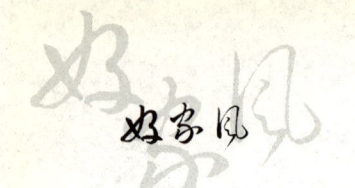

是完全不同的。贝纳尔表兄若跟他常来常往,那是有失体面的事情。

不过,小哥俩的关系并没有完全断绝。表兄为人憨厚,尽管有他母亲的训诫,他有时还是按照自己的心愿办事。他听到雅克下定决心以后,就跑来看他。他跑来不是为了劝阻雅克或者陪他逃走,而是为了送给表弟一点财物,以便减轻出逃中的困苦,因为以雅克自己的财力,他是不能走出多远的。表兄还送给他一把短剑,雅克非常喜爱它。

雅克明白,表兄没有阻止自己逃走,或者跟自己同行,那一定是他母亲的主意,也许还有他父亲的主意。当表兄看到雅克已经下定决心的时候,他们就分手道别,雅克从此听天由命、远走高飞了!

假若雅克遇见的是一个比较好的师傅,他的前途该是什么样子呢?他会在日内瓦雕刻行业中当一名善良的手艺人,过那种平稳安定的、默默无闻的生活,雅克的想象力是非常丰富的,它足可以用那些绚丽的幻想来美化任何生活;他可以听从自己的性格,在自己的宗教、自己的故乡、自己的家庭、自己的朋友间,在自己所喜爱的工作中,在称心如意的交际中,平平静静、安安逸逸地度过自己的一生。他本来可以热爱自己的职业,也许还能为这个行业争光,当然大家很快就会把雅克忘掉。

可是,事情偏偏不是如此……当时雅克还是个孩子,就离开家乡,离开亲属,没有依靠,没有生活来源;学艺刚学了一半,还没掌握足以谋生的技能,就中途而辍,在稚弱无知的年龄,置身于没有任何出路的悲惨的穷困境遇中……

但雅克一想到获得独立,自由地支配自己,做自己的主人,他便以为什么都能做,什么都做得成,只要一纵身就能腾空而起,在空中翱翔了,他尽可以安全稳妥地进入广阔的天地,那里,将充满他的丰功伟绩。

出逃的小神父

狄德罗（1713—1784），法国启蒙思想家、哲学家。出身于手工业者家庭。团结许多进步思想家，不顾迫害，坚持20余年，主持完成了《百科全书》这部巨著。

20世纪，全世界有50多个国家出版过百科全书，它们各有风格，自成体系。现在出版百科全书的国家更多了，学者们把繁多、庞杂的知识分门别类地编辑成书，大大方便了人们的日常生活和研究工作。最早真正地给世人带来这些福音的人，是现代百科全书之父狄德罗。

1713年10月5日，德尼·狄德罗出生于法国东部马恩省的朗格尔市，这座城市有着古老的战争历史，在淡褐色的山间陷落盆地和谷地之间，疏朗地耸立着一座座的军事建筑，四周的景色十分幽静、协调。

德尼的家族是个富裕的手艺世家。他的父亲是个制刀师傅，匠艺高超，对手里的活儿一丝不苟。

狄德罗的父母一共生育了七个子女。德尼在家里排行老二，不过实际上就是老大，因为家里的第一个男孩在出生时就夭折了。德尼出生后的第三年，

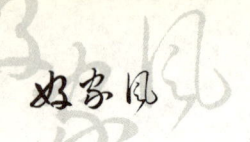

妈妈又给他生了一个妹妹，名叫黛尼丝，德尼非常喜欢她，没事就来逗小妹妹玩，吻她金黄色的头发。

狄德罗一家对宗教仪式表现得非常虔诚。每到了礼拜天，在去教堂的路上，父亲会穿上华丽的上衣，头戴漂亮的参加典礼用的假发，手里拉着两个最小的弟妹，走在前面，妈妈和另两个弟妹紧跟在后面。德尼则逍遥自在地走在最后，他已经十来岁了，头脑机灵、任性、常爱闹些别扭。不过虽然如此，他的爸爸妈妈对他的期望很大，一心想把他培养成一个神父。在那个年代，神父的位置使人想到财富和权势。朗格尔市的教会，在法国很有名望，享有巨大的特权和优厚的俸禄。

让德尼从事圣职还有另一个原因，他的舅舅是一个念诵经文的神父，表情严酷、性情古怪。他和道友们的关系很糟，他常以嘲弄他人愚蠢、滑稽的言行作为消遣。

"把德尼培养成一个神父吧，"有一天，舅舅向德尼的爸爸妈妈说，"我将来把我的房子和职务让给他。"

德尼毫无怨言地接受了家里人为他选好的职业。他进了教会学校接受免费教育，凭借他超乎常人的智慧和对基督的虔诚之心，他成了学习拉丁文和数学的高才生。

德尼的才华引起了某些同学的嫉妒，为此德尼一次次地和他们发生口角和打斗。这种不屈不挠、讽刺、好斗的脾性正是从舅舅那儿继承来的。

初一年级结束时，学校开授奖大会，德尼被禁止出席，原因是处罚他在一次口角中挥拳痛击了对方。但德尼没有等待，他要进去领取光荣榜上归他名下的奖品和花环。他不顾校门口张贴的禁令，成功地混进了人群。可门卫发现了他，一个劲地跟踪追击。这个家伙竟用长矛向他的肋部戳了一下。德尼一声不吭。他领到了自己应得的奖品。奖品太多了，与德尼要好的同窗们帮他捧着奖品，簇拥着他，一直来到市中心广场。

爸爸妈妈正在为德尼被禁止领奖而忧心忡忡，当看到他脖子上套着花环，被兴高采烈的人群送了回来，在炼铁炉、风箱边干了半辈子活的爸爸骄傲地流出了眼泪。妈妈发现了德尼被长矛刺开的伤口，心疼地痛哭起来。

但是恼人的事情并没有结束。由于德尼违反禁令领取奖品，他的老师们开始把他看作是不守规矩的学生，在课堂上，他们动不动就为鸡毛蒜皮的小事申斥他。现在他对拉丁文腻透了！

一天晚上，他从学校回到家中，一副极不如意的样子，他把自己的打算告诉了父亲。

"那你想当刀剪匠了？父亲问道。

"我心甘情愿。"

"那好，明天六点钟，你到作坊里来。"

不过，很快就可以看出，德尼不是干刀剪匠人的材料。活儿刚干了四五天，德尼就损坏了许多刀具。经过了这一切，德尼解下了干活用的围裙。他对爸爸说：

"我宁愿烦躁无所归依，也不愿这么无聊……"

就在德尼对未来感到不知所措的时候，一件大的变故影响了他的整个一生：舅舅维涅隆与世长辞了。

舅舅临终前，提名由德尼继承自己的俸禄，但教会否定了他的愿望，再指定委托人，去罗马请求教皇最后裁决后，他断了气。这样，舅舅的决定宣告无效。

舅舅的死，使德尼非常苦闷。他深感朗格尔市里的环境为自己的生活设置的障碍太多！他渴望奔赴一个新的世界，在那里结识新的教师，学到比一般朗格尔青年更大的本领。

德尼拿定主意：到巴黎去。他悄悄地同一个堂兄弟商定了这次神秘的旅行，在通往巴黎公路边的肖蒙小镇，他们将乘长途驿车，一路驰向巴黎……

出发的那天，午夜时分，屋外刮起了狂风，德尼静静地躺在床上，他一点睡意也没有，他在等待12点的钟声，到那会儿他的冒险就要开始了，屋内一片寂静，毫无声响。

几个月来，他一直在想着这件事，由于害怕引起父亲的反对，他始终瞒

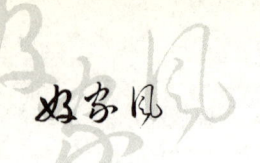

着家里的人。不过，父亲的心胸并不狭隘，也许他会同意儿子高尚的理想……

远处夜半的钟声响了 12 下，该动身了！为了不惊醒家里人，德尼光穿着袜子，一手抓住自己的鞋子，一手拿起他的小包袱。里面塞着几件衣服和少许干粮，钱嘛，堂兄那儿有……

他走下了最后几级楼梯，现在来到了大门前，他摸黑去找大门的钥匙，父亲每晚只把大门锁上一圈，可是钥匙没留在锁眼里！

"怎么，我的孩子，这么晚你还要到哪里去？我还不知道你有早起的习惯呢！难道你不知道午夜 12 点刚敲过吗？"

德尼怔住了。

父亲手里拿着烛台，腰间束着的浴巾在墙上投下晃动着的巨大黑影，他高大的身上披着睡衣。父亲脸色严肃地看着德尼。

德尼低声喃喃道："我要到巴黎去。"

"无论如何，今夜可不行，请回楼上去睡觉，把你的觉睡完，天亮我们再谈。"

德尼感到十分狼狈，一手提着鞋子，一手拎着包袱，回到他的顶楼去了。他的父亲，压抑着内心的不安，把这些告诉了德尼的母亲，她生气地哭了起来。

第二天，在德尼父亲的房间进行了一番激烈的讨论，为了拿出好的主意，主人邀请了许多的好友出席。德尼受到了仔细的盘问，他怎样解释自己昨夜的荒唐行为呢？德尼本人作了非常激动的表白，他的行动是为了追求更多的学问，父亲从儿子热切的眼神里看到了他那高尚的志向。德尼的赤子之心甚至也触动了客人们的心弦。大家决定让德尼到巴黎去。但附加了一个前提：要父亲陪他同去。

德尼终于为自己开辟了一条新的人生道路，也许在巴黎还有许多不如意的事情在等待着他，但对他的未来而言，巴黎的知识天地的确广阔多了。

跳跃的壶盖

瓦特（1736—1819），英国发明家。设计了被称为蒸汽机划时代发明的分离冷凝器。在伯明翰建立制造厂，奠定了广泛应用于机车的基础。

当人类工业文明的曙光初露时，瓦特出生在英国苏格兰一个叫格里诺克的工业小镇上。瓦特的父亲是一个专门制造航海用具的手艺人，还兼做买卖。瓦特的祖父、叔父都是机械工人。

瓦特小时候体质虚弱，学习成绩不佳，体育也很差。很少有哪个老师认为他有才能。多数老师认为瓦特"不爱学习"，评价他是"学习劣等生"。

但瓦特的父亲心中有数，他不这样认为。这位经验丰富、手艺精到的木匠，无形中给儿子的影响很大，使瓦特从小就养成一种勤于思考、爱摆弄机械的习惯。大人修理制造时，瓦特总喜欢站在一旁，摸摸这，问问那。要是大人回答得没让他满意，他会坐在一堆废木头上，两手托着下巴，想啊想的，想个没完。

一天，来瓦特家做客的客人，看见瓦特拿着彩色粉笔蹲在火炉旁，就对他父亲说："你应该把孩子送去上学，这样呆在家里玩耍可不好哇。"

好家风

瓦特的父亲回答说："在批评他之前，请你先看看我的儿子是多么忙吧！"客人仔细一看，原来，瓦特正在火炉上画着线和圈，还在上面标着计算出的数据和文字。于是，客人便向瓦特提了几个问题，没想到孩子回答得既快而又简洁。他这种非凡的才能使这位客人惊叹不已。

"冰冻三尺，非一日之寒。"瓦特过人的才能，不仅出于他喜欢动脑筋，而且还由于他善于设立疑问，就是生活中日见日闻的现象，他有时也要弄个明白，他脑子里的"为什么"太多啦！

有一次，壶里的水烧开了，小瓦特不赶快提下壶，却盯着它出神，他见热气"咻咻"直冒，壶盖呼呼地跳，脑子里又捉摸开"为什么"了。

"淘气鬼，水开了也不提，有啥好看的？"奶奶怪怨他。

"奶奶，为什么水开了，壶盖就一跳一跳呢？"

奶奶说："这也值得大惊小怪，水烧开了，壶盖自然就跳了呗。"

瓦特当然不满意这个回答，可是奶奶再也说不出什么道理来了。于是，瓦特就经常坐在火炉前，盯着烧水的壶。慢慢地他找到了原因，水烧开以后，憋不住的水蒸气一个劲地往外冒，就推动了壶盖，让它不住地跳。

家庭的影响，使瓦特从小就很喜欢自己动手，制造各种机械。十几岁时，瓦特到格拉斯哥当徒工，不久又去伦敦一家钟表店学徒。他心灵手巧，既肯于吃苦，又敢于大胆实践，从中弄懂了许多机械原理。

就这样，瓦特从不断地实践与摸索中成熟了起来。成年后他发明的蒸汽机成为工业上可用的发动机，并得到了广泛的应用。

再来一下

歌德（1749—1832），德国诗人、剧作家、思想家。早年学过法律，曾领导过德国的"狂飙运动"。后在意大利研究古代艺术，致力于文学创作和自然科学研究。其作品有书信体小说《少年维特之烦恼》、剧本《哀格蒙特》、自传《诗与真》等。其代表作为诗剧《浮士德》，取材于德国民间传说，长达12000余行。

1749年8月28日下午，时钟刚打响12下，位于德国莱茵河畔的法兰克福城的"皇家顾问官"的家里，一个婴儿呱呱落地了。他立即被取名为约翰·沃尔夫冈·歌德。

歌德的孩提时代是在父亲的严厉管教和母亲的爱抚中度过的。为了培养孩子们的坚强性格，父母让歌德和他妹妹单独睡在一个没有大人相伴的卧室里。晚上，两个孩子由于恐惧，经常爬起来去找仆人。这时，他们就会发现，父亲穿着宽大的睡衣，挡在过道里，直到把他们逼回屋里。母亲却不是这样，她诱导孩子们的勇气，并和他们订下约定，如果晚上他们自己能战胜害怕恐惧的话，第二天就能得到几个桃子作为奖品。

　　歌德，这个大眼睛、宽额头的孩子，和世界上所有的男孩子一样调皮。在歌德在老年时，曾经回忆过这样一个有趣的故事：

　　有一天，正好是卖陶器的集市日。人们赶集时不仅要置办些厨房必用的东西，而且还常常给孩子们买些小炊具、小餐具什么的让他们玩。这天下午，我摆着那些锅儿盘儿在屋里玩，可再也玩不出什么名堂来了。于是，我就把一个"家伙"扔到街上去，——"啪"，它摔得那样清脆，一下子便使我感到了一股兴奋劲儿，住在我家对门的三个孩子看见我高兴，他们也高兴地拍起小手掌来，并叫道："再来一下！"我毫不犹豫地把一个小锅马上摔到街石上。他们不断地叫着："再来一下！"我就不断地一个一个地把我的全套盘儿、锅儿、罐儿，通通地摔了出去。我的"家伙"全摔完了，可他们还是叫着"再来一下！"我高兴得不得了，便一直跑到厨房去，把那里的盘子拿出来，这些盘子摔起来当然更清脆好听；我就这样跑来跑去，只要我的手能够得着，那一排排餐器架上的盘子，我都一个个地端出来摔了。我觉得还不过瘾，便把厨房里所有能弄到手的陶器，全都摔了出去……

　　结果呢？哈，这谁都能猜到。

　　上小学时，歌德面对着的是一大堆的语言学习：拉丁文、希腊文、意大利文、法文、英文和希伯莱文。这些语言可麻烦了，每个都有许多艰深的文法。可小歌德却不怕，他自己学着，琢磨着，想出了一个掌握它们的好办法：他构思了一部小说，是由兄弟姐妹之间的通信组成，其中的每一个人各用一种文字来写信，多种文字的学习一下变得十分有趣。这样，快到10岁的时候，歌德就会用拉丁语和希腊语翻译德语文章了。

　　歌德在母亲的故事中，在家庭和环境的熏陶下，接受了许许多多的艺术影响，从诗歌、绘画、建筑、雕塑到戏剧，一条通向文学家的路就这么在少年歌德的生活中铺就了。

4岁的孩子要写协奏曲

莫扎特（1756—1791），奥地利作曲家，维也纳古典乐派代表人物之一。

莫扎特是当之无愧的音乐神童，他6岁随父亲赴英、法、德三国旅行演出，轰动整个欧洲。

莫扎特是在一个音乐环境之中生活着，他的父亲是一个出色的小提琴手，担任过宫廷作曲家和乐队的副指挥。他的同事常常要到家里去，演奏一些三重奏或四重奏曲子，这往往会使小小的莫扎特欢叫起来。他们还和莫扎特做游戏，大家排好队把玩具从一个房间拿到另一个房间,谁掉队了,谁就唱歌或用小提琴拉一支进行曲。

这样的气氛无疑影响并陶冶了莫扎特，而且为了他成才，父亲开始对他进行音乐训练了。他教他学习弹钢琴和拉小提琴。孩子是顽皮的，又是处于不易安静的年龄，对他的训练既不能严厉，又不能过于温和，只能耐心地诱导。莫扎特有时候刚爬上琴椅，就将两只胖小手按到琴键上，让它发出一串声响，他那迫不及待的样子，使父亲想笑，他轻轻把他的右手从键盘上拿开，用自己的一只手做示范，他说："先得学会非常熟练的单手弹琴，然后再用两只手弹。"

好家风

他的父亲早早地教会了他音符，并让他做简单的算术，为学习作曲中的对位法打下了基础，还教他用整齐而漂亮的形式书写乐谱。

莫扎特学会了乐谱，就想创作乐曲，小小的孩子，眉飞色舞，兴奋之极，渴望着能像大人那样写出协奏曲。

一天下午，他的父亲做完祈祷回到家里，没有看见儿子像平常一样在玩耍，而是静静地伏在写字台上，那上面摊着五线谱纸，还有笔和墨水，他的衣服也搞得乱而脏。那简直像一个大作曲家呢！

他父亲郑重地问道："你干什么呢？"

莫扎特说："我在写一首钢琴协奏曲，马上就完成了。"

父亲拿过来一看，上面画得圈圈点点，简直是胡闹，这4岁的孩子。但父亲心里依然高兴，因为这孩子已有了创作的冲动。他耐心地看着，终于发现了一些细节，转身对他的朋友说："这孩子不仅写出了一首协奏曲，而且写得那么难，简直没有人能演奏它。"

这一番鼓励，更激动了莫扎特。他忘记了手上的墨水，马上爬上椅子，弹奏起来。屋外是碧绿的树木，绽放的花朵，阳光之下，一些清丽的音符在天空飘浮，那是莫扎特在弹奏着。

军事天才的萌芽

拿破仑（1769—1821年），法国资产阶级政治家、军事家，法兰西第一帝国皇帝。在位期间，主持修订了《法国民法典》，奠定了欧洲新文明的基础。

拿破仑·波拿巴的英名代代相传，他的事迹永垂青史。在他一生之中，曾打过60次胜仗，在奥斯特里茨，他以4万兵力抗击奥俄联军的10万之众，指挥若定，取得光辉的胜利，仅生俘敌军就达3万人，缴获的大炮在巴黎旺多姆广场树成一座巨大的铜柱。几乎没有一个人像他那样备受恩格斯"将军"的称赞："这是战争史上的奇迹，只要世界还有战争，你们就会永远记住奥斯特里茨。"他的军事兴趣和天才，有谁知道在童年时代就已经萌芽了呢？

1783年，他14岁。冬天，大雪纷飞，道路封闭，拿破仑为不能从事他一向喜欢的户外活动，不能在僻静地带散步而深感无聊。那时，他是一个学生，在游戏时间他别无消遣，只能混在同学群中，同他们在一间宽大的厅堂内来回散步。为摆脱这种单调乏味的踱方步，他想出一种新花样鼓动全校去玩：在大院子的雪里扫出通道，建立角堡，挖掘壕沟，垒起胸墙，等等。

"工程"完成后，拿破仑站出来说："我们的工程完成了，大家可以分成两股，演习一种围攻，这种新游戏是我发明的，所以由我来指挥进攻。"

　　同学们高兴地接受了他的倡议，立即实行。这次模拟战斗持续了15天之久，直到他们用掺了砂粒和卵石的雪弹，使围攻的一方和被围攻的一方，都受了重伤，游戏才停止。

　　拿破仑是一个皮肤黝黑而眼光锐利的学生，这次模拟战斗使同学们玩得非常开心，这多亏了拿破仑的指挥。

天堂里的孩子

洪堡（1769—1859），德国自然科学家，自然地理学家，近代气候学、植物地理学、地球物理学的创始人之一。涉猎科目很广，特别是生物学与地质学。足迹遍及西欧、北亚和南北美洲。他的考察成果和据此所作的概括对科学理论做出了重要贡献。主要著作有《宇宙》《中部亚洲》和《新大陆热带地区旅行记》等。

"……7月16日，新大陆的海岸在望了。巨大的棕榈树在海岸上耸立着，一群群粉红色的火烈鸟从水上飞起。禽声鸟语，五彩缤纷，真是令人陶醉。这个地方简直是天堂……"

上面那些妙如仙境、撩人游心的句子，摘自一位大探险家的日记本，他叫亚历山大·洪堡。

1769年，洪堡出生在德国的一个贵族家庭，在他家的姓氏前面，冠有一个令人起敬的字眼：冯。他的父亲是宫廷大臣，人们见到他时，大多会轻轻地取下帽子，充满敬意地招呼他："早安，冯·洪堡上校。"

103

这样做一点也不过分，因为赐给他军职的是发明了许多攻无不克战术的腓特烈大帝，尽管他还发明了严格的棍棒纪律和机械呆板的训练方法。

洪堡一家住在离柏林不远的特格尔庄园。它是一座典型的普鲁士风格的庄园，坐落在一个风景秀丽的湖畔，周围是大片的树林、桑园和葡萄园。庄园里种植着许多树木花草，使这里成了一个绿色的王国。

小洪堡经常到花园和周围的田野里观赏植物，采摘各种植物的茎叶和花果，搜集各种贝壳、石块做成的标本，保存起来。

18世纪，贵族人家的孩子都聘请教师到家里来上课。洪堡的父母给他和他的哥哥威廉也请来了老师。

小洪堡偏爱自然科学，而他的哥哥威廉却酷爱文学。但是威廉总是帮助弟弟寻找他所喜爱的书籍，帮他搜集各种植物标本。当洪堡的父母反对他进行科学考察时，威廉在暗中支持和鼓励他。

在所有的功课中，小洪堡最喜欢地理课，他经常向老师提出一些有趣的问题。比如，哪个国家生长什么植物，哪座山最高，哪条河最长，什么地方冷，什么地方热等等。老师并不能完全满足他的好奇心，特别是关于非洲中部和南美洲的问题，因为当时还没有人到这些地方做过详细的考察。

父亲书斋里的书籍，常常使他兴奋不已。他最感兴趣的是那些关于地理风貌和探险见闻的记载，书中描绘的海外风光、异国景物都使他醉心和向往。在他幼小的心灵深处埋下了探险的种子。

洪堡15岁的时候，一位著名的博物学家来到特格尔庄园。他注意到了洪堡的才能和志趣，鼓励他继续研究大自然，并对他的父亲说："冯·洪堡先生，我恳切地劝您引导这个孩子走进自然史的领域。"

随着年龄的增长，洪堡对大自然的兴趣也更加浓厚。他所收集的各种标本已经可以布置成一个小小的博物馆了，他对海外世界的向往和探索的欲望也越来越强烈了。

洪堡的父母却不管儿子的志趣和别人的劝告，他们希望洪堡走另一条路。当时，普鲁士王国的经济收入很大一部分来源于采矿业，矿物部门的官员既有权势又受人尊敬。因此，父母执意要他去学习矿业。洪堡不敢违背父母的意志，18岁时，他离开特格尔庄园，到大学学习矿业去了。

在大学学习的时候，洪堡对地质学、矿物学、数学以及水文学等方面的知识，都很感兴趣。他认为，这些知识对他以后的旅行探险都是有用的。他还利用假期到比利时、荷兰、英国和法国旅游。

他所到的每一个地方，都瞥见了写在大自然这本巨书上的笔迹："滚动的磐石在山上留下擦痕，江河在地上留下渠道，走兽在地层里留下骸骨；蕨和叶也在煤炭里留下它们朴实无华的墓志铭……"但这时，自然学还处在萌芽状态，它们的步伐还没有跟上当时已有长足进步的其他几门学科。这一切更坚定了他去探索大自然奥秘的决心。

1797年，洪堡的父母相继去世，没有人再来干涉他的志趣和行动自由了。洪堡毫不犹豫地辞去了矿物部的职务，卖掉了父母留给他的土地和别墅，把得到的一笔钱作为远游的旅费。

1799年6月的一天，洪堡乘坐着巡洋舰到南美考察去了，一个月后，这个大自然的孩子跨入了神秘幽幽的南美原始森林，他儿时的夙愿终于实现了。从此，他成为开拓自然史这块处女地的先行者。

好家风

父亲的雄心

贝多芬（1770—1827），德国作曲家。宫廷歌手的儿子，生于波恩，在维也纳学习作曲。1800年左右耳聋。以丰富的表现力和强有力的旋律创作了雄壮的交响曲《英雄》《命运》《田园》等，被誉为西洋音乐最伟大的作曲家，人们推崇他为"乐圣"。

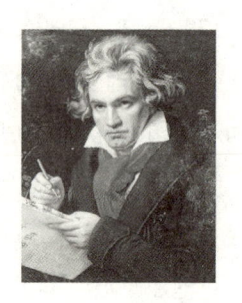

"贝多芬的父亲脾气暴烈，经常酗酒，他看到贝多芬有音乐才华，就一心想把儿子也培养成像莫扎特一样的音乐'神童'，这样，他就可以带着儿子去周游列国，赚取钱财和荣誉了……"

上面这段话，是从一本书上面摘录下来的，可以说，这是对贝多芬的父亲的典型评价，在人们眼里，这样的父亲很有些可怕，但正是父亲发现了贝多芬的音乐天分，而且父亲没有顾及眼前的贫困，执意对儿子进行音乐教育，使他得以向世界展示自己的天才作品。假若贝多芬碰上老施特劳斯那样的父亲，那世界也许要寂寞多了。

贝多芬出生于音乐世家，祖父是一位音域宽宏的男低音歌手。1733年，他应聘从故乡来到选侯的都城波恩。40年后去世的时候，他已是一位俸禄优厚备受尊重的宫廷乐队队长。同祖父一样，贝多芬的父亲约翰早早地进了宫廷乐队，直到后来被解聘。在乐队里，他一直是位恪尽职守的出色乐师。1767年，他与一位出身名门、相貌俊俏的年轻寡妇结为伉俪。她给他生了七个孩子，但只有三个长大成人。第一个儿子刚一生下便夭折了。1770年12月16日，在波恩巷515号一幢简陋的背街楼房里面，他们的第二个儿子出生了。第二天，双亲带他在圣雷米吉乌斯教堂受洗，登记簿上的教名为路多维库斯·凡·贝多芬。贝多芬小的时候，他的父亲表现得很顾家，工作上也从不敷衍了事，大凡音乐家都不甘俯首贴耳，他们有自己的禀性。因此在贝多芬的家里，也是一会儿阴云四合，一会儿艳阳灿灿。有幸的是，潜藏在儿子身上的天资刚一显露，他的父亲便早早地觉察到了。他继承了贝多芬的祖父培养他的方法，竭尽所能，严格地向儿子传授音乐基础知识。

贝多芬还在蹒跚学步时，父亲就把他抱在膝头上，让他用细小的手指在钢琴上学弹一些简单的旋律。叮叮咚咚的琴声逗得小家伙脸上绽开了惬意的笑靥。不久，他便开始天天学习钢琴和小提琴。仅隔几年，他首次公演的消息就宣布了：

"今天，1778年3月26日，科隆选侯陛下的宫廷男高音贝多芬不胜荣幸地将在施戴尔嫩街音乐厅让两位弟子登台献艺：宫廷女低音阿弗尔登斯小姐和他六岁的儿子。前者将奉上几首优美的咏叹调，后者将演奏几首钢琴协奏曲和三重奏。但愿届时能给尊贵的大人们带来莫大的愉快，敬请各位大人能光临赐教于两位弟子。"

在这张海报中，对音乐以外的任何事情都马马虎虎的约翰爸爸，把儿子的年龄少写了两岁。

这场音乐会结束后，父亲不得不承认，儿子的才华显露得越来越多。凭自己的才学，他没法再教儿子了。

"路德维希，我的路德维希，"父亲常常在客人面前自豪地说，"我看出来啦，将来他准会成为世界名人！"每逢来了客人，儿子就得为他们演奏钢琴。

好家风

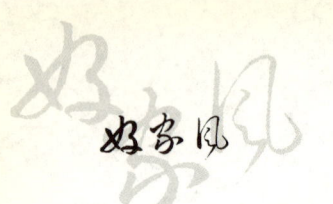

他到处求访合适的教师，以便指教儿子弹钢琴和管风琴，教他作曲与和声学。然而对贝多芬来说，苦难的岁月也随之开始了：无论是作为教师，还是作为人，父亲都不会体贴人，因而课程总是变来变去，毫无系统性。而且每天的课程过于单调、繁重，贝多芬变得越来越内向，越来越孤僻，他开始讨厌音乐了，但父亲不允许他这样。

最让小贝多芬难以适应的，是父亲为他请的那些音乐教师毫无规律的生活节奏。就拿托比阿斯·弗里德利希·普法伊弗尔来说吧，他是位优秀的音乐家，但是性格乖张，放荡不羁，自有一套奇特的教学方法。他常常与贝多芬的父亲在一家小酒馆里狂饮到十一二点，才跟着约翰回家。这时小贝多芬已经躺在床上入睡了。父亲狂暴地将他摇醒，贝多芬哭哭啼啼地强打精神坐到钢琴旁。普法伊弗尔就坐在他身边，一直守到第二天清晨，因为他也看出这孩子具有非凡的天资。

难道除了这些使人着恼的课程，小贝多芬就毫无一点生活乐趣了吗？不，生活毕竟是丰富多彩的，而且它像阳光一样，可以透过小小的间隙，来到人的身边。

最使小贝多芬感到好玩的，是捉弄邻居面包师太太，悄悄地收去她的鸡下的蛋。有一次，他刚钻出鸡窝，正好和怒气冲冲的面包师太太撞了个照面。

"喂，喂，路德维希，你在这儿干吗？"面包师太太问他，几天来，母鸡一直不好好下蛋，鸡蛋数目大减，令人迷惑不解。

一见是面包师太太，小贝多芬连忙稳住神回答说："我弟弟刚才将口袋布扔了进去，我现在想把它取出来。"

"这就是了，怪不得我的鸡蛋收得那么少。"面包师太太故意瞪着眼说。

小贝多芬没有给吓住，他说："噢，费舍尔太太，这些母鸡还是挺能下蛋的，只要以后能再收那么多鸡蛋，那您就更高兴啦，不过附近有狐狸，大家都说，它们也会收鸡蛋。"

"依我看呀，你就是只狡猾的狐狸。你还会成个什么好东西！"这位善良的太太一边训着，一边看着这淘气鬼装作无辜的滑稽相，不由得笑起来，想骂也骂不出了。"咳，真冤哪！"

小淘气鬼调皮地叹了口气说："照您说的，就算我是只狐狸吧。不过到今天为止，我也只偷过音符！"

在母亲的命名日和生日，小贝多芬也充分享受了欢快的时光。

每逢这种时候，乐谱架便从储藏室搬到临街的左右两间房子里。挂着担任宫廷乐队队长的祖父路德维希·凡·贝多芬先生画像的屋子里张起华盖，摆设出许多漂亮的装饰品、鲜花、月桂果树和叶片摇曳的树枝。前一天晚上，父亲和他的朋友们请贝多芬的母亲准时去安歇。到10点钟，家里一片寂静，一切都已准备停当。大家开始给乐器定音。这时才把他母亲叫醒。她得穿好衣服，然后被引到华盖下一把装饰得漂漂亮亮的椅子上坐下。动人的乐曲响了起来，飘向左邻右舍，所有正准备睡觉的人听到这乐曲声都来了精神。音乐演奏完之后，又把饭菜摆上桌子，大家吃呀喝呀。当大家喝得有了几分酒意而舞兴大发的时候，为了不使屋子里发出喧闹声，便都脱掉鞋，穿着袜子一直跳到尽兴而散。

平时，贝多芬一家也常常聚在家里演奏。这时，人们纷纷停立在街上屋边，夸赞这悦耳的乐声。他们说，就是每天每夜听也听不够。

为了让小贝多芬开眼界，长见识，父亲还带他沿莱茵河漫游，结识了不少庄园主、学者和达官贵人。经过这样的漫游，热爱大自然的种子深深地埋入这个感受力强烈的男孩心里。这对于他日后的创作有着重要的意义。都城波恩位于景色怡人的莱茵河畔，绿树成荫，芳草萋萋，如诗如画，周围是片片肥沃的果园和田野。放眼望去，充满神话传说的七峰山的圆形山峰历历在目：笼罩着浪漫气氛的龙岩山、沃尔肯山、彼得斯山——真想象不出，还有什么东西比尽情领略大自然的美更富有诱惑力。贝多芬一生始终没有忘记故乡那天赐的美景。

在贝多芬长到11岁时，克里斯蒂·戈特罗布·内弗成了他的新教师。好学的贝多芬"小学"即将毕业，而在"小学"他所学的仅仅是最基础的知识，他渴望学到更多的知识；他的音乐天资已经抖动了翅膀，只要有一个善于理解这一点的人，它便可以展翅翱翔。

内弗正是这样的人，他是萨克森的乐队队长，随一个剧团来到波恩选侯宫廷。在宫中，他既充任管风琴师，又是羽管键琴师，还兼任钢琴教师。他是位修养颇高并具有独特风格的艺术家，他思想活跃，乐于接受当时各种艺术思潮。

年幼的贝多芬无限信任地与他交上了朋友，把他当作良师益友。内弗不仅向贝多芬传授音乐知识，还和他讨论美学哲学问题；他不仅在培养音乐家，更没有忘记他在培养人。

年幼的贝多芬还跟随内弗学习作曲，他启发贝多芬："作曲并不仅仅是将几个音符叠加起来的技巧。如果说音乐不是空洞的叮咚声，更不是铜合金和铃铛的敲击声，那就需要有火一般的想象力，需要有心灵深处的炽热感情，需要详细了解各种性格的人，既需要了解自然的人，又需要了解道德的人，要了解激情。"

内弗本人不久就看出了这位学生的非凡天赋。1783年，他在当时拥有许多读者的一份杂志上这样写道："这个少年天才理应得到资助去旅行。他肯定会成为第二个沃尔夫冈·阿马台伊斯·莫扎特，他已经起步，只要他一如既往，不断进步。"

为了鼓励贝多芬，内弗托人在曼海姆刻印了贝多芬的第一部作品。这部作品充分显示了少年贝多芬的高超技巧，他后来作品中的那种激情已初露端倪了。

内弗不仅是位良师益友，而且是少年贝多芬的福星。12岁那年，贝多芬在内弗教师帮助下，进入选侯宫中供职，顶替老师当上了管风琴师和羽管键琴师。

去选侯宫的第一天，小贝多芬穿上了墨绿色燕尾服，绿色短裤，白色长筒袜，带黑色活结儿的鞋，带花朵图案的白绸马甲，腋下夹着折叠式礼帽，腰系银色佩带，上挂一把稍微嫌长的佩剑，离开广场旁又脏又乱的小巷，离开那个歪歪斜斜的栖身之所，从卫兵身边匆匆跨进深宫。在华丽的大厅里，几盏冠状吊灯照得令人眼花缭乱，身着盛装的贵族正在等候音乐会的开始。

宫廷里的经历为贝多芬日后的艺术生涯奠定了基础。在宫廷里，他帮着排演莫扎特等艺术大师的歌剧，在宫廷小教堂参加演奏大弥撒和晚祷。他还接触到了海顿的管弦乐作品以及各乐派的创新作品。这些新作在他少年的心田里播下了一粒粒种子，后来终于开出了一朵朵瑰丽的鲜花。

1784年，弗里德里希选侯去世后，贝多芬接受新选侯弗兰茨的宫廷乐队聘请，正式担任管风琴师。弗兰茨是女皇的儿子，也是奥皇约瑟夫二世最小的弟弟。他继承了母亲对音乐的酷爱，致力于发扬故土音乐生活的光辉，他还认识莫扎特本人，对这位稀世的音乐天才十分敬重。

也许是因为贝多芬前不久献上的3首四重奏散发着莫扎特的气息，显示出不可小看的才华，新选侯弗兰茨向他提供了一封给莫扎特的推荐信，希望贝多芬这位波恩的艺术家也能得到音乐上的深造。

1787年的阳春三月，年轻的贝多芬满怀信心地登上驿车驶向格鲁克、海顿和莫扎特生活的世界音乐之都。

少年贝多芬来到哈布斯堡王朝辉煌的首都维也纳，时间就快到复活节了，这是欧洲人一年中的两大节日之一。

这位莱茵少年在菜市场上随着人流，懵懵懂懂地挤来挤去，贪婪地盯着壕沟边店铺里的奢华陈列品，怯生生地混进斜坡上穿着入时的散步的人群。然而他来维也纳并不是为了闲逛，而是为拜见他所敬慕的著名音乐家莫扎特，以便向他求教。贝多芬终于踏进了这位大师的门庭，并当面为他演奏。莫扎特看出了这位年轻客人的非凡天资，演奏结束后，莫扎特激动地对身边的人说："要注意这个少年，他将使世界震惊。"

在这句话说过以后的整整40年里，贝多芬写下了《英雄》《命运》《田园》《合唱》《月光》《热情》《哀格蒙特序曲》《D大调小提琴协奏曲》等一部部不朽的音乐作品。在这些高质量的音乐作品中，他把强烈的情感与完善的构思绝妙地结合起来，他还扩大了乐队的规模，增加了交响乐的长度，拓宽了它的范围，这使他的音乐作品比任何一位作曲家的作品更广泛、更频繁地为人欣赏。

试想一下，如果没有父亲那般雄心，没有父亲过度的音乐教育，也有可能不会产生出大作曲家贝多芬了。

空空的课桌上

司各特（1771—1832），英国诗人、历史小说家。生于苏格兰贵族家庭。幼时寄养在祖父的庄园里，爱好美丽的田园和古老的民谣以及传说。做律师后不久就开始了文学创作生涯，历史小说《爱凡赫》的发表使他一举成名。被称为近代历史小说的鼻祖。

司各特，出生在苏格兰的爱丁堡，时间是1771年。

司各特2岁时，得了小儿麻痹症，右腿不能动弹了。而且，他从小时起体质就很弱，还持续地严重便血，曾经几次生命垂危。

然而，腿脚不灵便这种肉体上的缺陷并没有使司各特气馁。学生时期，他常常努力参加骑马和赛跑。开始时，他也受过同学们的挖苦和奚落，但是，他凭着自己的勇敢，渐渐赢得了同学们的尊敬。

少年时代的司各特具有惊人的记忆力，不论是听到的、读到的，他全部都能吸收进去。

司各特有一种罕见的能力，在上课时不记任何笔记，而下课后，他能一字不拉地背出老师刚讲过的内容。更令人惊奇的是，他甚至能说出某人许多年前某天说的话来，而且，还连带描绘出某人当时的表情、动作。

司各特整天到晚吟诗，在家里跑来跑去。无论是谁都无法和这个着了迷一样的孩子搭上话。一个牧师曾经说："在那个孩子呆的地方说话，就好像对着大炮的炮口说话一样。"

司各特不好搭理人，他每时每刻都沉醉在自己记忆里的那些美妙的诗章和有趣的生活细节当中。司各特8岁上小学时，已经能够凭记忆背诵出几乎全部莎士比亚、荷马的诗。进入少年时代后，他更是贪婪地读书，而且有着生气勃勃的想象力。

尽管有如此良好的记忆力，可是他在学校的学习成绩仍然不好，既没有礼貌，又经常旷课。老师对他的评价也很不好。但是，有一位老师发现了这个不爱学习的司各特对读书有着浓厚的兴趣。他安慰小司各特说：

"没在本子上记笔记就算了，反正你的脑子就是一张吸墨纸。"

司各特小的时候，曾梦想成为一名军人。可是，因小儿麻痹致残的身体，使他这个梦想未能如愿。为了成为一名像父亲那样的法学家，他考入了爱丁堡大学，毕业后继承父业做了律师，还就任过各种公职。

在他的文学创作活动中，初期写他自幼就感兴趣的诗，以后改为写小说。他在英国小说史上产生的巨大的划时代的影响，不仅在英国国内，甚至还波及到了法国、俄国、美国的作家。

司各特对创作的热情结出了丰硕的果实。他一生中创作出47部小说、21部诗集、30部历史传记这样大量的著作。

真正的"万事通"

斯蒂芬森(1781—1848),出生在英格兰东部一个煤矿工人的家庭里。从10岁那年起,便跟着父亲到煤矿作工。虽然他从来没有进过学校,但却以巨大的毅力坚持自学,并且刻苦钻研技术,终于成为举世闻名的铁路之父。

1781年6月9日,乔治·斯蒂芬森出生在泰恩河畔纽卡斯尔市附近的威拉姆矿村。

像英国其他的矿村一样,威拉姆村简直是一个肮脏难看的产煤谷地:一座座矿井紧接着一堆堆煤山,自然景色被它们的存在剥蚀殆尽。到处堆着黑暗、高大的矸石堆,每座井口都有一堆堆的矿渣,井口的木制构架,安装着水泵和升降机使用的轮子、锁链和滑轮车。一个个巨大的砖结构建筑物作为矿井机械的修理车间。附近就是矿工住宅区,沿街两侧尽是石砌的屋子,一幢紧挨着一幢,它们给厚重的煤烟熏黑了。若是站在高地望去,在烟雾之中,煤矿悄悄伸出尖削的黑爪子撕扒着美如翡翠的青山绿谷。

斯蒂芬森家族的先辈是从苏格兰越境迁来的。乔治的父亲罗伯特在威拉姆矿井的一台老式蒸汽抽水机上工作。他的正式职务是司炉，换句话说就是铲煤添火，工资每周12个先令。

乔治的母亲梅布尔是当地一位染工的女儿。同她丈夫一样，她既不会读书也不会写字，结婚时在登记表上画了个"×"表示她的签字。他们两个都是细长身材，工作起来干脆、利落。他们生有两女四男，乔治是家里的老二，他身材高大健壮，很像自己的祖父。

斯蒂芬森家的孩子没有一个进过学校，这个家庭太穷了。乔治作为一个大点儿的孩子，从小时候起就得照顾弟妹，看住他们，不让到从他们家门口经过的那条木制轨道上去玩。

8岁那年，未来的铁路工程师第一次找到了一个挣钱的工作。有位老寡妇，每天给他2个便士，让他看管她的牛不往木轨道上去。沿着这条木轨，马匹拉着载煤的车，从矿井奔向河边的码头或装运站，在那里将煤炭装上平底船或运煤的驳船，从泰恩河上顺流而下，然后再装上海船运往伦敦。

由于父亲在这个地区搬来搬去，乔治也就在不同的矿井干过各种各样的工作。他在10岁那年开始赶马车，一天挣2个便士；后来又做了从煤炭里捡出石块和废料的挑拣工，每天挣6个便士；直到14岁的时候，他才不再作为童工而是被当作一个成年人受雇，做他父亲的助理司炉，每天挣一个先令。

乔治虽然只是一名助理司炉，但他也是个好奇心很强的少年，他对乡村充满热爱，但去那些未被破坏的开阔原野和森林，必须格外小心，不用说试图捕获任何动物，就是惊动那里的野兽，都是一项可能被判处流放以至绞刑的大罪。这样一来，乔治喜欢去的地方就很有限了。但他仍旧找到了自己的乐趣。一下班，他就把抽水机拆成零件，然后再安装起来。不久，他和父亲一道工作的那个矿井报废了，16岁的乔治独自到另外一个矿井工作，矿上根据他的技术程度任命他为司炉。17岁那年，乔治和他父亲在纽伯恩一个新建的煤矿里又见面了。这次是由乔治担任操作员。

乔治的学习热忱并不限于他所操作的抽水机，而是扩大到矿上使用的所有机械。他在17岁的时候，已经超过了他父亲一生所取得的成就。尽管他现

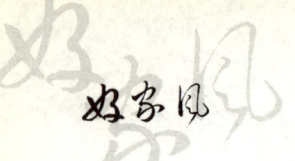

在负责抽水机还管他爸爸,但他并不满足于只当一个操作员。

他经常被人找去修理别的机器,例如控制吊斗在竖井升降的绞盘机。修绞盘机被认为比开抽水机要重要和困难得多。他设法说服一位朋友让他试当绞盘机的制动手。但老矿工们很讨厌这个年纪轻轻的"万事通",因为乔治常常凑上去干别人的活并且告诉人家他能干得更好。其他处在这个年龄的人往往比较谦虚。对乔治的新想法,老制动手们很不满意,有一个甚至停工不干,说什么年轻的乔治没受过训练,干不好这事,而且在刹车时还会折断胳膊,撞伤所有在吊斗里的人。但聪明的乔治设法说服了被称为监工的矿井经理,使他相信他能够干好这项工作。后来,他很快就被提拔为一名熟练的制动手。

1801年,在乔治当上制动手的黑卡勒顿煤矿,有一个叫作内德·纳尔逊的矿工,一个酒徒暴汉,在乘吊斗上地面时,对制动手乔治的操作不满意。他向乔治提出挑战,说下班以后要和他比试一场,乔治接受了。从小时候起,他就常和村里的男孩子摔跤,因而对于自己的力气很自信;但是,没有人认为他能打过身强力壮的内德·纳尔逊。结果乔治把他打败了,取得了又一个胜利。

乔治精通机械,可直到18岁时,他还完全是一个文盲。虽然他现在每周能挣大约1个英镑的工钱,这对于矿上没有经过训练的机械工人来说,算是最高的工资了。可是乔治心里很清楚,除非自己能读会写,否则就永远不能进一步得到发展,连一个熟练的机械工人也当不上。

当时上流社会热衷于谈论奥斯汀小姐有趣的小说、沃尔特·司各特爵士的浪漫史诗,以及华滋华斯的美丽诗篇,对于这些他并不想去跟着赶时髦;但他却认识到一个简单的事实,那就是:在掌握机械原理方面,有着比将它们拆成零件更容易的办法。一位年轻的监工尼古拉斯·伍德对乔治的工作很快就感到巨大的兴趣,他告诉乔治说所有这些方法都写在书本里。伍德是一位完全合格的工程师,换句话说,他那中产阶级的父母不仅能供他上学,而且还花钱让他实习过,使他成为了一个真正的煤矿工程师。他们设计和建造煤矿机械,给像乔治·斯蒂芬森这样的工人去操作。

乔治开始在附近的沃尔博特尔村上夜校。每周花3个便士,去跟某人学习3个晚上，工作空闲时间就在石板上练习写字，一位当地农民还给他额外的辅导。到了19岁那年，他为已能写出自己的名字而感到自豪。挣钱比写字容易些。他雇了几个男孩子，让他们放学后赶紧回来，替他修改写满石板的作业。后来，乔治逐渐掌握了读书和写字的要领。

这对他来说是来之不易的。甚至从很小的时候起，他就曾花钱或央求别人帮他写信，还请别人读书给他听。

乔治·斯蒂芬森的确是个勇敢、坚毅和富有巨大聪明才智的人，他不但勤于动手，擅长技术，而且能够摆脱一般技术能手轻视知识的通病，补回自己少年时代的知识欠缺，又为自己日后的人生旅程打开了一条光明的通道。

好家风

勇敢的反击

拜伦（1788—1824），英国诗人。生于伦敦名门，曾旅行西班牙和希腊，发表《恰尔德·哈罗尔德游记》，一举成名，1823年参加希腊独立战争。是英国积极浪漫主义文学的代表人物。

在世界的众多名人当中，拜伦的人生道路是非常坎坷的。虽说他是个"一朝醒来，四海扬名"的诗人，可在他初来人世之际，不幸就已降临了。

拜伦出生于一个名声有些问题的贵族家庭。他的父亲是个特别爱撒酒疯的人，人送绰号"古怪的士兵"。年轻的时候，他加入了陆军，诱拐了一位别人的妻子私奔。他和这个女人生了三个孩子。她一死，为了偿还因挥霍而高筑的债台，他又骗取了一个有钱的贵族女儿的爱情，与其再婚。拜伦就是这第二个妻子生的孩子。由于拜伦的父亲天性放荡，挥霍享乐，所以父母之间感情不和，经常吵架，家里总闹得一团糟。最后，父母离了婚，拜伦归母亲抚养。当时只有三岁的小拜伦，只好和母亲回到海边的亚巴顿市，租了一间不大的房子，过起十分贫困的生活。

拜伦生下时，一只脚就带有残疾，拜伦的脚虽然有毛病，但从儿时起他就以俊俏闻名于左邻右舍。据说,当他从路上走过时,人们都惊叹地说:"呀,真是个漂亮的孩子!但他又是多么可怜的孩子啊!"

小拜伦长到四岁零十个月,他就开始上学了。他的记忆力非常好,除了熟练地掌握老师传授的课堂知识外,还能背诵许多诗文。小拜伦喜欢阅读课外书籍,特别爱读历史。他读书多,善于演讲在学校是出名的,赢得了同学们的赞扬。可是小拜伦跛脚的毛病,也时常引来一些同学的嘲笑。他自尊心强,性情刚烈,不甘忍受侮辱,因此很少参加体育活动。由于身体虚弱,小拜伦常常受人欺侮。

有一天,小拜伦站在操场边上看同学们打球。一个健壮而调皮的学生印斯非要拉他去打球不可。拜伦一再推托,印斯便想了个坏主意要当众羞辱他。印斯找来一只竹篮子,强令拜伦把一只脚放进去,"穿"着篮子绕场走一圈。拜伦很难咽下这口气,握紧拳头,真想狠狠给印斯一拳。可他转念一想:"我怎么打得过他呢?"无可奈何,只得忍气吞声,"穿"上竹篮,一瘸一拐地绕着操场走了一圈。同学们见了,一个个笑得前仰后合,拜伦强压着心头积聚的愤怒,真是痛苦极了。

事后,拜伦的心久久不能平静,他想:印斯所以敢于如此放肆地欺侮我,就因为我体弱无力。我若是把身体锻炼得壮壮实实,他就不敢捉弄我了。

从第二天开始,拜伦不顾同学的讥讽,除了学习时间用来进行身体锻炼。早晨练跑,傍晚游泳,有时还打球,特别是经常练习拳击。拜伦过去由于怕人讥笑,很少运动,身体有些虚胖乏力;经过锻炼,肌肉变得结实,力气也大大增强了。

学校开运动会啦!拜伦参加了拳击比赛,恰好对手正是羞辱过他的印斯。印斯仗着身高体健,根本不把拜伦放在眼里,比赛一开始,印斯就气势汹汹地向拜伦发起进攻。拜伦先只侧身掩护,灵活地躲避印斯的凌厉攻击。同学们都以为拜伦注定要失败。时间一分一秒地过去,当印斯的体力消耗得差不多时,只见拜伦突然转守为攻,像一头小雄狮一样,发起了猛烈的进攻。他巧妙地寻找机会,用勾拳连连击中印斯的面部。由于拜伦经过长时间的刻苦锻炼，耐力很强，又练得一手又快又狠的勾拳，因而越打越猛。只听"扑通"一声，印斯被拜伦一记勾拳打倒在地。拜伦出人意料的胜利，立即轰动全场，一些同学马上跑进赛场，将拜伦抬着向空中抛起，四周响起了经久不息的雷鸣般的掌声。

拳击比赛后，拜伦又参加了游泳比赛。比赛一开始，只见他飞快地跃入水中，两手熟练地划水。他的脚虽然有残疾，但毕竟经过锻炼，两只脚的力量很大，越游越快，竟然遥遥领先。看台上的观众又一次被这奇迹般的情景所激动，报以热烈的掌声。全校游泳冠军的桂冠，终于戴在拜伦头上。不可一世的印斯，见到拜伦，羞怯得不敢抬头。从此，拜伦成为学校中参加各项体育运动的名手和领袖。他的棒球技术也很好，是学校棒球队的主力。

拜伦积极参加各项体育运动，不但身强力壮，使别人再也不敢欺侮他，而且为他后来从事艰苦的诗歌创作，投身于火热的民族解放战争，打下了雄厚的身体基础。

"要是我有五线谱纸……"

舒伯特（1797—1828），奥地利作曲家。自幼受到父亲的音乐启蒙教育，后参加教会合唱团。1815年创作了《魔王》《野蔷薇》等歌曲代表作。1822年发表了《未完成交响曲》。留下了1000多首歌曲、交响曲和室内器乐曲。

1797年舒伯特出生在维也纳近郊的一个小镇上，父亲是一位贫穷的小学校长。家里有8个孩子，一个10口人的大家庭只靠父亲一个人微薄的工资糊口，生活过得很艰难。

舒伯特从童年起就开始学习小提琴和钢琴。由于家里生活困难，请不起家庭教师，父亲听说宫廷歌手学校的学生食宿免费，于是给儿子报了名，决定让舒伯特去碰碰运气。父亲之所以让舒伯特学习音乐，是因为他把音乐看作是教育链条中的一个环节，而决不想把他培养成音乐家，父亲希望他将来能像自己一样当个小学校长。

考试的结果，舒伯特以优美的嗓音和丰富的乐感被录取了。他穿上宫廷歌手学校漂亮的校服，兴高采烈地向父母告别，预备去维也纳。

看着儿子这样喜欢音乐，父亲心里非常不安。在舒伯特开始迷上音乐时，

好家风

父亲就担心妨碍他的学习，今后挑不起校长这副担子。各门功课中，舒伯特尤其讨厌数学，为这个他经常受到父亲责备。现在当父亲看到儿子表示想投身音乐事业做一番成就时，他非常着急，大动肝火，而且，在舒伯特声明自己已经铁了心时，他甚至想把儿子赶出家门。

尽管父亲的态度如此，舒伯特的音乐才能还是得到了很快的发展。宫廷歌手学校的生活是单调而清苦的，但是，对舒伯特来说，这儿已经是天堂了。他不必为吃穿发愁，他可以天天学习自己最心爱的音乐。

舒伯特在宫廷歌手学校里，不但学习音乐知识，还参加了学生乐队。由于他小提琴拉得出色，就在乐队担任首席小提琴手，还常常代理指挥。乐队的指挥对此感叹道："虽然我想教给舒伯特一些新东西，但他总是已经在实际那么做着了。因此，我实际上什么也没教给他。我只是和他谈些什么，并默默地以惊讶的眼光看着他做而已。"由于乐队经常演奏海顿、莫扎特、贝多芬这些音乐大师们的作品，很快，舒伯特的音乐修养有了很大提高。

他热衷于演奏，同时也开始迷恋上作曲。作曲需要用五线谱纸，舒伯特没有钱买，看着同学们拿着一叠叠五线谱纸，心里羡慕极了。他自言自语说："要是我有五线谱纸，我每天都可以作一首曲！"

他的话语虽然很轻，可是却被邻座的一位同学听到了。斯邦平日就对舒伯特刻苦用功的学习精神十分钦佩，见他由于家穷，买不起五线谱纸，作曲才能不能得到充分发挥，非常同情他。于是，斯邦用平日积攒下的零用线买了厚厚一叠五线谱纸，送给舒伯特。舒伯特拿到五线谱纸，高兴极了。这崇高的、纯洁的友谊使他多么感动呵！他知道这些纸来得不易，用起来很珍惜。他努力学习作曲，刻苦练习作曲，成了一个"作曲迷"。他拼命地写，拼命地作，一个15岁的孩子已经创作出了两首弦乐五重奏、一首三重奏、一首管弦乐用的序曲和一百多首歌曲，还写出了他的第一部交响乐。一位教他作曲的音乐家说："这个少年已经什么都懂了。他是跟上帝学的。"

舒伯特在宫廷歌手学校里生活了5年。16岁那年，进入变声期的舒伯特遵从父亲的希望，答应在父亲的学校里当助手。从这时起直到18岁，他创作了大量的曲子以及《魔王》《野蔷薇》等优美的歌曲。

《魔王》是一首具有很高艺术水平，被誉为世界名曲的歌曲。它是舒伯特18岁时作的。德国大文豪歌德根据民间传说写了一首题为《魔王》的诗歌。《魔王》这首歌曲就是根据歌德这首诗谱写成的。

舒伯特在这首歌曲的人物处理上别具特色，每个人物的音乐语言都有鲜明的个性：魔王的音乐语言是甜蜜、狡猾的；孩子的音乐语言是惊恐、紧张的；父亲的音乐语言是关怀、慰藉的。

用奔驰的马蹄声贯穿了全曲，增添了歌曲紧张、神秘的气氛。

舒伯特把全身心都献给了音乐，但他怎么也适应不了学校的工作。就在创作《魔王》的那一年里，他每天要上6个小时课，为了增加一些收入，课余还担任家庭教师，外出授课。

处在这样繁忙紧张、心绪难宁的环境里，舒伯特以坚韧不拔的毅力，为世人创作出一首又一首美好、动人的乐曲。仅18岁这一年，他就写出了：《第二交响乐》《第三交响乐》《弦乐四重奏》一曲、《钢琴奏鸣曲》4首、《弥撒曲》2首、歌剧6部、歌曲140多首。

是啊，只要有五线谱纸，舒伯特，这位上帝的音乐骄子，会让世界充满无尽的乐章！

幽默的小蛐蛐

普希金（1799—1837），俄国诗人。出身贵族，童年时代开始写诗。在皇村学校求学时受到十二月党人思想的影响。后来发表《自由颂》等诗，抨击农奴制度，歌颂自由与进步。1820年夏被流放到南方。由于他的作品谴责上流社会，否定沙皇专制，流露出对人民的同情，因此在创作上备受沙皇政府的迫害，最后在阴谋布置的决斗中遇害。其著名作品有小说《上尉的女儿》、长诗《青铜骑士》、诗体小说《叶甫根尼·奥涅金》，对俄国文学和语言的发展影响很大。

亚历山大·谢尔盖耶维奇·普希金是一位世界知名的大诗人，他的作品不仅热情似火、珠玑闪烁，而且诙谐调侃、浑浑可乐，读后令人心绪顺畅，七窍皆通。不过由于他的名声太大，以至他的父亲的一些惊人妙语，都被世人安在了这个天才儿子的名下。比如：

在华沙，一位又高又胖的波兰太太在一次盛大的宴会上，带着揶揄的神色问他的父亲谢尔盖·李沃维奇·普希金：

"普希金先生，你们俄国人果真食人肉，吃狗熊吗？"

"不，夫人，"他答道，"我们吃母牛，像您这样的母牛。"

还有一则：

"普希金先生，太阳和您有何相似之处？"有一次人家请谢尔盖·李沃维奇·普希金解答。

"不做鬼脸，就看不清我们俩。"他答道。

啊哈！这些典雅风趣的俏皮话都归在了他儿子的传奇轶事当中。

不过，父亲这些幽默、机敏的秉赋，的确传给了儿子。

有一天，在皇村，一只小熊挣脱了系在熊舍柱子上的铁链，冲到花园里。如果不是皇帝的小狗沙尔洛猝然一震，警告将有危险，小熊很可能在幽暗的林荫道上与皇帝对面相遇。普希金在事后毫不踌躇地说："出了一个好人，于是来了一头狗熊！"

普希金的这句双关妙语被众口相传，而且喜欢开大玩笑的人还把它引伸开去，大发议论，这些若让皇帝听了去，他的耳朵一定会痒痒的。

但是，作为未来伟大诗人的父亲，仅把这些品质传赠给下一代，似乎稍嫌单薄了！《鲁兰德和柳德米拉》《高加索的俘虏》里，那些诗句翻滚，犹如伏尔加河春水一般映入读者眼际的篇章，它们的源头来自何方呢？

亚历山大于1799年5月26日星期四诞生在莫斯科。他是这个贵族之家的长子，有一个姐姐，一个弟弟。他的父亲谢尔盖·李沃维奇·普希金是一个才智平庸的人，曾在俄皇保罗一世的近卫猎骑兵团担任军官，但他既不热衷也不擅长此道，只醉心于上流社会的交际活动；而且，他一回到家，就变得脾气暴躁，动不动火冒三丈，如果家庭教师前来告状，稍许引起他的不满，他就会像个暴君一样大发雷霆，因此儿子对他不十分依恋。

相比之下，母亲娜杰日达·奥西波芙娜对亚历山大的影响要大得多。母亲不仅外貌妩媚，性格活泼，而且是一个智慧过人，善于控制自己的主妇。她成天心情愉快，无忧无虑，不无遗憾的是，母亲始终掩饰不住她的偏爱之情：起初偏爱女儿，后来偏爱幼子列夫。

好家风

因此，亚历山大出生后，直至进皇村学校，始终和比他大一岁的姐姐奥莉嘉·谢尔盖耶芙娜形影不离。他们的童年是在一起度过的，姐姐的奶娘，阿琳娜·罗季昂诺夫娜也就成了弟弟的奶娘，虽说另有一位名叫玛丽扬娜的保姆照管他。

阿琳娜·罗季昂诺夫娜是俄罗斯奶娘的楷模，她很会讲故事，知道许多民间传说，满肚子谚语、俗话，出口成章。亚历山大从童年起就热爱她。早晨一起床，连忙跑去看她：

"身体好吗，妈妈？"阿琳娜·罗季昂诺夫娜经常拖长声调，像唱歌一样对他说：

"你为啥总叫我妈妈？我怎么担当得起呢？"

普希金一家人平时住在莫斯科，夏天就到离莫斯科约40俄里的扎哈林去避暑。这个村子属于亚历山大母亲的亲属，他童年时代的早期是在这里度过的。这里环境优美，可以看到成排的白桦树，有的白桦树上还刻有题词。这个村子很富裕，在那里经常可以听到俄罗斯民歌，常常举行庆祝活动，跳轮舞，因此小亚历山大有机会熟悉民间生活。

6岁前，小亚历山大没有任何特别之处，相反，由于他长得肥胖，行动不灵便，而且成天沉默不语，母亲有时对他很失望，她几乎是硬拖着他去散步的，并且强迫他奔跑，所以他宁愿和外祖母玛丽亚·阿列克谢耶夫娜呆在家里，翻翻她的小篮子，看着她做针线活。有一天，他和母亲去散步，落在母亲后面，便一屁股坐在马路中央；当他发现有个太太从窗口看着他，不停地笑着，就马上欠起身子说："喂，没什么可龇牙咧嘴的。"

到了7岁那年，他变得活泼淘气了。亚历山大学习很怠惰，但很早就喜欢看书。9岁时，他就爱读荷马的《伊利亚特》和《奥德赛》。他不满足于别人给他书，常常钻进父亲的书房，通宵不眠，偷偷看一些自己喜欢的东西；而父亲的藏书都是法国古典作家和18世纪哲学家的著作。他和姐姐的这种嗜好是由父母本身培养的，他们常给子女朗读一些引人入胜的书籍。特别是父亲，经常给他们绘声绘色地朗读莫里哀的作品。

同时，一些有才学的人在他父母家里聚会……这些客人中间，最重要的是伯父瓦西里·李沃维奇·普希金。他当时已是一位驰名遐迩的文学家，经常向大家朗诵自己的赠诗和寓言。他在生活中，永远保持着亲切和蔼的态度、非凡的善心和虔诚基督徒的信仰。

亚历山大的堂叔亚历山大·尤里耶维奇·普希金几乎天天登门，他的诗写得极好；还有许多诗人和亲友也常来常往：他们要么伶牙俐齿，谈笑风生；要么容貌迷人，天资聪颖，能使家庭气氛活跃起来。

亚历山大童年时代的印象，就是在这种环境下日积月累起来的，所以难怪他年仅9岁时就想试笔模仿，并希望成为一名搞写作的人……

起初，他练习创作一些即兴小喜剧，并且在姐姐面前自编自演。这时，姐姐便是他唯一的观众和评论者。有一次，她给他的短剧《盗贼》喝倒彩。他没有生气，而是写了一首自我讽刺诗：

试问，为什么观众
给《盗贼》喝倒彩？
呜呼！因为那是可怜的作者
从莫里哀那儿盗窃而来。

与此同时，小亚历山大还试着写一些寓言。后来他又读了许多书，尤其是伏尔泰的一部描写宗教战争加于人民的灾害的史诗《亨利亚德》，大约在10岁那年写出了一部英雄滑稽叙事诗。这部诗的主人公是昏君的一名侏儒，内容是讲男女侏儒之间的争斗。诗的开头是：

我歌唱托里获胜的战斗，
无数战士阵亡，波利战功辉煌；
我歌唱尼古拉·马丘连和美人尼图施，
她的允婚是对胜利的勇士的嘉奖。

好家风

　　一个家庭女教师偷偷拿走了这本诗稿，把它交给家庭教师舍德尔，并抱怨说，亚历山大先生尽写这种胡言乱语，难怪自己的学业都荒废了。舍德尔念了诗的开头几行便哈哈大笑起来。这时，小作者失声痛哭了，自尊心受到了污辱，他一气之下把自己的长诗投进了火炉。确实，小亚历山大凭着自己得天独厚的记忆力，从不温习功课，而只是在教师提问姐姐时，跟着姐姐重复一遍。然而，教师经常先提问他，这就使他张皇失措了。对小亚历山大来说算术最难，他常常为了一些基本四则运算，特别是为了除法痛哭流涕。

　　在父母打算送他入学前，他的童年就这样过去了。当时彼得堡的耶稣会中学远近闻名，父母起初想让他进这所学校，并为此专程到彼得堡奔走了一趟。

　　但这时皇村学校开办了，这一特殊情况改变了家长们的计划。皇村学校校长与谢尔盖·李沃维奇爸爸友情甚笃。正因为如此，特别是因为亚历山大·伊万诺维奇·屠格涅夫——他是大作家屠格涅夫的父亲——从中协助，12岁的亚历山大被录取进皇村学校了。他由伯父瓦西里·李沃维奇领到彼得堡，住在他家；进校前，从6月至10月，一直在伯父家作入学准备。

　　1881年10月，亚历山大和其他29名同学一起，进入皇村学校学习。这是一所新学校，小亚历山大的同学里有沙皇的两个弟弟尼古拉亲王和米哈伊尔亲王，有沙俄海军上将的孙子。它既不是大学，也不是武备或者文科学校，它的毕业生将走入外交部、陆军部……成为俄国未来的栋梁和权贵。建校日那天，亚历山大一世皇帝陛下、太后、皇后和全体皇族都出席了典礼，大臣陪在沙皇身边。

　　亚历山大现在长成了一个生气勃勃的男孩，他长着一头卷发，目光敏锐，也带有几分羞涩。这位未来的天才诗人尚未意识到，他在皇村学校已经开始了一种全新的生活。

　　开学几天后，有一次正在喝晚茶，校长走进来，对亚历山大和他的同学们宣布说，他接到大臣的命令，禁止学生外出，只有逢年过节才允许亲属来探望。这项坚决的命令大约事先已做出了，只是没宣布而已，它使大家感到非常意外。同学们暗自寻思，一声不吭地面面相觑，然后私下议论起来，甚至谴责这种他们开学时一无所知的非法的措施。虽然这场暂时的风波后来过去了，但这项令人厌恶的命令促成了皇村学校首届学生之间建立起牢不可破的可喜的联系，使他们结为一体。也许因为不许学生外出，所以学校里，家庭生活和全校所需的一切设施应有尽有。校舍和陈设比其他学校，甚至比女子学校豪华。

这所学校名字本身就令俄国公众大为惊奇，更令人艳羡的是，设在皇宫旁边一座巨大的四层翼宫，全部归学校所有。叶卡特琳娜时，这座翼宫由皇上尚未出嫁的姐妹占用，到1811年，她们中间只剩下一个安娜·巴甫洛夫娜还未出嫁。

底楼是总务处，以及督学、教师和学校其他官员的住房；二楼是食堂、医院、药房、礼堂和办公室；三楼是课余休息厅、教室、学生自修室、健身房、报刊阅览室和图书馆，这里有座拱桥沟通学校和皇宫，穿过宫廷教堂的上敞廊就可到皇宫去。最高一层是学生宿舍。

每个房间里都有一张铁床、一个柜子、一张写字台、一面镜子、一把椅子、一张洗脸和夜间放灯的桌子。写字台上放着墨水瓶、烛台和烛芯钳子。

在每层楼和楼梯上都有灯。中间两层楼里铺着镶木地板。大厅里挂着和墙壁一样大小的镜子，家具是花缎面子的。

这就是亚历山大和同学们的新居。

虽然同学们很快熟悉了，形成了一个友好的大家庭，但由于亚历山大性格比别人暴躁，所以没有引起大家的好感，他是一个落落寡合的人。

这并不是说亚历山大像有些人那样，在同学们中间扮演某种角色或者是某些稀奇古怪的行为使众人吃惊，而是他有时开些不适当的玩笑、说些笨拙的挖苦话，把自己置于狼狈的境地，而又不会摆脱。这往往使他一错再错，在学校的交往中，他的过失从来逃避不了众人的眼光。他经常同自己的好朋友普欣，在夜阑人静时，轻声交谈当晚发生的某些小事。由于他处事认真，所以总把一件小事看得过于严重，并因此而焦躁不安。在他的性格中莽撞和羞

好家风

涩交混在一起，二者都不合时宜，并且对他有害。普欣和他在一起办错了什么，这位海军上将的儿子往往能摆脱窘境，但亚历山大无论如何办不到。这主要是他缺乏所谓分寸，而这在同学日常交往中是必不可少的。在这种交往中，如果丝毫不拘礼节，那就几乎无法逃避日常生活中某些令人不快的冲突。所有这一切造成的后果是：虽然亚历山大一开始就对学校集体产生了并未表露过的依恋之情，但由于这种感情有时表现为说些粗鲁刺耳的话，所以大家对他的感情没有立刻报以反响。连好友普欣都认为，要想真正爱上亚历山大，就要十分诚挚地看待他，了解和看清他的神经质的性格和其他缺点，并对此抱宽容的态度。

尽管如此，亚历山大是同学当中的诗人，他表露出的才情使同学们赞叹不已。一天午饭后，上科尚斯基教授的课，那天教授提前一点讲完了课，他说："先生们，现在我们来练练笔吧。请给我写首诗，描绘一下玫瑰。"同学写得都不顺手，而亚历山大一转眼就吟出了两首四行诗。

除写诗外，亚历山大积极参加学校的杂志工作。皇村学校的第一种手抄杂志是《信使》，后来出版了《为了欢乐和助益》《文学新手》，还有《少年航海家》等。亚历山大为杂志即兴创作民谣，写些嘲讽大家的短诗，他自然而然地成了文学运动的首领，起初在校内，后来发展到校外，在当时莫斯科某些刊物上都有他的作品出现。

在学校里，所有教授对亚历山大的才华都很器重，虽然他既不用功，而且特别不喜欢数学和德语。有一天上数学课，卡尔佐夫教授把他叫到黑板前演算一道代数题，亚历山大默默地乱写了一些公式，教授最后问他：

"结果怎么样？X 等于什么？"

亚历山大笑着回答："等于 O！"

"好嘛！普希金，您在我这门课上一切结果都是零。您还是坐到自己位子上写诗去吧。"

亚历山大有过人的天赋，但他认为一切科学的东西无足挂齿，他似乎只想证明他是跑步、跨椅子、扔皮球的能手。当然他有自己喜爱的学科：剑术、舞蹈……亚历山大最愿学的是政治学科，学习方法也很独特：从来不复习，很少记笔记，当时还没有印刷的教科书，所以，每当考试，他往往是毫无准备。

在进行公开考试时，曾任叶卡特琳娜女皇秘书和保罗一世司法大臣的大诗人杰尔查文来到了皇村学校。大家都很激动，当时，亚历山大站在离杰尔查文两步远的地方，朗诵了《皇村回忆》。他当时的心情，非笔墨可以形容：当他念到提及杰尔查文名字的那行诗时，他尖锐的嗓子清脆地响起来，心也在狂喜中跳动。

亚历山大不记得自己是怎样结束朗诵的，他只记得杰尔查文快活极了，他要亚历山大过去，当那位诗坛泰斗惊喜万分，热泪盈眶地扑过去吻他，拥抱他那卷发蓬松的头时，同学们在一种神秘力量的促使下虔敬地沉默着。当他们回过神来，想亲自拥抱自己的歌手时，他不见了，他逃走了，同学们找他，可是没找着。

"这首出色的诗震撼了所有俄罗斯人的心。"杰尔查文以他权威的赞词表彰了这位年轻诗人，这使亚历山大的朋友和同学们无不为一种胜利而自豪。

当少年诗人的诗在震撼俄罗斯博大深沉的心灵时，祖国大地上的风云变幻也撞击着少年诗人的心灵。皇村学校的生活，通过诗人手中的羽毛笔，与时代融合在一起了。

1812年，当拿破仑一世大举入侵俄国时，亚历山大和他的同学们欢送了所有的近卫军团，因为他们是路经学校门口开赴前线的。他们每次路过，同学们总要欢送，甚至在上课时也走出校门，用衷心的祈祷为战士们送行，和亲友拥抱告别。队伍里蓄着胡子的帝国精兵划十字向同学们祝福。亚历山大和同学们激动地流泪不止！

     鲍罗金诺的男儿们，库里姆的英雄们，
     我看见你们的队伍向战场飞奔，
     我振奋的心也随你们飞向前方……

好家风

1815年，亚历山大在为皇帝自巴黎凯旋归国而作的诗歌中，这样追怀了那些日子。

青春优美、热情似火的诗章，为亚历山大赢来了荣誉和友谊，当然，有时它们也沦为少年诗人对我行我素的解脱和自嘲。在这类作品的背景中，最值得一提的首推"蛋黄甜酱事件"。

一天，亚历山大和他的好友普欣，还有另一个同学，想喝点蛋黄甜酱。亚历山大和那位同学弄来几只鸡蛋和一些砂糖，普欣弄来一瓶罗姆酒。大家开始在沸腾的茶炊旁边忙碌起来，因为除了他们三个人，还有一些人也参加了这次小小的晚宴。但事情一闹开，这些"同谋"立即就退居幕后了。实际上，事情闹出去，主要由于"同谋"中间的蒂尔科夫饮酒过度，致使值班教师发现房间里热闹非凡、吵吵嚷嚷，有来回奔跑的脚步声，于是他报告了督学，晚饭后，督学细细查看了他手下的年轻学生，发现有人神色慌张，于是立即开始盘问和调查。亚历山大为首的三个"主谋"出面承认，并宣布说："这是我们干的，只是我们三人的过错。"

一位教授当时为了纠正校长的失职行为，向教育大臣作了汇报。教育大臣从彼得堡赶来，把亚历山大三人叫出课堂，对他们做了一番正式而严厉的训话。但事情并未就此了结，问题被提交校务会议决定。会议的决定如下：

1. 两周内，在晨祷和晚祷时罚跪；
2. 罚坐饭桌的最后3只位子（受罚学生的位子）；
3. 将他们的姓名连同所犯错误及处分一并载入对他们的毕业将有影响的黑皮书。

第1项处分不折不扣地执行了。第2项由于当局的眷顾而减轻了：过了一些时候，他们的位子又渐渐向前移动。亚历山大为此诵诗：

> 幸运的男儿，
> 他的坐位离粥饭近了点儿。

132

因为值班的教师是在饭桌的这一头发饭菜的。第3项,也是最重要的一项,没有产生任何影响。当校务会议讨论毕业问题时,有人将那本只有他们三人被记了名的黑皮书呈交给恩格尔哈特校长。校长深感惊奇,并向他的同人证明,如果早已发生的,当时已经受到惩罚的顽皮行为还要影响学生毕业后的整个前程,那是难以容忍的。众人随声附议,于是事情就此束之高阁了。

"蛋黄甜酱事件"过去后,亚历山大向好友普欣赠诗一首,少年诗人以此安抚他的"难兄难弟"。

还记得吗,我的酒友,
在欢悦的宁静中,
我们怎样将痛苦沉入
泡沫翻溅的碧澄的美酒?
我们怎样默默地躲在
我们那小小的一隅,
与酒神缠绵欢会,
远远避开学校的看守?
还记得吗,朋友们围着潘趣酒,
彼此窃窃私语,
酒杯默默地等候,
细小的炉管里火苗悠悠。
酒煮沸了,那缭绕的烟雾
多么令人心醉!
突然,我们感到在远处
有个腐儒的眼睛在窥瞅……
霎那间,酒瓶打碎,
酒杯掷向窗口,
潘趣酒和纯酒,

在地板上横溢四流。
我们匆匆奔逃；
短暂的恐惧旋即消失；
酒后双颊绯红，
大家互表忠诚，共商计谋。
酒宴时欢快的笑语，
如今呆滞黯淡的目光，
泄露了这次酗酒的晚宴，
酒神安排的迷人的密谋！
呵，我诚挚的朋友，
我向你们发誓，我年年都要
借美酒追忆这次欢宴，
只要遇到快乐的时候。

亚历山大·普希金，就像一只声音洪亮的"蛐蛐"，在彼得堡近郊皇村学校的围墙内，已经唱动了美妙的诗歌，某个人的脚步可能暂时惊断了他的吟咏，但"蛐蛐"的天性是永唱不息的……

想当演员的孩子

安徒生（1805—1875），丹麦诗人、童话家。生于鞋匠家庭，曾努力想成为一名演员，但未能成功。早期写有诗歌、剧本和长篇小说《即兴诗人》。1835年开始写童话，共写160余篇。其代表作有《海的女儿》《皇帝的新装》《没有画册的画》。他的作品与格林童话一样博得了世界性声誉，被世人誉为"童话之王"。

汉斯·安徒生1805年诞生在离丹麦首都哥本哈根很近的一座叫奥登塞的古老小镇上。

他的爸爸是个贫穷的修鞋匠，妈妈是个洗衣妇，整年整月替人洗衣服，双手被水泡得红扑扑的，也挣不到几个钱。家里连床都没有，因为没钱买。他爸爸、妈妈结婚时，是从旧家具铺买来某位伯爵办丧事停放棺木用的台子，把它改成了床。世界上最著名的童话家就是在这张床上诞生的。

安徒生出生后，几天几夜叫个不停，原因是他特别爱哭。由于太吵了，一位来安徒生家的牧师说："这简直是个像猫一样叫的孩子。"

虽然家里住的房子那么低矮阴暗，屋里除了制鞋用的工具和一些破烂以外，一无所有。但小安徒生的爸爸却非常喜好文学。他把《一千零一夜》和拉封丹的《寓言》读给幼小的儿子听，他还给小安徒生念莎士比亚的剧本，自小培养他对文学的兴趣。安徒生的母亲也没有学问，但是个充满信心的、正直的劳动者。安徒生就是在这样的父母影响下成长的。

　　少年时代，安徒生经常沉迷于幻想，这已经是很有名的。当他的妈妈看见儿子闭着眼在空想的世界中徘徊时，心里就一再打鼓：小汉斯的眼睛怕是有毛病吧？

　　上学后，老师们都拿安徒生没办法。即使是上课时，他也仍然沉迷于空想，一动也不动地凝视着挂在教室墙上的圣画沉思。老师讲的课他根本听不进去。终于，老师们也认为安徒生不可救药，对他放手不管了。爸爸妈妈也不管他，他喜欢怎样就怎样。

　　安徒生11岁那年，爸爸去世了，从此他的生活变得十分孤寂和凄凉。他常常一个人跑到树林里去，唱歌游玩，或者趴在草地上编花环。回到家里，就找点布头布条，替木偶缝制小衣裳。或者透过围墙上的洞窥视邻家的大水池。安徒生家贫，鞋铺的隔壁是个大财主。他家有宫殿般漂亮的建筑物、宽阔的庭院，院内有个大水池，天鹅在水中游来游去。安徒生喜欢看着水中的白鹅发奇想。实在太寂寞了，就到一些老太婆那里去，听她们讲妖魔鬼怪的故事。有时候，他走过静静流过的奥登塞河，看着妈妈赤着双脚，站在冰冷的水里，替别人洗衣服。寒风吹乱了她的头发，冷水浸透了她的衣裳。实在太冷了，她就呷一口米酒，稍微暖和一下身子，又继续劳作。

　　生活实在太艰难，妈妈不得已改嫁了。继父既不会讲故事，也不大喜欢安徒生。妈妈暗暗地为儿子的前途忧虑，最后决定把他送到西服店当学徒，希望他长大当个裁缝。

　　可是，安徒生不想当裁缝。他在14岁那年，看过一个从首都哥本哈根来的剧团的演出，他对演戏发生了极为浓厚的兴趣。一门心思想当演员。母亲拗不过这个固执的孩子，只得同意了。一天早晨，安徒生吻别了母亲，坐上一辆公共马车，离开了奥登塞，提着又小又破的行囊。只身一人离家去了首都哥本哈根。

　　五光十色的哥本哈根，使安徒生感到无比新奇。可是，这座丹麦最大的城市对这个农村少年却很冷淡。来到首都的第二天，他就去拜访一位全国闻名的女舞蹈家，想学跳舞，但是被婉言拒绝了。他又去找一位剧团经理，要求当演员。经理说："你太瘦了，在舞台上不像个样子，人们会把你嘘下台来的。"

　　在那些日子里，安徒生到处碰壁。最后，他身上只剩下了10个小银币，还要留着付房租，连吃饭的钱也没有了；有时候碰上好心人给一点陈面包，有时候只好什么也不吃，喝两口凉水就上床去睡觉。没有办法，他只好放弃当演员的念头，去给一个木匠当徒弟。没多久，那木匠看他身弱力薄，干不了多少活，就把他解雇了。

　　这个一心献身艺术的孩子，又去拜访音乐学校教授，要求学唱歌，他被收留下来，生活总算安定了。这时候，他贪婪地阅读古典文学作品，还模仿莎士比亚的样子，写起诗剧来。

　　第二年冬天，天气特别冷。安徒生没有钱买衣服鞋子，不断地感冒咳嗽，结果嗓音变得嘶哑了。这样，他又失掉了学习歌唱的条件，不得不走出音乐学校的大门。

　　丹麦地处北欧，在那儿过冬天可不是闹着玩的，想想《卖火柴的小女孩》，那有多冷呀！在安徒生几乎绝望的日子里，他遇上了自己终生的大恩人克林先生。

　　一天，走投无路的安徒生夹着自己的剧本《阿芙索尔》，去请教一位莎士比亚戏剧的翻译者，想再碰碰运气。

　　没成想到，他竟受到了鼓励。这部作品同时也引起了一个刊物编辑的兴趣，他从中选出一场发表了。在当时，丹麦许多剧院上演的外国剧目，不合观众的口味，因此剧院要寻找一些本国的作品，乔纳斯·克林先生是丹麦的政治家，当时一流的名人，他十分欣赏安徒生的剧本，认为他很有才气，靠了克林先生的推荐和帮助，由丹麦皇家剧院出资，安徒生到一所中学去读书了。克林先生希望这样来提高安徒生的文化水平，以便把他培养成为专为剧院服务的"剧本写作匠"。

在中学，安徒生废寝忘食地阅读一切能够找到的文学作品，同时也充分利用时间写诗和剧本。后来，他又以优异的成绩，进入哥本哈根大学学习。这个穷鞋铺里走出来的孩子经过十几年的奋斗，终于成为举世闻名的童话大师。看来，鞋匠爸爸的灵知最后被证实了。

荒野耕耘与密西西比之旅

林肯（1809—1865），最伟大的美国总统。出身贫苦人家，曾作过伐木工人、土地测量员、律师。经过奋斗当选为总统，任期内爆发内战，竭力维护国家统一，使350万奴隶获得了自由。后遭南方奴隶主指使的暴徒刺杀。在美国首都华盛顿的波托马克河畔，建有纪念堂，终年观者如堵。

那时候，现在的美国还是一块沉睡未醒、绵延千里的旷野。在西部的青山密林中，有一座圆木盖起的小屋。透过木屋的小窗，可以看到外面的雨雪、太阳、树木、草地……

这个在高山深谷环抱中的农场，是后来成为美国总统的阿伯拉罕·林肯的家。

同所有的拓荒者一样，小阿伯全家过的是一种十分艰辛的生活。他刚刚长大一点，就学会了做各种日常零活，如送信传话，提水，搬运劈柴，清扫炉灰。他还得在种成一行行的豆子、洋葱、玉米和土豆地里锄草，尝到了手上磨起水泡的滋味。

小阿伯在学校开学而家庭又不需要他干活时，每天步行很远去上学。在一间泥土地面、独门出入的圆木搭盖的校舍里，开始了自己的启蒙学习。为

好家风

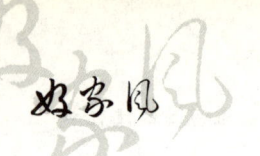

了学写字，小阿伯用木炭东涂西抹，在尘土上练，在沙地和积雪上练。

因为移民总在不断地迁徙，在丘陵起伏、树木丛生的原始荒野中长途跋涉，小阿伯的学习时断时续，全部上学的时间加在一起还不到一年，但小阿伯自己却从未放弃过学习。学会看书后，阿伯把周围能找到的书都看遍了。从12岁起，他就总是随身携带着书本。上地里干活时，他把书塞在衬衫里，把玉米饼装满裤袋就走了。响午时，他坐在树底下边读边吃。晚上回家，把椅子往烟囱边一放，背靠着墙就读起书来。

除了学校和书本外，小阿伯还通过多种途径求得知识。他家里的信和邻居的信都归他写，他边写边大声念，同时提出问题。他还徒步30英里，到一个法院里去听律师们的辩护词，看他们如何辩论，如何作手势。他一边倾听那些政治演说家们声若洪钟、慷慨激昂的演说，一边模仿他们。他还到烟雾弥漫的小酒馆中去听诨词小调，把其中富有乡土气息和寓意的部分记下来……

阿伯十几岁时，曾经历了一次具有重大意义的事件：驾着自己造的平底船，在美国的"群河之父"——密西西比河上顺流而下，经千里航程到达新奥尔良城。

这是阿伯第一次看到大城市和国际港口。载着棉花、糖、烟草和食品的轮船从这儿驶向欧洲。到处是高谈阔论、喧闹不已的种植园主、码头工人和海员水手。带锁链的黑人奴隶成群结队地走过街道，街上到处是酒店和赌场。这里有耗资巨大的华丽大厦，也有狭窄阴暗的胡同。街道两旁的楼房上面装饰着古雅的铁栏杆，街上还有覆盖着西班牙青苔的生趣盎然的橡树，鳞次栉比的低矮简陋的房屋。阿伯以充满好奇的目光注视着这一切。

在经过这次开阔眼界和令人兴奋的千里航程之后，阿伯真的长大了！他那出名的聪明、反应快等等优点，使他能自己就着昏暗的灯火阅读书本，对着寂静如画的玉米地练习演说，以及在晃荡不息的大河船上将吸收来的各种知识，迅速地串结起来，不久，他的才能就展露给世人了。

一年多后，林肯在伊利诺伊州的一家商店前，发表了自己的首次政治演说：他提出了改进散加芒县里的河道以利航行的主张。

射击飞手套的孩子

达尔文（1809—1882），英国博物学家、进化论者。少年时起就对博物学有兴趣，乘坐海军测量船贝格尔号考察了南美洲和南太平洋群岛，对生物进化更加确信。1859年发表《物种起源》。提倡物竞天择、适者生存的自然淘汰说，创立了进化论。

英国博物学家、进化论的创始人查理·达尔文在学校学习时，成绩并不太好，不管是老师还是父亲，都认为他的能力非常一般，甚至比一般还低些。

虽说父亲罗伯特·达尔文是个小镇上的医生，但达尔文家族连续五代都是皇家科学家协会有影响的会员。从幼年起达尔文就对科学很关心，在父亲的院子里搞了一个秘密的实验室。他对小石块、贝壳钱、鸟蛋、花、昆虫等都有浓厚的兴趣，不断收集各种标本。他是个大自然的热情的爱好者。

不过，一进教室，达尔文就打不起精神了。他对很多课程感到无聊，从未耐下性子来用过功，所以达尔文的学习成绩不好，老是挨批评。在学习成绩可以作为荣誉代名词的岁月里，达尔文的日子真不好过，罗伯特爸爸认为这个老二查理"是个无用的废物，好像是为了辱没家里的声誉才生下来的孩

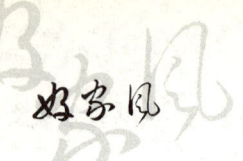

子"。有一次他对达尔文说:"你除了射击、玩狗、捉老鼠之外,对其他什么都不感兴趣。这样下去,以后你自己会后悔的,也一定会败坏我们家的声誉!"

查理是个漂亮、聪明的男孩子,他有一颗极强的自尊心,这使他想干的事件件出色。查理早年丧母,又有个脾气固执的父亲,他把生活看得像身上的骨骼一样,决不能有一点松弛错动的余地。在家里查理很是烦恼,因此除了到院子里的秘密实验室摆弄那些动植物标本之外,查理还养成了阅读的习惯。他经常坐在学校深深的窗户洞里津津有味地阅读莎士比亚的历史剧,读汤姆逊的《四季》诗和刚刚出版不久的拜伦、华尔特·司各特的长诗。

然而有一天,上帝派了个快乐的天使来见查理了:他就是哥尔顿姑夫。姑父是个永无烦恼的人,在伯明翰附近的萨缪埃利有一座庄园。不久,查理就去了那里玩耍。

姑父的庄园周围连缀着成片成片幽静的树林,林叶茂密,林鸟鸣啭,这对爱好搜集植物和昆虫标本的查理来说,真是个令人向往的天堂。

哥尔顿姑父精于射术,常带这个侄子查理一起去打鸟,他还送给查理一支漂亮的猎枪。可查理在这段猎场生涯中的运气不佳,手里的那杆漂亮的猎枪始终没有发市。在回家的路上,姑父笑着逗他说:"鸟站在树上笑你呢!"查理也笑了,可他的心被刺伤了。他想自己的行猎生涯不能就这么结束了。

查理回到自己家里,天天背着人悄悄地练习射击。这样,哥尔顿姑父下次来家做客时,查理把他叫到花园里,以胜利的姿态准确无误地射击抛飞起的手套。他的枪法令姑父讶然不已。

上面说的射击是件小事,可你从中真可以看出查理·达尔文的性格来。

抵制生活中的乏味,时不时地来个"惊人之举",也是查理性格中的一面。为了观察人们挨哄之后的可笑表情,查理经过缜密的计划撒了一个谎。他从父亲的果园里偷出了价格很贵的水果,藏到茂密的草丛里,然后气喘吁吁地跑去向大家报告发现了被盗的水果的消息。

不久,达尔文为了继承父业进入爱丁堡大学学医,但大学的课程也无法吸引他。为了让他进入宗教界,父亲又让他在剑桥大学的神学院攻读了三年。

据达尔文自己说，这三年没有什么意义，只不过是浪费时间。他每天都消耗在祈祷、饮酒、唱歌、恋爱、游玩、打扑克牌上。但是也就在这时，他结识了植物学家亨斯洛教授，从而决定了达尔文一生的方向。建议达尔文作为一个博学家乘坐贝格尔号去航海的正是这位亨斯洛教授。

于是，达尔文在自己 23 岁那年的 12 月离开英国，航海周游世界 5 年，并于 50 岁时发表了《物种起源》，在全世界引起了巨大的反响。

好家风

孤独的小鸟

果戈理(1809—1852),俄国作家。出生在乌克兰一个地主家庭。他曾在彼得堡做过小公务员。他的《狄康卡近乡夜话》《彼得堡的故事》等中、短篇小说集,描述了乌克兰人的风俗,刻画了贫穷小官吏的形象。1836年写成讽刺喜剧《钦差大臣》,上演后反响强烈。1842年发表了他的代表作《死魂灵》,被认为是19世纪俄国批判现实主义的奠基作品。

"果戈理",原本是哥萨克人对鸟、公鸭或花花公子的一种戏称或外号。果戈理也许更像鸟而不是别的什么,因为他出生在阳春三月。

果戈理小时曾随其父出入于上流社会,但他也学会了憎恶上流社会,憎恶它的做作、虚伪和残酷,因为他们对人的态度取决于人的衣着,他们盯着你,看你的上衣的袖子是否打过补丁,看你拿叉子和从菜碟里叉菜的姿式是否合体。这种在上流社会面前感到惶恐和对上流社会格格不入的感情,在果戈理的心中保持了一辈子。

由于父母经常外出而不带他,果戈理只好一个人独自消磨时光。

他常常来到宽阔的草原上,找一个谁也看不到他的地方,一个虽有鸟儿啼啭、野草簌簌却静谧得像荒漠一样的地方,一躺就是几个小时,在那里凝望天穹,聆听地下的声息。这时,他似乎听到大地隆隆作响;不知是一度曾在这里飞驰而过的哥萨克战马的马蹄声,还是他自己的心脏由于一种渺茫的感觉而快要凝住时发出的跳动声。这是他对任何人都未曾诉说过的神秘而宝贵的时刻。

就这样,他习惯了孤独——只身独处的孤独。这也造成了他含蓄内向的性格,这种性格使得他专注于自身,也能使他自得其乐;在孤独中体验人生的滋味。

果戈理很早就学会了把自己的情感诉诸笔端。而这恐怕还要"归功"于其父。有时,他父亲带着他到田间时,总是出些"口头作业",叫小果戈理描述远处的树林,描写草原上的天空或庄园的晨景,这时,小儿子非常乐意响应父亲的话,总是竭力搜寻词语,捕捉各种事物不同的特点来加以描绘。最后,父子两人便一起做起作文来。这是父子俩最得意的时光。

少年时代的家庭生活造就了这只"孤独"的小鸟;而这只小鸟的鸣叫,却震撼着世界的文坛。

卡尔为什么不写诗了？

马克思（1818—1883），德国经济学家，全世界无产阶级的导师和领袖。研究经济学的同时，创立了唯物史观的根本概念。1848年与恩格斯合作发表《共产党宣言》，创立了近代共产主义体系。1850年以后移居伦敦完成了《资本论》。一生贫困，为工人阶级解放事业战斗不息。他的学说自产生之日起，对人类历史的进程始终发挥着巨大的影响。

小卡尔生于德国莱茵州的小城特里尔。父母都是犹太人。父亲亨利希·马克思是镇上有声望的名人，也是个崇拜洛克、卢梭等启蒙思想家的稳健的自由主义者。母亲罕丽达是出生于荷兰的家庭妇女，非常温柔地抚爱着孩子和丈夫。卡尔是九个孩子中的老三。据说，父亲对孩子中最聪明的卡尔寄以很大的希望，想让他做法学家来实现自己没有实现的理想。在马克思家族，两代人都同法学结下了不解之缘：除卡尔的父亲是律师外，祖父和伯父都是特里尔城的法学教师。

幼年时期的卡尔在兄弟姐妹中玩耍时，像个国王似地发号施令，但是没有人反抗卡尔的命令，因为卡尔能给他们讲很有趣的故事。

度过这样的儿童时代，12岁时，卡尔进了将来升大学必由之路的高级中学学习。他在高级中学的学习成绩虽然很好，但还不是什么高材生。据说，与文学有关的学科成绩都很好，但数学、自然科学的成绩中等。他的毕业证书的评语中写到："卡尔·马克思常常能够解释和说明古典作品中最困难的章节，尤其困难不在于语句特殊，而在于含义含混的地方。"那件证书上还说，他的拉丁文作文思想丰富，内涵深刻，只是不相宜的材料往往多了一点。

卡尔17岁进入波恩大学法学系。肩负着父亲希望的卡尔干劲十足，听很多门课程。但是他很快就失去了兴趣，抛开法律不学，开始神魂颠倒地写诗。他还摆起诗人的架子，留着蓬乱的头发，沉迷于享乐。在波恩大学约一年的学生生活中，他胡乱花钱，有时4个月里的开销比亨利希爸爸一秋挣来的钱还多。对儿子这种"贵族"的花钱方式不满的结果，连宽容慈颜的父亲也起了埋怨："卡尔的帐单简直是一本糊涂帐。"而且除了要钱，家里轻易见不到他的字函，这使卡尔的父母很是伤心。作父亲的心里清楚，自己的家境虽不穷苦，但也并非家财万贯，可以使卡尔一辈子高枕无忧，而且马克思家也没有能使他飞黄腾达的贵族头衔。他们这些人赖以生存的只有自己的职业、勤奋、才华。因此，亨利希爸爸多次在信中责备儿子："我的阔气的儿子在一年之内花了700塔勒，好像我们是金人似的。且不说一切教导和一切规则吧，纵然是最富的学生也不过需要500塔勒呀。你的利己主义已经超过了自我保护的需要。"亨利希爸爸还认为当时的卡尔是个有病态感受性和严重的忧郁思想的人，并且写道："刚刚看到一点困难的苗头，就胆战心惊，每天唉叹不已，难道这就是所谓的文人气质吗？这是软弱，是任性，是利己主义，是自负。"父亲的话大概没错，据说，在波恩大学开具的修业证明书的末尾写道："该生曾因夜间吵架和醉酒妨碍他人睡眠受到禁闭一天的处罚，应加以注意。"

在学校里，由于卡尔的精力过于旺盛，他同周围的人和事是很少能合上节拍的。他感到有的事很快活、有趣，但同时也总是在和周围的人之间筑起一堵墙。他经常挖苦人，树敌很多，连一个亲密的朋友也没有。卡尔的所到之处全

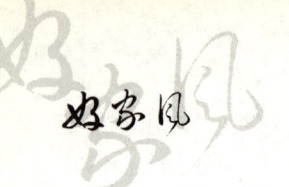

成了争斗之场。当时有一种习惯,在进大学之前,要到毕业学校的老师家去问候,但他却无视这种礼仪。他在柏林上学时,父亲介绍给他一家熟人,他虽然去过一次,但后来人家邀请他去,他却没有再去过。他想成为诗人,寄去的稿件也都接二连三地被退了回来。他解释说,这一定是编辑嫉妒我的才华。

在结束了波恩大学一年左右典型的学生的豪放生活后,卡尔转入柏林大学。在这前不久,他秘密地和一个女性订了婚。这位姑娘叫燕妮。后来的历史证明,这个秘密的婚约彻底地改变了马克思的生活面貌。燕妮出身于普鲁士的贵族家庭。她的祖父是德国军事史上的显赫人物之一,曾率军抗击过法王路易十五和他的情人彭巴杜夫人的侵略战争。燕妮的父亲路德维希·冯·威斯特华伦男爵,担任政府的枢密顾问官,是特里尔的头号名人,他具有很高的文化素养,能够背诵荷马的整段整段诗词,而且记得很多英文和德文译本的莎士比亚剧本。他到特里尔之后,很快就结识了亨利希·马克思,并成为好朋友。

燕妮于1814年生于易北省的萨尔茨维德尔,后来随父亲来到特里尔小城。燕妮的家在罗马人街,离卡尔的家不远,两家的孩子们自幼在一起玩耍,燕妮父亲的藏书室是卡尔常去的地方,他在那里曾经得到自己家里和学校里无法给予的感受。燕妮的父亲就特别喜欢聪明的卡尔。在幽静的庭院里,在摩塞尔河边的草地上,在马尔库斯山的丛林中,这位鬓发斑白的老人时常带着卡尔、燕妮这些孩子一起散步,他给孩子们讲述优美动听的莎士比亚戏剧故事,朗诵荷马史诗。

燕妮要比卡尔大4岁,她没有上过小学和中学,完全靠父亲的指导和自学获得了丰富的知识,能写一手文笔秀丽的文章。卡尔从少年时代就十分仰慕这位好学深思、没有贵族习气的姑娘。随着时光的迁转,卡尔发现,燕妮不仅长得美丽,而且变得更加聪慧、纯洁和正直了。少年时代天真烂漫的友谊,随着年岁的增加、了解的加深,逐步发展为纯真、炽烈的爱情。1836年暑假,这一对年轻人互相倾吐了蕴藏在心中很久的相思之情。燕妮接受了卡尔的求婚,秘密约定了终身。

和燕妮的订婚,使卡尔的欢乐达到了顶点。当时的燕妮不但非常美丽,而且是特里尔社交界众星捧月的"仙女","舞会的皇后"。青春的美丽正在花苞初放,她很受许多贵族子弟的赞颂和追求,作为一位高官的小姐,她是可以联姻贵胄的。卡尔的父亲虽然是个律师,但终究属于市民阶层,经济虽然宽裕但并不富足,何况卡尔还只是一个前途未卜的大学生,并且又长得其貌不扬。但是燕妮全然不顾这些,她立誓与卡尔做终生伴侣。在特里尔市中心一个古老的维腾道夫公园里,这一对恋人发下了海誓山盟:

"不管发生什么事,你是我的妻子。一言为定!我们要结婚。"

"好吧,我们将来结婚!等你大学毕业,这也一言为定!"

"答应我,你永不变心!"

"好吧,卡尔!"

当年10月转入柏林大学的卡尔,在波恩大学那种放荡学生的样子一下子荡然无存,洗心革面,埋头学习了。他在求知欲的鼓舞下,努力学习法律和其它课程,以优秀的成绩毕业,不久还取得了学位。

卡尔的变化可以说是柏林大学那种学院式的校风,为儿子操劳的父亲多次语重心长的来信,还有可爱、美丽的未婚妻温柔激励的结果。

爱清洁的夜莺*

南丁格尔（1820—1910），英国护士、博爱家，不满足于富裕的家庭，取得护士资格，献身于卫生、护理制度的改革，成为"红十字会"创立的起因。其著作《为了护理》成为护理法、护士培养的基础。1907年，英国政府向她颁发了大勋章，获最高荣誉。

在我们周围的人群当中，有一些与众不同的人，他们显得有些"古怪"，因为他们在生活中，仿佛受到一种无形的催逼和拘束，变得很少自由自在；只有在某种特殊的习惯得到满足后，他们才会感到异乎寻常的愉快。这些特殊的习惯，有的是与生俱来的，有的是后天习染的；有的变得令人不可理喻，有时却创造出不朽和辉煌。

大唐诗人李太白，作诗前非痛饮一醉；与其同代的书法大师张旭，人送雅号"张颠"，相传他往往在醉后呼喊狂走，然后落笔；法兰西皇帝拿破仑，临阵时喜欢用右手不停地去抓左手袖口，这时他会妙想频现，出奇制胜；巴

---

*夜莺：在英语里，"南丁格尔"意为"夜莺"。

尔扎克在创作时，必关起门来喝浓咖啡……而这是一个因为有"洁癖"而造福人类的故事。

弗洛伦斯·南丁格尔，1820年出生在当时住在意大利佛罗伦萨的一个富有的英国人家庭。她的父亲在伦敦有一所华贵住宅，乡间有两所宽敞的别墅。她的少年时代是在英国度过的，是在良家子女应受的家庭教育中成长的。

南丁格尔从小时候起就坚信，自己在某些地方和其他人不一样，自己是一个"奇人"。在南丁格尔的心灵深处，隐藏着一种过度的敏感，即便是在拘泥礼仪、天天洗浴的英国上流社会，也是少见的。

南丁格尔怕见陌生人，特别是陌生的孩子们。不认识的人看她几眼，她也会感到不安。她睡觉的房间，不许家里任何人进入，仿佛他们带进去了看不见的不洁之物，只有家里的清洁妇可在规定好的时间进去打扫，南丁格尔则站在一旁"监视"。而且。如果和别人一起吃饭，她就会被不安感所困扰，不知道自己会用餐刀和叉子突然干出什么事来。有时她拒绝和大家一起在楼下吃饭。自己和普通人不一样这种强迫观念，在她幼小的心灵中蔓延滋长。这种观念不久就变成了对自己本身和周围的不满。

6岁时，南丁格尔对自己家庭富裕就很不满意，认准自己是悲剧的女英雄。几个小时、几个小时地沉浸在少女式的空想世界里，她也曾用激烈的热情冲撞过同情自己的人。她是一个与众不同、热情、固执、抠死理儿又心绪不宁的姑娘。由于病态的洁癖，对妹妹的邋遢非常挑剔。

有一次，妹妹耐不住了，大声地回敬南丁格尔："别盯着我，你再要这样下去，干脆搬到水晶宫去住得了！'

奇怪的是，南丁格尔不但没生气，听到"水晶宫"这个词反而露出了笑容。

"水晶宫四周全是喷泉，一天到晚冲个不停，姐姐才会满意的。"妹妹说着也笑了。

这回南丁格尔绷不住，格格地笑出声来。

尽管南丁格尔在言行上有很多古怪之处，但她的父母深信她还是一个有魅力的少女，一定能像良家子女那样度过安宁美满的一生。

可南丁格尔却和父母所想的正相反,她对自己的生活环境失望了。对每天游手好闲的生活,南丁格尔感到再也无法忍受了,她想做些对他人有益的工作。可是,她没有任何一个能说心里话的人,至少她自己是这样认为的。因此,就试图在纸上写出自己的心情。在吸墨纸上,在日历的背面,在凡是随手能抓到的任何东西上,她都胡乱地写下了自己想到的事。

16岁那年,她在笔记本上这样写道:"1837年2月7日,神对我作了启示。神建议我作善事。"

从这天开始,南丁格尔以她惯有的仔细、彻底、耐心,甚至是拗劲,把自己酷爱清洁的良好行为施行四方。家里的牧羊犬受伤了,她为它清洗伤口,在整整两周时间里每天精心护理,给它治好;在暴风雪的日子,她还去探望一个贫穷的独身病人。

29岁那年,南丁格尔找到了自己的天职:护士工作。在19世纪中期的英国,没有人愿意从事护士工作。而且,从事护士工作的人在照料病人和伤员方面也很少受到教育。那时,她们充当女仆而不是专业护士。

南丁格尔的选择,遭到父母和全家人的激烈反对。理由是护士工作脏,也许还会被传染上疾病,而且劳动强度很大。最重要的是,护士的工作是贫穷的女人为谋生而选择的工作,不是有钱人家的姑娘干的工作,这会使家庭蒙受耻辱……

但是,家人的反对并没有使南丁格尔改变自己的坚定的决心。她去德国进了护士学校,学习护理学,并在伦敦、巴黎等地的医院实习护理。1853年,她就任伦敦妇女医院的院长。

英俄之间爆发克里米亚战争后,南丁格尔和她的38名护士来到俄国。她每天工作20小时,无微不至地护理、照料伤员。她还在医院设立了很多病房,并尽可能做到每一件物品都保持卫生,使伤员的死亡率从60‰降到3‰。因工作出色,她被伊丽莎白女皇授予功绩勋章。

弗洛伦斯·南丁格尔继续为护理工作贡献自己的力量。1860年,她在英国圣托马斯医院开办了护士学校。数千名妇女在她的指导下接受专门的护理专业训练。弗洛伦斯·南丁格尔以现代护理学开创者而闻名于世。

有一个会唱歌的女孩

哈丽特·塔布曼（1822—1913），美国废奴主义活动家。出身黑人奴隶，1849年出逃摆脱奴隶身份后，积极投入"地下铁路"事业，帮助美国南部的黑人奴隶获得自由。南北战争期间，她在北军的医院中护理伤员，并参加游击活动，表现出非凡的热情和忠诚。1911年6月的《纽约世界报》称她为"黑人种族的摩西"。

170多年前，在美国东部马里兰州一个几百人的村子，哈丽特·塔布曼降生在一座东倒西歪、没有窗子的小木屋里。

哈丽特在美国的祖先，她的爷爷、奶奶们，都是被带上镣铐从老远的非洲运到美国的黑人。他们经受了白人的压榨摧残而生存下来，他们的皮肤是黝黑的，黑的就像随便哪个画家从他的颜料管里挤出来的黑颜料一样：黑得那么典型，黑得那么富有象征性，黑得那么值得自豪。

在小哈丽特开始蹒跚学步时，她就对自己的周围感到奇怪。小哈丽特很快就懂得了，那栽满苹果树和梨树的丰美的果园，那些果实累累的桃树和李树，都不是为她种的，也不是为她父母亲种的。她可以给小鸡喂食，但她不

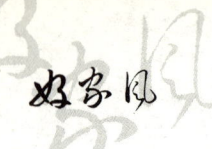

知道鸡肉的滋味。公鸡的啼声、绵羊的咩咩叫声，牛的低沉的哞声总在小哈丽特耳中震响，但这只是不断地提醒她：这些东西，她和她的家人可以照料，但不能拥有，可以听声，但不能吃肉。

人世间的不公平，使小哈丽特养成了一种深厚的家庭感情，对父母和兄弟姐妹的关怀成了她最关心的事。有时，她同小弟妹们在小木屋外面的草丛里戏耍；夜晚，当爸爸在森林里干完活回到家里，她就朝爸爸跑过去，渴望爸爸用强壮的双臂把她高高举起。在她的童年，除了在她自己的小屋里，她很少能找到温暖。

哈丽特没有上过一天学，她是从婴孩的襁褓里突然被揪出来，投到奴隶劳动中去的。5岁的时候，她已经懂得收拾屋子，照看婴儿。

哈丽特第一个女主人相信，除非在皮鞭的刺痛下，一个奴隶是不愿意干任何工作的。一个晴朗的早晨，当她第一次走进白人时髦的住宅干活时，她没有使主人感到满意，暴躁的苏珊小姐大动肝火。早饭前，哈丽特的脸上和脖子上挨了四鞭子。

哈丽特6岁时，人家把她从母亲身边带走，送到10英里以外的詹姆斯·库克家里去。她的年纪那么小，可是库克派她去看守他捕麝香鼠的陷阱，她不得不趟水到那里去。有一次，她正害着麻疹，可仍旧被派往那里去。由于蹚水受凉，病情加重，她的母亲只好求她的主人让哈丽特离开库克家，等她病好一些再去。

待她的病稍微好些，库克家的女主人又想让她学织布，可是她不肯学，因为她恨她的女主人，不愿留在家里干活。要是她当一个织工，就得留在家里。

小哈丽特要求在田野里劳动，因为她热爱大自然。她热爱动物、植物，热爱风、雨和大地，因为它们平等地对待一切人。她看到，雨淋在各种不同颜色的皮肤上，感觉是一样的。小哈丽特喜爱抬起头仰望朵朵白云，因为它们能够幸福自由地飘向北方。她坚定地相信，她的反抗能够对那些硬要奴役她的人发生影响。

由于劳累，缺乏营养，哈丽特长到7岁，个子还是很小。当主人让她照看娃娃时，她只好坐在地上，把娃娃放在腿上抱着。除了她睡觉的时候，或是他母亲给他喂奶时，小哈丽特得一直这样抱着他。

有一天早上，吃过早饭后，小哈丽特站在桌子旁边，等着把娃娃接过来。在小哈丽特身旁，放着一碗方块白糖。这时，女主人同她丈夫拌起嘴来。这个女主人脾气坏得吓人，一吵起架来就大嚷大叫，用各种难听的话来骂她丈夫。

小哈丽特从来没有尝过什么好吃的东西，没吃过甜食，没吃过糖。那一碗方糖，就在她眼前，看上去那么美好，而女主人在同她丈夫吵架，正好背对着哈丽特。小哈丽特实在忍不住糖的诱惑，就把手伸进碗里，捏起了一块糖。这时，也许女主人听到了声音，她转过身来，看到了小哈丽特。

一分钟以后，女主人就摘下了皮鞭。小哈丽特一纵步跳出了门，刚才还吵嘴的女主人和丈夫，在她后面追过来，小哈丽特只顾飞跑，跑呀跑呀，跑过了许多房子，她不敢停下来，因为那些房子里的人都认识她的女主人，会把她送回去的。

后来，当她累得几乎倒下时，来到了一个很大很大的猪圈跟前。那里面有一只老母猪，大约八只或十只小猪。她个子太小，可是她翻过那高高的围墙，摔倒在地上，她完全累垮了，再也动弹不了啦。

在猪圈里，她从星期五一直呆到下星期二，跟那些小猪崽争夺倒在猪食槽里的土豆皮和残羹剩食。那只老母猪一见小哈丽特抢它崽子的食，就要用它的长嘴把小哈丽特拱开，不让小哈丽特靠近猪食槽，小哈丽特可怕它哩。到了星期二的时候，小哈丽特实在饿得不行了，只好又慢慢走回女主人家，虽然她明知回去要遇到什么。

哈丽特挨了那女主人的一顿鞭子。

在苦难中，小哈丽特长成大姑娘了。现在包上一块色彩鲜艳的头巾，穿着变长的裙子在大田里劳动。她的兄弟们就在毗邻的田地里干活，她可以向他们招手，或者唱一支歌，过一会儿，她会听到他们回答的歌声。她可以走回自己的小屋里去喝口水，对母亲或那个小妹妹说上一句温存亲切的话。当她回到田里时，如果监工责骂她，她就和他顶嘴。主人家所有的，以及附近

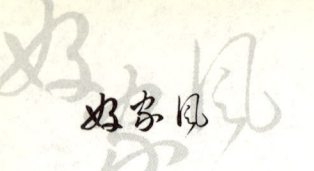

好些农场的黑人们，都纷纷谈论着这个敢于反抗和嘲笑监工们的年轻炮筒子。

哈丽特变得快活了，在她断定自己永不会有读书的机会时，她开始留心地听父母讲话时引用的圣经语录。哈丽特的爸爸妈妈经常上教堂听牧师布道，圣经是他们十分尊崇的一本书。圣经的词语中，最能打动哈丽特的，是那些谈到人的进展，谈到奴隶获得释放的权利的娓娓动听的词句。这是毫不奇怪的。当她知道有人看到或者听说某个黑人逃往北部时，她脑海中就闪过这样一句话："隐藏被赶散的人，不可显露逃民。"

这时，在哈丽特少年时代的生活中发生了一个事件，成为她一生的转折点。

那是一个秋天，哈丽特被赁给一个种植园主在大田里劳动。傍晚干活的时候，一个奴隶放下了工作，到村里的店铺那边去了。那个监工尾随在他后边，哈丽特也跟了上去。当监工找到那个奴隶时，赌咒说要鞭打他，并且叫哈丽特和其他人帮他把那个奴隶捆绑起来。哈丽特拒绝这样做，而当那奴隶逃跑时，她用身子挡住门口，不让监工追赶。监工从柜台上抓起了一只两磅重的砝码，冲着逃跑的奴隶扔去，但是没有打着那人，却重重地打在她的头上，打得她立时晕倒在地。过了很长时间，她才从这次创伤中恢复过来。

哈丽特挺身而出保卫其他奴隶，这并不仅仅是由于她曾亲身经历过暴虐的待遇。当时，在哈丽特居住的地区以及整个南部，还有其他强有力的因素在起作用。哈丽特正是从这些因素汲取了力量，奋起捍卫别人的。

哈丽特和许多奴隶一样，曾受到几年前弗吉尼亚爆发的奈特·特纳起义的影响。无畏的特纳和大约70名别的奴隶掀起了一次暴动，在丘陵起伏的弗吉尼亚境内方圆20英里的地区血染了大地，在赶来镇压的联邦军队到达之前，他们杀死了60个白人，当联邦军队到达时，奴隶主的警卫队和当地的白人不加区别地滥施报复性的屠杀，惨杀了120名黑人。奈特·特纳机敏地逃脱了白人团队的追捕，但是几个星期之后终于被他们搜捕到，并随着其他的起义者，被送上了绞架。

关于奈特·特纳壮举的点点滴滴的消息，以及狂潮般席卷全国的广大反响，传到了哈丽特家住的村子。在黑夜里，一两个识字的黑人把一批奴隶聚集在身边，在静悄悄的小屋子里向他们读着来自受难的弗吉尼亚的严酷报道。

哈丽特聚精会神地倾听着，从中汲取着营养，她看到的不是特纳和他的弟兄们尸悬绞架的惨状，而是他们的英勇尝试的无比巨大的意义。正是在这样一些影响下，哈丽特有了勇气，她准备逃走。

哈丽特知道，美国有许多人认为奴隶制是错误的，他们愿意帮助奴隶逃跑。他们能帮助她逃到北方。这些人自称是"地下铁路"。

哈丽特的体力恢复了。灿烂的阳光，户外的新鲜空气，绿色的田野，以及她自己要活下去的意志——这些就是她的良药。在体力上，她成为女性的一个惊人的典型，她能够和新主人的种植园里最强壮的男人比试力气。她的新主人常让她在他的朋友们面前表演她的体力能耐，把这当作他领地内的一种奇观来炫耀。她能够举起满载收获物的巨大木桶，并且能够像牛一样拉动一条装得满满的运石头的船。她还能飞快地奔跑，矫健敏捷、轻快自如地猛冲过一片田地，跑过一条乡村道路。

哈丽特那少女的自尊心，最能表现在她动人的歌声里。她很得意自己有一副优美动听的歌喉，一有机会她就唱，特别是在阳光下的田野里，她唱柔和的赞美诗，也时常唱自己编的歌子。

一天晚上，哈丽特路过许多小屋时，轻轻地唱着歌，其他的奴隶闻声来到门旁。他们熟悉哈丽特那低沉的声音：

> 对不起，朋友
> 我要离你而去
> 再见了！噢，再见了！
> 但早晨我还会见到你，
> 再见了，噢，再见了！

他们知道她的用意。很早以前，奴隶们就用这个秘密的办法彼此传递消息，而他们的主人却不知道他们在说些什么。他们只是唱歌。

那天晚上，当奴隶们在小屋的地板上睡觉时，他们都思考着哈丽特的歌。他们知道，歌的意思是她要离开此地，逃到北方去，做一个自由人，他们彼此悄悄低语着："别人能成功，哈丽特也能成功！"

有一个奴隶说："只要跑过森林就没事了。"

另一个回答他说："哈丽特对森林非常熟悉，就是在黑暗中，她也能像猫头鹰一样，看得十分清楚。"

早晨，哈丽特走了，在随后的几天里，奴隶们焦急地等待着消息。他们知道，哈丽特可能会被那些专门追捕奴隶的坏人用枪或警犬抓回来。要是坏人抓住了她，就会把她带回来毒打一顿。

悬赏缉拿哈丽特的通缉令贴在树上，但是几个星期过去了，她没有被带回。"哈丽特肯定到北方了，"奴隶们轻声地相互转告，"哈丽特肯定自由了。"

无疑地，他们都非常高兴，但同时，他们也感到悲伤，因为他们觉得以后再也见不到哈丽特了。

他们想错了！

一年后的一个晚上，一位陌生的年轻人经过奴隶们的住处，他轻轻地唱着歌。

这年轻人是那样陌生，但他的声音却非常熟悉！开始，奴隶们怎么也不相信，这声音是哈丽特的。难道哈丽特会女扮男装吗？

第二天，有几个奴隶失踪了，他们再也没有回来。

从那以后，这种事情经常发生。一天晚上，奴隶们听到一只猫头鹰在林中鸣叫，这声音听起来与其他猫头鹰的叫声不同，尽管如此，主人听不出，而奴隶们却注意到了。他们知道，外面是哈丽特，她正在准备帮助一个奴隶逃跑。

有时，一位陌生的老太太会唱着歌走来，但这声音是哈丽特的，她这是在告诉奴隶们，她就在此地，她能设法使他们平安地到达北方，因为她熟悉去北方的路。

对逃跑的奴隶来说，要回到以前逃离的种植园是非常危险的。但哈丽特还是甘冒风险。

能够成为自由人确实令人高兴,但这还不是全部,因为她的父母、兄弟姐妹和朋友们仍然是奴隶。

只要还有奴隶,哈丽特就不停地歌唱……

好家风

父子之争

施特劳斯（1825—1899），奥地利作曲家。所作圆舞曲400余首，以具有旋转舞步的快速律动为特征，世称"维也纳圆舞曲"。其中《蓝色多瑙河》《维也纳森林的故事》《艺术家的生涯》《春的声息》等，流传甚广。

老约翰·施特劳斯从小就梦想当一名咖啡馆乐师，但不幸却被送到了一个图书装订工人那里去当学徒，很快他就逃跑了。他设法学习拉小提琴和一些乐理。15岁那年，他参加约瑟夫·兰纳的咖啡馆四重奏乐队。兰纳本人就是一个杰出的圆舞曲作曲家。由于两个人的通力合作，他们成为维也纳最受欢迎的舞曲音乐家。后来施特劳斯与兰纳决裂，组成自己的乐队，到二十几岁时已在最大的几个露天花园演奏了。

施特劳斯名闻遐迩，并在西欧的大多数首都进行巡回演出。他的乐队成为奥地利宫廷舞会的正式乐队。维多利亚女王在英国登基时，就是施特劳斯的乐队在加冕舞会上伴奏。他最擅长写圆舞曲。什么叫圆舞曲呢？圆舞曲是舞曲中最流行的一种，也叫华尔兹。华尔兹这个词来自德语，意为旋转。"圆舞"原是起源于奥地利山区的一种民间舞蹈，18世纪后半叶传入城市，19世

160

纪风行全欧洲。圆舞曲一般都是 3／4 拍的，节奏感强，情绪热烈欢快，旋律优美，很受群众喜爱。有的圆舞曲是在舞会上演奏用的，有的圆舞曲则是专供欣赏写的。老施特劳斯写了许多圆舞曲，其中《水妖——莱茵河上的传说》和《多瑙河之波》是比较有名的。他写过数不清的圆舞曲，还有轻快舞曲、波尔卡舞曲，以及为当时流行的其他舞蹈形式谱写的曲子。法国大音乐家柏辽兹认为他并不亚于贝多芬和格鲁克。有些人则称他为"奥地利的拿破仑"。他所到之处，听众无不欢欣若狂。

1825 年，他的第一个儿子出世了。孩子取名约翰·施特劳斯，和父亲同名。人们为了加以区别，就称父亲为老施特劳斯，儿子为小施特劳斯。小施特劳斯后来又有两个弟弟和一个妹妹。

小施特劳斯从小就喜欢音乐，一心想继承父业，可老施特劳斯另有打算。尽管自己的事业正处在不断上升的辉煌时期，但他不愿儿子成为音乐家，而想让他成为一名商人或一名政府公务员。

小施特劳斯没有办法，不得不偷偷摸摸学习小提琴和乐理。在他 6 岁时就开始习作圆舞曲。他做梦都想着圆舞曲，并渴望像他父亲一样，站在乐队前进行演奏。

老施特劳斯为了让儿子死掉这条心，就把他送到工业学校去读书，后来又让他当了银行的职员。但是，这样做并没有阻止住小施特劳斯对音乐事业的热爱。还是做妈妈的能理解孩子的心情，妈妈暗中帮助小施特劳斯，给儿子聘请音乐教师来指导他。

老施特劳斯遗弃家庭后，再也没有人反对小施特劳斯实现他的理想了。他可以放心大胆、毫无顾忌地去学习他所酷爱的音乐了。他跟父亲乐队的一名小提琴师学习拉小提琴，跟当地教会的唱诗班班长学习作曲理论。他组织了一个 15 人的乐队，决心和他父亲较量一番。

19 岁时，小施特劳斯组成了自己的第一支乐队，并在演奏中与父亲展开竞争。一时之间，维也纳分成了两个阵营。

老旋特劳斯面对即将成名的儿子，内心表现出不应该有的嫉妒，他运用自己在音乐界的威势，强使维也纳各大舞厅把小施特劳斯拒之门外。小施特劳斯没法儿，只好到郊外一家咖啡馆的花园里举行露天音乐会。

老施特劳斯快要气疯了。他宣布，在同一天晚上也将举行一场音乐会。没料到老施特劳斯的音乐会票在黑市上竟不如儿子的吃香，不得不自己取消了"对台戏"。老施特劳斯出名以来，从未遇到这种阵势，他病倒了。他躺在床上，对来看他的人说：

"我但求速死。"

他的经纪人赫希深为"圆舞曲之王"的健康担心，居然组织了一些人准备到小施特劳斯的音乐会上捣乱。

演出那天，人们早早地拥向郊外的咖啡馆花园。小施特劳斯的妈妈静静地坐在花园的拱廊里。小施特劳斯跳上指挥台，他的崇拜者们大声喝彩，而赫希那伙人则怪声怪气喧叫，可是，乐声很快压倒了捣乱者。演奏的曲子是小施特劳斯创作的献给他妈妈的一曲颂歌——《母亲的心》，令人销魂心醉的节奏，缠绵起伏的旋律，变幻莫测的音调，使听众欣喜若狂，掌声淹没了赫希那伙人的嘘声。另一支圆舞曲《理性的诗篇》，在如痴如醉的听众要求下，竟然反复演奏了十几次之多，成为维也纳音乐史上亘古未有的盛事。

这时，连赫希也忘情地鼓起掌来，他的那些帮手大感困惑。赫希是老施特劳斯的老朋友，还有着经济上的利害关系，但是，对于面前这位真正的艺术家，他又不能不表示衷心的欢迎。

最后，小施特劳斯请听众们安静下来。在他的指挥下，乐队奏起了并未开列于节目单上的一曲柔和的乐章。听众们不敢相信自己的耳朵了，这不是老施特劳斯最负盛名的圆舞曲《莱茵河畔迷人的歌声》吗？在这首乐曲的抒情部分，小施特劳斯又加入一种柔情蜜意，随着乐曲的展开，听众们渐渐明白了它的深意：年轻的音乐家演奏父亲的这部作品，不仅是作为儿女对父辈的敬意，也是作为请父亲宽恕的一种祈求。听众们不由得热泪盈眶，甚至连男人们也不例外。

1844年10月15日，19岁的小施特劳斯带着自己的乐队在维也纳第一流的德姆玛雅舞厅举行了首次演出。演出节目中有他父亲的作品，也有他自己创作的圆舞曲。首次公演就获得了预想不到的成功，欢呼声、鼓掌声、"再来一遍"的叫好声汇合在一起，震撼着德姆玛雅舞厅。有的节目在听众一再热烈的要求下竟连续演奏了19遍。小施特劳斯首次登台就使维也纳大为轰动。

第二天，维也纳报纸上刊登了这样一条新颖醒目的标题：

"晚安，老施特劳斯！早安，小施特劳斯！"

它向人们预示，小施特劳斯如东升的旭日，前途光辉灿烂。而老施特劳斯已如落山的夕阳，盛期已过了！

蚁兄蚁弟

　　托尔斯泰（1828—1910），俄国作家。出身贵族。曾在喀山大学学习文学和法律，受到卢梭、孟德斯鸠等人的思想影响，对沙皇专制不满。1847年退学回家，试图在自己的领地上改善农民生活。1851年去高加索从军，曾参加塞瓦斯托波尔之战，后写出《塞瓦斯托波尔故事》，引起文学界重视。他40岁完成长篇小说《战争与和平》，被认为是世界文学中两三部最伟大的长篇小说之一。他终身食素，是世界名人中的道德思想家。

　　1828年8月28日，列沃奇卡出生在俄罗斯首都莫斯科西部的雅斯纳雅·波良纳村，是爸爸妈妈的第四个儿子，他的家庭是富裕的地主，并且享有贵族头衔。

　　说到列沃奇卡家的贵族头衔，可不是一般的普普通通的什么头衔，列沃奇卡的母亲曾是一位公爵小姐，他的外祖父尼古拉·沃尔康斯基7岁就挂名从军，27岁时擢升为近卫军大尉，给女皇作过侍从武官，战功卓著，当上了将军。后来由于桀骜不驯，不甘卑躬屈节的脾气，放弃军职，带着9岁的女儿，到雅斯纳雅·波良纳过隐居生活。

列沃奇卡没见过外公，甚至连母亲也不记得，因为他快两岁时，母亲就去世了。

虽然幼小的列沃奇卡不记得自己的母亲，可是，他从父亲和塔季扬娜姑母的嘴里知道，他母亲非常喜爱他，对他关怀备至。塔季扬娜姑母经常给小列沃奇卡讲述他母亲的故事：

"你的妈妈叫玛丽娅·尼古拉耶芙娜，她是个聪明出众的女子。在她还是个5岁的小姑娘时，就能用法语看书啦！在我见到她的时候，她始终都在阅读、翻译。你的妈妈简直是个女诗人，她写过很多长诗和短诗。"

每当此刻，小列沃奇卡的眼前就呈现出那幅才智典雅、栩栩如生的母亲剪影，尽管有些朦胧，但依然那样亲切动人。

"不过，也别以为你的妈妈只喜欢书本子呀、诗集呀！"塔季扬娜姑母接着讲，"她更喜欢大自然，爱散步，爱你的爸爸和孩子们。你们的尼古拉·伊里奇爸爸常常外出，他经管自己的领地，喜欢打猎，每当他不在家，玛丽娅·尼古拉耶芙娜就到英式大花园去，久久地坐在塔式凉亭里，或坐在池塘边的条凳上，瞭望紧挨花园通过的大路，等待着你们的爸爸。这条大路在当时是一切新闻的渠道：大路上有步行的旅客和朝圣的香客，有接连不断的驿车，有一年，你妈妈还看到亚历山大一世带领全体随从打这条大路走过。"

小列沃奇卡的想象力像金翅鸟一样飞动起来：在荫凉如水的塔亭下面，妈妈静静地望着，在俄罗斯午后辉煌灿灿的阳光下，一条洁白的大路无声地伸向远地，一直到斯摩棱斯克、布列斯特—立托夫斯克……

"在你们的大哥尼古连卡生下三年后，玛丽娅妈妈又生下谢尔盖，又过了一年生下德米特里。玛丽娅妈妈每天写日记，记载尼古连卡的行为举止，教他养成良好的习惯，培养他的正直、谦逊、勇敢和大胆，希望尼古连卡将来英勇无畏，做一个无愧于曾经出色地为祖国服务的父亲的儿子。

"玛丽娅妈妈喜欢带你的哥哥们到大花园去,在浓荫如盖的林荫路上散步，有时候还走到更远的沃隆卡河畔老磨房附近。通常陪她们散步的是家庭教师，善良而有礼貌的费奥多尔·伊凡诺维奇·列谢尔。休息时,她们常常在一棵大树底下坐下来,一边津津有味地吃着沾盐面儿的黑面包,一边听玛丽娅妈妈讲迷人的故事。她讲得娓娓动听,别说是孩子,就连成年人也听入迷了。我也经常和她们同去,她叫我'亲爱的塔乌涅托奇卡'。"

"妈妈什么时候生下我的?"列沃奇卡急切地问塔季扬娜姑母,他太渴望知道自己和妈妈在一起的日子了。

"噢,我们的列沃奇卡是夏天出生的,你生下来很快就长成一个小胖子。因为天儿热,玛丽娅妈妈天天把你放在木槽里洗澡,用麦麸子擦你光光的身子,你闻着麦麸子的酸味,不停地皱着小眉头。你那么小一点就会皱眉头啦!"讲到这儿,肥胖的塔季扬娜姑母格格地笑起来,笑得全身颤巍巍的。

列沃奇卡的心,因为快乐跳得非常厉害,这绵长无尽的母爱使他那幼小的心灵对母亲产生了深厚的感情,崇高的向往。在他成年以后,每当不幸向他袭来或者心情十分沉重的时候,他都在内心深处祈求母亲,好像她会帮助他似的。这种母子之情,还表现在列沃奇卡对他的奶娘多季娅·尼基福罗芙娜·贾勃列娃的眷恋热爱当中。

多季娅奶娘是雅斯纳雅·波良纳的农妇,对列沃奇卡照料备至,有空就唱歌、讲森林精灵的故事给他听。而列沃奇卡对她也终日依偎不离,只到晚上保姆送他上楼睡觉,才恋恋不舍地向多季娅奶娘道别。

对小列沃奇卡来说,围绕着他的是一个快乐的、幸福的世界。所有的人:尼古拉·伊里奇爸爸,尼古连卡哥哥们、玛莎妹妹、多季娅奶娘、安努什卡保姆、马车夫尼古拉"舅舅"和家仆尼古拉"大叔",餐厅仆人吉洪,厨子瓦西里,在他看来,都是些好人,善良的人。

列沃奇卡喜欢很有天赋的演员——餐厅仆人吉洪,他常常用自己的滑稽表演逗得孩子们哈哈大笑。和蔼可亲的厨子瓦西里也是小列沃奇卡喜欢的人,他常常引逗孩子们玩耍,让他们坐上大托盘,把他们托到厨房里,也就是托到使他们感到"神秘"的地方。孩子们非常喜欢这种游戏,每个人都喊:"该我的了,现在该轮到我了!"

在这个大家庭里，还有一个"罕见的、奇妙的人"，女管家普拉斯科维娅·伊莎耶芙娜，列沃奇卡对她十分热情，她是他母亲的保姆。

这位女农奴对列沃奇卡产生了强烈的和良好的影响。他常常到她的房间去找她，坐在沙发上，听她讲述他外祖父沃尔康斯基公爵同土耳其作战期间行军打仗的故事。她一边讲着，一边点起熏香，那香发出一种好闻的香味，据她说，这香是他外祖父从土耳其奥恰科夫要塞里带回来的。

小列沃奇卡同家仆和侍役的关系是亲热的、纯朴的。但是，整个贵族环境不能不对他的举止言行发生影响。他有时也不由自主地表现出高傲的态度。

从童年时代起，列沃奇卡就养成了贵族社会的习惯。经常的教育使他确信，他是老爷，是自己农奴的主人；尽管他是个孩子，家仆们也称呼他的名字和父名。甚至有功劳的年迈的女管家普拉斯科维娅·伊莎耶芙娜，纵使她在家中受人尊重，而且小列沃奇卡也爱她，但是，照他的说法，也不敢对他的顽皮淘气加以处罚。

"怎么？……普拉斯科维娅·伊莎耶芙娜，就你敢用湿桌布打我的脸，就像打一个家童！不行，这可不得了！"

夏天，列沃奇卡和哥哥们最喜欢乘马车到离家不远的村子去游玩。那里有庄园的牲口圈，喂牲口的女人马特辽娜还用牛奶和黑面包款待孩子们。在那里，小哥们看到人们为供应老爷餐桌上的食物，在活水池塘的深水中捕鱼。列沃奇卡和哥哥们奔向山坡上的池塘，他一只手拿着一块黑面包，另一只手拿了一些蚯蚓，在匆忙地奔跑中，他误把蚯蚓当成了面包咬了一口，尝到了泥土的滋味。从池塘边下来，他们又跑进山谷，那儿有一股喷涌如注的冷水泉。

冬天则有另一些娱乐。在新年即将来临之际，一些化装的人群来到列沃奇卡家住的村子，有熊和牵熊的人，有山羊，还有"土耳其人"和"强盗"；男人装扮成女人，女人装扮成男人。

在老仆格里戈里吹奏的笛子声伴奏下，化装的人们一边表演，一边跳舞。孩子们最喜欢玩"传卢布"游戏，参加的人手拉着手，围成一个圈儿，开始齐声唱："请传卢布呀，传卢布呀！"把一枚硬币从一个人手中传到另一个

好家风

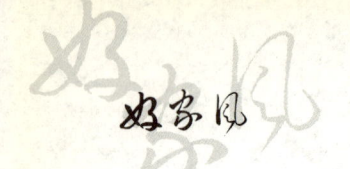

人手中，而领头的绕着圈儿找这枚卢布。

列沃奇卡和哥哥们还同农民的孩子一起坐着雪橇和溜冰箱从山上往下滑，响亮的笑声和喊叫声在通往山下的乡村街道上飘荡。"闪开，快让路呀！"有一次，不知谁的雪撬撞上了列沃奇卡，但他只受了点轻微的伤。

列沃奇卡养过鸡和黄茸茸的小鸡娃，他还非常喜欢狗。他有一条叫米尔卡的小猎狗。米尔卡长得很漂亮，一身黑毛带着花斑，有一对善解人意的黑眼睛，列沃奇卡有时还吻它的小黑脸蛋儿。他也喜欢教师费奥多尔·伊凡诺维奇的狗，它非常温顺，长了一身柔软的棕色卷毛。

列沃奇卡很早就学会了骑马，他熟悉马的习性，经常去喂马，当看到马疲倦时，他就用手去抚摸，表示怜爱。

列沃奇卡是个感情丰富的孩子。的确，列沃奇卡常常淌眼泪。当他看到路上被打死的小鸟儿，看到从窝里被逐出来的小寒鸦，或厨子把杀死的母鸡送往厨房时，他心里会很不好受。当人们欺侮自己的善良而贫穷的教师时，列沃奇卡感到难过。当管餐厅的瓦西里要离开雅斯纳雅·波良纳时，他依依不舍。在天真烂漫的童年时代，列沃奇卡的心灵里，已经产生了为人做好事的愿望，使人人都幸福、愉快和满足，成了小列沃奇卡的一个美好的梦想。

列沃奇卡对大哥尼古连卡讲的故事和童话非常着迷。尼古连卡的性格很像母亲，讲述什么都活灵活现，使人忘掉那是虚构的。

有一次，大哥尼古连卡向兄弟们讲，在森林里，在冲沟尽头禁止人们砍伐的老森林里，在大树之间埋着一个"绿杖"，"绿杖"上面写着一个秘密："怎样才能使所有的人不遭受任何灾难……永远幸福……使所有的人都和睦，不会有任何苦难。"在小哥们去看沼地塔头墩上的蚂蚁排队搬家时，尼古连卡又讲了一个"蚁兄蚁弟"的故事……他们还在家里做"蚁兄蚁弟"的游戏：大家钻进几把椅子底下，椅子外面围些小箱子，挂上头巾之类的东西。在一片漆黑里，列沃奇卡和哥哥们你挤着我、我挤着你地坐在里面。列沃奇卡非常喜欢这个游戏，因为他在其中找到了爱和温存的特殊感情。

大哥尼古连卡讲述的绿杖和蚁兄蚁弟的故事，给幼小的列沃奇卡留下了

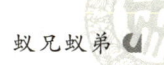

深刻的印象。尼古连卡是从哪儿听来的这个传说，是谁帮他想出这个美丽的、具有永恒魅力的幻想呢？大概，他是从玛丽娅妈妈那儿听到的，妈妈对周围所有的人都怀着爱和善意。从那时起，小列沃奇卡就相信自己一定会找到"绿杖"，把它许诺的东西送给大家，送给所有的人。

水深二呎

马克·吐温（1835—1910），美国著名作家。原名萨姆·兰亨·克莱门斯。生于地方法官家庭。早年丧父。当过排字工人、领港员、淘金工人和记者。他的作品具有鲜明的美利坚民族特色，其擅长幽默讽刺、语言简练生动的风格，深深地渗入和影响了美国的社会文化生活。

萨姆·克莱门斯1835年11月30日生于密苏里州的佛罗里达。4岁时，全家定居密苏里州的汉尼巴尔，萨姆就是在那里长大的。萨姆连小学都没读完，他所受的教育，主要来自实践和细心观察密西西比河岸边的凡人俗事。

小萨姆长着一头红色的卷发，他的童年是幸福的，因为父亲那时还活着。父亲是地方法官，负担着家里沉甸甸的生活担子。为了摆脱生活的困境，全家迁移到密西西比河岸边的肯尼波尔城。萨姆眼前的天地骤然开阔了起来。

这里是一片几乎未经开垦的土地，满目天然的野景。到了这般地界，萨姆的脚底板儿可一刻也闲不住了，他经常跑到附近的一个农场里玩耍。他和那里的黑人丹尼大叔交了朋友，每到傍晚，就和孩子们一起围坐在丹尼大叔身旁,听他讲述娓娓动听的童话故事。

萨姆的乐事还多着呢,到河里偷偷去游泳,采集榛子和野山莓,捕捉响尾蛇和蝙蝠。捉响尾蛇可是一档子险事儿,因为它是一种最凶狠的蛇。它的尾部有响环,警觉时,它们就摇动这些响环,声音有点像摇装有小卵石的盒子时发出的声音。萨姆心里充满了好奇心,冒险念头就像雨天地上的蚯蚓一样,一个又一个地钻出来。

他打算沿着密西西比河漂流得远远的,去海龟岛体验一番西班牙海洋里黑衣大侠的经历,除此之外,在那里他们能找到海龟蛋,这可是十分可口的佳肴。他还想对岩洞做一次探险。这个计划是萨姆和最要好的朋友汤姆·布兰肯希普背着大人私下制定的,这很合萨姆的口味:真正海盗的那种奥妙和神秘的方式。

"不要说出去,晚上谷草堆见。"萨姆小声做了最后的布置。他们怕一大早出门会引起大人疑心脱不了身,决定乘晚上出来玩时到谷草堆去过夜。

萨姆一觉醒来,太阳已透过盖在身上的麦草,黄澄澄的光线耀动着他的眼皮。他一生中最辉煌的一天到来了,当然,萨姆自己当时还不知道。

"快到岸边去!"

萨姆和汤姆·布兰肯希普跑到岸边时,已经是上气不接下气了。雄伟巨大的轮船正在驶近港湾。

萨姆头一回见到这么庞大的轮船,顿时觉得世界上再也没有什么东西能够比这艘轮船更大、更漂亮,比这艘轮船的蒸汽机更有力了。轮船的蒸汽机能转动巨大的蹼轮,驱使轮船前进。

萨姆半遮住眼睛抬头望着阳光下闪闪发亮的操舵室。它比位于密西西比河畔的他的家乡密苏里州汉尼巴尔的任何建筑物都要高。

"听到了吗?萨姆?听到了吗?"他们沿着河岸跑,汤姆大声地喊叫着。

萨姆清楚地听到站在轮船前方的一个男人对舵手大声喊:"水深 $2\frac{3}{4}$……$2\frac{1}{4}$……$2\frac{1}{4}$……2。"

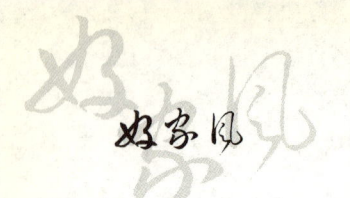

这个男人手里拿着一条粗绳。这条粗绳就像一头系着重物的卷尺。他把粗绳抛入水中直到重物沉到水底。他在测量河水的深度。明轮安全运转需要12英尺的水深，也就是水深2。水深2的英语发音是"马克吐温"。

"马克吐温……马克吐温……"萨姆兴高采烈地模仿着男人喊的话。他几乎从男人的声中领悟出了某种幸福。

现在，轮船可以全速行驶了。

萨姆希望自己长大后能成为密西西比河里一艘轮船上的舵手。他觉得世界上再也没有什么工作能比站在轮船的操舵室里操舵，驾驶轮船前进更重要、更令人激动了。

但这只是萨姆的理想，而汤姆·布兰肯希普则有别的打算。汤姆从不想做那么辛苦的操舵工作。再说，蒸汽机太危险。有时，蒸汽机因过热还会爆炸，没准，轮船在夜晚会因撞在伸于河面的树干而沉没。无论如何，汤姆还是喜欢河里的木筏。

当轮船从他们的视野中消失而驶向下一个港湾时，他们从岸边解开了木筏，向上游的熊溪和岩洞撑去。整个星期，他们都在那里收集短蜡烛头。在那些日子里，家家户户都没有电灯，而只有少数人使用煤油灯，因为煤油很贵，人们使用蜡烛照明。一些年龄稍大的男孩的衣袋里都带着一两支蜡烛。萨姆和汤姆就用蛙、大理石和闪闪发光的岩石去换取各种蜡烛头。

他们想对岩洞做一次探险。

镇上的人说岩洞有7英里长，洞内一片漆黑，并有深深的积水坑，岩壁很滑。谁都可能在这里迷路，甚至再也找不到出口。

他们带上一条风筝绳，把一头系在洞口的岩石上。萨姆和汤姆一边解开卷绕着的风筝绳，一边向岩洞的深处走去。这样，一会儿他们还可以顺着绳子找到出口，在岩石很低的地方，他们只好跪下用手爬行。

"我想，现在可以站起来了。"萨姆说。他把蜡烛稍举高了一点。

突然出现了成千上万只像蝙蝠一样的拍动着翅膀的东西，它们被烛光所惊扰，在黑暗的岩洞里上下翻飞。两个男孩很快地爬回到低低的岩石下，顺着光滑的坑道来到了距出口处不远的安全而又较宽阔的地方。

他们庆幸没有和大孩子们一道来，否则，那些大男孩就会笑他俩是如此的惊慌失措。

五年后，萨姆幸福的童年时代结束了。他的父亲去世了，家里没有很多钱过生活。12岁的萨姆·克莱门斯被送到肯尼波尔城一家印刷所里当学徒。这里仅供吃穿，不发工钱。萨姆比老板矮半截，穿着老板给的肥衣长裤，简直像钻进了帐篷里一样。萨姆平时喜欢阅读由他印刷出来的小说和报纸。有的时候，他也写一些关于他自己的故事，编辑就把他刊登到报纸上，让每位读者阅读。但即使在这些日子里，萨姆也从没停止过当轮船舵手的梦想。

作者写文章有时不用真名，作者的化名叫作笔名。萨姆长大后，就用了水手的那句喊话"马克·吐温"作为自己的笔名。这会使他回忆起看到轮船时的幸福日子。他还写了一本描述那些日子的书——《密西西比河上》。

每月挣 25 美元的小孩

卡内基（1835—1919），工业家和慈善家。出身贫寒，靠刻苦自学、勤奋和才干立身扬名，组建"卡内基有限公司"。晚年热衷于社会公益和人类和平事业。在荷兰海牙帮助建立的"常设仲裁法庭"，成为日后"国际联盟""联合国"的前身。

在美国，许多城镇中心附近都有一座砖瓦或石头的建筑物，门上写着"卡内基图书馆"。这个似乎无所不在的卡内基究竟是谁呢？

安德鲁·卡内基并非出生在美国。他是威尔和玛格列特·卡内基的长子，他还有一个弟弟。威尔和玛格列特在苏格兰的邓福莫林经营着一家小纺织作坊。那时全家住在店铺楼上的两间小房里，1835 年 11 月 25 日，安德鲁在这里诞生。母亲每天工作好几个小时纺亚麻线，父亲织布并出售成品。

可是，在小安德鲁 10 岁时，他的父亲不得不关闭了作坊，卖掉了织布机，因为一家布厂在镇上开张了。以蒸汽作动力的机器比手工织布要快 10 倍，织的布便宜。所以这种新式机器就堵死了卡内基一家唯一的谋生之道。本来威尔·卡内基可以进那家使他破产的纺织厂去工作，可是他没有这样做。他变卖了全部家产，带着所得的钱和全家人，满怀希望去了美国。

他们在大西洋上航行了 6 个星期，于 1848 年 6 月抵达纽约港。

卡内基全家没有在纽约停留。他们想尽早投奔宾夕法尼亚州匹兹堡的亲戚。安德鲁虽然只看到这个新国家领土的一小部分，但美国辽阔的土地已给他留下了深刻的印象。又经过三个月的旅行，他们来到了匹兹堡。

卡内基一家来到美国的最初几年里，尽管有亲戚的帮助，生活还是十分艰苦。威尔像在苏格兰老家那样又开始织布，可是在匹兹堡愿意要手工布的人比在邓福莫林还少。卡内基夫人用做鞋来帮助维持生活。12 岁的安德鲁，到一家棉纺厂当绕线童工。他从早上 6 点到晚上 6 点，工作是把线绕到织布用的线轴上。工资是一天 20 美分，周薪 1.2 美元。

安德鲁决心要找一个比绕线工好一点的工作。他懂得自己必须多挣钱，但他想的更多的是用赚来的钱让父母过上好日子。他干活非常卖力，几个月后，他得到一项每周 1.65 美元报酬的新工作——负责给织布机提供动力的锅炉添煤。卡内基家里确实需要额外收入，但这个工作既劳累又危险，如果不小心，锅炉就可能爆炸，就要发生人身事故。母亲为他十分担忧，希望他像别的孩子一样去上学。她知道在苏格兰时，她的儿子学习很好，尤其擅长算术和书法。

当时电报机是一项新发明，全国各地都在架设电报线。商人们不再写信，开始使用电报。把电报从匹兹堡电报中心送到城里商号这项工作需要人手。安德鲁·卡内基当上了一名送电报的差役，每星期挣 2.5 美元，这对一个没怎么上过学的 14 岁的孩子来说是很高的工资了。安德鲁对工作认真负责，很快就熟悉了城里各工商号的地址。他的年纪比其他 4 个信童都小，但电报送得最快。不久，他每周就挣到了 3 美元。

当安德鲁一有空，不绕城送电报时，他就注意听电报机发出的卡嗒声，不久他学会了摩尔斯电码——电报发明家摩尔斯设计的用长短声来代替不同字母的电码。有时安德鲁也给外地的报务员发个电报看看自己按键的速度有多快。他终于学会了本领，当了报务员，每月薪金 25 美元，当时，从欧洲到美国的三等客舱票价才 30 美元，缝一件衬衣仅得 4 个美分，安德鲁那年刚满 16

岁。母亲十分满意。他常和受过教育的人接触，也有钱买书了。

安德鲁喜爱读书，匹兹堡有一位慷慨的公民，叫安德森上校，他为儿童建造了一座图书馆。安德鲁常去那家图书馆借书看，后来他又从安德森上校本人那里借书。他渴望多学一些美国历史，掌握电报、铁路以及制铁方面的知识。

安德鲁没有能上多少学，可是他的精力、苦干、机敏以及敢想敢做的勇气却弥补了他在受教育方面的欠缺。就在安德鲁18岁那年，他去见宾夕法尼亚州铁路总监斯科特先生，建议铁路应该有自己的电报线路指挥列车运行，以便在暴风雨或其他紧急情况发生时，铁路就可以很快地采取措施，改变线路或调整列车行驶方向。斯科特先生对他的想法非常感兴趣。全国铁路部门竟接受了这个小伙子的建议，真的架起了自己的电报线路。斯科特先生呢，他现在请安德鲁管理新的电报系统并做他的助手。安德鲁同意了。工资是每月35美元，不只如此，这个新工作还为安德鲁未来的飞黄腾达提供了良机。

卡内基不负良机，他日后成了"世界上最富有的人"，这不仅是指他拥有成亿成亿的财产，还因为他在自己的身后，为世人留下了差不多3000多个免费图书馆，这些图书馆大多在美国，但也有一些在加拿大、英国、新西兰，甚至有些远在南太平洋的斐济群岛……

我就是想当画家

塞尚（1839—1906），法国画家。后期印象派的代表人物，对运用色彩、造型有新的创造，被称为"现代绘画之父"。

这是19世纪中叶的1852年，法国南部温暖的阳光柔和地照耀在微风轻曼的原野上，两个少年正在一边散步，一边畅谈着未来的志向。

"长大了我想成为作家。"

"我想当画家。"

这两个少年，一个是爱弥儿·左拉，另一个是波尔·塞尚。两个人是在进入中学时认识的。他们后来都使自己的梦想变成了现实，可这对塞尚来讲，是经过了多么曲折艰难的道路啊！

塞尚从小就是个自我反省意识强烈的孩子。但他父亲对儿子控制过严，并且很宠惯，因此，使得塞尚不能做出与年龄相应的自主行动。据说，由于爱弥儿·左拉的出现，改变了塞尚的这种生活。

塞尚与左拉有着相似的兴趣。两个人都十分喜欢读书，能看到什么书就没命地读什么书。通过读书，塞尚产生了脱离父亲的控制与宠惯，按照自己

意愿生活的想法。

1858年,左拉与母亲一起去了巴黎。这使得塞尚的心,也像草原上的小马驹般地奔腾不已。他总是渴望着,一旦有机会,也要去巴黎学习绘画。可是,他父亲不同意。塞尚的父亲年轻时经营制帽厂获得成功,后来一直经营银行。他想让儿子继承自己的事业。

塞尚很不得已地听从了父亲的安排,进入本地的法科大学学习,但学习绘画的想法却在他的心里与日俱增般地滋长着。

1861年,塞尚取得了母亲和妹妹的支持,终于成功地说服了父亲同意他停止学法律,而到巴黎潜心学习绘画。

后来,塞尚终生都在艺术的宫殿中遨游,在绘画的领域中孜孜以求,相继发表了《水浴》《玩纸牌者》等代表作,受到了人们的高度评价,成为20世纪绘画的出发点。

约翰有一把小算盘

洛克菲勒（1839—1937），石油大王。出身农民家庭。高中二年级辍学，接受3个月的商业速成教育后，在一家公司担任会计助理。3年中，他表现出潜在的商业才能。19岁时成立克拉克·洛克菲勒经纪公司，经营谷物和牧草，第一年营业额为45万元。1870年，创设标准石油公司，向世界最大的集团经营企业迈进。1913年，成立"促进人类福利"为宗旨的洛克菲勒基金会，以捐款、颁发奖金等方式资助医药、农业、艺术、社会学、人类学、国际关系诸学科的研究。

洛克菲勒家族的祖先原是法国南部人，因为属于宗教改革派而被驱逐，逃到莱茵河畔安家。1723年，又从德法交界的莱茵地移民到美国的新泽西州。移民到美国以后，又与英国人联姻，所以拥有法德英三国的混合血统。

约翰出生于1839年7月8日，他是家中的长男。约翰下面有两个弟弟，先是小威廉，接着是对双胞胎富兰克林和法兰西斯，但法兰西斯不久就夭折了。此外，约翰还有一个姐姐和两个妹妹。

好家风

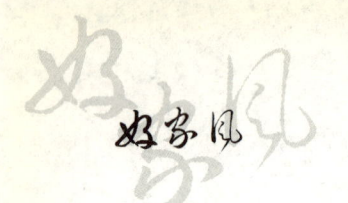

约翰的父亲威廉·洛克菲勒，身高约1.80米，体壮如牛，肩膀、胸部和四肢的肌肉特别发达，他性格开朗，十分好酒，大家都亲切地叫他"大比尔"，而不叫威廉。

大比尔平常喜爱哼几支曲儿，要么拉拉小提琴。一家人一迁到摩拉维亚镇，他就雇长工耕作，过了不久，他又改行做木材生意。他工作很勤奋，常得到别人的赞扬，他还很热心社会事务，经常为教会和学校筹募捐款而到处奔走。他连平时特别喜好的杯中之物都戒了，甚至还参加了禁酒运动。

寒冬季节，木材商的工作十分艰辛。大比尔每天清晨4点钟就得起床，然后领着那些从北欧移民来的工人，到白雪皑皑的森林里伐木，天黑的时候，就把伐下的木材用马撬运到河边的某个地方堆放起来，等到春天再编成木筏，顺流放下去，那时，河上就会响起雄壮的号子。

大比尔比常人更富投机心，他一边做木材生意，一边投资木面收费道路。当时美国13州道路为了便于马车行驶，就仿照古罗马人的构想，在宽约12米的马路上，横置原木或铺上石子、石板，以防止路面泥泞不堪。

移民到新地方的人认为，水路是最重要的交通路线。移民纽约州的人上溯哈得逊河、圣劳伦斯河，在两河无数的支流和湖泊之间开荒垦地。由于他们同时开凿连接主、支流网的运河，木面收费道路和石板路于是应运而生。

这条木面道路总长29公里。大比尔一直看好收费道路的远景，他一方面购买道路公司的股票，获投资之利，一方面又拓展了摩拉维亚的木材销售市场，真是一举两得。

但是，就在这时，纽约州和宾州开始在木面道路上增设铁轨，这种新路面可供大马车行驶，另外，整个摩拉维亚镇也突然开始修建这种铁路。大比尔因此而破产。

年仅4岁的约翰随父母来到叙拉古镇。在这里，当他第一次看到火车吐着白色的烟雾时，简直被这个怪物吓坏了。他相信使父亲破产的就是那个吐着白气的怪物，从此，他便非常憎恨铁路公司。

大比尔在放弃木材生意之前，攒了一些钱。然后，他又带着全家搬到纽约州的摩拉维亚镇,在那里,购买了一片将近 11 万平方米的土地,新买的房间也很大,大小有 12 个房间,一家人生活得挺幸福。

在父亲大比尔的言传身教下,约翰 7 岁时就会赚钱了。从那时起,在他心里就总揣着一把小算盘。

在一个偶然的机会里,约翰在林子里发现火鸡窝,于是他每天一大早就跑到林子里,一等火鸡暂时离开窝巢,他就跑过去,抱着小火鸡就跑。实在想象不到,外表老实的约翰会干这种偷窃行为。

约翰把那些小火鸡养在自己房间里,细心照料,到了感恩节,就把已经长大的火鸡卖给邻近村子里的农民,把赚到的镍币和银币存放在那个蓝色的瓷扑满里。偷了几次小火鸡后,慢慢地瓷扑满里的硬币变成了一张张绿色的钞票,约翰又动脑筋准备把这些钱放给耕作的佃农们,等他们收成之后连本带利地收回。

虽然约翰赚了钱,可是他的母亲,一个极富宗教情操的善良女人,却又气又恼,狠狠地揍了他一顿。可是有眼光的父亲却不这么看,他说:"唉呀!艾尔莎,你知道吗?现在这个国家最重要的就是钱!钱!钱!"

在小约翰 11 岁的那一年,父亲大比尔涉嫌施暴家里的女佣被起诉了,当县法庭要传他的时候,他就逃出去了。在这之前,大比尔的三个好朋友也因偷马贼的"地下铁路"事被捕了。

所谓"地下铁路"并不是真的指地下有铁路;而是指 1861—1865 年南北战争初期时,北方的黑奴解放运动者为了协助南方的黑奴顺利逃到北方,而在州与州、城与城之间所组织的渠道,刚好那时正大兴铁路,加上输送又是秘密进行的,所以叫作"地下铁路"。而偷马贼的地下组织,案情很复杂。大比尔的三个朋友因这件事而被捕,这可不是一件小事情。按当时的法律规定,偷马贼将处以绞刑!

摩拉维亚镇上的人们一直以为,那件事的主谋就是大比尔。为了这件事,约翰的外祖父怒上心头,一气之下,要求大比尔偿还 1200 元的贷款,并告到法院去了,还废除了原准备将遗产留给女儿的遗嘱。在外祖父新的遗嘱上却有了一条新的内容：留给被施暴的佣人安娜50元。

自从发生这两件事以后，大比尔便逃到别的地方，靠自己稍微涉猎的一些医疗书籍私自行起医来了。

那时候，在新大陆，真正取得医师执照的人简直是凤毛麟角。就是美国第一任总统乔治·华盛顿，1799年去世也是私行医者为他治病。传说在他弥留时，三位医生给他医治因肺炎引起的咽喉阻塞，后来因不慎刺破气管而引起出血致死。所以大比尔的私自行医行业，在当时并不违法。

话虽这么说，但是在一连发生偷马贼的"地下铁路"及施暴女佣两件事之后，要在摩拉维亚镇附近行医，已是不可能的，甚至三更半夜偷偷回家，还得探探风才能进家门。

一天晚上，约翰睡得好甜，正在编织着五彩的梦。近来，约翰变得很贪睡，因为他每天要在清晨4点起床，到地里去帮母亲的忙。父亲本来雇有长工种玉米和马铃薯的，但是自从父亲失踪以后，作为长子的约翰，自然就担起了家里的重担，他得在田里帮忙，有时还要挤牛奶。约翰把自己的工资按每小时0.37元计算，全都记在自己的本子上，准备父亲回来了再向他结帐。约翰每天还要到学校去上课，那是一所非常严格的私立中学。经过这样的一天，一旦睡着了，天塌下来也吵不醒他。

夜已经很深了，迷糊中听到狗叫声，是不是爹爹回来了……约翰翻了一下身，又睡着了。

"砰！"

约翰一下坐起来，窗户的玻璃打破了，一颗小石子掉在被子上。

"啊，是爹回来了！"约翰抛开被子，一下跳下床来。母亲的神经质遗传给了他。他敏捷地拉开门，跑过走廊，来到木制的内门前。

"爹！"约翰隔着内门小声叫着。

"嘘！"大比尔把手指放在嘴上。"小声点。警长来过没有？"

"警长，没有呀！他不可能老是追捕你吧。"约翰边说边把内门打开。

失踪的父亲到底回来了！

那时已是凌晨 1 点。

"要不要把妈妈叫醒?"

"……"

父亲默默地摇了摇头,仁慈地看着渐渐长大的儿子。父亲像每次失踪归来一样,左手戴着黄澄澄的新戒指,身上是时髦的海狸皮夹克。

"这个是给你的,"父亲又像往常一样把三张 1 元的新钞票塞到约翰手里,俯下身来,吻了吻约翰的额头;然后微笑着说:"睡去吧!我的儿子。"

"爹,太谢谢你了。"小约翰欢天喜地的,丝毫没有睡意。

"你的瓷扑满,大概存了不少钱吧!"父亲看着这个满脑子生意经的儿子,喜爱之情溢于言表。

"我贷了 50 元给附近的农民。"小约翰满脸骄傲的神情。

"噢? 50 块啊?"这下父亲惊讶了。

"利息 7.5%,到了明年就能拿到 3.75 元的利息,另外我在马铃薯田里帮你的工,每小时 0.37 元;明天我把本子拿来给你看。其实,像这样出卖劳动力是很不划算的。"小约翰毫不理会父亲的惊讶,滔滔不绝地说着,一副精明商人的口气。

3 个月来第一次深夜回家的父亲,凝视着已经懂得贷款赚钱的 12 岁的儿子,心中说不出的满足。

从失踪到私自行医期间,大比尔过得很快乐,做木材生意赚了大钱,而最使大比尔引以为自豪的是他买了几支来福枪,他现在还有"百步穿杨"之功;像印第安人一样,骑着骡马射下空中飞鸟。

约翰回忆起和父亲在一起时的快乐时光,此刻,夜阑人静,他边凝视着被烛光映在墙上的父亲的影子,一边有意无意地问:

"爹,你为什么怕警长呢?"

"谁说的,我才不怕哩!"

"那——那你为什么深更半夜才回家呢?"

"……"

183

"爹，你做坏事了吗？"约翰认真说。

"哦，爹怎么会做坏事呢？！"父亲笑着回答。

"真的？"

"当然是真的喽！"

"那——那铁路公司的人才是坏人喽。"约翰很肯定地说。

"什么？铁路公司？……这不是小孩该管的事！"父亲露出严肃的表情。

"使爹成为偷马贼的就是铁路公司，安娜的事也是铁路公司搞的鬼。"

"好啦，儿子，睡觉去吧！"父亲站起来，轻拍着儿子的肩膀。

1853年，也就是约翰15岁的那年，在亲戚离开纽约州，越过阿巴拉契亚山，集体移居宾夕法尼亚州后，大比尔一家从纽约州迁到俄亥俄州，在斯杜比尔落脚，那是一个距伊利湖畔的克利夫兰约24公里的小镇。而他们原来在纽约的家则以4117元——比买入时高出一倍的价钱卖了出去。

大比尔之所以选择比宾夕法尼亚州更西的俄亥俄州，并且又毅然决定和所有的亲戚分离，是因为他非常清楚宾、俄两州交界处的情形，同时也是为约翰的前途着想。因为根据独立战争前的统计，大比尔家族所移居的宾夕法尼亚州，土地已经很狭窄拥挤了，在该州中心新开发地带的农民中，自己没有土地的佃农就占了一半以上，就是在宾、俄两州的交界处，佃农也有29%，而都市里的土地，早就被大地主们独占了。他们缴很少的一点租金，就在租地上盖起房子，所以像大比尔家族这样100多年后才移到宾州的新移民，简直没有立足之地。

看来大比尔的从医事业赚了很多钱，约翰求学时的食宿费全部由家里供给。

约翰在克利夫兰高中上学时，课余时间常常伫立在伊利湖畔。看着来来往往的船只，思考许多问题。经常在这里与约翰讨论问题的是一个年龄相近的规矩女孩。她深褐色的头发总是梳得整整齐齐，在脑后束成一条马尾巴。那双棕色的大眼睛，总流露出不可侵犯的神色。身上是装束得很合身的服装，就是那种女孩子都很喜欢的天鹅绒滚边加上白色蕾丝的黑丝洋装。虽说她是个个性保守的女孩,但是只要她一加入谈话,气氛就会立刻变得活泼起来,在她身上总是洋溢着一股愉快的情绪。

　　这个极富魅力的女孩,是一个富商的长女,名叫罗拉,在班上,大家都亲切地叫她谢蒂。罗拉·斯皮尔曼一家是跟随父亲从马萨诸塞州移居来的。斯皮尔曼先生是个热心的奴隶废除论者,他曾对克利夫兰和阿克伦的两所教会捐款。那时候,约翰和弟弟威廉两人常常上教会的主日学校,并且参加那里的唱诗班。在那里,约翰第一次见到罗拉,为她的魅力所吸引,两人很快熟识起来,用情投意合来形容他们是一点也不过分的。

　　那时斯皮尔曼一家住在古亚和加河溪谷山丘上,那是一栋很大的住宅,约翰热衷于骑马,每逢跑马路过山丘时,他都要刻意到罗拉家门前,和她相会,那真是一段最美妙的时光。

　　约翰被罗拉深深地吸引住了,但是更吸引人的还是罗拉父亲的广博的生意见闻,约翰常常听得如痴如醉。罗拉父亲的商业往来范围很广,远到比印第安那、伊利诺伊更西的衣阿华边界。

　　约翰在克利夫兰念高中时结交的另一个最好的朋友叫马克·哈那。

　　马克·哈那是一个淘气、活泼的孩子,但功课却名列前茅。也许是性格气质的互补规律在起作用吧,他和心思细腻,稍微有点女性化的约翰总是相处得很好,一动一静,形成有趣的对比。他们在班上是最亲密的朋友,但是,每当约翰说"船!"时,哈那一定说:"火车!"他们之间的这种别扭就从来没有间断过。

　　哈那的父亲是俄亥俄州新里斯本镇一家杂货店的老板。"听我爸爸说铁路时代即将到来,就要开辟连接克利夫兰和匹兹堡的铁路了,这样,费城、华盛顿,都将连成一起,我看,船是赶不上时代了……"哈那学着他父亲的口气说。

　　但约翰有自己的想法。除了他对铁路公司心存芥蒂。还有另外的原因。从前,有个鱼贩子就是用两条帆船,把鲜鱼放在装满冰块的箱子里,从这里经过水牛城,再利用运河和哈得逊河运到纽约而大赚其钱的。从此,船在约翰

好家风

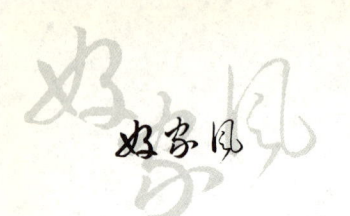

心中留下深刻的印象。

两个好朋友经常到罗拉家聚会，议论生意，罗拉从不插话，总是静静地听着。这时，约翰便改变话题，说些罗拉感兴趣的历史话题，正巧哈那也是一个历史迷，于是三人一起讨论40年前美国海军对英国皇家海军的伊利湖大战，这是他们从中学课本上读来的。

约翰身在学校的教室里，但他的心时刻想到做生意赚钱，面对窗外五光十色的世界，约翰一天也不想等待了。

"人生只有靠自己，做生意要趁早，人生只是钱！钱！钱！"

父亲每次失踪回来，总是不厌其烦地给约翰洗脑，向他灌输金钱意识、商业意识，约翰深受父亲影响，便决定中途辍学，早一天从事生意，他一直也想投入这个多彩的实业世界。

约翰讨厌读书学习吗？当然不是的。在约翰读中学的那个年代，俄亥俄州有几所大学，但开设的都是非常专门的科目，如医学、工程、机械、化学等，再加上大学本身的优越意识太浓厚，除非是资本家或特权阶级的子弟，一般都只高中毕业，而上大学的人，是非常少的。

在念完高二之后，约翰离开了普通中学。为了给进入商界打基础，约翰去上了3个月的商业专科学校。

在3个月的速成教育中，约翰掌握了会计和银行学的基础知识。他开始寻找职业。他敲过银行经理的门，找过他从小就不喜欢的铁路公司，小商店他又不愿意去，几周烈日下的奔波，他终于找到一家叫休威·泰德的公司，这是一家兼营货运业的中间介绍商，他的工作是会计助理。

为了给自己的经商生涯一个良好的开端，约翰那天起得很早。他穿上向父亲借来的条纹牛仔裤，戴上丝织高帽，背心上挂了一条金链子，装扮好后，他就到公司上班去了。

进公司大门时，约翰挺立着身子！显得很有派头，尽管他当时才16岁。他被带到一张大硬木做的旧桌子前，桌面上放着一本帐簿。他站在自己的办公桌前向秃顶的老板休威深深地鞠了一躬，然后便脱下背心，穿着吊带裤开始工作。他虽然是一个新手，且只经过 3 个月的专门训练，但他却显得那样老练，那样有条不紊。

老板休威做了一辈子生意，用过许多会计管事，可没见过这样的新手。一天，他把约翰叫到身边，点着头对他说：

"年轻人，你会成功的，好好干吧。现在你每月的薪水是 25 美元了。"

你可别说太少，据说当时马克·吐温的一部短篇小说也只卖这个价，那时的美元，值钱！

你雕的叶子看起来不活

罗丹（1840—1917），法国雕塑家、画家，世界公认的雕塑大师。生于巴黎。14岁随勒考克学画，后为维持生活曾一度从事装饰品雕刻与临摹工作。后随巴厘学雕塑，并为装饰品雕刻家加里埃-贝勒斯当助手，受其浪漫风格的影响。1875年游意大利，深受米开朗琪罗作品的启发，从而确立了现实主义的创作方法，有近代米开朗琪罗之称。作品《青铜时代》《思想者》《雨果》《加莱义民》《巴尔扎克》和《吻》，构思深刻，造型精确，情感洋溢；富有剧烈的运动感和艺术力量。

在世界著名的大艺术家当中，罗丹的名字是很响亮的。他之所以声誉隆盛，主要在于他的作品具有非常真实而又鲜明的个性。一件出自他手中的雕塑作品，常常会给观赏它的人留下一种逼人眼帘、直入心扉的生动印象，罗丹总是力求让自己的雕塑对象在静态中飞动起来，以传达人生高尚的思想和意义。

罗丹有如此辉煌的成就，却否定灵感。他重视古希腊和文艺复兴时期的优良传统，热爱生活，热爱自然，认为自然是唯一的女神。罗丹确信，艺术是艺术家凭着对自然的挚爱表现，和对自然的真实感受，去揭示自然的真理和美。

罗丹的这个艺术原则的确立，多少可能得益于一个名不见经传的工匠对他的启示。

罗丹是巴黎人，他生长在一个普通事务所职员的家庭。母亲是个有着虔诚信仰、勤俭持家的家庭主妇。

罗丹小的时候就喜欢画画，他最早接触的艺术作品是一些包装纸上的插图。他的邻居是个小商贩，常常用一些有插图的纸包装货物。小罗丹对这些五颜六色的画十分感兴趣，他就照着这些纸上的人物和动物来作画。他说："这是我最早的模特儿。"

罗丹14岁时，父母把他送进巴黎的绘图和数学学校里学习。这个学校有一位著名的老师勒考克，他的教学法很新鲜，他不让学生临摹他的作品，而是要学生去博物馆或大街上扩大眼界。在这个学校里，罗丹也接受了著名雕塑家卡尔波的影响。

罗丹后来所以能成为第一流的艺术家，主要是靠自己的勤奋。在早期学习的时候，他从不浪费一分钟。每天天不亮就起来，先到一个业余画家的家里对着实物画几个小时素描，接着又急忙赶去上学，晚上从学校回来还要去博物馆。

当时博物馆里有一个专画人体的学习班，他在那里要画上两个小时。除此之外，他还要抽空到图书馆、博物馆去。他在卢浮宫博物馆呆的时间最多，为的是观摩学习古代的雕塑作品。他真可说是在争分夺秒地学习和工作。

同其他男孩不一样，罗丹从没有抽过烟。为什么呢？因为他怕耽误时间。

罗丹虽然天分很高，却很善于向别人学习，从别人的指点中抓住有分量的东西。

有一天，罗丹正在雕刻一根柱顶上的植物叶子，一个叫康士坦的工匠在旁边看着，他对罗丹说：

"罗丹，你不要这样干，你雕的叶子是平的，看起来不活……，要使叶子的尖突出来朝着你，这种叶子就显得凸起来了。"

罗丹听了很高兴，他得到了很大启发。他照康士坦说的去干，果然叶子显得更加活生生的了。他很高兴，一生都忘不了康士坦。

在以后的艺术实践中，罗丹始终非常重视造型的空间感，并且认定对作品的厚度、起伏和深度的处理，是雕塑的活力的源泉。罗丹提倡的这种艺术表现方法，对欧洲近代雕塑的发展影响很大。

玩出的画家

莫奈（1840—1926），法国画家，"印象派之父"。印象派的名称，就是当时批评家对他的《日出印象》一画的嘲笑而来。他出身小商人家庭，初从布丹学习，后转向外光的描写，从自然的光色变化中抒发瞬间的感觉。代表作品有《睡莲》、《勒阿弗尔附近海滨的平台》等。

1840年11月4日，莫奈出生于巴黎。他的父亲与亲戚合股开着一家杂货店，家里的生活并不富裕。莫奈的童年是在法国北海岸的勒阿弗尔度过的，那里是他祖母家居住的小港。

莫奈很喜爱大自然，他呆在悬崖、海边的时间远比在课堂里多。

春天，勒阿弗尔港的早晨，太阳刚刚破雾升起，光还不很强，海上一片迷茫，波光粼粼……这些如画一般的自然美景，陶冶了莫奈自由自在的性格。在他看来，学校仿佛是一座"监狱"。当有风浪和渔船出海时，莫奈就到礁石滩去；要不就到乡村去，在山青水秀的背景下面，在宁静的大自然中，在一小块僻静之处度过他户外的时光。

好家风

平日，莫奈对在学校的时间感到很难打熬，他常在自己的练习本封面上以画装饰取乐，并且速写老师的模样。因此，他不知不觉地从玩乐中积累了许多绘画技巧。他15岁就成了一个出色的漫画家。

莫奈的漫画像不但画得快，而且能生动地体现出对象的特点。一天，莫奈在课堂上背着老师，悄悄地给前排一位新来的同学弗朗索瓦画漫画像。因为害怕被老师发现，那位弗朗索瓦同学只能略略侧过身子。莫奈刚刚在纸上动笔，老师就点他的名了：

"克劳德，你又在画我吗？"

莫奈只好作罢，把画卷成一卷，急急塞进口袋里，装出一副无事的样子。

几天以后，莫奈正在床上睡觉，那位新同学弗朗索瓦来找他出去玩。莫奈出门时，问他的祖母："奶奶，你从未见过弗朗索瓦，为什么让他进门了呢？"

祖母笑着说："小克劳德，你衣兜里的画告诉奶奶，他是你的新朋友，我就让他进来了。"

莫奈的名声不胫而走，各种人物都找他画漫画像，这使他获得相当的声誉，成了名人。当莫奈见到过路人围着观看画框店橱窗中陈列着他的漫画赞不绝口时，他几乎被虚荣和自满所窒息。

由于画框商的介绍，莫奈认识了他的第一个启蒙老师、风景画家布丹。布丹受过大画家米勒的指教，曾取得在巴黎学习3年的奖学金。布丹很喜欢莫奈，对他说："我时常满怀兴趣看你的速写，有趣、巧妙而流畅。你很有天才，不过，我希望你不要就此停顿，否则你就会陷入过多的漫画趣味中。"

布丹老师常拉着他一块出去画风景，还告诉他，画画必须要到大自然中去，关在家里是画不好画的。布丹对莫奈的启蒙教育，终于打开了他的眼界，使他真正认识了自然，而且也学会了热爱自然。

经过布丹6个月的指教后，莫奈告诉父亲自己想去巴黎学画，将来当一个画家。1859年，莫奈的父亲向参议会提出申请，希望像资助布丹一样帮助他的儿子学习绘画，但父亲的愿望遭到拒绝。

父亲没有灰心。不久，他答应莫奈到巴黎作一次短期旅行，并请教一些

名家。

当年 5 月，莫奈到了巴黎，有生以来第一次参观了沙龙。在那里展出的有柯罗、杜比依、特罗容等人的画，大师们的作品使莫奈大饱眼福。他独自去拜访了好几个画家，特罗容对莫奈做了热心的指导，他说：

"我看了你带来的画，有色彩，这很好。但你要做一番努力，学习作画，这是一件细致的事，但你干得太随便，功夫在身，它是丢不掉的。如果你肯听我的劝告，并且认真对待艺术，你应该进一个画室学习素描，这就是目前几乎人人都缺乏的锻炼。你还要坚持到乡村里去画速写，并往卢浮宫临摹古典大师们的作品，经常把画带给我看看，凭着你的勇气，你将获得成功。"

莫奈遵照特罗容的指导努力画素描。后来，他凭着自己对色彩、对大自然的天赋感受力，凭着勤勤奋奋练就的素描功底，终于步入了世界美术大家的行列。他创作了不少优秀的风景画，都是最典型的印象派作品。他画的《白帆船》《阿善特依的帆船》《岸边》《游艇》等，景色奇丽。连很少赞扬别人的塞尚都为莫奈的本领发出赞叹，马奈还给他一个雅号："水上的拉斐尔"。印象派的主要画家毕沙罗、西斯莱、雷诺阿等都经常围绕他或在他的影响下工作，他是名副其实的印象主义的领袖。

好家风

你告诉我是谁画的就行了

　　任伯年（1840—1896），清末画家。幼年时即随父学画，少年时曾参加太平军为旗手。后遇任熊，被收为弟子；又继从任薰学画；中年起寓居上海卖画。擅画花鸟，重视写生，画风别具一格，在江南一带，甚有影响。与任熊、任薰为时人合称"三任"。

　　任伯年是浙江绍兴人，他从小就跟父亲学画。那个时代，照相法被法国舞台美工师达盖尔刚刚发明出来不久，人们若想给自己或者后人留个存念，就得到画馆里去画张像，当时管这个叫"写照"。任伯年的父亲任鹤声，正是家乡一带的写照名手，他腕子底下出来的画像，精到、传神，求他画像的人络绎不绝。伯年就是在这丹青铺叠、墨香蕴积的居室里长大的。

　　父亲作画时，小伯年总伏在画案边，也铺开一张纸跟着父亲的画笔描摹，父亲不辞烦劳，常常尽心点拨他。小伯年肯下心学画，父亲教他的画法歌诀，他都熟记背诵，朗朗上口。待他稍大些时候，父亲就采摘些鲜花枝朵，向小伯年讲解花卉的筋节走向、斑斓水气，培养他眼中笔下的感受力。

　　伯年十五六岁的时候，父亲故世了，他流落到了上海。

刚到上海，伯年无亲无友。为了生活，他就画了许多折扇，题上画家任渭长的名字，又写了一张地幌："苏杭折扇名人之手，每张小价两串整货真"，摆在热闹街头出售。任渭长当时寓居苏州，往来上海卖画，在江南很有名气，他的花鸟、山水尽属精品，多少人欲购一得而为快事。因此伯年很赚了几文。

这天，伯年正在招呼折扇生意，有一位留着胡子的人从地摊前经过，他看了看伯年扇子上的画，很有兴趣地蹲下来拣了一把。当这人看到画上的署名时，脸上显出诧异的神色问道：

"你认识任渭长么？"

伯年答道：

"他是我的叔父。"

来人一听这话，强忍住笑，用扇子掩住口又问："那你见过他么？"

伯年见他问得蹊跷，心知不妙，忙说："你要买就买。不买就算了，何必问那么多！"

伯年的话非但未使这人生气，他却点了点扇上的画，认真地说："我想知道这画究竟是谁画的？"伯年低着头，很长时间也不吭声，这人却笑着说："不瞒你说，我就是任渭长。"

伯年听了，先是一愣，接着羞得满脸通红。任渭长见伯年这副窘态，忙安慰说："不要紧，你告诉我是谁画的就行了。"任伯年只好承认是自己画的，想卖点钱糊口。又说父亲在世时曾谈起过他，并说还是叔伯之辈呢。

任渭长听后思索了片刻，问伯年道："你真的喜欢画画吗？"伯年点点头。于是任渭长当下就收了伯年为徒。

任渭长把伯年安顿到苏州弟弟家，悉心培养。他弟弟任薰也是江南名手，对伯年同样全力栽培。伯年得名师真传，加之刻苦好学，后来他的人物、花鸟、山水画无一不精，成为一代大家。

善有善报

爱迪生（1847—1931），美国的发明大王。小学只读了3个月就退了学,接受母亲的教育。他的发明有电报机、电话机、白炽电灯、留声机、无线电报、电影放映机、电汽铁路、X线透视镜等1300多种。在迈克尔·哈特著的《历史上最有影响的一百人》一书中,他列在第38位。

从前,在一个国家里,有一座很小很小的城。

这座小城像这个国度里所有的小城一样,非常普通,到处都是红墙白瓦的小房子,小房子是用散发着一丝一丝香味的新木板搭成的。

小城里平时很安静,所以住在小城里的人们都很懂礼貌,也很谦逊:他们一致认为自己的学问支离浅薄,无法教好自己的孩子。

于是,他们按老规矩把孩子送进学校里去,接受正规的教育。

在一个选好的阳光明媚、空气清新的日子,小城的学校里吹起了喇叭,孩子被一个接一个地送进了学校。

从这天起,老师们很耐烦、很令人放心地教这些新来的孩子,因为老师们教书的本领都很高,而且他们大都是信教的,胸前挂着黄灿灿的小十字架。

但有一天，老师们开始担忧了：在一排一排新来的学生里面，竟有一个脑袋是偏头。因为偏得有点厉害，一些善良的老教师都不忍心去看他。

为了不致影响班里的学习成绩，老师送那个可怜的学生去看一位名医，打算恳求名医检查一下这颗偏头，是否还有教育挽救的余地。因为这是老师的本分。

那位名医果然名不虚传，体重足有200磅，一双圆圆的眼睛，像猫儿一样闪闪照人。他伸过胖香肠一样的粉红色手指，扳着那颗可怜的偏头，看了一下，就下了医嘱：

"只好回去休息吧，里面的脑子也坏了。你们尽心了。"

结果，这个可怜学生的母亲只好把儿子领回家，自己教儿子学习。好在这样的事在小城里并不多。

被领回家后，"偏头"并不难过，因为他当时正迷着做各种既有趣又冒险的实验，而且他像古代神秘的炼丹士一样，躲在家里的地下室里做。除此以外，"偏头"的另一个嗜好是读书，为了满足这方面的需要，"偏头"偶尔也卖点菜。

"偏头"虽然有母亲教他学习语文、算术、历史、自然，但他开始在外面做各种实验时，受了不少惊吓，直到后来他救了一个险些被车轧死的小孩，从此，时来运转，学了一身呼风唤雨的大本事，造了一盏神灯。

这个人物的大名叫：托马斯·阿尔瓦·爱迪生。

俄罗斯人民的骄傲

苏里科夫（1848—1916），俄罗斯杰出的现实主义画家。就学于彼得堡美术学院，曾游学德国、法国和意大利。创作多取材于俄罗斯历史事件，善于表现庞大的群众场面和刻画人物内心的性格，以及赋予每幅作品以自己所特有的构图和色彩变化为其特色。作品有《近卫军临刑的早晨》《女贵族莫洛卓娃》《斯捷潘·拉辛》等。

在俄国的西伯利亚，有个小城叫克拉斯诺雅尔斯克。19世纪的西伯利亚是沙皇政府的监狱，那里有很多地方不适宜人居住，而且交通非常不便。在一年中的大多数时间里，唯一的通道要么泥泞难行，要么大雪封路，并且还有宪兵把守，流放到那里的人很难逃出来。

作为监狱的西伯利亚到处都有流放的各种犯人，克拉斯诺雅尔斯克小城里也时常响起镣铐的啷当声和皮鞭的呼啸声。一天，一辆马拉的四轮囚车，沿着积雪的街道，向城外的刑场慢慢驶去。路旁的行人停下脚步，手划十字，为死囚祈祷。囚车后面追着一群看热闹的孩子，其中有一个叫瓦西里的男孩，也和伙伴们一块奔跑，他怀着惊恐和好奇的心情，想看看临死之前的人是什么模样。他贴近车身,向上望去,只见一双绝望的眼睛直视着苍茫的天空……猛然,瓦西里想起姑母常常给他讲的女贵族莫洛卓娃的故事……

"莫洛卓娃也是这样被押送出莫斯科的吧?"囚车早已远去,瓦西里还在原地出神。

莫洛卓娃是17世纪俄国有名的女贵族,她拥有8000个农奴,是彼得大帝的亲戚。因为她激烈地反对彼得大帝的社会改革,彼得大帝亲自下令逮捕了她,把她投入远离莫斯科的一个地牢。这个狂热的贵族妇人受尽了摧残和折磨,1675年在地牢里冻饿而死。

再没有哪个故事比莫洛卓娃的受难更能打动瓦西里幼小的心灵了。这个故事从此深深地印在他的脑子里。

眼前的囚车使他又一次悲哀地联想到这个200年前的古老故事。200年了,经过了多少次的改朝换代,一场又一场悲剧的重演,广阔的俄罗斯大地仍然到处是流放、死刑和监狱。祖国的苦难,人民的痛苦生活,深深地刺激着这个早熟的孩子,在他幼小的心灵里从此播下热爱祖国的种子。

瓦西里·苏里科夫诞生在克拉斯诺雅尔斯克一个哥萨克的家庭里。哥萨克人的祖先是在顿河草原的马背上长大的,哥萨克人生性豪放,酷爱歌舞。瓦西里家中始终保持着古老的风俗习惯。他的父亲最喜欢唱古老的哥萨克歌曲,每天晚上,他都要拨弄琴弦,高声唱起那忽而欢快,忽而悲哀的歌子。

瓦西里一家都很喜爱艺术,叔叔爱画画,全家常常坐在一起谈论艺术问题。每当这时,小瓦西里就在旁边出神地听着。他从小就喜欢画画,为了画画,他没少挨打挨骂,因为他总喜欢用钉子在桌子上刻各种图画,什么人呀、马呀,还有太阳和树木……桌子上到处都是他的杰作。再大一点,他不满足只画图样了,还要在画上涂上颜色,这就惹得他的父母亲非常生气,他怎么能不挨打挨骂呢!上学了,他最开心的是每周都有一次绘画课。每次上课之前,他总是做好一切准备,小心地削好一根根铅笔,预备好橡皮和水彩颜色,心急地等待着这最最快活的时刻。

在他的边远荒僻的家乡,没有画廊也没有博物馆,可是,在瓦西里的周

好家风

围到处都能看到艺术作品。像窗框的雕刻啦、墙壁的民间绘画啦，还有西伯利亚妇女精心制作的手工艺品刺绣，这些都能使瓦西里得到启示和乐趣，他常常在练习本上精心地描绘着周围的各种东西。

瓦西里11岁时，父亲去世了，母亲和姐姐拼命给人做活支撑着这个穷苦的家庭。他也不得不出去找工作，但他始终抓紧空余时间继续钻研素描和油画。

父亲的去世，打破了家里平和稳定的生活节奏。在瓦西里眼里，生活中的一切表面的光斑褪净了，现在，西伯利亚那庄严的林莽，低沉苍凉的天空更吸引他了。他的心灵变得深沉了，那里孕育着一股悲壮的激流，过去学校里那种圣像式刻板平淡、缺乏生气的绘画方法，为他不知不觉地改变着。

19岁的时候，他的才能终于被人发现了。他的几幅作品《乡村婚礼》《狩猎图》《驿马》等受到美术学院负责人的赞许，初次显露了他的才华。

第二年，他在一个富有的金矿企业家的资助下离开故乡。乘雪橇跋涉4000俄里，来到首都彼得堡，报考美术学院。第一次考试失败了。但他没有灰心，经过了几个月的专心学习，他考上了旁听生，一年以后转成了正式学生。

从故乡去彼得堡的途中，苏里科夫有机会在莫斯科耽搁了一天。这个土里土气的外省小伙子，沿着克里姆林宫的宫墙走着，凝视着对面圣瓦西里·勃拉仁斯基教堂大大小小的圆顶。几百年前，这里原有很多房屋。后来，一场无情的大火把它烧成了一大片空地，人们叫它"火烧场"。平时居民来这儿赶集做买卖，沙皇处决犯人时，又成为刑场。这个地方就是后来的红场。苏里科夫在昔日的断头台前忧郁地徘徊，这里渗透着俄罗斯历史上两个勇敢的哥萨克起义领袖的鲜血：斯捷潘·拉辛和普加乔夫。他遥想到自己的哥萨克祖先；想到哺育他成长的西伯利亚故乡；想到那辆颠簸行进的马拉囚车。在那威严的克里姆林宫里住过的赫赫有名的彼得大帝，正是他，亲自下令在广场处死叛乱的哥萨克近卫军，这时候，苏里科夫好像听见不屈的鬼魂们正在地下怒吼、咒骂和哭泣……

来到彼得堡许久了，广场的印象仍然使他不能平静。近卫军受刑的情景有时竟把他从梦中惊醒。近卫军的受刑和女贵族莫洛卓娃的流放，这两个历史题材，成了苏里科夫学生时代朝思暮想的主题，他热望有一天能够完成它。作为一个未来的画家，他立志要把祖国、把俄罗斯民族的历史描绘出来。这两幅作品分别完成于1881年和1887年，成为这位伟大画家的代表作，受到广泛的欢迎和赞誉。

我想知道人是怎样构造的

巴甫洛夫（1849—1936），俄罗斯生理学家。出身贫困，大学期间靠"贫困证明书"勉强维生，曾受教著名化学家门捷列夫；在大学4年级与同学合作完成论文，获金质奖章。由于在消化生理学方面的卓越贡献，1904年获得诺贝尔奖。

1849年9月26日，伊凡·彼得罗维奇·巴甫洛夫诞生于俄国中部小城梁赞。他的曾祖父和祖父，都是当地的贫苦农民；父亲彼得，是一个普通的乡村教士。

沙俄时代的乡村教士，社会地位低下，薪水也很微薄。为了打发生活，父亲不得不自己种点蔬菜和果树，母亲则替人家做包饭，每天收10个戈比，贴补家用。巴甫洛夫作为长子，从小就是父母的好帮手。他热爱劳动，又十分懂事。有一次，小巴甫洛夫和伙伴们一起到森林里去采野果和蘑菇，许多孩子随采随吃。他却把采到的东西装满了一篮子，带回家同父母弟妹一起享用。

巴甫洛夫家里虽然很穷，但父亲酷爱读书，省吃俭用，挤出钱来买书；对孩子的管教也很是严格，而且重视孩子的文化教育，于是巴甫洛夫进入了当地的教会学校。之后，他升入梁赞神学校读书。这种神学校的主要课程是研究宗教，信仰上帝，为耶稣教会服务，做传道的教士，可巴甫洛夫对神学校的教育深感不满，他如饥似渴地从父亲的科学书籍中汲取营养。他常常用事物的道理影响同学，说服父亲，尽量摆脱宗教的影响。然而，处于对人生道路选择的他，正焦急地思考着自己的前途。

在15岁那年，一个非同一般的日子，这天阳光灿烂，巴甫洛夫悠然地在他父亲的书架上翻阅，这是一个对他一生产生影响的时刻。他的目光突然落在一本小书上，它的名字叫《日常生活的生理学》，为英国生理学家路易士所著。此人并不出名，然而这本通俗读物深深地吸引了巴甫洛夫，激起了这个少年对生理学的强烈爱好，并且从此立下了要为人类而从事生理学研究的决心。巴甫洛夫谨慎地把这本小册子保存了一生。他贪婪地从哲学家、自然科学家和心理学家的著作中汲取营养，丰富自己的智慧。

1870年，巴甫洛夫经过5年的学习，就要完成学业了，他的神学各门功课都有优异的成绩。不久，他就要承受法衣，做传教士了。可他不愿走父亲的道路。

一天晚饭之后，巴甫洛夫向父亲表示：要将自己的一生献给科学，要到彼得堡上大学。

父亲说："等神学校毕业了再去吧！"

巴甫洛夫低声而肯定地说："我不能浪费时间了，爸爸，我有很多东西要知道。"

"你要知道什么呢？"

"我很想知道人是怎样构造的。"

"为什么呢？"

"为了帮助人。"

父亲支持儿子的选择，虽然梁赞的主教严厉地训诫了他，他依然热情地支持巴甫洛夫的志愿。几天之后，巴甫洛夫就去彼得堡上大学了。在那里，他勤奋地研究生理学，终于成为世界著名的生理学家。

偷点儿酒喝就没事了

莫泊桑（1850—1893），法国小说家。在担任了海军部和文化部公职后成为福楼拜的弟子。1880 年发表《羊脂球》，博得了高度赞扬。此外，其他代表作还有《她的一生》《俊友》等，喜欢以农民、小资产者和小职员为题材。

莫泊桑出生于法国北部诺曼底的没落贵族家庭。父母在他幼年时分居，由母亲抚养莫泊桑和他后来患精神病的弟弟。

莫泊桑少年时期的环境有很浓厚的文学气氛。他的母亲和巨匠福楼拜是幼时的朋友，她热爱文学，并且能够细致入微地品评文学作品，她竭力指导儿子阅读和写作，小心地保存着儿子最初的诗作和练习簿，她是天才儿子的文学启蒙老师，莫泊桑的哥哥阿尔弗雷多也是个文学爱好者。

莫泊桑的母亲虽然倾心文学艺术，却希望自己的小居伊*将来成为一名牧师。

莫泊桑没有当牧师的志向，他健壮好动的身体受不了教堂里的拘禁，再

---

*居伊：莫泊桑的名字。

说管风琴的演奏声会使他忧郁得发狂。但他不敢直接违拗母亲的意愿。

在神学校里，每个学生都为自己选一位忏悔神父。莫泊桑选下的那位神父叫斯瓦夫，他经常对他的学生进行规劝：一个志向高远的人，应该不断地克制自己的各种渴望情绪，包括对鲜艳的布匹，浮华俗丽的装饰，以及各种口腹之欲……凡是有碍于主的意志的，都理所当然地摒弃，这样就可以真正做到与神息息相通。

莫泊桑嘴上不敢说神父的话不对，可他的眼睛告诉他神父在撒谎。他悄悄窥伺过神父独自一人的进餐。斯瓦夫忏悔神父不但胃口很好，而且酒量大得惊人。他会眼睛不眨、平心静气地吃下一整只鸡。他一次喝下的红酒，够三个忏悔神父喝一晚上。

莫泊桑很想同神父开个玩笑。一天，他乘斯瓦夫神父作弥撒前散步时，偷偷喝了一瓶窖藏的"拿破仑"上等红酒。因为饮酒过量，他根本无法掩饰自己的行为。

斯瓦夫忏悔神父为此大发雷霆，而莫泊桑想，亚当偷了伊甸园的苹果，上帝也不会发这么大的火。他很快就被开除了。

莫泊桑找的借口果然管用，他回到家里，当母亲知道被开除的原因后，就再也没提过当牧师的事了。

莫泊桑继续在里昂中学读书。在这所学校里，他遇到了自己的第二个文学老师：路易·布耶。路易老师觉察到莫泊桑作文中闪烁着天才的火花，于是孜孜不倦地竭力设法提示这位少年，艺术需要创造的劳动，需要耐心，只有埋头苦干才能掌握文学描写的技巧。

莫泊桑中学毕业之后，开始学习做一个律师所需要的知识，但他仍未放弃对文学事业的追求。

莫泊桑20岁时爆发了普法战争，普鲁士军队入侵法国，莫泊桑作为一名游击队员参加了战争，并亲身体验了战败之苦。

复员后，莫泊桑来到巴黎，开始公职生活。他一边工作，一边拜福楼拜为师。福楼拜耐心地指导这位学生。他读了莫泊桑的最初作品，说道：

好家风

"我不知道你有没有才气,在你带给我的东西里面表明有某些聪明,但是,青年人,你永远不要忘记,照布封的说法,才气就是长期的坚持不懈,你努力干吧!"

莫泊桑遵照这个劝告,不停地写作着,他写下了诗歌、小说、戏曲等习作。严厉而苛刻的老师几乎把一切都认作为废品,要他烧掉,并且警告他在作品不成熟的时候,不得随便寄往刊物上去发表。

莫泊桑并不因此觉得气馁。福楼拜对自己的学生愈来愈关心,他的愿望使莫泊桑认识到文学创作的严肃,深刻理解文学的任务,因此,对自己的创作有高度的要求。

在7年的时间里,直到莫泊桑写的稿子,堆起来和他本人一样高的时候,他给自己的老师福楼拜送去了一部叫《羊脂球》的短篇小说手稿,受到福楼拜极大的赞赏。

《羊脂球》发表后,莫泊桑的名字立即得到文坛的承认。此后的13年里,他写下了270篇短篇小说,6部长篇小说,3部游记以及评论、剧、诗歌等大量作品。特别是其中他33岁时发表的《她的一生》,得到了托尔斯泰的肯定,成为世界性的著名作家。

人什么都发明得出来

齐奥尔科夫斯基（1857—1935），俄罗斯科学家。最早从事星际航行理论的研究。1903年出版的《利用喷气工具研究宇宙空间》阐明了火箭飞行理论，论述了火箭用于星际交通的可能性，提出了液体燃料火箭的思想和原理图，提出为了实现飞向其他行星，必须设置地球卫星式的中间站。1929年提出多级火箭的结构，建议利用多级火箭来克服地球引力，获得进入宇宙空间所需的速度。

1941年夏末，德国法西斯中央集团军群在冯·包克陆军元帅指挥下，向通往莫斯科道路上的最后一座大城市斯摩棱斯克展开钳形攻势，苏联红军的西方面军，虽然不惜代价固守阵地，但德军在优势的坦克部队支援下，切入了方面军侧翼防线的纵深，苏军的防坦克炮及其他火力，不但数量严重不足，而且效果也不理想。前线的将士，只能眼睁睁地看着漆成墨绿色的德军坦克，成排地冲上阵地、冲过堑壕……

就在这关键时刻，一批秘密的"新式武器"运抵前线。入夜，两军对垒

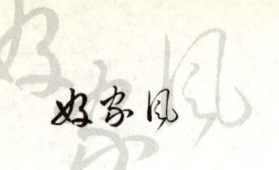

的炮火时隐时现，信号枪发出的彩弹不时划破黑沉沉的夜空，一切如常。

忽然，犹如石破天惊，苏军阵地上发出的一股股闪电般的巨大火光撕破了夜的黑幕，伴随着令人耳聋心悸的尖啸声，几十秒钟后，德军装甲坦克部队的集结阵地化成一片火海。

猛烈的、成片的爆炸过后，德军士兵和他们的坦克群遭到很大损失，有很多士兵得了震弹症，很长时间什么也听不到，脑袋里老嗡嗡作响，个别侥幸的士兵互相询问道："怎么回事呀，汉斯？"

"不知道啊，过去从未遇到过。"

"是不是打着弹药库了？"

其实并不是打着弹药库了，刚才短时间内连续发出的巨大爆炸，是苏军的新式武器火箭炮的轰击，这种火箭炮不像普通火炮——一门炮，只能一发一发地打出炮弹——它能把成排成排的火箭弹放在一辆炮车顶倾斜的轨道上，起动后，火箭弹靠自身的推进装置同时冲上天空，落向敌阵，由于它的爆炸点密集，轰击时间集中，再加上成群的火箭弹擦过天空时特有的呼啸声，会给敌人的阵地、兵器造成前所未有的破坏，并对敌方战斗人员造成身心上的巨大压力。

苏军士兵很喜欢这种炮，把它形容成美丽的少女，叫它"喀秋莎"，有的人很诙谐，照它的样子，戏称它"斯大林管风琴"。

那么，是谁发明了"喀秋莎"或者"斯大林管风琴"呢？

他叫康斯坦丁·爱加尔多维奇·齐奥尔科夫斯基。是他，发明了这种神乎其神的火箭技术。

他为什么会发明让德国法西斯丧魂落魄的火箭技术呢？他是怎样爱上科学的呢？

齐奥尔科夫斯基是俄国人，1857年生于梁赞省的伊热夫斯克。他的父亲是个森林看守员。齐奥尔科夫斯基7岁上学，读书不太用功。学年结束了，他的考试成绩很不理想，勉强升到二年级。

不过，齐奥尔科夫斯基很有想象力。他8岁那年，妈妈给他买了一只氢气球。这个能在空中飘动的小玩意儿,引起了他极大的兴趣。他用一根长长的线拴着它在空中自由自在地飘来飘去。他用纸叠了一只小船吊在气球下,那小船竟随着气球在空中缓慢地移动着。齐奥尔科夫斯基高兴极了,他时常仰望着它想,要是能乘坐它升上谁也没有到过的星空那该多好啊!

可是,一连串不幸的事发生了。10岁时,他染上了猩红热,持续几天的高烧,引起了严重的并发症,病愈后,他的两只耳朵几乎完全丧失了听觉。从此,他成了一个半聋的人。他默默地承受着孩子们的讥笑和无法继续上学的痛苦。当守林员的爸爸,整天到处奔走。教他读书写字的担子就落到了妈妈身上。每天妈妈耐心细致地讲解,循循善诱地辅导,继续着对这位未来星际航行科学家的教育。当齐奥尔科夫斯基正在充满自信地自学时,母亲却患病去世了,永远离开了他。

这突如其来的打击,使这个只有12岁的少年陷入了极大的痛苦,他经常一个人在母亲坟旁的白桦树林里哭泣。在父亲的再三劝导下,他才渐渐地从痛苦中解脱出来。

尽管如此,他那孩子的心还是感到孤独。一天晚上,皓月当空,他从顶层阁楼的窗户中钻出去,坐在屋顶上仰望天空。夜空无边无际,皎洁的月亮在云间忽隐忽现,晶莹的繁星不住地眨着眼睛,似乎在召唤他到天空中去一同玩耍。

"天空啊天空,星星啊星星,你们和我一样听不见声音,大概也都是聋子吧!也许你们跟我一样感到寂寞。好吧,让我骑上一只大鸟,到你们那里一起玩耍!"

第二天一早,齐奥尔科夫斯基就忙碌起来,找来了许多木头和厚纸。他花了好几天时间,制成了一只大木鸟。可是,它飞不起来,这使他很懊丧。

14岁那年,齐奥尔科夫斯基从父亲的藏书中找到了几本自然科学方面的书,便翻读起来。读呀读呀,他感觉到书中有一个自己从来不知道的小天地。"唔,原来到星星、月亮那里去要懂得这么多的科学道理!"

齐奥尔科夫斯基按照书里说的道理,动手做了不少模型,像用蒸气推动

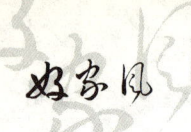

的汽车呀，纸气球呀，风磨呀等等。在制作过程中，他逐步学会了木工、钳工和使用其他工具的技能。

有一次，他读了一本测量学方面的书，并且仿照书上的插图，制作了一台测量仪器。这仪器是否能进行测量呢？测量的正确程度又究竟如何呢？他决定试验一下。

他先用这台仪器测出从家里到远处一个瞭望台的距离，然后蹲在地上专心致志地用尺一米一米地丈量。街上的孩子们看到他这模样，都跟在后面跳着笑着，他一点也不介意，当量出的实际距离和用仪器测出的距离相符时，他兴奋地抱住一个孩子喊道："这仪器好极啦，你要相信它！人什么都发明得出来，你知道吗？"

光阴荏苒，齐奥尔科夫斯基已经16岁了。父亲觉得有必要跟他谈谈前途问题。

"孩子，你将来打算干些什么呀？"

"这还用问，我要当科学家，搞发明创造！"

"你这是幻想，"父亲微笑着说。"要想当科学家，搞发明创造，就得上大学。我哪来钱供你上大学？再说就是有钱，你中学也没上过，耳朵还有病，哪个大学肯收你？我看还是学点手艺，将来干个别的什么营生吧。"

"不，我不干别的营生！"齐奥尔科夫斯基固执地说。"爸爸你让我去莫斯科吧。那里有许多学者和教授，他们会帮助我的。要不，我就上那里的图书馆去自学。我相信会成功的。"

父亲无可奈何，只好点头同意。不过他向儿子表示，每月只能提供10至15卢布的生活费。

年轻的齐奥尔科夫斯基来到莫斯科后，举目无亲，就住在一个贫苦的洗衣女工家里。在那里的第二天一清早，他就到契尔特夫图书馆去。那里丰富的藏书使他惊讶而又兴奋。面对这么多书，他竟不知选读哪一本。

图书馆管理员费多罗夫是个知识非常丰富的人，待人也极为忠厚热情。他被面前这个年轻人崇高的志向所感动，建议齐奥尔科夫斯基先制定一个读书计划。从此，高等数学、物理学、机械学、化学、天文学等方面的书籍，伴随着他度过了一个又一个的白天和黄昏。

齐奥尔科夫斯基连中学也没有念过，自学这么多高深的理论课程，显然是非常吃力的。但是他坚信：别人能写出这样的书，我就一定能读懂它。就这样。他在费多罗夫的指导下，从不懂到懂，逐步掌握了这些高深的理论。

为了节约开支和时间，齐奥尔科夫斯基每三天上面包房买一次面包。余下的钱，大部分用于买书和实验用品。由于吃得差，睡眠少，他的身体变得很衰弱。

三年过去了。父亲得知他在莫斯科的情况后，十分心疼，就写信给他，坚持要他回来。齐奥尔科夫斯基拗不过父亲，只好返回家乡。

回家后不到两年，齐奥尔科夫斯基顺利地通过考试，获得了教师称号。1879年冬，他来到卡卢加，在一所初等技术学校教算术、几何和物理。教学之余，他就潜心研究星际航行的各种理论。

这样，齐奥尔科夫斯基在生活取得自立之后，靠着始终如一的勤奋自学、刻苦钻研，以及他超乎常人的想象能力，终于使自己成了一个学识渊博的科学家，并为自然科学的一个新领域——火箭技术和星际航行奠定了理论基础。

而喀秋莎火箭炮，只不过是齐奥尔科夫斯基火箭技术的一个小的试验成果罢了。

河 滩 上

詹天佑（1861—1919），铁路工程专家。曾主持修建我国自建的第一条铁路——京张铁路。设计研制成火车车厢挂钩，世界沿用至今。他的卓越才华使日本人大为妒忌，后为其间谍杀害。

詹天佑 1861 年出生在广东省的南海县。那是个内忧外患的年代，父母为了祈求上天保佑孩子健康成长，给他取名为"天佑"。詹天佑的祖父原是茶行商人，向外商经销茶叶。由于帝国主义入侵、掠夺，弄得倾家荡产。对此，失意的父亲总是愤愤不平，在天佑很小的时候，就经常勉励他："孩子，你长大要做个有本事的人，为中国人争气。"

詹天佑 8 岁时，进了一所私塾读书。他天资聪明，学习勤奋，有人从国外带来工程画报，他总是爱不释手，一看就是大半天。看完还照着画报上的图片，用泥巴捏机器模型。

近些天来。天佑的妈妈发现他很少着家，一放学就往河边跑，现在晚饭都做好了，在门口呼唤了几遍，还没看见小天佑的人影。妈妈把盛好的饭菜用竹笼盖好，解下围裙向河边走去……

这会儿，河岸上起风了，乍缓乍急，浓绿阔大的热带乔木款款地应和着，

河滩上

抖去落日留在身上的一丝暑意。

河边柔软抚脚的沙滩上,一个小小的身影一动不动,正聚精会神地干着什么。沙滩上有两条弯弯曲曲的道道,蜿蜒着伸向远方。

"天佑,你躲在这里干什么?妈妈叫你半天,你没有听到吗?"玩得正开心的天佑,忽地听到有人叫自己,不禁一愣神,他回过头来,正好看到妈妈脸上的愠色。

"我……我……"天佑一时答不上话来,一双小手拿着什么东西,直往身后藏。

妈妈走上前去,握住他的小手,这才看清他手中的东西,原来是一个泥捏的火车头和几节车厢。火车头上歪歪扭扭的轮子,是用小小的河贝粘上去的,拖挂着一节节用竹子做成的车厢。一双小手,做车厢时不小心让竹子划破了,流出的血又合着泥凝固了。

妈妈的心顿时软了,她轻轻抹去孩子手上的污泥,心痛地说:"你呀,真是个小机器迷,手破了怎么不知道用布包上!"

"妈妈,你看,这火车还会开呢!"天佑说着,跪在沙滩上,用一只小手推动着泥火车沿着地上的两条线,歪歪斜斜地向前走去。

看着天佑那副天真可爱的样子,妈妈由衷地笑了。她走过去抱起天佑,轻轻地拍打他身上的沙土。

"唉哟!什么东西扎了我一下!"妈妈边说边翻起天佑鼓鼓囊囊的小口袋。

天哪!简直成了个"万宝囊"。什么小齿轮、发条、螺丝钉等应有尽有,装了满满一口袋。妈妈不由地问道:

"这些东西都是从哪里来的?"

"有的是从街上捡来的,有的是邻居谭大伯给的。妈妈!谭大妈那里有许多好玩具,还有许多好看的画书,什么大火车、大轮船,可好玩了!"

"你都看得懂吗?"妈妈问。

"有的看得懂,有的不懂。谭大伯可好了,他给我一本一本地讲,还让我照书里的样子画呢。不信,你看!"

好家风

天佑边说边在地上用树枝画着。

妈妈看着小儿子在地上画的各种图形，眼中露出了赞许的目光，问道："天佑，你长大准备干什么？"

"我长大造轮船，开火车！"天佑不加思索地回答。

1871年春天，詹天佑11岁，传来了好消息，清政府决定派送30名聪颖幼童赴美求学。詹天佑勇敢地向父母提出请求。父母答应了孩子的请求。经过选拔考试，詹天佑名列前茅，被录取为第一批出国留学预备生。

出国的日子快到了，父母真舍不得让他走，可是，几代人的希望能眼看着付之东流吗？让天佑留学成为一个有本事的人，盼的不就是这一天吗？在车站送行时，妈妈流泪了。

12岁的詹天佑坐火车到上海，跟着又换乘轮船去美国。他对新奇的事着了迷，发奋求学、振兴祖国的理想在心中荡漾。

28年后，在詹天佑主持下，由中国人自己设计、勘察、施工的第一条铁路——京张铁路建成通车了。詹天佑在中国铁路史上写下了光辉的一页。为了纪念他，后来的人在长城八达岭附近青龙桥火车站月台旁，为这位"中国铁路之父"树起了一座铜像，供子孙万代瞻仰。

幸亏他是个讨厌马的人

福特（1863—1947），美国发明家和企业家，工业天才。生于密执安州一个农民的家庭。自小喜欢钻研机械装置，28岁时担任底特律城电气公司总工程师。后放弃固定工作，在手头拮据、经济困难的情况下，全力研制"没有马的马车"。1903年，他造出了第一辆汽车，并参加了三英里汽车竞赛，以破纪录的速度闻名全球。一个星期以后，他创立了福特汽车公司，在两次世界大战中，福特用他的工厂帮助美国所在的阵营打赢了战争。

有人生来就有同可爱的动物做朋友的缘分，王羲之喜欢鹅，作"白毛浮绿水，红掌拨清波"；沃尔特·迪斯尼喜欢猪，他的《三只小猪》，活泼聪明招人爱；法兰西皇帝拿破仑，马仑哥一役鏖战负伤，得坐骑玛丽亚救起脱离战场，世人传为佳话……不过，你设想一下，若是有个人也如此这般，乐于侍弄骑乘马匹，终日不倦，那么大家想坐好车也许得再迟几天。这个人就是亨利·福特，他讨厌马，讨厌所有家养的动物。

1863年7月30日，在美国南北战争的中期，亨利·福特出生在密执安州

好家风

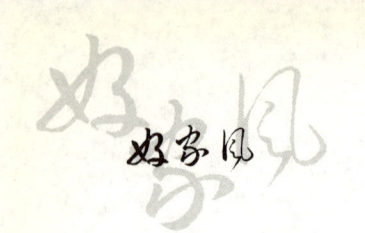

一个农民的家庭。亨利·福特的父母一共生了6个孩子,亨利排行老大。他的家庭很像当时其他许多孩子的家,他的父母干活卖劲,会过日子而又精明能干。在家中,亨利最爱的人是母亲。从母亲那里,亨利不仅继承了清秀、优雅的外貌,还继承了清洁、秩序、忍耐、勇气的优点;母亲决不允许他撒谎,如果他一犯戒,母亲就会好几天都不和他说话,这是小亨利最难受的了。亨利的家中有好几册图签,是母亲用来教给亨利有关日食、月食的形成以及星星、太阳的天文知识的,对于动植物的生长和习性,母亲也会用它来对他作详细的说明,这样,来刺激亨利强烈的好奇心。在亨利眼里,家中的一切乐趣都是母亲给出的。而亨利对父亲的态度很是怨恨。

亨利的父亲早年干过铁路工人,后来回到亨利出生的迪尔本小村当木匠。靠着勤奋和好强,结婚后用积蓄和借贷买下了一块40英亩的土地,又盖起了一座两层楼建筑。随着家里添丁进口,他把住宅周围约90英亩的土地买了下来,除了在这块土地上种植小麦和玉米外,还把部分土地开垦成果园和草地,草地用来放牧羊、马,草地后面是一片森林。据说能干的父亲还干起了冶炼厂和水力制粉厂,甚至还有羊毛纺织厂。白手起家的威廉·福特在事业上可以说是相当成功的,但在家里却得不到长子亨利的好感。这是因为亨利对使用铁锹、锄头去干活以及挤牛奶之类的事情从来就很厌恶,这些重复、乏味的活计亨利简直无法忍受,而他父亲则常常不惜用体罚来强迫他劳动。

亨利还被强制照看鸡舍,他对这件差使极为厌恶,以至一看到鸡肉就作呕。出于几乎同样的原因,他也很讨厌牛奶。

"牛奶富含蛋白质,你非喝不可!"父亲经常这样来强迫他喝牛奶。亨利认为应该有其他取得营养的方法,于是便研究起它的代用品来。

亨利在7岁时,进苏格兰人开垦地的学校学习。这所迷你学校只有一个教室。亨利只有算术一科的成绩名列前茅,其他各科的成绩几乎全部垫底。

尽管如此,这个学习成绩令人难堪、经常受到老师惩罚的亨利,却有着超乎常人的好奇心,他对钟表和火车头的构造抱有狂热。

当年流行的怀表,表面上绘有帆船,在金制的表背面刻有在森林中振翅欲飞的九命鸟，整个表装饰得相当华贵。表的质量很好，几乎分秒不差。能引起亨利强烈兴趣的，是表内精密有效的部件，这种表一到他手里，就会被拆得七零八落。亨利绝不会因为怀表华丽昂贵的外表而放慢自己的手脚，以致于福特家的人，只要一看见亨利回家，便立刻慌慌张张地把钟呀表呀藏起来，不然的话，它往往会遭到亨利的肢解。他们家的一位朋友曾经说："福特家的每一口钟看见亨利走来就发抖。"

亨利的分解癖并不只限于钟表，新的农具一到家里也会被他拆得支离破碎，所以家人对他都很提防。

亨利在自己的房间里藏了7种"秘密武器"。枕头上边吊着父亲送的"凯撒表"，床旁边有个小柜，里面整齐地摆放着钻孔机、锉刀、铁锤、铆钉、锯子、螺栓和螺丝帽；锉刀是用拣来的铁片切割而成的，钻孔机则是从母亲那儿偷来的棒针改造的。7岁的小孩将这些东西收集得如此整齐、完备，确实令人惊奇。在亨利的房间里还有两盏灯，一盏是晚上作功课用的，上面有小玻璃罩，一盏是放在脚边取暖用的。

亨利一生都在感激那个第一次让他打开金表的人，一位叫阿德夫的长工，他是德国移民。亨利的父亲当时已拥有大片农地，他雇用了大批德国难民做长工，这些人都是为逃避普法战争而逃到美国来的。

"可以打开看看！"阿德夫说。

亨利抑制不住内心的喜悦，颤抖着用钻孔器把怀表撬开。阿德夫热情而详细地为亨利介绍其内部的结构和原理。

热衷于钟表的亨利，开始瞒着家人，偷偷地顺着乡间小路溜到底特律镇上。亨利常常把鼻子紧紧贴在钟表店的玻璃窗上，看店里的师傅拿小钳子修理手表，有时看得完全入了迷，以致忘了时间，到天快黑的时候才匆匆跑回家。

当亨利和修表的师傅逐渐熟悉以后，修表师傅有时还把已不能用的手表送给他。这时，亨利便会在房间里整晚地分解、组合，直到第二天凌晨三四点。不久，亨利不但修理自己家里的钟表，而且开始替左邻右舍修理钟表了。

在童年岁月的记忆中，还有一个人，也是亨利终生难忘的，他就是那位

好家风

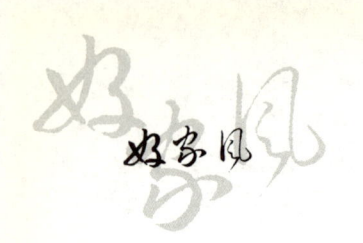

在底特律火车站让他开动火车头的列车长。

在一个北风呼啸的冬日,亨利跟随父亲搭火车到8英里外的底特律去。在底特律的火车站里,亨利第一次看到了火车头。亨利对这个大怪物如此感兴趣,以致于那位好心的列车长允许他进入火车头,这大大地满足了他的好奇心。他还坐上驾驶台,把汽笛按得"叭!叭!"作响。

亨利回到家里,兴奋得整夜没有睡着。第二天一早,他瞒过母亲,从厨房偷来两个水壶,在其中一个里面放满烧得火红的煤炭,另一壶装上烧开的开水,然后从贮藏室取出雪橇,把两个水壶放在雪橇上。

"喂!火车头来了!"亨利一边叫着,一边在地上滑动着雪橇,沉浸在自己的欢乐之中。

后来,亨利在学校制造小蒸气引擎时,引起一次小小的事故。原来,亨利制造的引擎发生了爆炸,铜片、玻璃、铁片四处分散,亨利的嘴皮也被割破了,同伴中有的人头部受到重伤,爆炸的威力甚至使学校的栅栏都震倒了。

这个事件使7岁的亨利·福特成了轰动全村的天才少年,当然,他还是村里公认的淘气鬼。即便在这种时候,他也要别出心裁地设计一种机关,而不是简单地胡闹一番了事。有一次,阿德夫恶作剧地在亨利床上放了一些铆钉,于是,亨利在房间里彻夜地思考报仇的对策。

阿德夫每天晚饭后有到门前柳树下抽烟斗的习惯。亨利在铁皮水桶的底部钻上一个洞,洞口先用橡胶封上,用铁丝作牵引,可以让桶中的水流出来。亨利然后把水桶绑在门前的那棵柳树上。

这天晚饭后,阿德夫一如既往地在树下抽起烟来,躲在一旁的亨利拉动连着橡皮塞子的铁丝,于是,流下来的水浇了阿德夫一头。

在迪尔本村,小孩子们一放学回家,就要下地干活,即使早上上学前也要先干完粗重的农活。可是亨利的心思离农活越来越远了,所以无论分到什么样的活计,都是三心二意地干,不到5分钟就要坐到地上休息,因而常挨母亲的打,这样一来,他只好又硬着头皮干下去。虽然一天下来已经精疲力尽,但亨利每晚都要在房间里点灯熬油,摆弄老大一阵儿才肯上床。

这位固执的天才技师的好奇心实在太强烈。一天，当他骑着一匹小马在田埂上慢跑时，从田地里忽然冲出一头牛，受惊的小马把心不在焉的亨利摔到了地上，由于他的双脚还挂在马镫上，所以他被小马拖了好一段距离。前面我们讲到亨利是如何地讨厌鸡和牛，现今又多了一种令他讨厌的动物——马。那么，亨利也许是因为讨厌牛和马，才想到制造汽车引擎的吧？

不过，实现这个梦想那都是后来的美事儿！眼下父亲的产业不断扩大，家中饲养了更多的各式各样的动物，除了牛、马和鸡以外，还有羊、猪、火鸡……这些家禽家畜让他大伤脑筋，因为他的全部兴趣在钟表上；与其照料这些动物，不如去修理农具更有趣。由于远离城市和商店，在这些宁静、朴素的农场里，工具都得自己制造、自己修理。所以，每当附近农家请他去修理农具或做其他事情时，他便兴致勃勃，欣然前往。

亨利·福特就是这样一个人，他总想了解机械结构的奥秘，而不甘愿在动物这种古老的自然力面前屈服。据说，全美国当时共有大约 800 万匹马。经数十载奋斗大业告成，他在自传中追忆了当时的感受：

"骑马就像是戴着没有发条的手表一样！马的时代早就过去了！"

他姥姥是一个巫婆

高尔基（1868—1936），俄国作家。生于木工家庭。当过学徒、搬运工、守夜人、面包师等，曾流浪俄国各地，阅历丰富。1892年，发表第一个短篇小说《马卡尔·楚德拉》。早期作品反映俄国底层人民生活，具有浪漫主义色彩。诗作《鹰之歌》和《海燕》预告社会风暴即将来临，鼓舞人们去迎接战斗。他审察生活的能力，塑造人物性格的才能，以及他对于俄罗斯"底层"的丰富知识，都使他赢得了巨大的声誉。他的自传三部曲《童年》《在人间》《我的大学》，小说《切尔卡什》《二十六个和一个》，长篇小说《克里姆·萨姆金的一生》，极大地丰富了人类的文学宝库。

阿辽沙*1868年3月28日生于尼日尼·诺夫戈罗德。高尔基是他发表第一篇小说时开始采用的笔名，意为"最大的痛苦"。

---

*阿辽沙：高尔基小时候的爱称。

阿辽沙的父亲是细工木匠，他做过阿斯特拉罕轮船营业所的领班，还承造过迎接皇帝的凯旋门。阿辽沙5岁那年，父亲得霍乱去世。这样，他就随母亲回到外祖父家。

外祖父卡什林是个下巴上长着一把红色的山羊胡子，身材干瘦、脾气暴躁的小老头，当时他正开着一家小染坊。

母亲很少住在家里，除了外祖父教过他读生字而外，主要还是外祖母阿库琳娜教给阿辽沙各种有趣的知识。在阿辽沙眼里，外祖母是一位卓越的教师。她聪明、慈祥，精通俄罗斯语言，知道许多童话和歌谣。她时常生动地把它们讲给阿辽沙听。

阿辽沙进了学校，可是当他带奖状升到三年级的时候，他的外祖父破产了，后来母亲也死了，家里非常贫苦。还在学校读书的时候，阿辽沙为了帮助家里，就曾挨家挨户去捡破布、废纸，然后卖给收购的人。现在阿辽沙不得不辍学了。

他决定干捕鸟的活计，用网和捕鸟机捉来珍奇美丽的鸟，交给外祖母去卖。阿辽沙手很巧，捕来的有蓝色的白头翁，骄傲的莺鸟，还有绕树鸟，是啄木鸟中的一种……

到了夏天，阿辽沙就跟外祖母一起到森林里去，采药草、草果、香蕈、硬壳果之类。外祖母从不会在森林里迷路，每次都能找到回家的道路。外祖母能懂得森林里的一草一木，她瞧见树皮上有隐约的爪痕，就告诉阿辽沙：这里有松鼠窝。阿辽沙会爬上树去把那个窝掏干净，掏出里边松鼠藏着过冬的榛子。有时候他能从那种窝里掏到十来磅榛子……

森林里也会有危险。有一次，阿辽沙正在掏松鼠窝，一个打猎的在他右边的身上打进了27颗打鸟的铁砂子。回到家后，外祖母用针给阿辽沙挑这些铁砂，阿辽沙一声没吭。

"好孩子，"外祖母夸奖阿辽沙，"有耐心就能够有本领。"

白天，阿辽沙总是很用心地帮外祖母，维持生活。不仅这样，阿辽沙还凭借着自己的胆量，在夜里睡觉时给家里挣了一小笔钱。

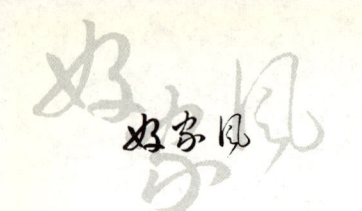

故事是这样发生的。

在外祖父院子前面的那条街上，阿辽沙有好几个要好的朋友：黑眼睛的柯斯特罗马，瘸腿的小姑娘柳德米拉，还有好摔跤的楚尔卡。不管玩什么，三个男孩子总在一起。

到了晚上和放假的日子，阿辽沙住的那条街上的人们都到外边去了。青年人跟姑娘们到公墓地去跳圆舞，大人们上酒馆，留在街上的只有女人和孩子。女人们在门口，有的坐在沙地上，有的占住长椅子，大声地嚷嚷着，争论着，说别人的闲话。孩子们打棒球、掷木柱戏、跳"霞尔·马兹洛"舞。母亲们瞧着他们玩儿，夸奖那些玩得好的，嘲笑那些输的，喧闹声几乎把耳朵震聋了。因为"大人"们在旁边热心看着，阿辽沙这些小孩子们就玩得格外起劲，用非赢不可的决胜心对待所有的游戏。

不过阿辽沙、柯斯特罗马和楚尔卡三个小伙伴，虽然热中在竞赛上，但总不忘记跑到瘸腿姑娘面前去夸功。

"瞧见没有，柳德米拉？我一下把五条木柱全打倒了！"

这时，柳德米拉会温柔地微笑着，连连点头。

早先不管玩什么，阿辽沙他们三个总是在一起，可是后来楚尔卡和柯斯特罗马老是变成敌对双方，彼此比赛灵巧和气力，常常闹得啼哭打架。

有一次，柯斯特罗马跟楚尔卡玩木柱戏，输得很厉害，躲在杂货店的燕麦箱后边，蹲着身子偷偷地哭，黑眼睛里滚出大颗大颗的泪珠。阿辽沙跑过去安慰他，柯斯特罗马哽咽着，低声地说：

"等着吧……我会想办法让他出丑的……瞧吧！"

几天后的一个傍晚，阿辽沙、柯斯特罗马和柳德米拉坐在院子门边的长凳上，楚尔卡把柳德米拉的兄弟拉去摔跤。他们俩扭在一起，扬起了地上的沙土。

"住手呀！"柳德米拉害怕地央求着。

柯斯特罗马转动着黑眼珠瞟着柳德米拉，讲起猎人卡里宁的故事。

"卡里宁？"柳德米拉胆怯地问，"那个白发老头？"

阿辽沙知道，这个卡里宁老头全村人都认识他，是出名的坏蛋，小孩子一望见他那双狡猾的眼睛，心里就会打鼓。

"是啊，"柯斯特罗马继续讲他的故事，"白发老头不久前死了，人家没把他埋在墓地的沙土里，只把他的棺材搁在离别的坟墓不远的地上。我看见老头儿的棺材是黑色的，搁在高台子上，棺材盖上用白漆画着十字架、枪呀、手杖呀，还有两根骨头。听说每晚上天一黑，老头就从棺材里爬出来在墓地上溜达，寻找什么东西，一直到第一次鸡叫以后，又爬回棺材里去。"

"不要讲那种吓人的话！"柳德米拉请求。

"放开！"楚尔卡摔开柳德米拉的兄弟的手，对着柯斯特罗马嘲笑地说："不要胡说八道，我亲眼瞧见棺材落葬的，盖上也没有什么记号……什么死人在外边溜达，那是铁匠醉鬼造的谣言……"

柯斯特罗马连正眼也不瞧他，气冲冲地说：

"那么，你到墓地去过一夜试试看！"

他们争吵起来，柳德米拉没趣地摇着脑袋，向屋里的母亲问：

"妈妈，死人晚上能出来溜达么？"

"能出来溜达，"她母亲照样说了一句，好像从远处传来的回声一样。

这会儿，隔壁席铺女掌柜的儿子走过来了，他叫瓦廖克，约莫20岁模样，是一个红脸的肥胖的青年，这一点很像他的妈妈，因为席铺女掌柜身材肥大，丰腴的体型像一座小房子。听了争论之后，瓦廖克说：

"你们三个人当中，不管哪个只要能在棺材顶上过一夜，我就给20戈比和10枝烟卷，要是害怕了跑回来，就让我拉耳朵拉个够，好不好？"

大家愣着不吱声。柳德米拉的妈妈说：

"多么蠢呀！这样的事，难道也可以怂恿孩子去做么……"

"要是给1卢布，我就去！"楚尔卡没精打采地说。

柯斯特罗马听了这话，马上挖苦地问道：

"20戈比你就害怕么？"然后对瓦廖克说："你就给他1卢布吧，反正他是不会去的，只是吹牛罢了……"

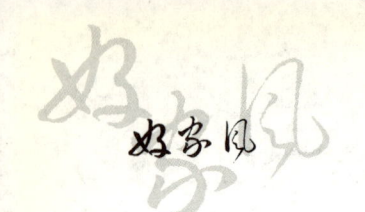

"好，就给1卢布！"

楚尔卡从地上站起来，一声不响慢吞吞地沿着墙根溜走了。柯斯特罗马把两个手指头放进嘴里，对着他的背影，尖声地吹口哨。柳德米拉不安地说：

"哎呀，天哪，好一个牛皮匠……这可怎么好！"

"你们这班人，都是胆小鬼！"瓦廖克讪笑地说，"还当自己是街坊上的好汉呢，猫崽子……"

阿辽沙听了他的嘲骂，心里很委屈。原来阿辽沙和伙伴们都讨厌这个阔少爷。他常常唆使小孩子干坏事，孩子们听了他的话，结果吃了大亏。而且不知为什么，这瓦廖克还恨阿辽沙的狗，常常拿石头砸它，有一次还把缝衣针搁在面包里喂狗。

看着楚尔卡害臊地缩紧着身子，远远走去的样子，阿辽沙心里更加难受了。

他对瓦廖克说：

"给我1卢布，我去……"

瓦廖克一边嘲笑他，吓唬他，一边把卢布交给柳德米拉的妈妈。可她严厉地说：

"不要，我不拿。"

柳德米拉的妈妈愤愤地走开了。柳德米拉也不敢接这张钞票。这更加引起了瓦廖克的嘲骂，阿辽沙决定不要这小子的钱也要去。这时候，阿辽沙的外祖母来了，知道了这回事，就拿了这张1卢布的票子，平静地对阿辽沙说：

"穿上外套，带一条毯子去，天快亮的时候会冷的……"

外祖母的话加强了阿辽沙的信心，他知道没有什么可怕的。

瓦廖克提出条件，阿辽沙得在棺材上躺着或坐着，一直待到天亮，不管发生什么事情，在卡里宁老头从棺材里出来，棺材开始摇动的时候，也绝对不能跳下来，如果跳下来，就算输了。

"瞧着吧，"瓦廖克预先说明。"一整夜我都要看住你的！"

当阿辽沙出发到墓地去的时候，外祖母对他画了十字，教他说：

"要是瞧见什么，一动都不要动，只要嘴里念着圣母赐福就行了……"

阿辽沙匆匆走去，想早些开始，早些完结。

瓦廖克、柯斯特罗马和另外几个小伙子远远跟着他向墓地走去。

墓地的边上是一面矮墙，爬过墙头的时候，阿辽沙被毯子绊住，摔了一跤，他立刻跳起，好像从沙地上弹起来一样。墙外边哈哈笑起来。阿辽沙胸口扑通了一下，脊梁上发了一阵寒。

他跟跟跄跄地走到黑棺材边，棺材一头被沙土埋住了，另一头露出粗矮的台架的脚。好像谁想把棺材抬起来，可是差一点跌倒。

阿辽沙在死人脚边的棺材顶坐下，眼睛向四周看去。起伏不平的墓地，密密地排着灰色的十字架，影子散落在坟头上，洒遍在长满荒草的冈陵上。十字架的行列里，零落地站着一些瘦长的白桦树，它的枝条连结着散开的墓穴。白桦叶的影子，落在地上画出花边图样，这图样中又露出一些小草——这些灰色的耸立的毛茸茸的草丛最叫人害怕！像雪山一样高高耸入天空的是教堂，在静止不动的云中闪着光芒的是朦胧瘦小的月亮。

有人懒洋洋打着望楼的钟，每拉一下绳子，绳子就磨擦屋顶的铅皮，像哭泣似的轧响，然后，小小的铜钟冷淡地响一下——又短促，又凄凉。

"天哪，你可别让人失眠呀！"他记起守夜人的口头禅。

阿辽沙感到害怕，说不出为什么气闷。在凉爽的夜里，阿辽沙却流汗了。他心里不住地掂量着：要是卡里宁老头真从坟墓里出来，他可来得及跑到望楼去么？

墓地的情况阿辽沙是熟悉的。他同伙伴们来墓道里逛过几十次，他妈妈的坟墓就在教堂的近旁……

从村里传来谈笑和唱歌的断断续续的声音，阿辽沙知道还有没睡觉的人。铁路采沙场的土山上，或是附近村子的什么地方，手风琴在哽咽。一阵带鼻音的歌声在墓地的墙外走过，阿辽沙一听歌声就知道是永远喝醉酒的铁匠。

歌声令阿辽沙愉快。但钟声每打一次，四周便更寂静一点，静寂像泛滥的河水，淹没了草地，淹没了一切。天空中只有遥远的星星还闪烁地活着，地上的东西都瞧不见了，一切都不需要了，死寂了。

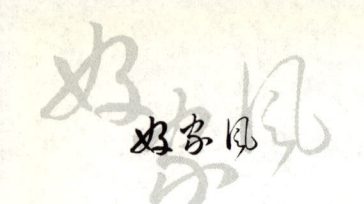

阿辽沙把身子裹在毯子里，缩着腿，脸朝教堂，坐在棺材上，他的身子稍微一动，棺材便轧轧作声，底下沙土也沙沙作响。

在阿辽沙的背后，有一两次什么东西扔在地上的声音，后来，一块碎砖头落在身边——他吓了一跳，但立刻猜到这是瓦廖克跟他的同伴从墙外边扔进来吓唬自己的。他知道附近有人，心里反而高兴了，想吆喝他们：

"叫鬼把你们抓去！"

但阿辽沙想这是危险的，谁知道鬼对这句话会怎么样，它一定就在附近什么地方。

沙土中有许多云母的碎片，在月光中朦胧地闪烁。它们使阿辽沙想起一件事，有一次，他俯卧在河里的木筏上，注视着河水，忽然一条扁鱼似的鱼儿浮到他的脸边，它侧着身子像一个人的面孔，睁着鸟似的圆眼睛向阿辽沙一瞟，就钻下去，像枫叶落地一般，飘然地游到深水里去了。

阿辽沙的记忆力紧张地活动起来，好像要抵抗那制造恐怖的想象力，把种种生活的断片复活过来。

他忽然瞧见一只刺猬，硬爪子扒着沙土，滚了过来。它是那么小小的，竖起一团蓬乱头发，叫人想起家神小鬼。

阿辽沙又记起外祖母蹲在炉炕前说的话：

"亲爱的主呀，把油蟑螂撵走吧……"

远远的，望不见的街市的上空，有点透亮了，早晨的寒气压迫脸腮，阿辽沙有些困了，眼睛渐渐闭下来。他把毯子连头蒙住，把身子缩做一团，睡着了。

当外祖母叫醒阿辽沙的时候，天已经大亮了。她站在阿辽沙身边，拉开毯子说：

"起来，没有着凉么？——唔，害怕么？"

"我害怕呀，可是你别对谁说，别对孩子们说。"阿辽沙不好意思地说。

"为什么不说？"外祖母诧异地问。"要是不可怕，那还有什么可稀罕的呢……"

回家去的路上,外祖母温存地对阿辽沙说:

"什么都得亲身经历,小鸽儿,什么都得自己知道……自己不去学,谁也教不会的……"

到了晚上,阿辽沙成了街上的"英雄",大家跑来问他:

"真不害怕吗?"

当他回答"害怕"时他们就摇着头,喊叫说:

"啊哈,你看是吧?"

那个肥硕的席铺女掌柜,瓦廖克的妈妈,却大声地、果断地说:

"说什么卡里宁出现,是人家撒的谎呀。难道他被小孩子吓住了么?要是他真的爬出来,那他会把他从棺材上摔开去,说不定摔到哪儿去呢。"

阿辽沙的伙伴柳德米拉、柯斯特罗马都用亲切的惊异的眼光望着他。只有楚尔卡懊丧地说:

"他呀——当然不在乎,他姥姥就是一个巫婆嘛!"

戒烟小故事

甘地（1869—1948），印度民族运动领袖。生于贵族家庭，早年赴英攻习法律。在南非应聘为某印度公司法律顾问时，遭白人警察侮辱，遂萌生抵制种族歧视念头。首次提出拥有深远历史意义的"非暴力抵抗"口号。为了拯救印度人，嗣英国政府发起了不合作运动。有强烈的信仰，热爱印度人民，奋斗终生，在印度独立的前夕惨遭暗杀。

马哈德玛·甘地被称为"印度独立之父"。"马哈德玛"这个称呼就是"伟大的灵魂"的意思。他在反英独立运动中曾多次被捕入狱，但却始终坚持主张非暴力。作为第二次世界大战后赢得了印度独立的国民英雄，在他去世几十年之后，仍然受到人民的尊敬。然而，他却是因为父亲的眼泪才得以醒悟的。

甘地的家乡位于阿曼海之滨的波尔班达尔城。他的父亲是个小藩国的首相，他的母亲笃信宗教，虔诚过人，常常在祷告之后不进食物。甘地有三个哥哥和一个姐姐。他是最小的孩子。人们认为，甘地继承了父亲政治家的资质和热心于印度教的母亲的宗教资质。

当英国的维多利亚女王在德里平原举行盛大隆重的典礼，宣布自己为印度女皇时，甘地还是一个年仅8岁的小学生。在这场典礼期间，他和小伙伴们学会了一首滑稽歌谣，他们经常一起唱道：

英佬似巨人，印人何其小；
肉食者治人，身躯六尺高。

歌词里的肉，是甘地家族信奉的宗教禁食的，可他经受不住歌谣的诱惑，让人煮熟一块山羊肉，然后偷偷地破戒啃食起来。真糟！吃下山羊肉不久，小甘地立刻开始呕吐。晚上做了一夜恶梦，总觉得好像一只活山羊在肚子里苦苦地哀叫。

13岁时，甘地和一个与自己同岁的商人女儿结婚。在印度，结婚的年龄一般都很小。要说13岁，还只是个中学生。有一段时间因为小丈夫迷恋于婚姻生活，几乎影响了学业。不过，双方的父母并不允许他们常在一起。年幼的妻子每天要有大半天是在自己娘家父亲家度过的。他们婚后最初的五年，由于大部分时间是在各自父母家里生活的，所以实际上婚后在一起生活的时间还不到3年。

甘地生性腼腆胆怯，是个感受性非常强的孩子，即使别人只使了一点点坏，他也会马上哭起来。在学校里一旦受到老师的责难，或者眼看要受责难时，就觉得难以忍受。甘地只受过一次体罚，但精神上受的折磨比体罚本身更加使他感到痛苦，由于过于悲伤，小甘地潸潸泪下，啜泣不止。

甘地的叔叔喜欢抽烟卷。他曾学叔叔的样子抽过烟，捡了烟蒂，躲在没人的地方抽。但不久他就变得从佣人和哥哥的衣袋里偷钱，买印度生产的卷烟抽了。不久，他开始担心自己干的事，越想越苦恼，甚至想自杀。

有一天，他把写有一切忏悔的笔记本拿给躺在病床上的父亲看。父亲并没有责备他，也没有体罚他，只是默默地流泪。甘地的心深深为父亲高尚的

好家风

宽容所打动，从此以后，他不仅不再偷窃，就连烟也彻底戒掉了。

甘地的家庭里充满了爱与和平。正是崇高的父爱，以无言的、绝非强制的方式，塑造了甘地伟大的情操和意志力而使他终生受益。20多年后，甘地提出的"非暴力抵抗"的学说名扬全球，最终瓦解大英帝国在印度的殖民统治，这绝非偶然。

终于当上"棋王"

列宁(1870—1924),卡尔·马克思学说的继承人。出身贵族家庭,早年研习法律,因参加学生运动而被捕、流放。成功地建立和领导了人类第一个工人阶级国家政府,并制定了具有深远历史意义的新经济政策。

"俄罗斯母亲——!"俄国人这样赞美伏尔加河。它不仅是欧洲最大的河流,每到春天,在涨满了水的河床上,千舟万船,争相竞渡;它还哺育了许多令人骄傲的人物:普希金、列宾、高尔基、列宁……

弗拉基米尔·伊里奇·列宁,1870年4月10日生于伏尔加河岸的辛姆尔比斯克,他原姓乌里扬诺夫,列宁是他后来从事秘密活动时的化名,意思是"勒拿河的居民"。

沃洛佳*的父亲伊里亚·尼古拉耶维奇·乌里扬诺夫,出身于阿斯特拉罕城的市民家庭,他从中学和喀山大学毕业后,在尼日尼·诺夫哥罗德任数理教员14年之久。后来他担任辛姆尔比斯克省国民教育视察员,接着又充任该

---

*沃洛佳:列宁小时候的爱称。

好家风

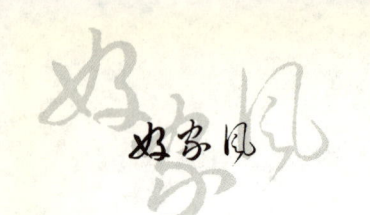

省教育总监。由于多年的劳绩，他获得了贵族的称号。他为人勤奋坚毅，在工作方面律己正人均极严格，把事业看得高于一切。所以，他在家庭教育方面也力求把自己的子女培养成为具有这种品性的人物。沃洛佳的母亲玛莉娅·亚历山大洛夫娜是医生的女儿。她是一位卓绝的女子，富有学识、聪慧过人，并且意志坚强。她很熟悉俄罗斯和世界文学艺术，不仅如此，她还精通法语、德语和英语，擅长音乐。尽管她具备常人之上的才能，同时也具备完全献身于家庭的崇高感情，力求把自己的子女培养成诚恳、正直、有学识、有思想的人。

沃洛佳自幼活泼灵敏，天赋聪明；他毫无保留地继承了母亲的语言天赋，将近5岁，他就学会了朗诵诗文；9岁进省立中学就读，到中学毕业时，他已经通晓法文、德文乃至艰深的拉丁文和希腊文。故事讲到这里，我们不禁要问：是谁教会了沃洛佳这么多的外语呢？沃洛佳的第一个德文教师就是她的母亲。

沃洛佳的父母一共有6个孩子。

想想这么一群欢呼雀跃的孩子，妈妈的一天会多繁忙呀！不过，玛莉娅妈妈把一切都安排得井井有条。清晨，当家里还很安静的时候，她拉开窗帘，浇过花，然后到厨房和保姆瓦尔瓦拉·格里戈利耶夫娜一起摸黑做早饭。当孩子们的爸爸书房里有了动静时，俄国式壁炉里已经燃起了木柴。妈妈这时坐在钢琴旁，轻轻弹起肖邦的曲子。孩子们已经习惯于在她的钢琴声中起床。早餐过后，她又带孩子们去大花园转秋千、槌球。在那里，妈妈让他们自在快活地喊叫。

虽然请了家庭教师，母亲仍会给孩子们朗诵普希金、涅克拉索夫、莱蒙托夫的诗集，教会他们外语……一家人生活得十分和谐、融洽。

妈妈在起居室的扶手椅里坐下后，刚才像小熊一样在白桦树、丁香花丛里活泼撒欢的孩子们，也都安静地围着妈妈坐下，静静地等待妈妈提问，只有小妹妹奥莉娅在小声地缠着大哥要他讲故事，一个劲问熊为什么总舔巴掌。

"萨沙，"妈妈的提问开始了，"'我们的祖国多么美呀！'用德文怎么说？"

"维施恩伊斯特温泽发特兰德!"萨沙抑扬顿挫地说,声音是那样的抒情,像敲琴一样。

"'逆风行船'怎么说?阿尼娅。"

"鲁弗巴赫。"

妈妈满意地笑笑,接着问沃洛佳:"德国最伟大的诗人,他——"

"是歌德——"奥莉娅等不及了,她不等妈妈提问扬起嗓门抢先回答了。

"是的,他有一句名言,上星期教给你们的:固然我知道很多,但我要知道一切。"

这回奥莉娅说不上来了,她用眼睛瞅了瞅二哥。

"茨哇伊希崴丝菲耳,德赫麦希特伊希阿腊斯威森。"沃洛佳一点折扣也不打一口气说完。

"古特!海特伊斯特第昆斯特(好!艺术是活泼的——席勒)。"

"沃洛佳,你给我们大家背诵普希金的诗吧!"

"是的,妈妈,不过我有个小小的提议,等我的诗背完后,请萨沙给大家讲个笑话。"

"好哇!"小妹妹奥莉娅欢叫着,因为大哥萨沙也是讲笑话的能手,奥莉娅小妹妹最喜欢听他一本正经地讲滑稽故事。

沃洛佳站起身,那少年的健壮有力的一只手伸向前,随着诗的韵律,他天真的清澈目光明亮起来:

> 我们的国家也许开发较晚,
> 然而文明很快就要扩展
> 它的疆域。是的,据我们的哲人
> 估计的数字:再有五百年
> 我们的道路就会完全变样,
> 整个的俄罗斯将会贯穿
> 横的、竖的、平坦的大道,

好家风

> 无论到哪里都不困难。
> ……

整个房子里回响着他那童稚而又充满自信的声音，空气里仿佛弥漫起诗的气息。母亲和孩子们都沉醉在伟大诗人普希金的怀抱里啦！

萨沙开始讲笑话了。

"在乌拉尔的大树林里，有一个熊的儿子，他得到狐仙的指点，差不多变成人啦。只是有一点，他还像熊爸爸一样，特别贪吃蜂蜜，并且总是笨头笨脑，丢三拉四的。一天，熊的儿子装扮好了，他坐了上百俄里马车，过了不知多少驿站，到了市集，他买了一罐蜜回到家。他知道蚂蚁也很喜欢偷吃蜂蜜，就想把蜂蜜罐挂高一点。

"他抬起头，看到墙上有个钉子，就把蜜罐子挂了上去。谁承想一松手，罐子掉在地上摔破了。熊的儿子定睛一看，哪儿来的钉子，刚才墙上落了一只灰蜻蜓，罐子挂上去时，蜻蜓飞走了。倒在地上的蜂蜜变得灰兮兮的，尽是瓦碴片，他只好用手把地上的蜜全蘸着吃了。熊的儿子懊恼了半夜。

"第二天，天刚蒙蒙亮，熊的儿子坐马车又去了市集。天快黑了，他买回了第二罐蜂蜜，一进门，他就看见墙上有个蜻蜓似的东西，熊的儿子想起昨天晚上的一罐蜜汁，生起气来，一巴掌拍了上去。'哎哟——！'哪里是蜻蜓，原来是一只大铁钉子，手都快要扎穿了，熊的儿子痛得直蹦达，拼命甩手，蜜罐子又摔碎了。熊的儿子又用手把蜜吃了。熊的儿子又懊恼了半夜。

"第三天，天还没亮，熊的儿子起了个大早，他又坐了上百俄里马车，过了不知多少驿站，到市集去买了第三罐蜜汁。这次，熊的儿子在回家的马车上就拿定主意，一定要先看清楚，再用手去轻轻地摸一摸，然后再挂上去。熊的儿子想到能天天吃到蜜了，非常高兴。他下车后，还没进门，就把下巴抬得高高的，仰着脸，做好了检查墙壁的准备，由于他太专心了，光顾了看上头，不提防进门时，被门槛绊了一下，蜜汁罐子应声落地，又摔得稀烂。熊的儿子只好又用手吃完了地上的蜜。奥莉娅，现在知道熊为什么爱舔巴掌了

234

吧?"

在大家非常开心的笑声中,奥莉娅搂着大哥的脖子吻了一下。

瓦尔瓦拉·格里戈利耶夫娜进来说,有客人来了,妈妈起身去招呼。

沃洛佳望着妈妈的背影,对哥哥使了个眼色,小哥俩抛下阿尼娅和喊喊喳喳的弟弟妹妹,一起神秘地来到阁楼上的储藏室。

这里堆满了各式各样的箱子。沃洛佳打开一只箱子,从上面取下三本书,然后拿出一个扁平的小匣子,匣子边缀着发暗的丝线:是一本小书。书脊开裂,书舌快要掉下来了,忽扇忽扇的,像一张半夹在里面的发黄的书签。

"棋谱!"萨沙惊喜地小声喊道。

"一本关于象棋的书,是25位大师的决胜棋局,好像是从旧货商店买来的。"沃洛佳的声音高兴得有些颤抖。他用拇指揩净了书匣丝绒封面上的细尘。

"太好啦!我们不会再出岔啦!"

"这下,爸爸的阵势会像土豆堆成的堡垒一样,不堪一击了。"

"你认为爸爸还没看过这本书吗?"

"不会的,我仔细思考过爸爸的走法,没有相似之处。再说,这一箱书是从布兰克外祖父家搬来的,爸爸还没空整理过。"

哥哥被弟弟肯定的语气说服了,他点点头,小哥俩开始认真研究起棋谱来。

在乌里扬诺夫家,除了最小的德米奇,其他的三个男子都喜欢下棋,或者说对棋的吸引力到了无法摆脱、如痴如醉的程度。爸爸的步法始终胜过哥俩一筹,但小哥俩都不服输,屡次试图问鼎爸爸的"棋王"宝座。爸爸对小哥俩百般算计的"诡步",从来都是抿抿大胡子里的嘴唇,眯缝着眼睛轻轻一笑,小哥俩的胜算立时即被点破。现在,沃洛佳找到了这样一本"奇书",哥俩的高兴是可想而知的。

"萨沙,沃洛佳——"是德米奇小弟弟,他一面叫,一面沿着楼梯上来了。

萨沙把书合起来,慢慢插进小匣子,然后揣进了衣兜,拉着沃洛佳跑出了阁楼。

在楼梯口,德米奇手里拿着三件玩具,其中有一架精致的玩具马车,马车的车窗、活动的小门涂得金光闪闪,还有一匹裹着细皮的玩具马。照德米奇说的,这是妈妈特意上街买来的。德米奇把玩具马车给了沃洛佳,洋锡兵给了萨沙,德米奇自己是一只蜜糖做成的喇叭。

弟兄三个开始玩起来。

午饭快要开了。孩子们陆陆续续来到了饭厅,还不见沃洛佳的影儿。妈妈心里很明白,每次发玩具,沃洛佳都会为了好奇心,把玩具拆开看个究竟,妈妈亲自去找。可哪儿都没发现沃洛佳。终于,在卧室的门后,妈妈看见,沃洛佳正在起劲地拧下最后一条马腿……

妈妈丝毫没有责备他的意思:"放下马车,沃洛佳,大家都在等你。"

饭桌上,萨沙正式向父亲提出再战一盘棋,作为这个星期的最后一次挑战,一决胜负,父亲并不知道小哥俩现在的虚实,随即欣然同意应战。

爸爸被小哥俩下赢以后,一时摸不着头脑,不知他们得了什么棋法要诀。

秘密终于被爸爸发现了,因为有一天晚上,沃洛佳看见父亲手持腊烛台,拿着棋书从自己的卧室里走出来,坐在桌旁认真地看起来。

英国首相的第一个步兵师

丘吉尔(1874—1965),生于英国牛津郡。第二次世界大战时,出任英国首相,对打败法西斯德国和意大利起了卓越的作用,被誉为"欧洲第一公民",战后再度出任英国首相。著有《第二次世界大战回忆录》等书,获1953年诺贝尔文学奖。

你知道哪一位政治家的照片是以其怒气冲冲的面孔而著称于世的吗?

这个人就是丘吉尔。

丘吉尔小时候长得很结实,但并不漂亮。他说话有缺陷——口吃,而且发音不清。尽管如此,他却是一个饶舌的孩子,从学会说话时就几乎没完没了地说个不停。这个毛病后来竟帮他"说"完了他的著作和回忆录,因为总是他说,别人整理加工写成。

少年时候的丘吉尔已表现出非同一般的倔强性格。他非常自信,固执己见,并且不愿意像别的孩子那样学习。

当时的学校主要关心的是对孩子们的管教,而不是教育。丘吉尔不愿意遵守那些教育家们苦心推行的那套规章制度。无论是老师或是学生们自己定

好家风

下的所有行为守则,他几乎都不执行。他的老师认为他是一个最执拗、最不守纪律的学生。校长曾经给过他警告处分。校长说:"丘吉尔,我有很充分的理由对你表示不满。"而他马上回答说:"而我,先生,也有充分的理由对您表示不满。"不久,他就因为不听话吃尽了苦头。校方每周把学生集合在图书馆里,将任性的学生叫出来带到另一个房间中用鞭子抽打,丘吉尔总是其中的一个。这使他十分恼火,并怀恨在心。18岁上了军校后,他曾专门溜回来要找校长和打他的老师算账。可学校已关闭,人去楼空,他只好作罢。

上小学时,他的学习成绩在班上是最差的,并固执地不愿意学拉丁文。结果,在升学考试时,当要求必须用拉丁文写一篇作文时,两个小时他只在考卷上写了一个字,用括弧把它括起来,然后浓浓地涂上墨,再打上几个墨点,这就是他能够写出的一切。

然而,丘吉尔却有着与众不同的长处:极好的记忆力。作为当时校内一个众所周知的留班生——丘吉尔曾在四年级三班连续读了三次——他居然获得了背诵诗歌比赛优胜奖:向校长一词不拉地背诵出麦考莱所写的1200行《古罗马叙事诗》。老师和同学们为之惊叹不已。他还能背出莎士比亚剧本中的大段台词。每当老师援引《奥塞罗》或《哈姆莱特》出了差错时,他总是不放过机会去纠正老师。但是,这个长处帮不了他多少忙,因为他只对感兴趣的东西才领会得快也记得快,而凡是他不喜欢的东西,则根本不学,一概置之脑后。连他自己后来也承认,他是一个非常不好的学生。

丘吉尔的父母为他伤透了脑筋——这孩子将来能干什么呢?丘吉尔却早有了自己的想法。

有一天,父亲走进丘吉尔的房间,看见他正和哥哥杰克在玩兵种作战的游戏。丘吉尔非常喜欢这种游戏。他有1500个锡兵,丘吉尔把他们看成是自己招募来的1500名新兵。他们个子一般高,是清一色的英国兵,身穿虾红色、饰带精美的军服。丘吉尔把他们组成1个步兵师,下辖1个骑兵旅。他的哥哥杰克担任敌军的统帅。根据双方拟定的《军备限制条约》,只允许杰克招募黑人士兵,而且杰克的部队不得拥有大炮。这项规定太重要了!除了几门要塞炮外，丘吉尔还搜罗到18门野炮。他的军事设施，可谓应有尽有，只有一项就是他的部队当时运输工具短缺。他父亲的老友亨利·杜鲁蒙德·伍尔夫爵士很赞赏丘吉尔的阵容，于是提供了一笔军费，用来在一定程度上补充供应。

丘吉尔的父亲终于亲自对他的"部队"做了一次正式视察检阅。"温斯顿·丘吉尔将军"所有的部队都准确无误地按进攻的队形序列部署待命。父亲花了20分钟的时间仔细观察了这一场面，一个确实很动人的场面！老丘吉尔的目光异常敏锐，他的面孔露出极富感染力的笑意。

视察检阅完毕后，父亲问丘吉尔："温迪，你喜欢参加军队吗？"

"喜欢。"丘吉尔想军事指挥是件挺光彩的事情，于是毫不迟疑地回答了。

丘吉尔做出了一生的重大转向。

几乎在他就读于最低年级，获得背诵诗歌优胜奖的同时，通过了军事院校预选考试。

军事院校的考试激发他作出了特别的努力，因为学校中许多比他强得多的同学都落选了。

丘吉尔同军事学的缘分使他交好运啦！同学们事先都知道，试题中准会有一道要求凭记忆画出一幅某国地图的题目。在考试前夕，作为考试准备的最后一着，他把地图册上所有国家的地图名称写好放在帽子里，用抽阄的办法来碰碰运气，结果抽出了新西兰。于是，丘吉尔凭借自己良好的记忆力，把这个自治领的地理位置记得牢牢的。不出所料，第二天考卷上第一道题果然就是："画一幅新西兰地图。"毫无疑问，丘吉尔的考卷得了很高的分数，为他日后报考桑赫斯特皇家军事学院打下了基础。

"诸葛一生惟谨慎，吕端大事不糊涂。"丘吉尔一心想做的大事，他就能做得一丝不苟。40多年后，丘吉尔统帅英国军队参加第二次世界大战，会同盟国战胜了法西斯德国、意大利和日本，为人类和平做出了卓越的贡献。

好家风

台风刮来的奖金

　　杰克·伦敦（1876—1916），美国作家。出身破产农民家庭。青年时代流浪各地，做过报童、工人、水手等。深受尼采和斯宾塞的影响，在《热爱生命》等短篇小说中反映人同自然界的严酷斗争。1904年，发表从生物学观点解释社会的长篇小说《海狼》，享誉文坛。

　　1876年1月12日，杰克·伦敦生于美国旧金山。他的生父是一个爱尔兰后裔的流浪星相家，母亲则靠"招魂术"度日。杰克才8个月时，他母亲嫁给了一个英格兰后裔的季节农工约翰·伦敦。从小杰克记事时起，家里从来就是吃了上顿没有下顿，而且为了谋生，不得不东漂西荡，一再搬家。

　　小杰克从8岁起，就拾柴打水，承担许多家务劳动。他的约翰爸爸做过包工商，也买地办过种植园，后来又养了很多鸡，但是一次又一次地都破了产。后来，一家人流落到离旧金山不远的奥克兰市，租了一所小屋子住。在那里，约翰爸爸又和妈妈办了一所寄宿舍，包办纺织厂单身女工的食宿。有一段时间生意还不错，小杰克有机会读了几年书。

　　有一次，小杰克走进奥克兰公共图书馆，不禁惊呆了。他无法相信世界上竟有这么多书！他沿着一排排的书走过，用手指尖轻轻抚摸书脊，舍不得离开。尤其那些关于冒险、旅行、航海、探险的书籍，简直迷住了他。他借了这些书，躺在床上读，吃饭的时候读，在上学的路上读，在别的同学游戏的时候也读。那些书籍打开了他的思路，启发了他的幻想。他把奥克兰想象为冒险的出发点，要从这里逃走，将会看到怎样色彩缤纷的世面啊！

可是不久，约翰爸爸的生意又萧条了，他始终找不到一个固定的职业养家糊口。小杰克刚满10岁，就在街上卖报，星期日还去打扫酒馆和公园，干任何能够找到的零星工作。为了活下去，小杰克和争夺卖报地盘的人打架，还在海湾上偷挖人工养殖的牡蛎。

14岁那年，杰克小学毕业了，上中学的希望已经成为泡影，只得进一家罐头厂做工。他每天天不亮就得起床，走很远的路到工厂，连续干十几小时甚至二十小时的活。

干这样的苦工也仍然难以维持生活。杰克想去航海，认为这或许会摆脱目前的困境。1893年，杰克搭乘一艘帆船做水手，到远东的日本海一带去猎捕海豹。

出发后第三天，轮到杰克掌舵，恰好遇上一场大风暴，狂风卷着海浪迎面扑来，这个17岁的少年毫不退缩，披散着头发，咬紧牙关同风暴搏斗。船主和其他水手都吓得躲在船舱里不敢出来，甲板上只剩下了他一个人。他拼命地掌着舵，顶风行驶了一个多小时，终于脱了险，保住了一船人的性命。船友们都赞誉他的勇敢精神，称他为"壮士"。

白天，他们驾着小舢板去海滩上猎捕海豹。在湛蓝的天幕下，成群的海豹歇卧在软褥一般的金黄色沙滩上，景色喧闹动人。可猎海豹是一件危险的劳动，因为这时正逢海豹的繁殖期，体躯庞大的公海豹虎视眈眈地爬在海滩上，一旦发现任何东西靠近它牢牢看守着的母海豹群，就会飞快地爬过来，用坚硬锋利的牙齿，像咬碎蛋壳一样咬碎猎人手里的桨板。分给杰克的活儿是把挑选好的海豹引出海豹群，工作是紧张劳累的。晚上，全船的人都睡着了，杰克就一手拿灯，一手翻书，有时候一直读到天亮。

杰克到过世界上许多港口，接触过各种各样的人物，看到了五光十色的社会现象。经过这段航海和猎捕海豹的传奇式的生活，杰克的眼界大开，这些不可多得的知识，为他后来的小说创作打下了坚实的生活基础。

航海回来以后，杰克替家里还了一部分债务，又到黄麻厂里当壮工。厂房里闷热、潮湿，空气里满含飞扬的粉尘，工人营养不良，有许多人患了肺结核病。以后，他又到一家发电厂当铲煤工，那里的工作环境同样恶劣。杰克在这些地方每天都要做十三四个钟头，而得到的只是极微薄的工资，一家人的生活仍然那样困窘。

有一天，杰克听说旧金山一家报纸征求稿件，就试着把自己在海上和风暴搏斗的情景，细心地写成了一个故事，题目叫作《日本海岸的台风》。这篇文章写得新鲜、生动，获得了第一名的奖金。这一次的成功，增强了他从事文学活动的信心。

杰克决定补上失学的损失，从事写作。他只用了一年就完成了中学学业，还在加里福尼亚大学念了一学期。他如饥似渴地读书，从古典作品到流行小说，从洛克、霍布斯、休姆到斯宾塞、尼采、马克思无所不读；他一天15个小时写短篇小说，不断地将作品寄给各个杂志，却不断地遭到退稿……一直到1898年他的短篇《致跋涉荒野的人》终于被旧金山一家杂志接受。等到他的第一本短篇小说集《狼的儿子》于1900年出版之时，杰克就已经走上了成名致富的大道。

直至今日，他最好的短篇，如《生起篝火》《白色的寂静》《生命的法则》等等，仍然以它们感人至深的力量、紧张动人的情节，尤其以它们刻划的人对大自然压倒一切的力量的坚毅斗争而无与伦比。

妈妈，这是我办的舞蹈学校

邓肯（1878—1927），美国舞蹈家。现代舞派创始人。受希腊艺术影响，创立一种与古典芭蕾舞相对立的自由舞蹈，其特点是动作自然，形式自由。主要作品有《马赛曲》、贝多芬的《第七交响乐》、门德尔松的《春》和柴可夫斯基的《斯拉夫进行曲》等。

在邓肯降生以前，她的妈妈精神极为痛苦，除了冰冻牡蛎和冰镇香槟酒以外，什么也吃不下去。她常常痛苦地说："即将降生的这个孩子一定很不正常。"她预料会生下一个怪物。

邓肯一生下来，似乎就开始拼命手舞足蹈，母亲不由得喊叫起来："你们看，我没说错吧！这孩子是个疯子！"待邓肯能自己坐起来时，妈妈给她穿上婴儿服，把她放在桌子中央，随便演奏一首什么曲子，她就随着音乐起舞，逗得全家和朋友们大为开心。

邓肯的母亲是在一个爱尔兰天主教家庭受洗礼长大的，一直是个虔诚的天主教徒。邓肯小时候没见过父亲。当她还在襁褓之中，母亲就和父亲离了婚。小邓肯长大后才知道，那是母亲发现自己选择的人并不是她理想的那样

243

完美无缺。从此母亲背叛了天主教信仰，开始相信无神论，带着四个孩子独自闯荡。

邓肯的母亲是个音乐家，靠教音乐谋生，因为她是去学生家里教课的，所以往往整天不在家，晚上很晚才回来。由于母亲很穷，雇不起佣人，也不能给孩子们请家庭教师，所以邓肯过着一种无拘无束的生活。

邓肯的家紧紧依傍着大海，大海总是吸引着她。她喜欢久久地坐在沙滩上，望着海里的波浪像千万只白天鹅成群地向岸上飞来，空中白云流荡，太阳光像敷金似地洒在沙滩上。这醉人的景色邓肯怎么也看不够。

5岁时邓肯就上公立学校了。母亲虚报了她的年龄，因为当时必须有个安置她的地方，可一有机会，她就从学校里逃出去，独自漫步在海滨，纵情幻想……

每当这时，邓肯看到那些衣着漂亮的富家孩子，由保姆和家庭教师侍候着，寸步不离，严加看管，不由地想，他们真可怜！连一点儿接触生活的机会都没有。而自己呢，母亲忙得顾不上考虑她们，她和两个哥哥就可以毫无约束地玩耍，有时候她们不免大胆冒险，要是叫母亲知道了那准会急得发疯。

也许邓肯创造舞蹈的灵感正是来自童年时代放纵不羁、无拘无束的生活，因为她从来没有受到喋喋不休的"不许这""不许那"的严格制约。

小邓肯把心留给了浪花的节奏，所以在她眼里，学校只是个人工装点的鸟笼。

有一次在学校的圣诞节联欢会上，老师向孩子分发糖果和蛋糕，说："孩子们，你们瞧，圣诞老人给你们带来什么啦？"

听了这句话，小邓肯立即站了起来，庄严地回答："您说的话我不信，根本就没有什么圣诞老人。"

小邓肯的顶嘴并非有意，当她还是个小娃娃的时候，母亲就向他和哥哥们透露过圣诞老人的秘密。

老师十分生气地说："糖果只发给相信圣诞老人的女孩。"

"那我不要你的糖果。"邓肯一点也不示弱。

这下老师大发脾气,命令邓肯走到前面去,坐在地板上以警效尤。

邓肯站起来走到前面,转身对全班同学发表了她的第一次著名的演说。她高声喊道:"我不相信撒谎。我妈妈告诉我,她太穷,当不了圣诞老人。只有那些有钱的妈妈才能装扮圣诞老人送礼物。"

那位老师一听,一把揪住邓肯,使劲往下按,强迫她坐地板,但是她紧紧绷住两腿,死死抓住老师不放,结果老师只能把她的脚后跟往地板上撞了几下。

这一招失败以后,老师就罚她站墙角。邓肯虽然站在那儿,还是回过头来大声嚷嚷:"就是没有圣诞老人!就是没有圣诞老人!"

最后老师没有办法,只好打发她回家了。一路上邓肯还在叫喊:"就是没有圣诞老人!"

回到家,邓肯把自己受到的不公正待遇一五一十地讲给母亲听:"妈妈,我说得不对吗?没有圣诞老人,是吗?"

母亲回答说:"没有圣诞老人,也没有上帝。只有你自己的灵魂和精神才能帮助你。"

那天晚上,邓肯坐在母亲身前的脚垫上听母亲给她们朗读了鲍勃·英格索尔*的讲演词。

从此,学校成了使邓肯感到遭罪的地方。在她眼里,老师教的东西简直令人难以容忍,而且他们对孩子根本不了解。对家里悲惨穷困的日子,小邓肯倒并不觉得苦,已经习以为常了。当她有时候饿着肚子,或者穿着湿漉漉的鞋子,坐在硬梆梆的冷板凳上,拼命地保持着一动不动的姿势,那可真是活受罪。那位老师在她心目中简直是凶神恶煞,专门在那里折磨学生。而对这些折磨,孩子们从来不愿意诉说。

---

*鲍勃·英格索尔(1833—1899):美国律师、演讲家,为著名的不可知论者。他到处演说,抨击宗教教义,达30余年。

好家风

随着小邓肯对老师的反感与日俱增，她越来越觉得学校里教的课程是完全无用的。有些滑稽的是：在班上她一会儿被认为聪明得令人惊异，是班上最拔尖的；一会儿又成了倒数第一，蠢得不可救药。这完全看她是否乐意了，看她是不是想费点儿劲去背诵要她们背熟的功课。有时，尽管邓肯考了高分，可对它讲的是什么，一点儿都不了解。不管她在班上是拔尖的还是倒数第一，上课对她来说都是乏味讨厌的。她不时看钟，想着到了点儿就自由了。

邓肯真正的教育是在晚上受到的。那就是母亲给她和哥哥弹贝多芬、舒曼、舒伯特、莫扎特、肖邦的曲子，或者给她们朗诵莎士比亚、雪莱、济慈或者彭斯的作品。这是小邓肯和哥哥们非常高兴的时刻。母亲朗诵的诗篇大部分是背诵出来的。邓肯6岁时，有一天在学校晚会上，模仿母亲背诵了威廉·李特尔的《安东尼致克莱奥帕特拉》这首诗：

"啊，埃及，我快要死了，快要死了，红艳的生命之潮，在迅速地退落！"

她的朗诵使全场大为震惊。

还有一次老师要求每个学生写自己的生平。她写的故事是这样的："我5岁的时候，我们家住在二十三号街上一所小房子里。由于付不起房租，就不能再住下去，只好搬到十七号街，不久，由于缺钱，房东不让我们住下去，又搬到二十二号街。在那里也不允许我们安然住下去，于是又搬到十号街。"

这个故事就这样写下去，没完没了，一次又一次地搬家。当她站起来念给大家听的时候，老师大发雷霆，认为邓肯是恶作剧，把她送到校长那儿，校长又派人把她母亲找来。当母亲读了自己女儿写的作文，泪水夺眶而出。她发誓说："这些都是实实在在的真话。我们的流浪生活就是这样！"

就在邓肯在学校里倍受压抑的同时，她得到了母亲和大海启迪的舞蹈艺术天赋绽露出来。

有一天，母亲回家发现小邓肯召集了六七个街坊上的孩子，他们小得还不会走路，邓肯让他们坐在自己面前的地板上，教他们挥动手臂。

母亲问："伊莎多拉*，这是在干吗？"

"妈妈，这是我办的舞蹈学校。"邓肯快活地回答说。

母亲觉得很有趣，就坐在钢琴前面为她弹乐曲伴奏起来。

这个"学校"继续办下去，而且大受欢迎，邻居的小姑娘都来了。她们的父母给邓肯一点儿钱，让她教她们。后来证明很赚钱的工作就这样开始了。

邓肯10岁的时候，来学跳舞的小姑娘越来越多了。邓肯对母亲说自己已经会挣钱了，这比上学重要得多，上学只会浪费时间。她把头发梳拢，盘在头顶上，自称16岁。就年龄来说，邓肯的个子很高，谁听了都会相信。姐姐伊丽莎白是姥姥抚养大的，后来也和她们住在一起，参加了教授这些班的舞蹈。需要姐妹俩的人越来越多，旧金山许多有钱人家都请她们去教舞蹈了。

---

*伊莎多拉：邓肯小时候的昵称。

神秘的指南针

爱因斯坦（1879—1955），美国理论物理学家。父母是德籍犹太人，他在瑞士读中学，1900年取得瑞士国籍，1905年在苏黎士大学获博士学位，但找不到一份研究工作。同年发表了有关狭义相对论、光电效应和布朗运动理论的数篇论文，赢得了世界上最富于智慧和创造精神的科学家声誉。1913年任柏林大学教授。1933年希特勒上台后，移居美国，推动了美国试制原子武器的"曼哈顿工程"。曾获1921年诺贝尔物理学奖。

1879年，在南德意志多瑙河畔，一个叫乌尔姆的景色如画的城市里，诞生了一位对我们这个世界产生了巨大影响的科学家，他兴致勃勃地开创了一个科学的新时代，使人类对宇宙、空间、物质的科学认识跨上了一个前所未有的高度。

爱因斯坦出生于一个犹太人家庭，他的父亲是个小电气工厂主。

在他四五岁时，他的父亲给他看一个指南针。这只指南针以如此确定的方式行动，使爱因斯坦很惊奇，他想一定有什么东西深深地隐藏在事情后面。

好奇心和惊奇感好比一对孪生子。它们对于爱因斯坦犹如恐怖对于柯南道尔、荣誉对于拿破仑一样重要。小爱因斯坦尚未意识到，他对科学对象的诚挚兴趣，已被他那充满童稚气息的好奇心引发了！

可是，美好的事情并不总像石榴果那样露出满嘴红宝石般柔和、圆润的艳泽！

5岁的爱因斯坦还不大会说话，甚至直到9岁时，他还不能流利地表达自己的想法。连爸爸妈妈都认定他"智力发育太慢了"。上学后，他也是个才能毫不出众的孩子，上课的时候，只是呆呆坐在座位上，做出一点儿也不想听课的样子，老师经常用教鞭不耐烦地敲着黑板，催他回答问题。因此，成绩当然也是全班最差的了。老师为此十分气恼，曾经说他"脑筋迟钝，不善交际，毫无长处"，称他是"笨蛋"。总之，这位未来科学巨人的童年和少年时代，简直是在抱怨、轻蔑和指责的话语包围中度过的。

在这样冷若冰霜的环境和遭际中，若是一般的人，一定会自暴自弃，心灰意冷，随心所欲，放纵自己的生活了。可是这位未来的科学家却根本不为他人的目光所动，一直以极强的好奇心，一本接一本地读完了在学校里根本没学过的欧几里得、牛顿、斯宾诺莎、笛卡儿等人所写的那些伟大、深奥的哲学、物理学、数学著作，进行深入的思考，十分透彻地去理解它们，并且对天文和数学表现出了极大的兴趣。

即使是这样，也没有一个老师发现他的这种才能。终于有一天，老师向他下了"逐客令"，理由是他留在班上会妨碍其他同学。

辍学回家后，他并没有像茫然四顾的小鸟，无处栖落，而是仍然坚持不懈地追求知识。14岁，在父亲工厂里担任工程师的叔叔发现了他潜在的数学才能，开始教他代数和几何学。从此，他的数学才能得到了惊人的发挥，15岁便学完了解析几何、微积分，16岁就注意到了运动体光学，如同驾起了乘风破浪的小舟，在数学和物理学的汪洋大海上驰骋。

就这样，12年后，他在自己的论文《光电与假说》《狭义相对论》中阐述了极其重要的观点，成为使整个学术界所瞩目的一颗璀灿的新星。近20年后，他又发表了《广义相对论》《狭义宇宙》等著作，开创了人类以前所未有的角度认识宇宙的新纪元。在这一理论的基础上，人类在科学技术的各个领域进行了许多崭新的探索，取得了巨大的成功，使得他名扬四海。

从爱因斯坦的故事中，可以得到这样的一个启示：好奇心激发人们去探索奥秘。

爱因斯坦之所以取得那么大成就，好奇心是其中的重要因素之一。至少爱因斯坦自己这样认为。他曾说过：

"我很清楚，我本人没有特殊的天才。好奇心、专心一致和顽强的耐心，结合自我批评的精神，这些给我带来了我的概念。关于特别强的脑力，我是没有的，就是有，也只是中等程度。"

三难不死

于右任（1879—1964），早期同盟会员，中国民主革命的先驱，著名的国民党元老。一直追随孙中山，致力于旧民主主义革命，屡建功勋，是辛亥革命与反袁世凯、反北洋军阀的风云人物之一。其貌垂髯及腹，素有长者风范，人称"爱国老人"。

1879年4月11日，也就是清光绪五年，于右任出生在陕西三原县城东关河道巷的一户贫寒人家里。

于右任出生以后，父亲迫于生计，只好到四川岳池的当铺做工，每三年才能回趟家。母子俩生活非常困难，母亲多病，又无钱医治，在于右任2岁的时候，就饮恨离开了凄苦的人世。

于右任小小年纪，逢此一难，多亏独居无子的二伯母，收养了这可怜的孤儿。

二伯母姓房，娘家在关中道泾阳北乡的杨府村，也是一般的农家。可在于右任后来寄居的9年里，却得到了全家人的关怀照顾，二伯母更是含辛茹苦，精心抚育幼小多病的侄儿，如同亲生骨肉一样。于右任在外面做工的父

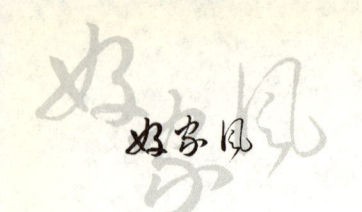

亲，常常寄书回来，还再三叮嘱一定要妥善保管好这些书籍，待儿长后，让他读书成才。

于右任6岁那年，他的一位表兄用平日积攒的零钱买了一只价格很便宜的跛腿母羊，几天过后，这只母羊又生下了一只小羊羔。于右任见了十分羡慕，他成天缠着伯母，也要买羊来养。伯母用300文小钱，也为他买了一只跛腿羊，他高兴极了。

初冬的一天，于右任没给大人说，便偷着跟村里的小朋友放羊去了。他们走到比较偏远的荒野地，放开绳索，让羊随意啃草皮吃。孩子们也三三两两地散开，有的挖野菜，有的拾柴禾。正当他们兴高采烈的时候，突然，从草丛中跃出三只大狼，其中两头恶狼，立即扑向于右任和他表兄的两只跛羊，各自咬住一个，拖到坟角大食大嚼起来。被吓呆的村童们又哭又喊，四处乱跑。然而，于右任这时却趴在一座荒坟旁，正专心致志地挖一种名叫"野红根"的野菜，丝毫没有觉察到危险。他偶然抬起头来，才发现第三只老狼就蹲在数步之外，瞪圆双眼盯着自己，顿时被吓得不知所措，竟僵持在那里。

就在这千钧一发的危急时刻，恰巧有个村中的邻居杨牛儿在附近田间割苜蓿，他听到了儿童们的哭喊声，抬头一看，大吃一惊，马上挥舞着镰刀飞奔过来，赶跑了恶狼，顺手挟起于右任送回村里。

于右任二难不死。

于右任牧羊遇险，引起村民们的忧虑。他们开始意识到，如果没有一所学校收容自己的子女放任自流，必然会出事，于是一致赞同在村内办一所学塾。有一位旬邑县的老儒第五先生出山谋做佣工，正好从杨府村路过，见村民们修缮马王庙，准备办学，就自荐为师。

光绪十一年的春天，麦苗刚锄过草，马王庙学塾正式开课了。7岁的于右任，也背上蓝土布小包上学了。

于右任天资聪颖，学习勤奋，从不放过那些学习中不明白的东西，常常得到第五先生的夸奖。

在学塾里，老先生见这个小学童每天按时到校，衣衫虽然破旧，却很干净。他唤来于右任，细过问家世，深为叹惜。原来第五先生也是幼年丧母。由于同病相怜，他对于右任的指导更加尽心尽力。伯母除妥善照料小侄儿的日常生活，对他的功课也督催得极其严格。入夜，她总在灯下做针线，陪着读书的侄儿，直到深夜才肯歇息。只要她听说侄儿在学中嬉戏调皮了，就会好几天闷闷不乐。因此，于右任常常自警自戒，格外奋发用功，以宽慰伯母的心。

于右任因祸得福，得到了先生和伯母的精心教诲和养育。第五先生执教两年，在离馆返乡时，深情地抚摸着于右任慨叹说："世间无母的孩子，要是都能像你这样幸运就好了！"

于右任不仅在学业上肯下工夫，而且他还热心参加劳动。和别的农家子弟一样，他割草拾柴、放羊喂牛，凡力所能及，无不乐意去做。夏收大忙季节，他就跟随伯母去田间地头拾麦穗，他把在舅舅们田垅边拾来的麦穗，攒在一起再"卖"给舅舅们。长辈们都喜爱他，常常勉励他说："好孩子，要记住，勤劳是人的一种美德啊！"

于右任长到11岁时，为了他的学业，伯母迁居到三原东关，投靠了在城内开粮店的于右任的三叔祖。经三叔祖介绍，于右任入著名的塾师毛班香的学塾就读。毛先生学识渊博，执教甚严，在三原享有盛誉。自随他读书后，于右任的学业又有了长足的进步。三叔祖也十分钟爱于右任，经常提供一些必要的帮助。

初居三原时，于右任的父亲常年在外，每次寄回的钱都不多，并且收到钱后，又先要偿还欠债。母侄俩虽不至于饿饭，却常因没钱买盐而淡食。于右任不忍心让伯母过度操劳，便在放学后去前院的爆竹作坊当小工，学做鞭炮，他要么打炮眼，要么装药线，每做成一盘，可得到1枚铜板，若是一天做成3到5盘，就可以挣到三五文钱，用来补贴家用，或者购买笔墨纸张，偶尔也买颗糖果。当时，一颗糖果售价一文钱，能吃上一块糖，对于右任这样家庭的小孩子来说，真是欢喜透顶的事。

但是没过多久，意外的事发生了。某日深夜，这家爆竹作坊突然起火，烈焰又引爆了堆积的原材料，结果作坊炸成一片废墟，掌柜的全家都被烧死。次

好家风

日清晨，于右任好奇地到前院察看，发现与自己卧室仅有一墙之隔的墙角，竟放置着三口大火药瓮，摸着瓮壁还有余热。幸亏每个瓮口上都扣着厚厚的石板，这才没有爆炸，否则，自己也早就置身火海了。

于右任三难不死。

作坊毁后，于右任失去了这宗对他来说不小的收入。他打算去本县学古书院考试，碰碰运气。右任一考即被录取，还得了二钱奖励的银毫子，这简直是一笔大收入！因为每钱银子能换110枚铜板。于右任第三次因祸得福。

清贫的家世，农家的生活，使于右任从少年时代接触到许多身处社会最底层的普通人民，懂得了他们的一些辛酸苦难与喜怒哀乐。三原家乡秀美的风光，北部嵯峨的山麓，散布四方的唐代帝后陵寝，这雄壮的地理、悠久的历史，使于右任自小就萌发了对父母之邦的爱恋之情。这些生活体验和认识，对于形成他热爱祖国、同情民众的思想感情，有着很大的影响，并一步步地把他激发成一个反抗社会黑暗与不平的反清民主斗士。

出阵的兵

麦克阿瑟（1880—1969），美国五星上将。出身军人家庭。毕业于西点军校。参加过第一次世界大战，第二次世界大战时期任西南太平洋地区盟国武装部队总司令，采用"跳岛战术"，胜利地指挥了盟军海空力量对日反攻，在反法西斯战争中功勋卓著。人称"麦帅"。

1880年1月26日，麦克阿瑟出生在阿肯色州小石城的军营里。就像甲马营里降生的大宋太祖皇帝赵匡胤一样，麦克阿瑟的一生也与军旅生涯结下了不解之缘。

麦克阿瑟的祖上是苏格兰移民，作过律师出身的政治家，曾担任过首都华盛顿显赫的联邦法官。他的父亲则少年从军，表现出令人畏惧的勇敢和顽强，多次负伤，得到国家的最高奖赏荣誉勋章，成为联邦军队中最年轻的上校。后来，他一度复员学习法律，但耐不住平民生活的寂寞，又一次穿上军装。1898年，他被提升为准将，率领一个旅参加美西战争。战争结束，这位军中骄子成了美国驻菲律宾群岛的军事总督。

麦克阿瑟的母亲，是一位有钱有势的棉花商人14个子女中的一个，绰号

好家风

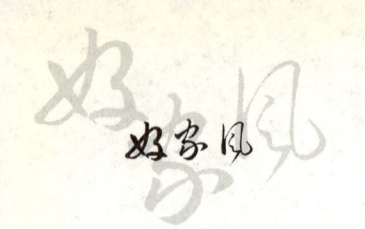

"小妮"。在她9岁，爆发了南北战争，她的兄弟和亲戚都去前线为联邦作战。"小妮"和姊妹们住在加利福尼亚州北部的别墅里，静待战争结束。战后，她以优异成绩从一所中等专科学校毕业。22岁那年，"小妮"在狂欢节的舞会上，偶然结识了一个30岁的光棍汉，阿瑟上尉，当时他正驻扎在新奥尔良。两个人一见倾心，很快就举行了婚礼。

麦克阿瑟出生时，他前面已有两个哥哥。在他3岁时，年仅6岁的二哥死于麻疹。母亲经受了这个沉重的打击，对大哥和小麦克阿瑟更加怜爱。

在小麦克阿瑟4岁那年，这个军人之家又迁到了塞尔登堡，新墨西哥州格朗德河畔一个小小的哨所。

那时的新墨西哥，比现在还要空旷无垠，是个走马使枪的好地方。双亲开始对两个儿子进行文武全能教育。父亲教他们骑马打枪，尽管小麦克阿瑟当时只有4岁。母亲则教小哥俩一些简单的知识，同时用人生的道理启迪他们的责任感：永远不说谎骗人，不惹事生非；我们的国家永远高于一切；做正当的事，就不要考虑个人会做出什么牺牲。

随着年龄的增大，小麦克阿瑟从母亲身上受到更多的教益。麦克阿瑟的母亲把家庭中早期的高贵血统糅和在一起，有一种贵族派头。她不时地在儿子心目中提醒起他维护荣誉的责任感，以及他对这个家族负有的使命。

母亲鼓励小麦克阿瑟学习研究历史，浏览世界上杰出领导人的传略。作为一个主教派教会成员，母亲还时刻向儿子灌输宗教式的献身精神。

母亲凡事主张干脆利落，因此，麦克阿瑟从幼年起就很讲究衣着。母亲一次又一次地对他说，总有一天他会像他父亲一样，成为一个"伟人"，这是命中注定。母亲的言词熏陶，在小麦克阿瑟内心里树立起强烈的信念。

1886年，留着卷发，穿着女童裙的小麦克阿瑟，开始接受正规教育。不知因何缘故，那以后的7年里，彬彬有礼但争强好胜的麦克阿瑟学业一直没有起色，有时甚至被排为"劣等生"。

13岁那年，他家搬到了休斯敦，麦克阿瑟进入西德克萨斯中等军事学校学习。在那里的4年中，麦克阿瑟开始在学业和体育上显露出才华。直到结业，他在班上一直是名列前茅的优等生，他的高中学习成绩平均 97.33 分。在体育运动方面，他曾获网球赛冠军，他还在棒球队担任游击手。球也是他喜爱的项目，在高中时，他指挥的足球队在防守上固若金汤，任何对手都未曾攻破西德克萨斯军校队的大门。这一切，为麦克阿瑟带来了极大的荣誉，在毕业典礼上，他代表全校毕业生致告别词。在后来回忆到这段岁月时，他曾一往情深地说："那里是我的起步之处。"

人生好比一盘棋，尤其像围棋。只要有了一个眼，有一口气，就可以无限地延长发展下去，至全胜。军校的气息对麦克阿瑟也是如此。他在生活中所追求的目标已经十分清楚，那就是做一名像他父亲一样的军人。他生来就有军人的气质，何况他的哥哥还是美国海军学院毕业生呢。

麦克阿瑟向美国军事教育的最高学府——西点军校提出申请，但没有得到校长的恩准，因为进西点军校须有国会议员的推荐。在这之后，他和母亲回到家乡密尔沃基。他们在家乡同当地一个议员进行政治接触，走他的门路。在争取考试资格的这段时间里，麦克阿瑟和母亲在一家旅馆里住了一年半的时间。他始终没有放弃努力，为了参加竞赛考试，他到一所高中在教师指导下准备课程。

考试是在 1898 年春天举行的，他正好满 18 岁。赴考前的夜晚，可能由于长时间的复习劳累，可能出于对西点军校赫赫大名的畏惧，麦克阿瑟产生了很大的心理负担，怎么也无法入睡。他感到头晕目眩，心口发急，赶紧跑进卫生间，哇哇大吐一气，才稍感松快。看到儿子这样，母亲没有说什么，只在他头上加了一块用冷水浸过的毛巾。

第二天一早，麦克阿瑟吃完早点，要站起身来准备走的时候，母亲用沉着冷静的话语对他说：

"道格*，如果不紧张慌乱，你肯定可以取胜。你必须自己相信自己，我的儿子，不然的话，任谁也不会相信你。要树立起自信心，要依靠自己的力

---

*道格：麦克阿瑟的爱称。

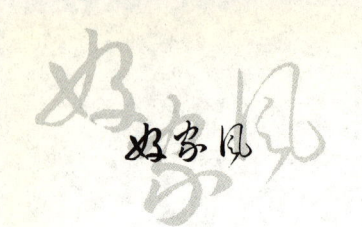

量,纵使不能取胜,你也会知道你尽了最大的努力。现在去吧。"

金榜揭晓,道格拉斯·麦克阿瑟独占鳌头。

俗话说得好:"临考的学生出阵的兵"。这肯定是麦克阿瑟人生战场上打赢的第一次战役。从此,他顺畅地打赢了一次又一次战役,虽然有时他也吃过败仗,但在西点军校,人们视他为将星之花,敬他为军神,一批批的青年后生对他顶礼,把他的智慧、勇敢、幽默、清洁作为效法的楷模。

15岁得下金质奖章

毕加索（1881—1973），画家。生于西班牙，就学于巴黎。经过《蓝色时代》《桃色时代》《黑时代》等作品，发动了立体画派运动，给画坛带来了一大变革。其代表作有《格尔尼卡》《朝鲜大屠杀》《战争与和平》等，还曾积极活跃于和平运动。

法国戏剧大师莫里哀说："未学而通晓，是伟大艺术家的一个特征。"毕加索生来就是这样的非凡人物。

1881年10月25日，帕布洛·毕加索出生在西班牙南方地中海滨的古老港城马拉加。毕加索的父亲唐·若塞是马拉加市公立美术学校的素描老师，同时又兼任市立博物馆的馆长。

毕加索从小就同父亲一起体验美术工作的乐趣。父亲的画笔经常吸引着毕加索，他用惊奇的目光注视着它的飞舞。生长在这样的家庭环境中，毕加索远在没有学会说话前，就开始画画儿了，他最先学会的一个词是："铅笔"。

小毕加索的确聪明，他喜欢推饼干筒，因为他知道筒里有好吃的东西。看到他这样，家里人就在他面前放一个1尺半的饼干筒，他就扶着这个叮叮咚

好家风

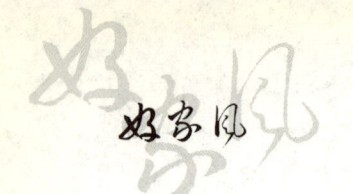

咚作响的东西学会了走路。

从此,唐·若塞爸爸经常带小毕加索到自己的画室去,那是一间普通的画室,当爸爸绘画时,他在一旁也拿起小画笔在爸爸给他的一张纸上画图。有一次,他涂画了一张类似阿拉伯式图案的装饰画,他对爸爸解释说,那是甜蛋糕。

小毕加索发现,爸爸画得最多的是森林、鸟、花草,尤其喜欢画鸽子。爸爸画得非常仔细,每一支羽毛都画出来。一天,爸爸的一张巨幅油画完成了,画的是一个大鸽笼,在毕加索的印象里,那里面有成百成千成万的鸽子。

毕加索很欣赏爸爸的画,经常跟在爸爸身旁观摩他作画的动作和画出的作品,然后一笔一画地照着画,这样,到毕加索六岁时,他已画了几百张纸的画稿。

除了去画室,唐·若塞爸爸最喜欢带儿子去斗牛场看斗牛,让他从小去感受西班牙传统中的灵感和英雄气质。绘画、鸽子、斗牛这些都成为毕加索日后的生活主题。

海滨也是父子俩时常投足的地方。马拉加沿海吹来的充满湿气的风,可以引发画家爸爸和小毕加索的想象力。他们遥望着地中海对岸的非洲大陆,爸爸告诉他,那是一座神秘的大陆,覆盖着茂密的原始森林和无边无际的沙漠。毕加索睁大了眼睛,听得十分入神。

对绘画着迷的毕加索不喜欢读书。唐·若塞爸爸送他上学后,他总是心不在焉,学不进去。看到这种情景,唐·若塞爸爸又把他转到一所严格的私立学校。这是全市最好的学校。爸爸的意图是要给他造成认真读书的条件。因为校长是唐·若塞爸爸的朋友,所以特别关照毕加索,并通过毕加索的班主任严格地监督他,但毕加索仍然不安心读书,经常逃学,回家后也不做作业。

每天早晨,唐·若塞爸爸不得不护送毕加索到校门口。为了拴住他的心猿意马,校长还特别允许毕加索可以带鸽子进教室。可是,只要他一进校门,马上就变得垂头丧气,对毕加索来说,教室简直如牢房一般;他像手中的鸽子那样渴望飞到大自然中去,到广阔的蓝天中自由翱翔。

每当爸爸或老师检查作业本的时候，总会发现其中毫无答案，只有各种各样的画。

爸爸还没有真正觉察到，就是自己和自己的朋友们把小毕加索的心带出了教室。尽管小毕加索也像很多孩子一样画画喜欢模仿，但毕加索的模仿从一开始就有独到之处。如果不受干扰的话，小毕加索可以聚精会神地画几个小时。如果别的画家叔叔在旁的话，毕加索也总要把自己画的画给他们看。

8岁的时候，毕加索开始画自己的第一幅油画。这幅画叫《马背上的斗牛士》。在这幅画中，已经显示了毕加索的绘画天才。画面如此明快、清晰、协调。画中有两个男人和一个女人，但他们的眼睛已经穿空了，那是毕加索的小妹妹劳拉用针刺破的。

9岁时，毕加索画过一幅鸽子图和斗牛场图：图中的斗牛场上空飞旋着一群鸽子。

毕加索10岁开始正式跟父亲学习素描，他没日没夜地画，进步极快。他的碳画尤其出色。

小毕加索画艺日进，他的眼光却没有停留在雪鸽高飞的天空上面，在他这段时间的习作中，有些是反映老人、穷人的脸谱画。时至今日，在马拉加博物馆内有一幅名为《两位老人》的画，画中的一位老头子倚着手杖，同另一位瞎了眼的老太婆低声说话。这些画表明，毕加索自小已经体察到社会的苦难和人类的辛酸生活。

在毕加索14岁那年，唐·若塞爸爸看了儿子的画后，为其非凡的才能感到惊叹，发誓从此弃笔不画，将自己的调色板和画笔送给儿子。这年秋天，在巴塞罗那美术学校任教的唐·若塞爸爸让毕加索跳跃初级课程，直接参加高年级的静物、模型画、油画班的考试。

难题来了。什么难题呀？数学。

入学考试的项目包括数学，毕加索抓瞎了。老师在黑板上写下算术题，可毕加索根本就不会作。直到那位老师把一张吸墨纸交给毕加索，纸上写着答案；毕加索才算绕过了这一关。专业考试时，毕加索只用了一天时间就完成了规定在一个月内完成的课题。

第二年，父亲把屋顶楼的房间租来让毕加索作画室。他在这里绘成自己少年时代最有名的油画《科学与仁爱》。此画的情节里：一位医生正在为一位躺在床上的贫妇诊治，站在床边的修女一只手抱着贫妇的小孩，另一只手正在为贫妇端送饮料。此画以"医生治病"象征"科学"，以"修女抱孩送饮料"象征"仁爱"，流露出画家对贫病者的同情。在绘制过程中，毕加索请父亲充当"医生"的模特儿，还请了一位乞妇及其孩子装扮成画中的病妇和小孩。

《科学与仁爱》是以严谨而生动的写实技法绘成的。1897年马德里国家美术展览会开幕时，《科学与仁爱》获奖，不久又在马拉加市的一次美术比赛中获金质奖章。一些当时西班牙的画家已经注意到毕加索这个名字。

百草园之外的世界

鲁迅（1881—1936），出生在浙江绍兴，原名周树人。伟大的文学家、思想家。主要著作有《狂人日记》《阿Q正传》《朝花夕拾》《彷徨》《野草》和大量的杂文。曾谢绝过诺贝尔文学奖提名。

鲁迅的家庭，是一个书香门弟，有许多法规约束着他。同时，在鲁迅出生的时候，他的家庭开始败落了。在这种背景下，鲁迅的童年，自然是缺乏快乐的，但他充满了孩子的天性，仍然在有限的条件下，尽情地玩耍，展示着自己的爱好和兴趣。

在鲁迅的屋后，有一个百草园，虽然其中只长着一些野草，但对于鲁迅，它却确实是一个乐园。这里有碧绿的菜畦，光滑的石井栏，高大的皂荚树，紫红的桑椹，鸣蝉在树叶里长吟，肥胖的黄蜂在菜花上采蜜，轻捷的云雀忽然从草间直窜向天空里去了。小小的鲁迅，领着他的兄弟，在这里玩得非常高兴。他特别喜欢短短的泥墙根一带，油蛉在这里低唱，蟋蟀在这里弹琴，曲着腿，弯下腰，一副惊异的神情翻开断砖，有时会发现蜈蚣。最让鲁迅迷惑的，是一种叫斑蝥的虫子，如果用手指按住它的脊梁，会拍的一声，从后窍

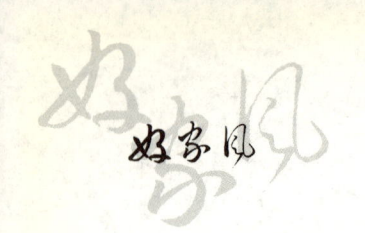

喷出一阵烟雾。美好的百草园，无疑是鲁迅儿童时代纵情肆性的去处。

然而，鲁迅还喜欢看五猖会，那是浙江农村的一种戏。一次，鲁迅要去东关看这种会了，他很高兴，笑着跳着，催促工人快点开船，因为这是他儿时所罕逢的一件盛事。工人在忙着给船上搬东西，那有喝的、吃的。船在河边轻轻晃荡着，水闪着烁烁的光芒。这条船将载着鲁迅，到那热闹的地方去，鲁迅怎能不兴奋呢？

然而父亲来了，站在他的背后，很严厉的样子，要他背书，这就是鲁迅很难看懂的《鉴略》，鲁迅的父亲说："背不出，就不准去看会。"鲁迅是没有办法的，那就只好背了，他背着："粤自盘古，生于太荒，首出御世，肇开混茫……"鲁迅站在那儿，痛苦地完成着父亲给他的任务，能感觉工人把要搬的东西已经搬完了，工人在等着他呢。他能感觉太阳已经从屋檐下面跑走了。鲁迅背呀背呀，终于有了把握，一气背了下去，背完了。工人高高抱起鲁迅，仿佛在祝贺他的成功一般，快步向河埠走去。

鲁迅12岁的时候，进了三味书屋，这是全城中最为严厉的书塾。穿过一扇黑油的竹门，第三间才是书房。过去的书房，一般要供设孔子的牌位，但这儿却挂了一幅画，画着一只很肥实的梅花鹿伏在古树下。到书屋的学生，先要对那鹿行礼，接着拜孔子，再拜先生。这先生高而瘦，须发花白，戴着大大的眼镜。他就是鲁迅几十年之后仍怀念的寿镜吾先生，一位极方正、质朴、博学的人。

但这位先生所用的教学方法一样是强迫学生死记硬背，这是鲁迅碰壁之后才知道的。鲁迅曾听说东方朔认识一种虫，名叫"怪哉"，冤气所化，用酒一浇就消释了。鲁迅感到茫然，就去问寿镜吾先生："先生，'怪哉'这虫，是怎么一回事？"可先生没有告诉他，而且脸上有了怒色，他说："不知道！"于是，鲁迅就知道了学生是不应该问这些事的，只要死读书就行了。

但鲁迅和他的同学，自有办法寻找乐趣。他们或者趁先生不注意时，用纸糊的盔甲套在指甲上做戏，或者跑到后园去折腊梅，寻蝉蜕，捉了苍蝇喂蚂蚁。然而，同学们到园里的太多、太久是不行的，那要受到先生的斥责，大家只好回去，而且不能结伴而行，必须悄悄陆续归坐，因为先生就坐在那儿，没准会瞪你一眼。

　　鲁迅的家曾经雇佣过做工的，其中一个人的儿子叫闰土，是鲁迅的朋友。闰土告诉了鲁迅很多新鲜的事情：海边的五色贝壳、跳鱼、西瓜地里伶俐的猹和獾猪、刺猬，这些都是鲁迅在城里所看不到的。它增加了鲁迅的见识，开阔了鲁迅的视野，而且成了他进行艺术创作的题材。

　　在鲁迅13岁的时候，祖父被捕入狱了，继而父亲重病，家道一下败落了。这使鲁迅深刻地体会了人情冷暖和世态炎凉。小小的鲁迅，几乎每天出入于当铺和药店。当铺的柜台高他一倍，他送上衣服或首饰，在侮蔑的眼光之下接了钱，去药店为父亲买药。这样的生活，他过了4年。

　　童年的生活，刺激了鲁迅的思想，他看透了这个社会，毅然决定：

　　"走异路，逃异地，去寻求别样的人们。"

"富兰克大叔"的嗜好

罗斯福（1882—1945），美国总统。荷兰移民的后代，曾为律师。1913—1920年任海军部次长。1933年，临危受命，就任总统后推行"新政"。第二次世界大战爆发后，他以伟大的魄力，创造性的智慧，援助正在受难的反侵略的人民，1941年8月，与丘吉尔一起在大西洋的"威尔士亲王号"战舰上提出了《大西洋宪章》，重申了双方以全力摧毁德国纳粹暴政和解决侵略国家武装的决心，对世界反法西斯战争的胜利贡献卓著。任内病逝，毛泽东和朱德在延安下半旗表示衷心的哀悼。

1882年1月，富兰克林·德兰诺·罗斯福出生于哈德逊河东岸一个叫海德公园的村镇。他生下时有10磅重，是个目光柔和透明，脸庞俊美白嫩的大个小子。

作为这门殷实大户的独子，小富兰克林受到了父母的过分宠爱。他3岁时就随父母去欧洲旅行，5岁以前，母亲一直让他留着垂肩的金色卷发，穿着童装，直到8岁富兰克林才说服母亲给他买了几套英国海员式的服装，快到

9岁时才被允许自己洗澡。富兰克林整个童年时代的教育，除了9岁时上过6个星期的公共学校的课以外，其余都是由家庭教师来家中上课。

优裕的家庭环境，培养了小富兰克林的广泛兴趣。在他还不会走路的时候，就每天坐在父亲肩头去巡视庄园。在富兰克林长得能在马背上坐稳时，他就骑马和父亲去园子里。每天他们骑马经过修剪过的草坪和草地，顺着车道走上驿路，然后穿过也属于罗斯福家的田地。富兰克林养成了对这片土地的热爱。到了林木荫荫、阳光灿烂的夏天，他带着狗去挖土拨鼠的洞穴。他常常平躺在草莓树丛中间，吃着被太阳晒暖了的世界上最好吃的草莓……

小富兰克林喜欢平坦舒展、庄重深邃的庄园，但他更喜欢躁动壮阔的大海，喜欢一叶远荡的船儿。罗斯福家在坎波贝洛岛上建有别墅，每逢夏暑逼临，一家人总要去岛上避住一阵儿。那儿有名的叫风地湾，风凉、爽净，把小富兰克林带进海的世界和船的梦里。

小富兰克林爱上了航海。他对童年最早的回忆就是跟着父亲乘船出航。他们曾游览过欧洲大部分地方，在往返的旅途中，他还迷上了缤纷五彩的外国邮票，接着又喋喋不休地学起圆溜溜的法语和瓮声瓮气的德国话。这两方面的兴趣他保留了50年。在他后来当美国总统时，无论是法国抵抗运动领袖戴高乐对美国的抱怨，还是广播里魔王希特勒、戈培尔的咒骂，他都能听个明白。

去欧洲不仅使小富兰克林眼界大开，兴趣大增，培养了他对海和船的兴趣，他当时收藏的与船有关的绘画、图片、模型，甚至老旧船只的零件可不老少，而且这一切还使他在傲然欺生的格罗顿公学博得了同学们的尊敬。

15岁时，少年富兰克林终于离开了母亲的怀抱，进入美国著名的格罗顿公学。这样做是因为他不喜欢寄宿学校，母亲也舍不得让儿子受太多管束。

格罗顿公学是一所按照英国上流社会教育思想建立起来，专为豪门巨富子弟进入名牌大学作准备的预备学校。

格罗顿公学的校长是恩迪科特·皮博迪博士，他是一名牧师，一贯强调学生应培养献身社会的精神，并提倡过打熬体力的斯巴达生活。他认为一个合格的学生应该是合格的运动家，应该有运动家的精神和风度。

好家风

富兰克林进入格罗顿公学是三年级插班生，老生们已有了自己的小圈子，排斥新生，何况富兰克林所受的家庭教育使他在言谈举止上文质彬彬，他读的书多，见识较广，14 岁前，他就去了 8 次欧洲，这使他显得很不合群。

第一学年，富兰克林学了拉丁文学、希腊文学以及英国和法国的文学，希腊和罗马的历史、代数、自然科学和神学。他的第一次考试成绩在全班学生中名列前 5 名。但是，他的体育课却比较差。格罗顿公学是崇拜体育明星的，体育健将被看成希腊武神一样尊贵可瞻。富兰克林是个瘦高个，长得俊逸清秀，身高 5 英尺 3 英寸，可体重只有 100 磅，富兰克林的体力不能支持格罗顿盛行的橄榄球、篮球和划船。他擅长的网球、高尔夫球、骑马和帆船驾驶在格罗顿又不时兴。

富兰克林可不是一个甘愿让同学冷落的人。他自动组织了橄榄球啦啦队，还自愿充当篮球队管理员，这样他就与学校里许多著名球员的关系密切起来。

第二年，富兰克林有了一艘自己的小船，一只 21 英尺的单桅快艇"新月"号。他驾驶这只船勘探了风地湾多岩的海岸，当时全校还没有人单独拥有一条船，富兰克林娴熟的驾驶技术和"船主"身份，使同学们对这只"仙鹤"刮目相看，他博得的浑名"富兰克大叔"，一时享誉校园。

好听故事的代珍

朱德（1886—1976），中国现代杰出的革命家、政治家和军事家。新中国成立时中国人民解放军十大元帅之首。

1886年12月1日，朱德出生于四川省仪陇县，乳名代珍。他家周围群山环绕，深红色的土地上，长满茂盛的植物，到处都是野花，花儿开得又大又好看，花香一飘就是几里路。代珍家的房后，是一片沙沙作响的竹林，附近有一条湍急的小河，岸边有红色的卵石，河上有小桥，有小舟、竹筏，还有鱼儿在水中游戏，风景非常优美。

代珍家很穷，兄弟姐妹很多，母亲成年累月地操劳家务，煮菜烧饭，缝缝补补，扫地担水，甚至像男人一样下地干活。代珍很小的时候，就要帮助哥哥干杂活，还要照顾比自己小的弟弟们。

小代珍的大哥代历，比他大4岁，有一支笛子和胡琴。代珍总乐于坐在大哥身旁，笑眯眯地听他吹奏。等他长大一点后，他也迷上了它们，音乐使代珍非常地开心。

二哥代凤的爱好很让他苦恼，因为二哥喜欢捉鸟，长大以后，他就用家里的鸟枪来打。每当鸟从树上落下时，代珍总是跑过去，把可怜的鸟儿拣在手里，伤心地为它们落泪。这样，母亲就一再禁止代凤打鸟，可是他照样打个不停。

到了炎热的夏天，代珍最喜欢同哥哥们在小河里钓鱼，河水波光粼粼，鱼儿长着银光闪闪的鳞片，坐在一排排的散发着香的芦苇中间，把小小的钓竿投放下去……河边的一切真是太有趣了！可是，小弟兄们只能偷偷地去钓鱼，以免被财主的账房先生看见，因为河里所有的鱼，都是一家姓丁的财主的，代珍家就租种这家财主的土地。丁家经常派人来捞鱼，然后挑回庄院里去。代珍和他的弟兄们高声抗议，大人们默不作声地看着，等家丁走远了，他父亲才痛骂几句。还是这些人，在秋天果树结实的时候来摘果子，他们有时还责骂朱家的人作贼，说他们偷了果子，山上所有的树林，丁家财主都说是他家的东西。在代珍幼小的心灵中，他开始感觉到世界上的不公平。

除了演奏乐器、偷偷去钓鱼外，小代珍儿童时期的许多时间，是去眺望"大路"上过往的行人。"大路"是一条古代驿道的支路，就在代珍家西南的小山冈下，它从南而来，向北通到县城，越过山岭，与驿道会合，直通西安，然后转向东北，到达国都北京。

代珍时常蹲在山坡上，看山脚下的世界。家里的大人们有时撂下农活，和在门前树荫下歇脚喝水的过往行人闲谈。从这些人嘴里，代珍知道中国比四川这个地方大得多，他还听说了重庆、西安、北京和金銮殿，以及远在南方的昆明。从行人的言谈里，他知道洋鬼子时常打败中国军队，清朝政府腐败无能，将士贪生怕死，全无用处，人民的愤怒一年比一年高。为了这些新鲜事儿，代珍时常在"大路"上跟着行人走，直到人家赶着他回去。

一年四季，都有手艺人离开大的城镇，在"大路"上出现，从一个村庄转到另外一个村庄，为乡下人帮工。他们中间有木匠、铁匠，还有织布匠、织席匠。一到秋天，织席匠就来到朱家，或是修整旧席，或是由主人家订编新席。席子是乡下人的生活必需品，可以防寒防潮。他们编得很结实，花样很好看。刚织出来的席子，带有一股清香，色泽金黄。

好听故事的代珍

有一位老织布匠,每年冬天都到朱家来,把朱家妇女纺出的棉线织成布匹。织出来的粗布染成蓝色,用来作衣服和被套。

这位老织匠来自大城大镇,见过世面,给代珍一家带来许多的新见闻。因为他在主人家借住,每天晚上,全家都聚在一起听他聊天。他向代珍一家说,清朝把我们卖给洋鬼子了,洋鬼子要把我们当成奴隶,我们缴的数不清的税款,清朝转手就交给洋人,不是清偿债务,就是支付赔款。他还说,我们穷并不是命中注定的,而是因为做官的太享福了。

老织匠是个严肃的老人,他一边飞快地投梭织布,一边讲述,代珍一家人听得全神贯注。老织匠虽然很能讲,可代珍总觉得听不够,他时常蹲在织布机旁恳求:

"织布爷爷,给我摆段龙门阵吧!"

最令人难忘的是,饱经风霜的老人向他讲述的太平天国翼王石达开的传说:

"当朝的变着法压榨老百姓,可我们要教训他们,别把老百姓当大豆,总想把他们拿来榨油。我年轻的时候,数不清的男人,还有妇女,都跟着忠王李秀成。他率领的太平军,决不向清朝的官员和洋鬼子投降,我的王爷是石达开,他虽然是学者,是王爷,可决不准谁向他磕头,现在的人不但磕了头,还觉得辫子越长越好,真是混帐!……"

老织匠讲了很久,讲石达开拒收财主的金银,给穷人分田分地,当朝的军队遇见了他率领的太平军,像包谷皮遇见风一样,一吹就散。他一直讲到石王爷的队伍在大渡河边被清军包围了:

"石王爷看到官兵在河北岸竖起的招降旗,上面写着:'投降保命'。石达开看了这几个字,就对弟兄们说:'打也是死,不打也是死。我们打!'

"他们造好筏子,上去了五千人,前面装好皮盾牌,手里拿着长矛。他们的长官身穿红衣,毫无畏惧地站立着,士兵则通力划桨,个个高声叫喊,直望着对岸的敌人。可是外国大炮响了,筏子被打烂,大渡河上漂满了尸体。

"石王爷心里难过到极点,他独自走到一块石头上跪下,向上帝祈祷,可上帝没有表示,石达开哭了。他站起身来,发现有个穷苦的农民正拿着锄头锄地，就走过去说：

"'老乡，我是石达开，官兵悬赏一大笔钱，要我的头。你拿我的宝剑，把我的头砍下来，你就不会再穷了。'

"那穷人跪在地上说不行，石王爷扶他起来，告诉他对谁也不要磕头。

"现在有些说书人说那穷人接过宝剑就把石达开的头砍了下来，送给官兵。那不是事实。石王爷没被杀死，更不像官兵吹嘘的那样被捉住剐掉。"

老织匠讲到这儿，停住了嘴。

代珍急切地问道："石达开怎样了呢？"尽管这个故事他听了不知多少遍，但他仍是那么专注、动情。

"石王爷落发受戒，穿上黄色僧袍，装作和尚走了。从那时起，许多人看见过石达开。不久以前，还有两个人看见他在泸定过岷江。一个是船夫，一个姓李的商人。船夫正解缆开船，来了一个白须老人，携着一把纸伞，三个人渡过河，老人下船匆忙，把伞忘在船上。商人把它拣起，发现上写'翼王'，还有个和尚庙的庙名。"

"织布爷爷，"代珍颤声问道，"这真是石达开，还是石达开的魂呢？"

"那都一样！"老织匠随口答道，接着便吟咏起石达开的一首诗：

扬鞭慷慨泣中原，
不为仇雠不为恩。
只觉苍天方聩聩，
欲凭赤手拯元元。
三年揽辔悲羸马，
万众梯山似病猿。
我志未酬人亦苦，
东南到处有啼痕。

看着朗朗吟咏的老织匠，代珍顿时明白了："他们不愿意承认石王爷被杀了，因为承认了，心里的希望就没了。"

　　这个故事在朱德的一生中不知道听了多少次，太平天国英雄们的业绩，在他幼小的记忆中，烙下了永抹不去的印痕。石王爷和他的队伍在大渡河边失败了，但是他们用热血换来的教训，必定是给他——一个不甘屈辱、向往公平的灵魂，在未来要同毛泽东一起领导中国工农武装的统帅——上了一堂启蒙课。

演戏从模仿开始

卓别林（1889—1977），英国电影艺术家。出生于伦敦。初为卡尔诺哑剧团演员，随团至美国巡回演出，1913年起在美国担任电影演员。所摄影片大都自编自导自演。在影片中创造一个被轻蔑、被损害的小人物形象，并通过这一人物的喜剧性遭遇，揭露和讽刺西方社会现象。一生拍摄了许多喜剧影片，著名的有《淘金记》《城市之光》《摩登时代》和反法西斯题材的《大独裁者》等。

天才的演员、艺术家都很善于观察生活，揣摸生活，而且他们中间的杰出之辈，有些很擅长模仿的技巧。

动画大王沃尔特·迪斯尼就是一个好的范例。

沃尔特读5年级时，林肯纪念日那天，他拿来了父亲的礼帽，在上面加些硬纸板，再涂上黑鞋油，便成了一个黑色大礼帽；然后又拿了父亲的燕尾外衣，这是父亲在教会执事时穿的。他在自己的下颌上贴上皱纹纸做的胡子，给面颊上再弄一个疣，便装扮成了林肯的模样。校长看后很喜欢，并且让他到各个班上去模仿林肯在葛底斯堡的著名演讲，效果很好。

从此，沃尔特开始了演戏生涯，与同学华特在当地戏院的业余之夜演出了《卓别林和伯爵》。沃尔特这一次穿上父亲的裤子和工作服，戴上大礼帽、小胡子，成功地演了卓别林，并且得了第4名和2角5分钱的奖金。

人们演卓别林，模仿卓别林，卓别林也很喜欢模仿别人，还模仿得惟妙惟肖，足以乱真。在刚到滑稽影片公司上班时，为了招呼个别爱聊天的演员拍戏，有时他就在传声器里学老板发火的声音叫他们，当这些演员害怕地跑进摄影棚，才知道是一场虚惊。

卓别林的这身功夫，不单可以逗笑、玩乐，还在舞台上救过他母亲的急呢。

1889年4月16日，卓别林出生在英国伦敦兰倍斯贫民窟的一个穷艺人家里。他的父母都是当时游艺场的歌唱演员，收入微薄，生活十分艰苦。

老查尔斯·卓别林常常借酒浇愁，后来因为酗酒，被老板解雇了。卓别林才6岁的时候，父亲就病死了。所以他几乎不知道有个父亲，也不记得他和家人们一起生活过。

卓别林的母亲哈娜，是个相貌美丽、技艺超群的演员。也许因为外祖母有吉普赛人血统，母亲很擅长舞蹈。她有一种直觉，能一眼辨出那些真正有才能的演员。在卓别林和哥哥雪尼眼里，母亲美丽得像天仙一样，所以他们都很崇拜母亲。

在卓别林幼小而模糊的记忆中，忘不了一件事，他跟母亲去水晶宫游乐场看杂耍。在那儿，一个活生生的女人，在熊熊烈火中伸出脑袋向人微笑；母亲还领着他花6个便士摸彩，把他举到一个装满木屑的大桶口边，让他从里面摸一包意想不到的东西，结果只是一只吹不出声音来的口哨，还有一只玩具红宝石胸针；还有一次去坎特伯雷杂剧场，坐在红丝绒椅子上看戏……

卓别林的母亲酷爱艺术，舞台对她有巨大的吸引力，就是回到家里也演个不停。母亲喜欢表演一些历史上的名人轶事，再现那些生动场面，这时小卓别林和雪尼便是观众。

一次母亲讲述拿破仑皇帝生平的一件事情，说她怎样在他的书房里踮起了脚去取一本书，这时候内伊元帅拦住了他，母亲边说边演，同时扮演一高一矮两个角色，她挺直身子，弯下头说：

"陛下，让我来给您拿吧。我人更崇高。"

这时母亲扮演的拿破仑把眉头一皱，把脸一板，说："什么更崇高？应当说更高。"

有一次她模仿蕾尔·格温演戏，并且有声有色地描绘蕾尔怎样抱着她的孩子，在王宫楼梯上探出了身子，威胁查理二世道："给这个孩子一个封号，否则我就扔下去摔死他！"于是查理皇帝迫不及待地答应，说："好的好的！封他为圣奥尔本斯公爵。"

母亲演得太逼真了，小卓别林和哥哥在母亲伸出手的一刹那，不由自主地向后面闪闪，好像她真的要奋力掷什么似的。

卓别林的表演，不如说模仿的这门技巧，在母亲不知不觉、毫无痕迹的言传身教之下悄悄完成了，而她的一次偶然的舞台事故，又对儿子的"学业"作了一次检验。

事情是这样发生的。

有一回哈娜正登台演唱，由于长期营养不良和劳累过度，她的嗓门突然喑哑了。刹时间，观众大哗，吹口哨、学猫儿怪叫，一片声嚷嚷着要退票，舞台监督急得抓耳挠腮。当时，他一眼瞅见5岁的卓别林正在后台玩耍，灵机一动，想起这小子早先曾经在客人面前唱过歌，就一把拉住他，让他马上登台代替母亲继续唱歌。

在一片混乱中，他扶着小卓别林走出去，向观众解释了几句，就把他一个人留在舞台上了。于是，面对着灿烂夺目的脚灯和烟雾迷蒙中的人脸，小卓别林唱起歌来，乐队试着合了一下他的调门，开始伴奏。那是一首家喻户晓的歌，叫《杰克·琼斯》，歌词是：

一谈起杰克·琼斯，哪一个不知道？
你不是见过吗，他常常在市场上跑。

> 我可没意思找杰克的错儿,
> 只要呀,只要他仍旧像以前一样好。
> 可是,自从他有了金条,
> 这一来他可变坏了,
> 只瞧他怎么对待他的哥儿们,
> 就叫我心里十分地糟。
> 现在,星期天早晨他要读《电讯》,
> 可以前呀,他只翻一翻《明星报》。
> 自从杰克·琼斯有了那点儿钞票,
> 咳,他得意地不知道怎样办才好。

小卓别林刚唱到一半,钱就像雨点儿似地扔到台上来。小卓别林立即停下,说他必须先拾起了钱,才可以接下去唱。这几句话引起了哄堂大笑。舞台管事的拿着一块手帕走过来,帮小卓别林拾起那些钱。小卓别林以为舞台管事是要自己收了去,心里这样想着,他嘴里就向观众们说了出来,这一来他们笑得更欢了,尤其是看到管事的拿着钱走过去,小卓别林那样急巴巴地紧跟着他。直等到他把钱都交给他母亲,小卓别林才重新回到台上,继续唱歌。他一点儿也不感到拘束。他向观众们谈话、舞蹈,还做了几个模仿动作,有一次是模仿母亲唱那支爱尔兰进行曲,歌词是这样的:

> 赖利,赖利,就是他那个小白脸叫我着了迷,
> 赖利,赖利,就是他那个小白脸中我的意。
> 我走遍了大大小小所有的部队里,
> 谁也比不上他那样又漂亮又整齐,
> 比不上雄赳赳的八十八部队里,
> 那一位高贵的中士,他叫赖利。

他重复地唱歌曲中的叠句时，完全出于无心，也学母亲那样沙哑着嗓子唱，没想到观众却大为欣赏。他们有的大笑，有的喝彩，接着就把更多的钱扔上来。当母亲出台领他走时，观众都报以热烈的掌声。

在世界级的艺术大师当中，卓别林受的教育最少，但从他的家庭来讲，他受的教育抵得上十所艺术学院。他的母亲不仅尽力抚养了他，而且还给他树立了一个观察和学习表演艺术的榜样。卓别林觉得自己的母亲是他见过的演员当中最富有表情的一个。从她那里，他学到了怎样用手和面部来表达感情，也学到了研究人物的方法，这些都成为他后来去好莱坞闯天下的贴身本钱。

由于母亲对他无微不至的生活照顾和艺术启蒙，卓别林对母亲的崇敬和爱戴也是特别深厚的。他后来在美国成名以后，把母亲辗转接到美国，安顿在太平洋岸圣他·孟尼加的一所华丽的别墅里，专门请人精心服侍，他自己也经常专程去看望她。

法国是我的

戴高乐（1890—1970），法国总统。毕业于圣西尔军校。参加过第一次世界大战。1940年5月，任第4装甲师师长，希特勒对法国发动突然袭击后，在前线积极阻击侵略军。同年6月任国防部副部长。法国投降后，自告奋勇，在伦敦成立"自由法国"，继续进行抵抗运动。1943年出任法兰西民族解放委员会主席，翌年任法兰西共和国临时政府首脑。1944年8月26日，即法军第2装甲师到达市政府大厦的第3天，戴高乐登上巴黎星形广场，穿过爱丽舍田园大街，接受近两百万巴黎居民的欢呼。1958—1969年期间，两次连任法兰西第五共和国总统。

在法兰西历史上，有两座驰名世界的高塔，一座叫艾菲尔，另一座叫戴高乐，比第一座出现得稍晚一年。

戴高乐长得又高又瘦，又总是挺得直直的，他太像一座塔了！而且在1940年纳粹德国法西斯的坦克履带压过法国的平原、乡村、街道时，他和举世无双的艾菲尔铁塔一起，被法国人民一道认作是法兰西民族屹立不倒的象征。

好家风

1890年11月22日，亨利·戴高乐和让娜·玛约的次子诞生在法国北部里尔市公主街9号。爸爸妈妈为他起了个很大众化的名字：夏尔。男孩叫"夏尔"在法国很常见，就像出生在中国的男孩子叫小东、小平一样。

夏尔的家庭一半属于温文尔雅的小贵族，一半属于半破产的布尔乔亚。

亨利爸爸是一位正派、诚实的教师，尽管他很穷，但治家甚严。亨利爸爸早年曾有过一段戎马生涯，他在塞纳省政府里任公务员时，为了抗议法律对他一位同事的不公正判决，辞去了公职。后来他到耶稣会管辖的圣母玛丽亚学校教授文学和哲学，一度还教过数学。他眼神严肃，长着一双象牙般的手，常常作希腊哀歌。玛约妈妈原是一个外省妇女，她对宗教和风尚问题从不迁就让步，她心目中唯有军队、教堂、阿尔萨斯和百合花。在这个敦厚朴实、注重礼节的家庭里，人们不看重金钱，也很少议论钱财之事。

夏尔很小时就发现，大人们喜欢坐成一堆，一边搓卷着雪茄烟卷，一边谈论自己的家庭和身世。从大人们热情洋溢的言词中间，夏尔渐渐地知道了，在古老久远的戴高乐家族里有人和英国国王打过仗，他的先辈有穿袍的贵族、笔墨文人、宫廷录事，还出过隐士，他的奶奶是个爱尔兰人，后来做了小说家，使她一举成名的小说《阿代马尔·德贝尔卡斯托》至今仍然吸引着不少读者。此外，她的著作中还有一部夏多勃里昂的传记和一部名为《爱尔兰解放者奥康内尔》的传记。最令夏尔倾慕的是自己还有一个当重骑兵的叔父，一个神甫堂兄。他们通晓拉丁文和希腊文，为国效劳时他们一无所求。

耻辱和光荣，也是戴高乐一家餐桌上交替谈论的话题。

一次，吃饭前亨利爸爸换衣服时，夏尔看到他胸膛上有一条很长的紫色疤痕，他好奇地问爸爸：

"爸爸，你身上为什么会有伤疤？"

爸爸的表情一下子严肃起来，他用低沉喑哑的声音对儿子说："夏尔，这是1870年普鲁士人包围巴黎时给我留下的纪念。"

全家人吃饭时，亨利爸爸给夏尔和他的兄弟、妹妹讲了一个故事：在30年前，普鲁士同法国人打了一场战争，骄傲自大的拿破仑三世、战无不胜的拿破仑皇帝的侄子，带着八万六千精锐军队在色当作了普鲁士人的俘虏。消息传到巴黎，人民爆发了革命。普鲁士人继续推进，兵临巴黎城下。

"那法国就完蛋啦？！"最小的皮埃尔叫起来。

"皮埃尔，法国永远不会完蛋。即使每个普通的法国人也这么想。"

"爸爸的伤是打普鲁士人留下的，那爸爸一定很勇敢啦！"夏尔赞叹地说道。

亨利爸爸不动声色，继续讲故事："我的联队接到命令掘壕固守。普鲁士人开始进攻时，可军官不见影了，士兵们不知该怎么办了。这会儿成群的普鲁士人冲过来，当时我是别动队中尉，告诉大家拿定主意准备打。我们的滑膛枪一齐响了，高大的普鲁士人，像被锯倒的树一样睡倒在地上，有些再也没有起来。那天大家打得都很勇敢，我们的人击退了一批普军，正向包围圈外冲去的时候，忽然遇到一大队敌兵，是敌人的后备队到了，因为没有炮火支援，于是大家拼命地射击，子弹倾刻之间就打光了，白刃战开始了。我向那些顽敌直扑过去，不料两个带着双角钢盔像巨人一般的普鲁士兵同时来攻击我，一个端着枪上的刺刀望我胸前直刺过来，把皮带什么都扎穿了，直捅进胸脯。我一下栽倒下来。"

听到这里，孩子们紧张得简直快透不过气来。又是小皮埃尔着急地问爸爸："后来爸爸怎么办了？"

"我们的人赶来救应了，一位来自诺曼底的下士，他在关键时刻用马刀砍破了那个普鲁士人的头盔，劈开了脑壳。我下阵地时，已经什么也不知道了。我在医院里躺了不知多少天，后来才感到自己还活着，因为我迷迷糊糊听见周围的人在说巴赞元帅投降了。这个巴赞元帅，尽管那么渴求勋章、渴求荣誉，终归也向普鲁士人跪地称臣了。"

一直没说话的妈妈，也回忆起她当时的情景："巴赞元帅投降的消息传到我家住的镇上时，你们的姥姥和姥爷都哭了，那天夜很深了，很多人还是睡不着觉，有人从门里跑出去，站在黑地里向西边的色当方向观望，实际上那儿离色当很遥远，根本什么也看不见。"

好家风

听完亨利爸爸的故事,孩子们都激动得掉泪了,最后,亨利爸爸望着热泪汪汪的儿女,一字一顿地说道:

"孩子们,阿尔萨斯和洛林还在德国人那边,别忘了你们的责任:洗雪法国历史上的耻辱;同时记住,理想中的法国是庄重威严、笃信宗教的,相形之下,法国国民则是差劲得很,他们喜欢夸夸其谈,得过且过,这同法兰西的荣誉太不相称了。"

很显然,戴高乐家族恪尽职守,为国效忠的传统培养了夏尔勇敢自信的品格。并且对这个小男孩的志趣产生了奇妙的影响。而通过对光荣和献身的梦想,通过方形王旗和简练的碑文,通过对割让阿尔萨斯的痛苦回忆,促进了夏尔少年时代个性的形成。

追求精神生活,是这家人的最大特点。饭前祝福经念过后,全家人边吃饭边用拉丁语就汤类为题发表议论。每到星期四下午,他们常去拿破仑墓前或在凯旋门前静默致哀,星期天亨利爸爸带着他的孩子们去凡尔赛,有时去斯坦战场,那里是1870年围城时的主要战场。"思念法兰西",成为夏尔童年时代梦魂牵绕的主题。

夏尔童年时代最喜欢读诗人罗斯丹的作品。在他10岁生日那天亨利爸爸带他去看罗斯丹的《小鹰》。他被这出爱国主义的戏剧迷住了,一回到家就说他将来要当兵。后来,他把这位诗人的作品《西哈诺》全都背下来了。佩居伊也是夏尔崇拜的文学家和爱国者,这种崇拜后来毕生不衰。这位严肃而神秘的诗人对陈旧思想十分厌恶,他写诗笔法细腻,精巧娴熟,大部分都以圣女贞德为主题。诗中表明他理想中的法国是基督教美德的化身。在他看来,法国是母亲,她的儿子们的责任就是为她效劳,这个观点对夏尔一生都有很大的影响。

夏尔有四个兄弟和一个妹妹。格扎维埃是老大,夏尔排行第二,妹妹名叫玛丽·阿涅斯,最小的弟弟叫皮埃尔,在夏尔和皮埃尔之间还有一个弟弟雅克。为了使这么一大家人都能住得下,亨利爸爸在多尔多涅河谷买下了一处朴朴素素但颇引人注目的家庭田园,取名"卢瓦尔河别墅"。后来,全家常到那里去过暑假，孩子们可以各自选一本书带去。夏尔第一次南行就选了一本法国史。

在这个富于幻想的少年的成长过程中，任何作品和任何友情所起的作用都不能与历史小说的作用相比。从阿莱西亚军营到色当军营，从加洛林王朝的教育法到法鲁先生的教育法，从龙格维尔夫人的武装出征到贝雷公爵夫人的鲁莽行动，从法国古时的盐税改革到当今的国家财产法，夏尔都能通今博古，如数家珍般地一一道来。

夏尔虽然敬爱父母，但由于生性蛮横好斗，经常受到父亲的责打。像他这样大的男孩子，都喜欢玩打仗游戏，他玩得比谁都认真。一天，小弟弟皮埃尔哭着跑回家来。妈妈问他出了什么事，他说："夏尔打我了。"妈妈追问根由，皮埃尔说："我们玩打仗，我装特务，送情报时被抓住了。我没有执行司令官的命令……"

"哪个司令官？"

"就是夏尔！我没有把情报吞掉，我把情报交给敌人了。"

还有一次，哥哥格扎维埃由于一直装扮德国皇帝而玩腻了，想换着当一回法国国王。但夏尔不答应，生气地高声喊道："不行！不行！法国是我的！"

夏尔读二年级时，实际相当于英国的五年级，有一天回家说他已经下决心要当军人。他说："我打定主意了，我准备考圣西尔，我要当个军人。"

在此之前，夏尔对他的正课显得漫不经心，现在说出这个打算，更是出人意料之外。打仗游戏、惊险故事以及他所喜爱的诗人和作家简直把他迷住了，他自己写诗比学诗花了更多的工夫。他母亲心想，让他学钢琴也许能够培养他的勤奋精神，可是没过多久，看到他虽然喜欢听音乐，但对练琴却不感兴趣，也就失望了。他那时已经开始练习把单词倒过来念，锻炼出惊人的记忆力，所以一般功课都难不住他。不过，亨利爸爸还是警告他说，如果他不专心致志地学习，就别想考上圣西尔。

夏尔14岁了。他听了父亲的告诫，开始用功学习，成了班上的尖子。然而，15岁那年，他又在诗歌上作了最后一次尝试。他偷偷地写了个短诗剧，取名为《一次不幸遭遇》，剧中描述了一个天真的过路人被一个奸诈的恶棍骗走钱财的不幸遭遇。他把稿子寄给一家文学刊物。这家刊物让他选择：要么接受 25 法郎的报酬，要么发表他的作品。他的禀性使他选择了后者。

夏尔长得很快，和他同班同学比起来，高出一大截。虽然他喜欢争论，而且是个天生的领袖，但却颇具幽默感。一天，他利用自己已经长得和大人一样高这一特点，把自己精心装扮一番，然后去敲家里大门，自称是"费德尔布将军"来访。他把自己说成是这位常胜将军，也许是意味深长的。

1907 年，夏尔被送到比利时的安多万学校去完成中学学业。这所学校是躲避德雷福斯案件引起的反教会浪潮，由流亡的耶稣会神父在临近法比边界的地方开办的。夏尔就是追随他原先的老师才去了那里。一年后他又回到巴黎进入斯塔尼斯拉斯学校。他在那里准备了圣西尔军校的入学考试。1909 年 8 月，他得到通知，被录取了。从此，他开始了他的军人生涯。这时的夏尔快要 19 岁了，他的内心抱有一个坚定的理想：

"我当圣西尔军校生是为重新夺回阿尔萨斯，也是要让法兰西发出耀眼的光芒……"

小艾克为什么躺了三天？

艾森豪威尔（1890—1969），美国总统。生于德克萨斯州的工人家庭。毕业于西点军校和陆军军事学院。1943年12月任欧洲盟军最高司令，1944年6月6日指挥美英两栖作战部队强渡英吉利海峡，在法国北部诺曼底实施人类有史以来最大的两栖登陆战役，对西线的希特勒德军展开反攻，战功卓著，擢升为五星上将。战后的1953—1960年，任美国总统。

1890年10月14日，戴维·艾森豪威尔的妻子艾达又生下了一个白白胖胖的小子，这是她为丈夫生的第三个儿子了。一家之长给老三取了个挺别扭的名字：德怀特·大卫·艾森豪威尔。这个名字常常被人拼写错，但在几十年后，其主人成为风云人物，指挥百万大军远征欧陆时，它就八方远扬，无人不晓了。

艾森豪威尔——这名字有点长，人们索性叫他小艾克。艾克的祖先是德国移民，他们原来居住在欧洲莱茵河地区，由于宗教信仰的原因，一度迁入瑞士。1741年又迁往北美的宾夕法尼亚。他们都是一些普通的劳动者，精力充沛，刚毅顽强，在美国西部过着颠沛流离的生活。

艾克的爷爷雅各布是一位牧师，口才流利，善于做组织工作，深得众人拥护。在他的信条中，战争是最深重的罪孽。传到艾克的爸爸戴维那一代时，艾森豪威尔家族已经有了一座占地160英亩的农场，还造了一幢房子、一座谷仓和一架风车。为了让农场有好收成，雅各布爷爷和戴维爸爸起早贪黑地干活。但戴维爸爸讨厌没完没了地犁地、锄草，锄草、犁地。他打算开创一番新的事业。20岁那年，他进入了兰恩大学。在那里，戴维爸爸认识了比他大一岁的艾达，她性格开朗，容貌端庄，有一头金黄色的秀发。后来他在兰恩大学的教堂里举行了婚礼。

雅各布爷爷赠给新婚的戴维2000美元，一座挺大的农场。戴维爸爸无意经营农场，与人合伙做起生意来，他把土地变成本钱，加上2000元现金，在小镇上开了个店铺，意味深长地给它取名叫"Hope"（希望），但戴维爸爸这方面的运气没到。某天早晨一觉醒来，戴维爸爸大吃一惊，他的合伙股东古德携带了大部分存货和余款，跑得不知去向。在以后的几年里，艾达妈妈一直研究法律书籍，希望有朝一日，把这个长飞毛腿的古德绳之以法。

那时，戴维爸爸住的那个州的农民的生活正是历史上最不景气的时期，戴维爸爸的店铺对农民都是赊销，农民们无力偿付欠款，"Hope"杂货店只好"关门大吉"了。经商彻底失败后，戴维爸爸把全部财产交付给当地的一名律师，委托他收回所有拖欠的账款偿还债务，余款则不管多少全部给他。结果心地不善的律师将主顾赊欠的货款收齐之后，竟又携款潜逃了。戴维爸爸想在经商方面找出路的希望，此时又经受了第二次的打击，从此他不再搞类似的尝试了。是艾达妈妈帮助年轻的家庭经受住了命运的打击。艾克后来回忆说："父亲两次破产，每次母亲只是微微一笑，更加努力工作，帮助父亲渡难关，从而使这只破败的小船没有沉沦下去。"

在艾克呱呱落地时，他的家里除了日常穿的衣服和一些简单的日用品外，一无所有，艾达妈妈继承的遗产也花光了。这时，艾克和他的两个哥哥都正需要花钱，而发财致富的机会却极为渺茫。但戴维爸爸和艾达妈妈身体健康，对从事艰苦的体力劳动充满信心。后来在友人的帮助下，戴维爸爸在阿比伦一家食品厂找到一份机修工的工作，月薪50美元。从此全家又迁到阿比伦。当艾克一家踏上阿比伦火车站的土地，口袋里只剩下了24美元。

1891年，艾克一家回到堪萨斯，定居在阿比伦城，住进简陋的木板房。这里土地肥沃，它慷慨地为贫穷而勤劳的人们提供赖以生存的条件。

阿比伦城也是一个年轻的城市，它是当时美国西部铁路的终点站。大批畜群被赶到这里，装进车厢运往东部。赚了钱的牛仔沉湎于粗犷的西部传统娱乐，酒吧彻夜灯火通明，酗酒、动刀子、斗殴、对射，在这里像家常便饭一样。阿比伦的亡命徒比美国任何一个城市都多。

在小艾克稍稍懂事时，他就听人讲起一个外号叫比尔的警察局长的英雄事迹，因为他能用双枪以惊人的速度命中抛向空中的钱币。艾克曾听别的孩子说，当比尔局长有一次用枪打死两个朝相反方向逃窜的匪徒时，两把左轮枪是同时射击的，听起来好像只有一响。

在阿比伦城保持着开拓西部的暴风雨时代的传统。小艾克受到这种传统的熏陶，他一生对西部小说始终深感兴趣。

1898年，艾克一家的生活中发生了一个重要的变化。戴维爸爸和艾达妈妈带着孩子们迁入阿比伦东南街的一幢两层楼的住宅，周围还有三英亩的园地。这所住宅是戴维爸爸的哥哥阿弗拉姆大叔借给他们的。阿弗拉姆大叔已经迁居西部，他在那里给牛马看病，事业很兴旺。迁入新居，大大改善了艾克一家的生活条件。

在年仅7岁的小艾克、他的兄弟和双亲看来，这幢房屋简直是座宫殿。它有一个地下室、两层住房和一个顶楼。前客厅可放置艾达妈妈的钢琴，屋后有座牲口棚，上面可堆放草料，下面饲养家畜。他们买了一匹马来耕地和拉车，两头母牛用来产奶，养了些鸡、鸭、猪、兔提供蛋类和肉食，还有一间熏房用来熏肉。三英亩的土地除去种植饲料外，余下的空地足够开出一块很大的菜地。菜园里长着樱桃、梨和苹果，还有一个葡萄棚。

每个孩子，包括后来出生的3个小弟弟在内，都分到了一小块菜地。收

好家风

获后，弟兄们推着车子挨家挨户去兜售。农场由艾达妈妈经营，她把生产的水果、蔬菜和肉类装罐贮藏。除了像盐和面粉那些基本必需品外，他们用不着上食品杂货店去了。家庭生活得到了较大的改善。

艾克一家深受镇上居民的尊敬。他们自食其力，乐于助人，依靠自己的辛勤劳动还清了一切债务。爸爸妈妈对艾克兄弟们管教很严，教育他们热爱劳动。小兄弟们的责任范围随着他们的年龄增长而增加。每个兄长轮流值班，值日时应该4点半钟起床，然后，备马送戴维爸爸上班。艾克干这些活是很勉强的，因为要他每天早晨醒来很费劲。小兄弟自幼就养成做任何事情都要干好的习惯。家规是很严的，如果孩子中有谁干活干得不好，即使时间已经很晚了，也要打发去重做，直到干好为止。

在家中，最忙的要属艾达妈妈，她不仅操劳家务，还帮助那些更困难的人。经常有人夜里来敲艾克家的门，诉说发生的不幸，要艾达妈妈出个主意，给予帮助，艾达妈妈从不拒绝。有几次，是在暴风雪和下雨天，小艾克从床上爬起来，提着灯和艾达妈妈到患病和需要帮助的邻居家里去。

艾克一家虔诚地信仰上帝。每天早晚两次，全家都双膝跪下祈祷；每次就餐前，戴维爸爸朗读《圣经》，接着便祈求上帝降福。当孩子们长大后，就由大家轮流读。艾达妈妈还组织读经班的学生们集会，每星期天在家里的客厅举行，艾达妈妈弹着钢琴领唱。戴维爸爸和艾达妈妈从不吸烟或饮酒，不打牌，不骂人，也不赌博。但爸爸妈妈并不强求孩子们和他们一样。

戴维爸爸是个有学问、博览群书的人。他熟练掌握英语和德语，能流畅地阅读希腊文书籍。他做事认真负责，一丝不苟，对孩子们定有严明的纪律，是位典型的德国父亲，但他从不打骂孩子，孩子们也都很守规矩。

小艾克一长大，也像哥哥们一样，轮流在5时起床，把厨房里的炉火生旺，给戴维爸爸准备早餐。小哥们还把热气腾腾的午饭送到乳品厂。当晚上戴维爸爸回到家里时，艾达妈妈已把晚饭准备停当。在小哥们把碗碟洗刷完毕后，大家就围着爸爸一起读《圣经》。最后睡觉的时间到了，戴维爸爸便站起来给墙上的那台钟上发条，小哥们就该准备去睡觉了。

戴维夫妇虽然对孩子们管教很严，但当孩子们作出重要决定的时刻，从不向他们施加压力。

小艾克刚进入中学不久，由于不慎，在一次上体育课时，他的膝盖受了伤。过了一些时候，透入骨髓的剧痛使他卧床不起。腿部渐渐肿起来，艾克开始发高烧。诊断结果并不能令人宽慰，是血中毒。医生认为只有立即截肢才能挽救生命。小艾克断然拒绝截肢手术，表示宁死不做残疾人。医生还是坚持自己的解决办法，说延误时间必然导致死亡。

艾克的病情越来越危险。艾克在失去知觉前，曾要求他的二哥埃德加寸步不离地守在病床前，以防在他昏迷时被做截肢手术。医生则警告他的父母说，只要肿到骨盆部位，生命就无法挽救。大家都望着埃德加，他说："我们没有权力使艾克成为残疾人。如果我违背诺言，他将永远不能原谅我。"戴维爸爸和艾达妈妈被迫对医生说，他们不能代替儿子做出决定，只得寄希望于出现奇迹。奇迹果然发生了。结实、年轻的肌体战胜了疾病，艾克的身体开始慢慢地得到恢复。

艾克从小就具有坚强的意志，充满青春活力，是同龄人中最优秀的运动员之一，所以他无法容忍作残疾人的命运。按西部的传统，体力和大无畏精神是任何一个真正的男子汉所必需具备的品质。在阿比伦，人们都神圣地信守这种传统。

在艾克13岁时，他参加了一场阿比伦青少年拳击比赛。这场拳击，是在艾克与一位来自北部的对手之间展开的。对艾克这个优秀运动员来说，保卫南部荣誉的时刻来到了。

比赛的锣声一响，大家认为小艾克获胜的希望并不很大。艾克的对手，北部的拳击冠军梅里菲尔德，是个反应灵敏、身材不高而结实健壮的年轻人。艾克竭力进攻，但立即被准确的、迎面而来的迎击拳阻止住。经过半小时的对打，两个年轻人都开始泄气了。一个小时后，小艾克的眼睛由于严重淤血而肿了起来。拳击手们开始气喘吁吁，嗓音嘶哑。先前热烈鼓掌的观众保持沉默。鏖战持续到天黑才告罢休。两个参加拳击的人几乎已经动弹不得，用双臂久久地相互抱住对方，造成不战不和的死局，谁也不愿让步。

拳赛结束后，小艾克被打得很厉害，以致在家躺着休息了三天。他懂得了在生活中应该具有比忍耐力更重要的东西。要有不屈不挠的精神，为此需要付出代价。

在这样的环境中，小艾克锻炼和塑造了自己的性格：勤奋律己，长于耐力，为日后的生活打下了坚实的心理素质的基础。

哈里主宰的选举

霍普金斯（1890—1945），美国著名的政治活动家。出身卑微，毕业于衣阿华州格林尼尔学院。学业结束后，从事社会福利工作，开始与罗斯福接触。在具有深远历史意义的新政时期，始终作为罗斯福总统的左右手。第二次世界大战爆发后，他以总统私人代表身份谒见丘吉尔、斯大林，协调盟国关系和军援事宜；在整个战争期间，他同中国政府建立了密切联系。罗斯福的后任杜鲁门称他为"英勇的公仆"。

沧海横流，方显英雄本色！20世纪，人类多灾多难，世界性大冲突迭起，为拯救民生于水火，留济世芳名于百代，才气卓越、胆略超群的大男子中间，涌出了几个力挽狂澜的伟人：甘地、列宁、罗斯福、丘吉尔、斯大林、毛泽东。他们在世时业绩斐然，口碑叠树；他们故去时天崩地摧，举世哀念。

他们创下这般业绩，除了出众的个人才干以外，还得益于身边那个如他一般杰出过人、不可多得的忠实搭档。甘地身边有个尼赫鲁，列宁身边有个斯维尔德洛夫，丘吉尔身边有个艾登，斯大林身边有个朱可夫，毛泽东身边是周恩来，罗斯福身边有谁呢？他就是哈里·霍普金斯。

291

好家风

哈里于1890年8月17日生于衣阿华州的苏城。他是戴维·霍普金斯和安娜·皮克特的5个孩子中的第四个。

戴维·霍普金斯,人们都叫他"奥尔"和"老爹",是一个可爱、老练、随和但又没一定主意和得过且过的人。他不论住在哪里,总是当地最受欢迎的公民之一,但他从来不在一个地方长期定居。他前前后后换过不少工作:当过报差、矿藏探员、马鞍匠、旅行推销员,还开过小店铺,但他的主要生活乐趣是滚木球戏,他在这方面有专长,而且靠打赌赢过不少钱。

一天夜里,"老爹"与一个自称为第一流球手的人进行了一场激战。回到家后,他找个借口,大概是弄弄炉子之类的事,把哈里叫到地下室,然后把手伸进口袋,掏出500元钱给儿子看。那一夜,父亲赢得太多了。当然,父亲不准他告诉母亲家里有那么多钱,因为母亲一定会要他把钱全部捐给教会的。

戴维·霍普金斯不论干什么买卖,他用的信笺页上总印着"生意兴隆"几个字,这表现了一种雄心勃勃的乐观主义气质。他的儿子哈里也继承了一些这种气质,尽管他有时难免疑惑不安,但最后总是又燃起热烈的希望。

哈里的母亲是一位教师。她出生在安大略的汉密尔顿,她的家从那里迁到南达科他州的弗米利恩,在那里定居下来。她意志坚决,身体强壮,笃信宗教。她的丈夫是在滚木球场上寻找乐趣,发挥他最大的才能,她则是在卫理公会教堂中获得最大的乐趣。她积极地、全心全意地从事教会活动,成了衣阿华州卫理公会布道团中著名的虔诚信徒。她决心培养和教育她的孩子严格遵守教义。毫无疑问,哈里那种传教士的热情,他那线条分明的脸型、目光锐利的眼睛,都是来自他的母亲。他性格中寻欢作乐的一面则是得之于他的父亲。

哈里出生后不久,全家就离开了苏城,先后在康斯尔布拉夫斯、内布拉斯加州的卡尼和黑斯廷斯等地住家,后来又在芝加哥住过两年——当时老爹在为一家马具批发商行担任旅行推销员,因此选择离他的活动地区中心最近的地点安家。

一件坏事变成了好事,改变了他家的命运,使他们定居下来了:老爹给一辆载重马车撞倒,压断了一条腿。他对车主提起诉讼,车主不经法院,拿出 1 万元了结了。这笔钱一半落进了霍普金斯的律师的腰包,剩下的 5000 元,他拿来在衣阿华州格林尼尔城买下一家马具店。由于对马具的需要日渐减少,他便兼售报纸杂志和糖果,还私下销售香烟。他与格林尼尔学院的学生搞得很熟,据说,当地所有的人,包括院长在内,都不如他那样知道那么多学生的名字。霍普金斯太太认为格林尼尔是她家定居的合适地点,因为它可以为她的孩子提供优异的求学机会。他们家在那儿住了许多年。

哈里家住在芝加哥的时候,他得了伤寒症,大病了一场,这是他长期体弱多病的开始。这以后,他在学校的诨名成了"瘦皮猴"。虽然身体条件不济,哈里却热衷于体育活动。他爱打棒球,是个棒球迷,每逢格林尼尔有盛大的球赛,他总是没有票也硬闯进去看。他和一位朋友德怀特·布雷德利曾充当著名接球手本森的扈从,一人捧着他的面罩,一人捧着他的手套,随同进入沃德球场。尽管哈里本人只是一个平平常常的右外场员,但一上场,他始终是尽心尽力的。格林尼尔最风行的是篮球,对这门球艺,哈里颇为擅长。他的球队曾在密苏里流域锦标赛中荣获冠军。他队里的队员形容他打球的风格是"猛";他的对手形容他是"恶劣"。

哈里一贯喜欢恶作剧,他有什么说什么,毫无顾忌,而且精于算计。在格林尼尔的中学时代,最使哈里醉心着迷的,是搞拉选票一类的政治活动。不过,哈里没有任何权力欲,他这样做主要是同教师捣乱。

在哈里待的班级里,教师规定的班级选举办法一直偏袒用功的学生。那些得宠的"优等生"个个趾高气扬,令其他同学无法忍受。哈里为此私下召集了秘密会议,精心组织了一次选举,让许多人投一个功课不好的孩子萨姆·奥布赖恩的票。

"只要大家都投奥布赖恩的票,先生们就没辙了。"哈里为"竞选班子"鼓劲。

竞选活动"白热化"的那几天,哈里风风火火地不着家门,他那慈祥的母亲很担忧,说道:"我弄不清哈里的心思。他从来不告诉我,他真正想的是什么。"

　　第一次投票后,奥布赖恩占了优势。"优等生"已经坐不住了,教师宣布选举无效。但哈里继续拉选票。第二次在监督下投票时,奥布赖恩仍然当选了——甚至比第一次得票更多。

　　哈里的这种兴趣一直保留到了大学。不过他从来也没为自己的名份参加过竞选,既便是成人后,他在职务上的提升都是任命的。

重新复学的风波

毛泽东（1893—1976），伟大领袖和导师。出身于富裕农民的家庭。少年时代就读于本地私塾，一度务农。曾做过小学教员。在危难中，成功地领导了举世闻名的长征。经过艰苦卓绝的奋斗，建立了中华人民共和国，并当选为中央人民政府主席。中国人民把他赞美为"红太阳"。

1893年12月26日，毛泽东出生在湖南省湘潭县的韶山。

2000年前，湖南属于一个强盛的国家，国名叫"楚"。它与邻国"秦"，一直势不两立。它的北部镶嵌着八百里洞庭，密如蛛网的河渠沟通了长江。

这个地区多崇山峻岭，又有四条大河萦绕其间，因而景色雄奇、壮美，令人望而生畏。才华横溢的诗人屈原就被流放于此地。这些崇山峻岭激发了诗人的灵感，写出许多无比优美、哀惋的诗句。

就在这苍翠的群山之间，有两座高耸的峰峦遥遥相对，中间隆起一座低矮的丘陵，它们宛如一朵美丽的莲花，这其中的一片花瓣，就是毛泽东的家乡韶山冲。传说中的虞舜，携带美貌的两个妃子唐娥、女英南巡，在韶峰下演奏了典雅的韶乐，韶山因之得名。据说韶乐是绝世之音，大明大智的孔子

好家风

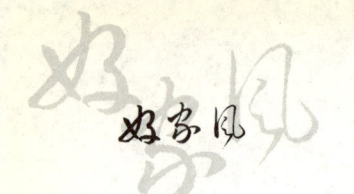

听过后,三个月内忘掉了肉的香味。舜选择了这个地方欣赏美妙绝伦的乐曲,可见这片土地的神韵非等闲可比。

韶山村是个山青水秀的地方,这里遍山满岭长着苍翠火红的松、柏、杉、枫和高大挺拔的南竹。每逢晨起,雾生林莽,一派青山滋润欲滴,透出一股洁净、庄严而又神秘的气氛。

韶山还有著名的八景,仙顶灵峰、胭脂古井、风仪亭址、仙女茅庵、石屋清风、顿石成门、塔峰晴霞、石壁流泉。据传说,这些地方都是舜帝携二妃游览过的名胜。

村民们的房子盖得很宽大,它们分散在方圆十里内。有一条小河经过这里,河上有座石桥。附近不远有一所农家小店,卖一些肉、盐和其他小商品。这个村子里的人大部分是勤劳诚实的农民。

一幢由高墙围着的土坯房子位于小河边上,叫"上屋场"。跨进"上屋场"大门,是两户毛姓人家共有的堂屋,堂屋南墙上,嵌着一个黑漆木神龛。房内的陈设很简单,没什么家具,但是从房梁上悬下来的红辣椒给房间里带来了一丝色彩,房间里异常干净。院子里有猪栏、牛栏、谷仓,还有一个小小的碓屋。毛泽东的童年便是在这里度过的。

毛泽东,字润芝,乳名石山。因为他的两个哥哥生下不久就夭折了,他的母亲希望自己的第三个儿子如石之坚,如山之寿,故起名石山,又叫"石三伢子"。

石山家族的开山鼻祖叫毛太华,是江西的一位青年农民,他不甘老死蓬蒿、寂寞一生,毅然扔掉手中锄头,拾起长矛,投奔了朱元璋的队伍,后来擢升为百夫长,曾随大将傅友德、蓝玉远征云南。石山的曾祖父和祖父,都是没有读过书的做田人,只知道打谷出力,养家活口。

石山出生时,家里除了父母之外,还有生病在床的祖父。

石山的父亲名叫毛顺生,身材高大瘦削,面相精明,力气很大,他年轻的时候,家境艰难,因为负债过多而被迫当兵,在当过许多年兵后,他回到故乡,用积攒下来的饷银,开始做些小买卖。他克勤克俭,稍稍积了一笔小小的款子，设法买回了土地，这些大部分是稻田。到石山有了一个小弟弟的时候，每年除了口粮，家里还可剩余 25 担稻谷。他的父亲将稻谷卖了，又从更穷的邻居手里买来谷类，运到城里再去转卖。

石山的祖父去世那年，家里增加了七亩稻田，母亲又生了一个小弟弟。现在父亲把贩运谷米的生意，作为主要的事业，用去自己大部分的时间。田里的活儿忙不过来，父亲雇了一个长工。此外，他动员了孩子、妻子都到地里干活。全家人都辛苦劳动，吃得不太好，不过总是吃得很饱。石山这时 6 岁，还是一个留着一小把黑头发、穿着蓝布裤子的小男孩，就已经开始在田里干活了。他帮着插秧或坐在田埂上赶鸟。空闲时，他喜欢捉蟋蟀、做游戏，到河里去"洗澡"。

石山 8 岁时，父亲送他进了村里的私塾。这比一般山村农民高明。不过，他并不想让儿子学更多的知识，因为地里缺乏人手。送儿子念书认字，除了为替家里记账而外，主要是让石山熟读经史。原因是在一桩官司中，他的对手在法庭上引用了一句很恰当的经典，他由此败诉而大大破了一注财，石山的祖父气得一病不起。

石山开始接受启蒙教育，不过他早上和晚上还得忙田里的活计。白天，石山在私塾里读孔子的《论语》和《四书》。教他们的老师脾气执拗古怪，粗暴严厉远近闻名，常常因为学生背不出大段的古书痛打他们的屁股。为了这个缘故，石山 10 岁那年曾逃过学。因为害怕再挨父亲的棍子，他不敢回家。家里人心急如焚，尤其是母亲。父亲喊来乡亲邻里，点上火把四下寻觅。石山瞎跑了 3 天，终于被家里人找到了。这时他方才知道，自己只是沿着家附近兜了几个圈子，走了许多时候，离开家还不到 8 里。

石山回家以后，发现情形有点改善了，这真出乎他的意料之外。父亲的暴厉态度，比以前稍稍好了一点，老师也温和多了。

等石山学会认字之后，父亲开始叫他给家里记账，同时教他学打算盘。父亲虽然只读过两年私塾，却打得一手好算盘，左右两边手都能打。父亲的主意是不容改变的，由他亲自教授的珠算课在晚上进行。石山的父亲是个很严

好家风

厉的教师，他一刻也见不得"学生"闲着。由于他的性情暴躁，所以石山和弟弟们常常仅仅为小事蒙受皮肉之苦。在没有记账的晚上，父亲也不会给石山一点松懈，他仍被派到田里在父亲的监督下干活，很晚才能上床就寝。不仅如此，父亲还是很抠搜的人，就是逢年过节，石山和弟弟们也得不到一枚压岁钱。每月十五，父亲开恩，给雇工们吃鸡蛋，石山和弟弟是吃不到的。而且家里永远也没见过一个肉星。

石山的母亲却完全不同。她端庄亲切，有一双温柔的眼睛。她本姓文，名七妹，和任何一个农民的妻子一样，在家中做饭、带孩子、拾柴火、纺织缝补、浆洗衣物等等。她做的一切使她得到了贤妻良母的美称。她一生崇信佛教，反对暴力和杀生。在母亲的屋子里摆了青铜观音像。观音像供在一张黑木桌子上，令人肃然起敬。那时，石山常随母亲去拜神，并且还学会了咿咿呀呀地唱佛经。在石山幼小的心目中，母亲就是观音菩萨的化身，慷慨、宽厚而富于同情心，她的那双慈眉善目里始终洋溢着仁和宁静的神采。荒年时穷人来讨饭，她可怜那些穷人，常常送米给他们，只是这样的善事必须背着父亲，因为他不赞成把米空施给素不相识的人。父亲没有积善之心。他很小心地数着粮食，每当发现少了时，就大发脾气。为了这一件事，家里常常发生口角。在这种情况下，石山总是偷偷地帮助母亲完成善举。这样一来，父亲对他的怒气有增无减。精于算计的父亲近来发现，这个事实上的长子，不光无心"把守产业"，而且"贪吃懒做"，经常丢下手里的活儿，去看毫无益处的"闲书"。

父亲心里的"闲书"，就是使石山醉心的古典小说。当石山识的字足够他看这些书的时候，他便弄到一本他大致能看明白的小说，在他住的那个小村子里，书是极少的。大家都爱看的正好是《水浒传》和《三国演义》这两本小说。前者讲的是一百单八将聚义的壮举，后者讲的是古时三国打仗的故事。还有《精忠传》《隋唐》和《西游记》。

在学校里，这些书都是在老师谨慎提防之下偷读的。对这些"闲书"，老师总是恨恨不已，认为都是坏书。石山常常把这些书带到学校里去读，当老

重新复学的风波

师走过的时候，他就用一本经书把它们盖住，他的许多同学也都这样做。石山的记忆很好，有许多的故事，他都可以背诵了，而且经常和同学们对其中章节再三地讨论。像这样的故事，他们知道得比乡村里的老人还多，那些上年纪的人也爱听这些故事，而且他们互相交换讲述。《水浒传》和《三国演义》中那些绿林好汉和英雄豪杰的传奇故事，深深地植入了石山的脑海，使他入了迷，即使在农忙中，一有空闲，他就去读这两本书。

在这段时期，石山的身体和他的"学问"一样都大有长益。现在他长得又高又壮，才十三四岁，就已经跟父亲一样的高大结实了。他的宽肩膀能够挑起一副沉重的粪桶，每天往地里送好几趟肥。扶犁、掌耙、扬谷、下种等农活，样样拿得起。父亲眼看儿子是干活的好把式，不由得喜上眉梢。但石山的心思却不在这上头。他天天把书带到田里，得空便溜到一座古坟后的一棵老树下坐下来看书。当他逐字逐句地读着好汉们的生平和壮举时，或者看到三国战争中的韬略和计谋时，时常情不自禁地心醉神迷。

父亲把全副精力都倾注在田里的活计上，他开始发现儿子经常溜号，看着田里的活儿没人干，不由得着急起来。他现在上了年纪，留了胡子，脾气也越来越坏。在一个大晴天，他终于当场捉住了石山。当时石山正在古墓后面手捧着书，看得津津有味，两只空桶安安稳稳地放在他身边。父亲不禁火冒三丈。

"石山，你是不是成心不想干活？"

"不，爹，我只是歇会儿。"

"今天一早，你还一担都没挑呢。"

"谁说没挑。从天亮起我已经挑了好几担了。"石山指着扁担两头的大粪桶说道。

"到底几担？"

"至少有五六担吧！"

"嚄，半天才挑五六担。你以为干那点活，我就得白养着你吗？"

"那你说你半天能挑几担？"

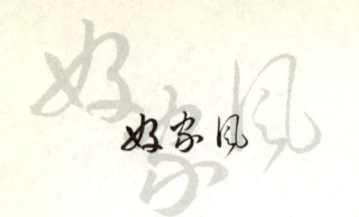

"20。起码也得 15。"

"从家里到田头有不少路程呢。"

"那你的意思是不是我该把家建在田埂边，你就省心了？！我像你这么大的时候，还不是一样干这种活。我看你一点也不关心这个家。你说我们该怎么过日子呢？你坐得倒安稳，好像没事人似的。你知道不知道感恩图报？耗费时间读些破书有什么用？你不是三岁小孩子了，要想吃饭，就得干活。"

"别说了，够了。你老是唠叨个没完。"石山答道。

风波过后，他们回去吃午饭。大约 5 点钟的时候，石山又不见了。这一次，父亲轻而易举就找到了他。他径直到古墓那里，一眼就看到使他上午大动肝火的那幅画面。石山端坐在那里看手中的书，空桶搁在一边。父与子又接着上午的茬争吵起来。

"你真的鬼迷心窍，中了这破书的魔了？把你爹的话只当成耳旁风吗？"

"不是，爹。我还是听你的，你叫干什么我就干什么。"

"我的意思你明白得很。我要你一门心思扑在田里，规规矩矩地干活，别再看这些闲书。"

"我会规规矩矩干活的，但我也要看书。我保证先干活后看书。田里的活干完后，我总可以干自己的事了吧。看你还有什么话说。只要我做完了田里的那份活，你就不用管我看自己的书了。"

"可是，小子，你才挑了几担就躲到这儿来看书。"

"来看书之前，你要我干的我都完成了。"石山平静地说。

"完成什么了？"父亲追问道。

"吃过午饭后，我已挑了 15 担肥。要是不信，自己到田里数数去。搞清楚了你再来。现在你还是让我清静一点吧，我要看书了。"

父亲目瞪口呆。半天挑 15 担真够辛苦的。如果儿子真的干了这么多的活，那他还有什么话说呢？对于这个怪儿子，他感到又困惑，又伤心。他慢慢踱到一家人正在忙活的地里，数了数，真的有 15 担。

从那以后，石山天天先干完他父亲派的活，然后就到他那隐秘的藏身之处,静静地看那些他爱不释手的英雄豪杰的故事。

13岁那年,石山辍学了,因为父亲不满足于他只是在上学前和放学后到田里帮着干农活。他不得不离开了村里的私塾,开始整天在田里帮助雇工干活,白天做一个成年劳动力所做的一切活计,晚上还要替父亲记帐。

在毛家,父与子以前的冲突还远远没有得到解决,而现在又常常在一起,于是出现了更多的磨擦。石山讨厌去为越来越富的父亲四处要账。一次他帮父亲去卖猪,在回来的路上,把全部收入给了一个乞丐。石山变得越来越机巧,也更加不驯顺,善于伪装和保护自己,而他的老父亲只是呆呆地盯着账本。

冬天,父亲常坐在火炉边,或者发牢骚,向不情愿的听众们——石山和他的弟弟们——大声讲着孔夫子的格言,或是叼着烟袋生闷气。石山因此恨透了孔夫子,村子里有一座孔庙,他渴望着放把火把它烧掉了事。

"失之东隅,收之桑榆。"可巧石山在父亲的唠叨里发现了一个方法,他可以引用经书上的话抵销父亲的斥责,作为自己有力的辩护。当父亲骂他懒惰和不孝时,石山就背诵经书中那些要求老一辈疼爱关心下一辈的章句:"父慈子方孝。"石山选好的这类章句还规劝长者应该比后辈多做一些事。石山振振有声地同父亲辩论:由于父亲的年龄是儿子的三倍,所以应该做更多的活。而且石山宣言,等自己到父亲那样大年纪的时候,力气要比他大得多。

这样的辩论有一天终于激化了。这回,石山当着一群客人的面,同他父亲顶撞起来。父亲在大家面前痛骂石山,说他又懒又没用。这些话语触怒了石山,他一边咒骂父亲,一边离开了家。母亲追出来劝他回家。父亲也来劝他,可是同时又骂他,命令他回去。石山跑到一个池塘旁边,威胁父亲说若是他再朝过走一步,自己就跳下去,冲突陷入僵局。这时,毛家请来的客人们穿着走亲访友时才穿的衣服,站在这个长满莲藕的池塘旁边,表情尴尬,欲言又止。

这场争斗最后以双方让步而结束。父亲坚持儿子磕头赔罪,作为求饶的表示,石山同意只要父亲许诺不再打他,他可以跪一只脚来个半磕头。争斗结束了。从此石山发现,用公开的反抗来保护自己的权力时,父亲就会软下

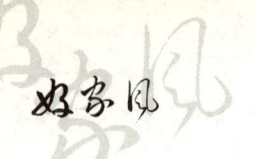

来。反之，如果自己表现得越是驯服，父亲非但不会有一点好脸，打骂得就更厉害了。

石山继续读书，除了经书之外，一有机会，他就把一切所能找到的书齐齐看过，就像饥饿的人吞咽面包一样。在这种如饥似渴、不厌其烦的盲目阅读中，石山那灵慧过人的心窍豁然开了，他生活中第一次沉浮的契机骤然降临，命运之神在叩韶山冲那扇朴素的木板门了。

因为白天要没完没了地干烦人的活计，真正的阅读只好在深夜进行。父亲是个顾家的人，点灯熬油看"闲书"是不可能得到允许的，他每晚睡前，必先查看灯台里油还剩多少。石山要等记完账目，父亲睡下了，然后躲进自己的卧室，点起桐油灯，在灯下看书。父亲和母亲带着小弟弟泽潭，住在隔壁房里，总是喊他："快早点睡！明天早起还要做工！"母亲有时也催他："快点睡吧，莫熬夜了，这样会把身体搞坏的。"石山也总是说："好，就睡了，就睡了。"可是，石山并没有吹灭那盏桐油灯，却用蓝布被单，遮住了窗户，不让灯光透露出去，这样一直读到深夜，灯油是母亲悄悄替他添的。在夏天，他常常要读得大汗长淌，汗滴落在书页上。用这种办法，石山读了一本叫《盛世危言》的书，对这本书石山非常喜欢。书的作者郑观应，是晚清的商界著名人士，他的政治、经济思想，集中反映在《盛世危言》这本书里。作者以自己的切身体会，认为西洋"富国强兵"，"必自设立议院始"，同时认为"外洋以商立国"，"借商以强国，借兵以卫商"，中国应采取以兵战对兵战，以商战对商战的策略，在书中他还尖锐地指出，"官督商办"是"官夺商权"，这是中国商务不能振兴的根本原因，在书中作者劝导清政府实行护商政策。对于韶山冲里的石山来说，接触到这些

新思想犹如拨开云雾见太阳。自此以后，那些旧改良主义学者成为他最喜爱的作者——他们认为中国之所以积弱不振，是由于缺乏西洋工具：铁路、电报、电话、蒸汽船。他们想介绍这些洋东西到中国来。

《盛世危言》给以石山莫大的影响，他产生了恢复学业的愿望，对田地上的活儿渐渐感觉到厌倦。父亲当然对此表示反对，于是两代人之间争论重起。

以后，石山离开家一段时间，追随一位老学者读书，老学者藏书甚丰，在那里，他读了些经史古籍，也读了许多时务文章和新书。

这时湖南发生了一次事变，它影响了石山的整个生活，这件事——加上《盛世危言》——最终使石山认识了自己的人生价值，尽快地恢复了学业。

事情的原委是这样的。石山童年的那个时代里，除了人们口头传说的三言两语，消息很难传到韶山村这样的小地方。韶山是美丽而宁静的，它离最近的城镇也有几个钟头的山路。这里人烟稀少，更多的是满目青山绿树、片片庄稼。朝廷的布告，是由信差送过来，再由识文断字的教书先生一遍又一遍地大声宣读，然后就把它贴在村里学校的墙上，再无人过问。这些布告大多是关于纳税、征兵或者像慈禧太后的生日等一些重大庆典。

这一年时逢慈禧老佛爷的千秋吉日，到处燃起香火，庙里的和尚在诵经，石山和一群同学正在村里的小学校后面玩耍，看见一队做蚕豆生意的人从长沙回来。石山和其他孩子问他们为什么离开了长沙，这些生意人告诉了他们城里一件大事变的始末。

那年地里遭了荒，成千上万的饥民涌进长沙，他们派了一个代表去向抚台衙门请求救济，而抚台粗暴地回答他们说："为什么你们没有饭吃？城里多得很呢！我常常吃得很饱的！'，人们听到抚台这样的回答，愤怒极了，组织了大规模的示威。他们攻打官府衙门，砍断了作为官府标志的旗杆，赶走了抚台。事后，朝廷派了一个姓张的大员来到长沙。他骑马出来晓谕民众，说政府正在想办法帮助他们。很明显，这个姓张的官员是有诚意的。可是朝廷不喜欢他，责备他和"乱党"勾结，于是革了他的职，接着来了一个新抚台，立即下令逮捕事变的领袖，许多人被砍了头，挂在旗杆上示众，作为对将来"造反者"的一种警告。

对于这次事变，石山和他的同学们讨论了好几天。这些讨论给了石山一个深刻的印象：大多数同学对"造反者"表示同情，但他们只是以旁观者的眼光来看，认为同他们自己的切身生活关系不大。引起他们兴趣的原因，仅因为这是一次不同寻常的事变。而石山的心门，此刻却被一种钝重郁闷的痛苦撞击着，他觉得"谋反者"们都是像自己一样的普通劳动人，因此，他对他们所受到的不公平的待遇非常痛恨。

长沙事变过去不久，韶山的哥老会和一个地主之间发生了一次冲突。哥老会是一种民间秘密农民组织。这个地主到衙门去告了状，因为他有势力，所以很容易地得到了对他有利的判决。哥老会的人输了官司，可是不但不屈服，反而起手反抗这个地主和衙门。他们撤到本地一个叫浏山的山里筑成堡垒，武装起来。政府派官兵去攻打他们，那个地主造谣说，哥老会举起反叛之旗的时候，曾经杀死了一个小孩子用来祭旗。这次反叛活动最后被镇压下去了，反叛者的领袖是一个姓庞的铁匠，被迫逃跑，但终于被捉住，官府将他押解到城里斩首示众。可是在石山和同学们眼里，这个被杀头的人是个真正的英雄。

乡间的动乱和饥荒越来越多。民不聊生，造反的情绪也越来越明显。在第二年青黄不接的时候，穷人的存粮吃光了，韶山村也变得异常恐慌。穷人们向富户要求帮助，开始了"吃大户"。石山的父亲是个米商，粮食虽然吃紧，可是他仍然从村里把大批谷米运到城里去。他运出谷米的货船，在半道上被穷苦的乡民们扣留了。父亲对此怒不可遏，石山却并未对父亲的破财表示同情。

这些接连发生的事情，在石山年轻的心灵上，留下了永远不能磨灭的印象。无辜的农民怎能被砍头——而且是在光天化日之下，被自称为爱护臣民的朝廷衙门砍头？他对朝廷的信念，他对佛的虔诚，现在是完全动摇了。他对自己家庭的相对富裕感到不安，他白天读书的时间也减少了。现在他可以信仰什么呢？

这时，石山又接触到一本关于列强瓜分中国的小册子。小册子开篇句首就是一句："嗟呼！中国覆亡有日矣！"它叙述了日本如何占领朝鲜、台湾，中国怎样在印度支那、缅甸等地丧失掉主权。读到这些话的时候，石山感到异常沮丧，他对于祖国的前途觉得非常忧虑，他开始意识到努力救国是每一个中国人的天职。自此为始，石山的政治意识觉醒了！他迫切感到了对新思想新知识的渴求，开始考虑着重新回到学堂里去，以便更多更透彻地了解这些救国之道。

重新复学的风波

满清王朝快要寿终正寝时，中国的教育制度正逐步西化。到处都设立了"洋学堂"。石山梦寐以求的就是去上这样的学校，他立志要做"洋学生"，仅仅这个名字就足以引起他漫无边际的遐想。难道这真的只是一个山野小子的异想天开吗？他越想越觉得这个美梦并不荒诞、飘渺，渐渐地他满脑子想的都是它。于是，他开始计划起来。不过，他还不敢对父亲直说，因为父亲已经决定把他送到湘潭县城一家米店去当学徒。它是由父亲的一个熟人开的。对父亲的这个决定，儿子起初未表示反对。但是，面对自己的未来和责任，石山没有消极等待。他私下从一个表兄弟那里了解到一所"新"学堂，它设在湘乡县的外婆家附近，那里常宣讲"激进"的新思想，传授关于西方的知识，不太注重经书，教的方法也是很"维新"的。

上"新学堂"的念头，在石山的心中徘徊了很长一段时间。终于有一天，石山自己还没有意识到，就已经脱口而出："我想去城里的'洋学堂'念书。"

父亲惊疑地愣了一会儿，才反应过来，他没好气地说："你还想去念书？真是白日做梦太荒唐。你好好想想，你能进什么学堂？洋学堂的小学吗？你这么个牛高马大的人能和小娃娃坐在一起念书吗？进中学？你连洋学堂的小学都没上，还进得了什么中学？不管怎么说，你都是在发疯。"

"我要进小学。"石山答道。听罢，父亲哈哈大笑，好像这个话只需一笑了之。

从这以后，父与子很久都互不搭理。但是石山在古墓后他的私人"书房"里消磨的时间越来越多。他的沉默，并不像他父亲所想的那样表示他已经认命了，打算终生务农。恰恰相反，这件事促使他的主意变得愈加明确、坚定。以前他干田里的活时还有点心甘情愿，现在完全成了受罪，他一心只想着有朝一日他要摆脱这一切到城里去。他反复惦量他的计划，考虑着如何实现它，自始至终坚信他能够达到目标。与此同时，父亲却暗自庆幸自己轻而易举地说服了儿子。

终于，石山完成了他的行动规划，开始实施通往求学深造的具体步骤。他探亲访友东家借5块钱，西家借10块钱，并要他们别向父亲露出口风。他的

好家风

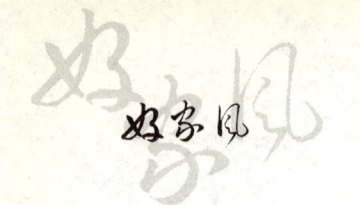

计划初战告捷。

有了钱撑腰，石山信心倍增。他觉得说服父亲让自己进城念书不在话下。一天傍晚，全家人正在吃饭，他开门见山地说："我决定上东山学堂念书去。"父亲惊诧得说不出话来，只是恼火地瞪着他。石山又说："3天后我就走。"

"你不是在开玩笑吧？"父亲还不能相信。

"我说的是正经事。"石山回答。他接着说，"多读书有什么不好？孔子曰：'学而优则仕。'有学问的人可以有高官厚禄，荣宗耀祖。"

"先莫提孔夫子。"父亲不接儿子的话茬，他嘲笑着说，"你是不是今天早上中了头彩发财了？可以不交学费？"

"钱的事情不用你操心。我只想告诉你，不要你破费一文钱。"

父亲缓缓起身离开饭桌，一边吸着他的长烟杆，一边琢磨着这个新情况。过了几分钟，他转过身来。一家人都眼巴巴地盯着他，他开口道："你弄到奖学金了吗？我不付钱你怎能进学堂？我可知道上学的人都得交学费伙食费和房钱，贵得很。王家小儿子想去念书，想了好几年，也没念成。唉，学堂的门不是可以说进就进的。只有财主老爷家的人才进得去。我们这样的人家那是没有指望的。"

石山不以为然地朗声回答："你不用操那份心，反正不要你破费。就这么回事。"

父亲沉重地说："事情可不像你想的那样简单。你要是走了，就少了一个人手。谁会来帮我干地里的活计？你说是不用我破费，可你忘了我得给顶替你的长工发工钱。小子，你心里有数，我出不起工钱呀！"

石山倒是没想到这一层，一时无言以对。他觉得父亲的话也有道理，也是实情。现在他该怎么办呢？总是钱的问题作梗，他感到很失望，而且也很生气，很窘困，好像他又让父亲在最后一个回合上胜过了自己似的。他还得再花些时间找出办法来。

最后他想到一位表兄：王季范。他曾听说这位亲戚乐于资助和勉励好学上进的年轻人。石山对表兄讲了自己的抱负和具体困难，并向他借钱。表兄为石山的热忱和决心所动，于是满足了他的要求。

石山回家后，又旧话重提。父亲郑重地重申他不能放他走，因为他需要一个帮工。石山问父亲："雇一个长工得多少钱？"

父亲说："每月至少一块钱，一年就是十二块。"

石山不动声色地把一个包递给他，说："给你十二块钱，明天一早我就去东山学堂。"

过去在读书时，母亲一直是石山的庇护神，给他保护。这天晚上，母亲和石山的舅舅又一起共同说服了执拗的父亲，允准了石山继续求学的愿望。

第二天，一个凉爽的金秋的晨日，胸怀大志的石山早早地就起了床。当父亲像以往一样默默地下田去的时候，石山把他的那几件随身衣物打成包裹。他一会儿就都收拾妥当了：一顶蓝布蚊帐——在湖南的夏天，即使再穷的农民也得有这么件东西，两条很有年头已洗得发灰的白布单子和几件旧的、褪了色的长衫。他把这些杂物卷成一捆，扎到扁担的一头，另一头系着一个筐子，里面装着他的那两本宝书：《三国演义》和《水浒传》。

母亲忧虑地凝视着他，当他准备出门的时候，母亲问："你不打算跟你爹道别吗？"

"不。"石山答。

"要不要再带点东西？"

儿子说："不用。够了。"

石山再没说一句告别的话，也没什么别的表示，就离开了韶山那座土坯房子，大步流星地上了路。

靠了自己的不懈抗争，靠了亲友的慷慨解囊，失学的毛泽东又回到了心爱的课堂，在东山小学的一切，只能算作长跑前的热身活动。辛亥革命那一年，他去了长沙。他宛如一条久困浅滩的蛟龙，从此投身到了社会的广阔海洋之中，搏风击浪、遨游不息。如果他身从父愿，在默然躬耕里了其一生，中国有谁能写出那般辉煌的历史呢？

好家风

罗莎蒙黛

宋庆龄（1893—1981），著名的政治家、国父孙中山的妻子。一生致力于中华民族的复兴和解放，具有一颗圣母般的心。

1893年1月27日，宋庆龄出生在上海的一个商人家庭。

庆龄祖籍海南文昌，那是个椰树的世界，成片成片的高大椰林，顶天立地，有着许多英雄的传说。她的祖父韩鸿翼，是一位读书人，热心公益事业。父亲原名乔荪，小名阿虎，由于家境贫寒，12岁就飘洋过海，到万里云天的美国投奔舅父谋生。舅父姓宋，是旅居美国麻省波士顿经营丝茶生意的侨商，因为没有儿子，收阿虎为养子后改姓宋，英文名字是查理·琼斯，他就是后来海内外知名的宋耀如。

虽说改姓随了宋家，可韩氏血统中那种富于理想、慷慨仗义的精神气质依然如故。宋耀如在自己苦心经营、发财致富以后，不忘灾难深重的祖国，积极支援孙中山的革命活动，是孙中山的"司库"。他开办的美华印书馆在印刷《圣经》的同时，还秘密印制大量的革命宣传品。

庆龄的母亲倪桂珍是名人之后，外祖父倪蕴山是明代著名科学家徐光启的"第十六代孙"。她年轻时接受过美国教育，作为一个虔诚的基督徒，平时对贫苦的人乐善好施。在丈夫的帮助下，她也积极支援孙中山的革命运动，把每一分从食物或衣料中节省下的钱，都捐献给中国革命。

庆龄从小天资聪颖，才思敏捷。她温柔文静，读书用功，家里人都很喜欢她。一次，父亲劝她不要整晚上读书，她却说："把功课都准备好了我才快活。我真傻，但是我很快活。"在观察事物、艺术表演上，庆龄也表现出极大的天赋。

庆龄的双亲对子女的教育非常重视，他们眼光远大，思想开通，在当时极为保守、落后的中国社会背景下，他们认为男子和女子都应该接受同等的教育，并决心把三个女儿——三颗掌上明珠：霭龄、庆龄、美龄，都送到美国学习，把她们培养成对国家有贡献的公民。

1908年，庆龄同妹妹美龄一起，远渡重洋，赴美学习。

她先入新泽西州森密特城的一所私立补习学校学习，准备投考大学。她学习勤奋，从不贪玩，不但学好校内功课，而且博览群书，经常到市图书馆借阅大量的书籍，给那里的图书管理员留下深刻的印象。庆龄当时经常以罗莎蒙黛这个英文名字借书，她往往选择一些非常严肃的书带回去读。在她那种年龄的女孩子中，这些书一般是不读的，可见庆龄尽管才15岁，已具有相当深刻的思想。

到美国的第二年，随姐姐霭龄之后，庆龄进入佐治亚州梅肯市的卫理公会威斯理安女子学院上学。它是世界上最早注册的一所女子学院。

这座学院历史悠久，有一套很好的教育管理制度。它坐落在梅肯市郊外的小山上，绿树葱茏，碧草如茵，一幢幢红墙白窗的精巧校舍，点缀其间，整座校园庄严典雅，优美宁静，是一个理想的读书场所。

在这样如意的学习环境中，在知识琼浆的哺育下，庆龄勤奋攻读，博闻强记。她虽然学的是文学专业，但对历史、哲学表现出浓厚的兴趣，阅读了大量这方面的书籍。在作文中，特别是在班上讨论时，庆龄经常提出富有哲理的见解，使教授们都感到惊奇，并大为赞叹，一位教授甚至说："在我一生教授的学生中，能有罗莎蒙黛这样的学生，我很荣幸！"

庆龄最可贵的地方是把学习和祖国结合起来。她经常翻阅报刊，从中了解国内情况。有人劝她说："你干嘛老是考虑那么多国家的事啊？！"

庆龄却说："我对国内将来的事充满了理想和希望。我不能不想中国，更不能忘掉中国。我觉得，如果真的忘记祖国，人生该是多么没有趣啊！"

在一次讨论会上，一位美国同学说："历史的发展是难以估计的，那些所谓文明古国，特别是亚洲的中国，被历史淘汰了，人类的希望在欧洲、在美洲，在我们这里……"

庆龄立刻激动地站起来反驳说：

"历史确实是在不断变化的，但它永远属于亿万大众，具有五千年文明历史的中国，没有被淘汰，有人说中国像一头沉睡的狮子，但它决不会永远沉睡下去……有一天，东亚睡狮的吼声必将震动全世界！"

这番正气凛然的答话，获得所有在场的具有正义感的同学热烈的掌声。

庆龄的志向和情趣，为她的学习提供了无尽的动力。当姐姐霭龄问她："为什么不享受一点？"

庆龄深沉地说：

"我是在享受，但是这并不能使我忘掉中国的一切，我如何能忘掉她呢？"

你的零用钱到哪里去了

史楚金(1894—1939),苏联早期著名电影演员。生于农民家庭,早年从事业余戏剧演出。国内战争时期,在红军炮兵团任副官,同期就读于莫斯科戏剧夜校。1926年在国立瓦赫坦戈夫剧院当演员。在影片《列宁在十月》和《列宁在一九一八》中塑造了活生生的列宁形象,获得举世公认的成功。

在世界各国的影坛上,有许多功力颇深的演员,他们以自己精湛的演技扮演过对历史造成巨大影响的名人,皮埃尔·蒙地扮演的拿破仑、班·金斯利扮演的"圣雄"甘地,迈斯纳扮演的希特勒,还有理查·波顿扮演的铁托,乔治·斯各特扮演的巴顿……他们的表演都给观众留下了难以忘怀的印象。但是无论就其大胆、诗意和真实方面,还是银幕上的演员同观众的交流来看,迄今为止,还没有一个人能超过伟大演员史楚金,他是第一个把列宁的形象塑造得栩栩如生的人。

在观看影片时,观众对史楚金扮演的列宁是信服的,他们相信列宁真的就是这样的行为、谈吐和微笑,就是这样和人争论并说服别人的。在拍摄列

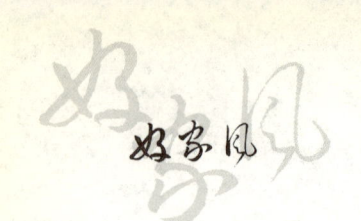

宁去斯莫尔尼宫革命军事委员会指挥起义的场景时,当史楚金扮演的列宁一出现,顿时就爆发了群众热烈欢呼的场面。史楚金扮演的列宁在摄影棚出现时,摄影现场立刻变得异常寂静,演职人员严肃认真地各司其职,他们在拍摄列宁的镜头时,都充满了一种神圣的激情……甚至连颇为挑剔的美国《新闻周报》也评价说:"史楚金把列宁演活了。这不是模仿,而是形象的创造。"可以说这是银幕上的一个奇迹。

面对这样巨大的艺术成就,你不禁要问,史楚金是怎样爱上表演的?

鲍里斯·瓦西里耶维奇·史楚金于1894年4月5日,出生在莫斯科的一个农民家里。

他的父亲瓦西里·瓦西里耶维奇为了谋生,在很年轻的时候就离开了家乡,来到了莫斯科。父亲刚进城时,住在一个贫民窟里,那儿住满了和他一样的穷人。父亲是一个快乐、敢于讽刺旧习惯的人,贫民窟里的大人、孩子都喜爱他。他每天到饭铺当堂倌,省吃俭用,攒了一笔钱,然后携带家小移居到卡希腊,在铁路车站上开了一个小饭馆。这时候,史楚金还不满5岁。史楚金的母亲安娜·彼得洛夫娜出身农家,擅长待人接物,一团和气,同村人常来看望她,她也经常带孩子回到乡下去看看乡亲们。所以史楚金从幼年起便对工农生活留下了很深的印象。

史楚金11岁时到了莫斯科,住在舅父家里。舅父在喀山铁路上做事,整天东奔西跑,难得着屋,就把他送到米雅斯尼茨卡雅街的一所私立职业学校住校读书。父亲原本希望儿子长大了当个工程师,所以对这个安排感到满意。

史楚金带着好奇心和新鲜感跨入了校门,校舍洁白的墙壁,教师们的侃侃而谈,引起了他的注意。但真正使他深受感染的,是校长伏朗聂茨的个人嗜好。这是一个喜爱文学艺术的人,对史楚金这个未来的伟大演员产生了很大影响,使他开始对戏剧发生了浓厚兴趣。莎士比亚、席勒、奥斯特洛夫斯基、普希金、契诃夫……这些戏剧大师的名字,通过伏朗聂茨热烈的朗诵、倾吐,第一次走进史楚金的心灵。

首都有一家小剧院,史楚金永远也忘不了第一次去那里看戏的美好印象。

那是一个冬天,室外冰天雪地,莫斯科小剧院正逢黄金季节,晚上成千的观众涌进剧场,每天都是满座。面对舞台上的一切,史楚金羡叹不已,观众如痴如醉的感情更令史楚金惊讶。脚灯熄灭时,全场骤然平寂下来,观众们似乎是屏着一口气等着幕布徐徐拉开,台上装置成村庄的绿色布景,加上微绿的散光照明,一间绿荫掩映、小而恬静的农舍就立在溶溶的月光下了……而室外正是千里冰封的雪国。

在史楚金迷上戏剧表演的时候,小剧院当时激涌着两道巨流:一道是喜剧和现代剧,大部分是奥斯特洛夫斯基和果戈理的剧本;另一道巨流是席勒和雨果的创作。史楚金一旦喜欢上一出戏,往往能惟妙惟肖地模仿其中的有趣人物。看了《钦差大臣》,他模仿赫列斯达可夫的仆人饿着肚子念叨肉包子,成为同学中欢乐的中心。小剧院上演《没有嫁妆的女人》,史楚金又一次被深深地吸引住了,没嫁妆的姑娘腊丽萨,一再遭到她所爱的巨商巴比托夫欺骗后,幻想破灭,但又不愿与庸碌猥琐的未婚夫卡朗戴雪夫结婚,终于甘愿被卡朗戴雪夫开枪打死。戏进入高潮,演到巴比托夫当着腊丽萨,一拳砸烂了桌上的一只大苹果,苹果的汁溅了卡朗戴雪夫满头满脸,可怜巴巴的未婚夫大声也不敢出时,史楚金甚至忘记了舞台,忘记了周围的观众,此刻他认为世界上再也没有比舞台演出更美好的东西了。

这时期,史楚金的舅舅对外甥的零钱开销感到费解。他很少见史楚金买零食吃,但每月的零用钱仍是花个精光。不过舅舅清楚,鲍里斯一点也没沾过烟草,虽然在这个年龄,背着大人悄悄抽烟的孩子是有的,个别孩子还炫耀地给自己置备了漂亮的烟荷包。他打算攒钱买什么呢?舅舅不想总蒙在鼓里。

"巴沙。你的零用钱到哪里去了?"

"好心的舅舅,你看过《钦差大臣》最后一幕吗?"

"看过呀。当官员和生意人还有他们肥胖诚实的太太们心满意足地送走了假钦差后,真的钦差到了,大家这时再也打不起精神、拿出好东西应酬了。"舅舅饶有兴趣地回答了他的提问。

"那么你看,"史楚金说完开始表演起赫列斯达可夫接受最后的礼物和恭维、漫天许愿的结尾戏,他一会儿演这个假钦差,一会儿又演卑躬屈膝的市长,把舞台明星的表情动作模仿得淋漓尽致。

"好哇!巴沙!你演得真好!小时候,我的爸爸告诉过我,在俄国这个戏只有史迁普金能演得顶呱呱的。听说,这个史迁普金还是个农奴。那么你是迷上这个啦?"

史楚金默默地点点头。

"哦,这倒不坏。只是要当演员,你的个头儿差点。"舅舅心中的谜有结果后,不无遗憾地说。

在职业中学读到中级班的时候,史楚金的兴趣更多地转向了莫斯科艺术剧院,它由两位俄国戏剧巨匠斯坦尼斯拉夫斯基和聂米罗维奇——丹钦柯共同创办,代表着俄罗斯戏剧表演艺术的峰巅。这个剧院的一切使史楚金目瞪口呆,它的演出非常伟丽,布景也堂皇,上演的剧目极有戏剧性和感动力,甚至连剧院的外表也使他感到惊异,从舞台幕布上绣的象征性的海鸥到出入通道上铺的地毯上的色调,他都由衷地赞美。他往往在戏开演前一个半钟头就提前来到剧院,尽量呼吸那里具有极大魅力的空气。

职业学校毕业后,史楚金上了3年大学。

1916年秋,他被征入帝俄军队服役,后来又回到故乡卡希腊,在铁路机车库做钳工,还开过火车。在日常的平凡生活中,他喜欢留心观察人们的各种表现,这些记忆积累起来,对他多年以后的艺术生涯有很大的帮助。1918年,24岁的史楚金加入了卡希腊铁路俱乐部设的剧团,他对戏剧表演的执著热情重新萌发了,在剧团演出高尔基的剧本《底层》时,他饰演了主角,大胆、充满自信地开始了自己的舞台生涯。

不知不觉的地形课程

朱可夫（1896—1974），苏联元帅。出身于农民家庭。在第二次世界大战中最艰苦的岁月里，全权指挥莫斯科保卫战、列宁格勒保卫战、斯大林格勒会战和柏林战役。四次荣膺"苏联英雄"称号。西方军事史家称其为"钢铁的元帅"。

1896年12月2日，格奥尔基·康斯坦丁诺维奇·朱可夫出生于莫斯科西南的一个叫斯特列耳科夫卡的小村子。

朱可夫家处的那个小村子，同俄罗斯的其他许多小村子没什么两样：土地贫瘠，男人们都想方设法进城去打零工，地里的活留给女人和孩子做。

朱可夫初见天日，家里就穷得叮当响，全家人挤在一间破旧的小房子里。因为年久失修，房子的一角已深陷进地里，墙壁长满青苔，房顶长着野草，整个房子只有两扇窗户，屋里总是很暗。

朱可夫的父亲是个穷鞋匠，整年在外面走街串乡，为了挣点钱难得回家一趟，他母亲在一家农场干活，劳动强度很大。说起朱可夫的父亲，他的来历还真带点神秘色彩。朱可夫的奶奶安努什科·朱可娃是寡妇，孤苦伶仃地守着一间小破房子度日。她人虽然穷，心地却十分善良。有一天，她从孤儿

好家风

院里抱回了一个刚满3岁的男婴,在包着孩子的布里还夹着一张纸条子:"我的儿子姓康斯坦丁"。谁曾想到,这就是日后威震欧洲,令希特勒德军胆战心惊的苏联元帅的父亲。

朱可夫很小的时候,劲就特别大,这个特点是妈妈传给他的。他的妈妈身体很健壮,能毫不费力地扛起180斤的粮食,再走相当远的路。尽管如此,妈妈像马一样拼死拼活在地里干活,得来的工钱却很少,家里仍穷得吃不上饱饭。每到晚秋的时候,妈妈就到县城去帮人运货,运送一趟只挣一个卢布,扣掉马料钱、住店钱、饭钱和补鞋钱等,剩下来的就不多了。这一趟又一趟的酬劳,比要饭得来的还少,可是为了家里人不挨饿,妈妈毫无怨言地干着。她为了让小朱可夫姐弟俩高兴,尽量积点钱买几个猪肉馅饼,给他们带回家来。

小朱可夫天分很高,聪明好学。可惜因为家里穷,他只上过七年教会小学。在学校里,给他印象最深的事情,是听谢尔盖·雷米佐夫老师上神学课。雷米佐夫这个瘦小的干瘪老头,总是用一种慈善的目光透过夹鼻眼镜望着自己的穷学生们。他待人十分和蔼,循循善诱,从不疾言令色地指责孩子们的过错。无论怎样疲劳,他都会清清楚楚地表述自己讲授的内容。这一点,对于养成朱可夫日后指挥作战时那种不慌不忙的口才,其影响是毫无疑问的。在小学的7年学习时间里,他的成绩非常好,还获得过奖状。因为小朱可夫懂得,自己的学费是妈妈一个戈比一个戈比攒下来的。

在小朱可夫11岁那年,由于家境不好,他不得不离开自己心爱的学校,到莫斯科去跟舅舅当学徒,学皮货手艺。

舅舅的作坊里条件极为艰苦,学艺又非常劳累,到了夏天,生皮子的臭味熏得人头晕呕吐。但小朱可夫仍坚持学习,白天没时间,就在晚上学,1913年他参加市立中学全部课程的考试,成绩完全合格。

离家的四年,小朱可夫总盼望着能回家看一看。等到15岁那年,终于有了10天假回家探亲。他乘的是小亚罗斯拉韦茨郊区火车。他一直站在车窗旁,饱览了沿途各车站和莫斯科近郊美丽迷人的风光。无论走到哪里,他总以极大的兴趣注视、观察周围的一切。这条路,小朱可夫后来不知走了多少次:平坦的大地向天边延伸开去，碧绿的灌木林里，一簇簇野草莓、野蘑菇红黄相间，过了前面的那片小白桦林，就到家了。正午的阳光真强烈，画眉鸟躲在树荫里一声不吭，周围的一切那么静穆、庄严，妈妈，你的叶果尔，又回来看你了……路上的一切太熟悉了，对妈妈的想念，回家的喜悦，所有这些感情都寄托在回家路上的一草一木，像母亲手上的皱纹一样，深深地印在朱可夫的心里。

朱可夫由于生活所迫，小小年纪就离家出外谋生，这段艰辛的磨难不仅锤炼了朱可夫的性格，而且无数次的探家路程，使他对莫斯科西南部附近的地形非常熟悉，了若指掌。在1941年英勇的莫斯科保卫战拉开战幕之际，少年时代的记忆，给了这位百万大军的统帅莫大的帮助，使他在排阵布兵的紧要关头，胸中自有一幅"八卦阵图"。

好家风

第一次做瓦岗寨英雄

  彭德怀(1898—1974),革命家、军事家,新中国十大元帅之一,早年家贫如洗,讨过米,在煤窑当过童工。一生屡建战功,指挥过"百团大战"和抗美援朝战役。他的革命精神和品德,是中华民族的骄傲。

  彭德怀,原名彭德华,乳名石穿,1898年10月24日出生在湖南湘潭县乌石寨,那里离长沙约90里地。湘潭是湖南风景最好的一个地方。乌石寨紧靠湘江的蓝色江水,绿色的稻田,茂密的竹林绣成一片绿色的田野。

  湘潭的土地虽然肥沃,大多数农民却穷得可怜,他们没有文化,过着农奴一样的生活。那里的财主很阔气,占着最好的土地,租税高得吓人,而且很有势力,因为他们许多人也是做官的。有些大财主一年收入四五万担谷子,湖南最富有的米商就住在那里。

  彭德怀出生时,家里只有几间茅屋,八九亩荒土山地,一家8口人,辛勤耕作,省吃俭用,勉强维持最低的生活水平。到彭德怀6岁那年,父亲送他上一所私塾,学会读《三字经》《百家姓》《论语》这些书。在那里他经常挨老师打,有一次挨打时,他举起一条板凳,揍了老师一下,然后撒腿跑开了。

第一次做瓦岗寨英雄

彭德怀只读了两年书,家里就出了大的变故:母亲死了,父亲生了重病,三个弟弟无人照管,最小的弟弟才半岁,母亲死后也很快就饿死了。彭德怀家再也不能送他上学了,为了生活,家里先卖了山林树木,接着又把几亩荒土地典押了出去。寒冷的冬天,彭德怀小兄弟三个,还是光脚穿草鞋,连双袜子也没有。

彭德怀10岁时,家里断了粮,什么吃的也没有了。正月初一大过年,邻近富人家喜炮连天,彭家没米下锅,他带着二弟,第一次出门当叫化子讨米。第一次讨米以后,彭德怀立意不再向人伸手乞求施舍,因为太受欺侮。

彭德怀开始自己闯世界。他起先当放牛娃,看大小两头水牛,每天割30来斤草,还要干其他杂活,但是每天只能拿到5文钱。13岁他离家去煤矿做童工,一天工作13个小时,为了多挣几文钱,每天还到煤洞里去背一两次煤。工作时间这么长,彭德怀实在吃不消,第二年又临近过年时,煤矿亏本关门,老板悄悄卷款跑掉了,彭德怀和工人们领不到工钱,大家每人只分了四升米。彭德怀回到家,又黑又瘦,家里人都快认不出他的样子了。

他15岁这一年,湖南发生了大旱灾,赤地千里,饥馑严重,成千上万的农民无依无靠,财主富商故意抬高米价,紧闭米店的大门,想乘机大发横财。

有一天,200多个饥肠辘辘的农民拥进一个大财主家,要求他像大慈善士那样,把大米平价卖给他们,但这个有钱人拒绝了,他把人们赶走,闩上了大门。

彭德怀正好路过财主家门口,便停下来看示威。彭德怀看到许多人已经饿得半死了,而这个财主的米仓里有一万担大米,可他却一点也不肯帮穷人的忙时,彭德怀变得怒不可遏,立刻带领农民攻打财主老爷的家。他用刀砍来门前的一根粗竹,削尖一头,顺势撬开财主紧闭的大门,饥饿的农民们涌进大门,粮仓的大锁被打开了,人们把财主的存粮抢了个一干二净。

这次抢米运动一闹,彭德怀在穷人眼里就像瓦岗寨开仓放粮的英雄一样,可财主富户对他恨之入骨。他们勾结团防局捉拿他,罪名是"聚众闹粮,扰乱乡里"。彭德怀被迫离家出走,去当了一名士兵,开始了他戎马倥偬的军人生涯。

319

被关押了5分钟的"淘气鬼"

希区柯克(1899—1980),美国著名电影导演,悬念大师。他以纯熟、富于创造性的各种电影手段,展现了充满神秘莫测、诡谲迷离气氛而又真实可信的典型环境,并运用十分高超的悬念技巧,引人入胜地表现了生活于其中的个性化人物命运。他的影片得到世界各国广泛热爱,其中颇负盛名的就有:《39级台阶》《蝴蝶梦》《美人计》《群鸟》等。由于在影坛上的卓越贡献,他曾两度获得"奥斯卡"最佳导演奖。1979年,美国电影艺术与科学学院授于他"终身成就奖"。

凡是看过希区柯克影片的观众,无不感到自己自始至终沉迷在影片中:电影院里,人人屏声敛气,忘记了自己的存在,经历了紧张的期待、不安、猜测、惊恐,直至看到出乎意外的结局,才长长舒出一口气,心里一块石头落了地。希区柯克的影片之所以如此打动人心,正是因为他抓住了人类共有的普遍心理活动规律:好奇心,创造了使人提心吊胆的法宝——悬念,从而使观众对影片中人物命运和情节故事的转折变化过程,始终抱有一种期待的心

情，使他们由于渴望知道故事结局而欲罢不能。希区柯克制造悬念的浓厚兴趣和非凡能力来自何处呢？

阿尔弗莱德·希区柯克1899年8月生于伦敦，他的父亲是生意人。希区柯克长相痴肥，一颗圆圆的小脑袋上，镶着一只尖尖的鼻子，他经常堆满一脸的笑容，好像已经看透了别人的心事似的。希区柯克的猎奇心特别强，对平淡的事情和环境气氛非常反感，若是让他一个人待在家里，说不定会折腾成什么样儿。出于这个缘故，父亲在离家拜会船长们、去谈生意时，总要带上小阿尔弗。父亲的担心使小阿尔弗对地理和旅游产生了很大兴趣，他总是满怀欣喜地乘坐各式各样的交通工具；仿佛无论惹下了什么漏子，只要车一出站，船一离港就都会抛到脑后去了。

父亲若是被什么事儿耽搁了或是实在不便带他出门，小阿尔弗就独自去旁听审理案件。离他家不远有一家监狱，他常爱上那儿去，千奇百怪的谋杀故事深深吸引了他；有时白天听完了，晚上紧张得合不上眼，可他还是克制不住地往监狱的审判庭跑。

在小阿尔弗5岁时，有一天父亲给他一封信，让他送到警察所去。阿尔弗接过信，掂量着信封，里面好像只装了一张纸。信里写的是什么呢？他一路在猜测这件蹊跷事的目的，警察所离家本来就不远，父亲同胖警长见面像喝水一样方便呀！

小阿尔弗进了警察所，把信交给胖警长，警长看完信后，一言未发竟将他关了起来。阿尔弗吓坏了，虽说胖子是父亲的朋友，可刚才抓他胳膊确实是用了劲的！

过了5分钟，胖警长才慢吞吞地迈着四方步来到监禁室，一面用一把大钥匙开铁栅栏门，一面笑吟吟地说："不听大人话的孩子就要这么处罚。"

听这话时，阿尔弗的心还跳个不停，因为天马上就要黑了，再关下去就会受不了啦！

感谢这位警长！这5分钟忐忑不安的期待、紧张、提心吊胆的心理感受，给希区柯克留下难以磨灭的印象，竟使他在日后创作下了几十部让无数观众也提心吊胆的悬念电影。可以说，希区柯克童稚时期强烈的悬念心理感受，极大地影响着他的艺术创作实践，使他能触入作品中的人物心灵，深切地感受特定情景中的人物心理状态。他那善于措置悬念的巨大魔力在观众中赢得的声誉，取得的惊人效果，使他获得了"悬念大师"的艺术王冠。

家庭音乐教师

冼星海（1905—1945），中国现代作曲家。生于贫苦渔民家庭。自幼爱好音乐，擅长箫笛等乐器。曾赴法勤工俭学，历尽坎坷。归国后，积极投入抗日救亡运动。代表作《黄河大合唱》。

冼星海的童年时代，是在珠江海堤的下环街外祖父家度过的。

这里濒临大海，当晴阳把南国的土地晒得又焦又燥时，凉爽的海风又会挟着雨滴，顷刻之间淋沥而下。雨中，肥大如帆的芭蕉叶在水帘下低唱呻吟，一待风收雨住，翠绿的芭蕉林，衬着墨蓝色的江水，江船上头顶金黄色竹笠、身着细花点缀裙衫的姑娘们，又会把纤细委婉的船娘曲和渔歌送来，好像要填补这雨雾中的静寂。入夜时分，当江和海一气变得黑沉沉，发出厚重庞大的怒诉时，粗犷低回的民谣就合着暖湿的海风吹了过来。不知不觉，这迷人的水国音调激发着冼星海的音乐天赋。此刻，小星海会情不自禁地跟着唱起，他还缠着外祖父问这是什么歌曲。

外祖父一生都是在同海打交道，年轻时，遇到网顺，也特别喜欢唱几嗓子鼓鼓兴致。到了渔闲的晒网天气，他还给自个另找了个响器凑乐，这"乐子"就是吹箫。三尺竹箫到了外祖父手里，能吹出逼真的螺号声。这天，外

好家风

公见小外孙这么喜欢唱歌，就拿出了自己的竹箫。

这下，小星海对外公手里的竹箫着迷了。这玩意，晶黄乌亮的，发出的声音那么动听，树上的小鸟儿不会怕，恐怕连水里的鱼也乐意听呢！小星海学着外公的样子，把两只小手放在胸前弹动，小嘴里还不停地向外吹气。见小星海这副模样，外祖父惊喜地把他拥入怀里，给他反复表演吹箫的动作，让他模仿琢磨。

在外祖父的音乐启蒙"课程"教育下，小星海很快就能吹奏广东水乡民歌了。从此，三尺竹箫成了他的亲密朋友，每到晚上，他就坐在屋檐下吹奏一番。

这就是人民音乐家的启蒙课。从此，从事音乐就成了冼星海的终身理想。他带着一根竹箫，漂洋过海；又带着一根竹箫，回到祖国。他曾经到巴黎求学，深造音乐，尽管那时穷得只好到饭馆当杂役、跑堂，但是，为了音乐，什么艰难都没能阻挡住他。他短暂的一生，创作了500多首歌曲。他那搏人心肺的《黄河大合唱》，在革命圣地延安的大礼堂，由鲁艺音乐系的同学们作首场演出时，毛泽东观后，站起身情不自禁地连声叫："好哇！好哇！"

砸脸盆抗日货

　　方志敏（1900—1935），革命家，同毛泽东、彭湃一起，是现代中国农民运动最早的宣传者和领导人。其高贵品质堪称典范。

　　1900年，方志敏出生在江西弋阳县湖塘村。方志敏出生的那年，中原大地正在闹"义和团""红灯照"，山东德州一带的大师兄朱红灯领着弟兄们到处设拳厂、摆拳坛，直闹到京、津一带，沉重地打击了帝国主义洋鬼子企图瓜分中国的阴谋。最后，各帝国主义国家同通一气，向中国派了"八国联军"，加上西太后下令剿杀义和团，向洋人"请罪"，这一震惊世界的反帝爱国运动终于被中外反动势力联合镇压下去。方志敏的童年，就是在这样内忧外患的社会状况下度过的。

　　方志敏的父亲是个勤劳朴实的农民，年轻时曾与人合伙做茶叶生意，后来亏了本，被迫回乡务农。母亲金香莲，善良谦和，持家勤俭。出生在这样一种家庭当中，方志敏从小就参加劳动，养成了刻苦耐劳的习惯。

　　方志敏7岁就开始放牛，他一边放牛，一边割草拾柴，或拎个小口袋到收获后的田里拾豆荚和花生。有时拾的柴草太多挑不动，他就把拾来的豆荚花生送给同伴，请他们帮着把柴草抬回家里。

好家风

8岁的时候,方志敏开始在本村的一所私塾接受启蒙教育。方志敏读书十分用功,他聪明好学,记忆力又特别强,一向很受先生的称赞,同学们也很敬佩他。他一有空就手不离书,读个不停,村里人都亲昵地叫他"书痴子"。他才念了一年书,什么《三字经》《百家姓》《昔时贤文》《幼学琼林》,已经读完了十几本,本本都读得滚瓜烂熟,这些书别的小孩要学3年。

方志敏不但勤于读书,下学后总是帮家里干各种杂活。私塾放农忙假时,他就到田间去,跟在父亲身边拾谷穗、拾稻草,父亲舂谷,他就在米碓边帮助扫碎脚米。由于出身农家,自小参加劳动,方志敏对农村生活和农民的痛苦有着切身的感受。

方志敏刚读满第三年私塾,家乡遇上大旱,村前的三个池塘全干涸了,田里的土地裂开一条条的大口子,禾苗枯黄,庄稼严重歉收。村里的许多孩子都跟随大人外出逃荒,私塾的老秀才也闭馆停教。方家因为经济不宽裕,本来就只准每个男孩读3年书,但方志敏的爷爷得知老秀才和远亲近邻交口称赞方志敏好学上进,不忍让他荒废学业,所以尽管生活已日益拮据,入不敷出,老人还是多方设法,送方志敏去另一所私塾继续读书。

在爷爷的辛苦培育之下,方志敏学到了更多的知识。在新的学校里,方志敏在完成功课之余,想方设法阅读各种课外书籍。他阅读的范围非常广泛,有古典名著,还有一些传播改良变法、介绍民主主义的小册子。有一次,方志敏得到了一本《启蒙画报》,这份画报图文并茂,内容丰富,既有介绍天文地理方面的科学知识,又登有一些历史名人和典故。方志敏对其中介绍的诸葛亮、范仲淹、岳飞、拿破仑、华盛顿、牛顿、瓦特等名人轶事最感兴趣。接触到这些新知识之后,方志敏的眼界大为开阔。

方志敏14岁结束了私塾的学习生活,时逢陈独秀、李大钊、鲁迅等人掀起的新文化运动,民主和科学的思潮很快地波及到弋阳县城。

1916年秋,在父亲四方筹措之下,方志敏带着简朴的行装离开生养他的湖塘村,考入了弋阳县立高等小学。

在弋阳高小,方志敏仍像以前一样,发奋读书,他的各科成绩都属优良,每次张榜公布成绩，总是名列前茅。他尤其擅长作文章和填词作诗。弋阳高小是当时的新式小学，聘请了一些年轻教师，除教授自然科学外，像直布罗陀海峡、阿尔卑斯山、凯撒大帝、叶卡特琳娜女皇、君主立宪、法国的卢浮宫、英国的水粉画等等，人文地理、艺术政治，五花八门的知识也列入了课程，这使方志敏的视野比过去更加开阔。由于方志敏思想敏锐、听课专注、勤奋好学，老师常常称赞他。同学们见他追求科学知识，留心国事，待人热情诚恳，都乐于同他接近。不到一年，他就像一块磁铁，在自己的周围吸引了许多同学。

那时，鼓吹民主，提倡民权，反对旧文化，提倡新文化，抨击时政的小册子很为流行。方志敏是一个憎恶黑暗，渴求光明的少年，对于这类书籍，只要一册在手，读起来连吃饭都会忘记。

自从新文化运动以来，学生和知识分子中间研究新知识的人日渐增多，为了交流思想、联络感情，集会结社的如雨后春笋。方志敏发起成立了"弋阳九区青年社"，利用课余或假日聚集一起，纵谈时事，博览群书，探讨社会问题。这时正值袁世凯做完83天皇帝梦，一命归西，张勋的"辫子军"上演的复辟丑剧刚刚收场，国内政治局面十分混乱。校内一些同学整日埋头读书，不问政治，方志敏劝说他们不能光是死读书，要学以求知，学以救国。

1918年，段祺瑞把持的北京政府，在"山东问题秘密换文"中，承认了日本在山东取得的特权。因此，很快激起了全国各地的反帝爱国浪潮。在几位青年爱国教师的倡导下，弋阳高小开始每周组织同学们举行一次时事演讲会，帮助同学们明辨当时国家内政外交的危急形势。方志敏历来非常关心国家大事，是时事演讲会最积极的参加者。

有一次，一位青年教师站在讲台上，把东洋鬼子1915年和袁世凯签订的丧权辱国的"二十一条"，逐条地边念边讲，他的声音由低而高，渐渐地发出一声声怒吼，讲到激动和痛心处，拳头在桌子上捶得呼呼响。台下听讲的学生一个个情绪激愤，有的竟呜呜咽咽地低声抽泣。这时，方志敏再也忍耐不住了，老师的讲话刚一结束，他便立即跃上讲台，慷慨陈词："这个日本狗强

好家风

盗,野心像恶狼!《北京条约》之后吞并了琉球;甲午之战,夺去我辽东、台湾和澎湖各岛屿。现在提出的这个'二十一条',又进一步想亡我中华民族,把中国变成日本小东洋的殖民地。我们要反对这亡国的'二十一条',我们要打倒日本狗强盗,打倒曹汝霖、章宗祥、陆宗舆这伙狼心狗肺的卖国贼!我们每个有良心、有民族热血的青年学生,都要赶快觉醒,立即行动起来,反对国贼,抵制日货,挽救国家民族的危亡,决不能让国土沦丧,让自己和子孙后代做亡国奴……"

方志敏激昂悲壮的声音,滔滔不绝,像大江长河一样奔腾豪放。会后,同学们一致要求将这篇讲稿公开揭示,作为全校反帝爱国的一篇模范作文,供大家学习。

不久,波澜壮阔的反帝反封建的"五四"运动爆发了,北京各校的爱国学生结队走上街头游行示威。他们高呼"外争国权,内惩国贼""拒绝和约签字""废止二十一条""誓死争回青岛""抵制日货"等口号,向北洋军阀政府请愿,要求惩办卖国贼。爱国学生的正义行动,遭到北洋军阀政府军警的镇压。消息传来,全国上下,特别是知识分子和青年学生,纷纷罢课游行,示威请愿,开展了轰轰烈烈的抵制日货、提倡国货运动。

这一声势浩大的反帝爱国运动,深深地触动了方志敏的心弦。在方志敏等进步学生的倡议下,弋阳高小的全体同学立即行动起来,他们把从北京寄来的《告青年学生书》《告各界同胞书》等宣传品到处张贴,并写好标语口号,在县城集会游行,深入街头巷尾讲演,号召群众"不买日货""誓死不做亡国奴";仗着满腔的爱国热情,方志敏和一些爱国同学一起,把自己平时使用的日本制造的搪瓷脸盆、牙刷、牙粉、东洋席子等日用品,毫无顾惜地全部砸碎、销毁,以表示他们自己的反帝爱国决心。

方志敏的这些日用品,是家里好不容易筹钱为他置办的。他明知砸碎和销毁了这些东西,再也无力购置,但为爱国心所驱使,也顾不得考虑这些了。一位了解方志敏家境的同学拦阻说:"你把这些全部砸碎了,以后用什么呀?"

方志敏慨然回答:"没有用的,我就不用;没有睡的,我就睡在床板上;

以后生病，我就是病得要死，也决不服用日本的仁丹和清快丸！"

说罢，就把砸碎和销毁了的日本货扔到校园的地上。人们为方志敏和他几个同学的爱国热情所激动，很快就在学校内外掀起了一个"查禁日货"的热潮。弋阳这个小小的山城千百年来的沉寂空气，第一次被打破了。

这一年夏天，方志敏高小毕业了。那时候，高小毕业简直就和前清中了秀才一般，亲族们都引以为荣。湖塘村出了个"秀才"，有史以来还是第一次。父亲挽留了几位至亲好友，吃了一顿薄酒便饭。长辈们都称赞方志敏聪明、有才干，愿意资助他到省城继续升学，亲友也劝说他父亲让他多读些书，以后光宗耀祖，免得在地方上受人欺负。

经过"五四"运动的洗礼，方志敏更加关心民族的祸福和国家的兴亡。他那一颗纯真的爱国心，有过不少天真而幼稚的幻想，他曾希望去报考陆军学校，以后带上几千几万人马去踏平日本三岛；他又想去从事实业，以便振兴中国。

1919年秋天，方志敏为实现自己的理想，在亲族的资助下，出发到南昌读书去了。

我们在墙上面画些画吧

迪斯尼（1901—1966），美国动画大师。出身于芝加哥的木工家庭。幼年因父病家贫做过报童，喜爱动物，极富绘画天才。27岁推出"米老鼠系列"卡通片，引起轰动。世人称为"配有彩色摄影机的安徒生"。

1901年12月5日，沃尔特·迪斯尼出生于美国芝加哥市。他比自己的三个哥哥都漂亮，性情温和、乖巧，母亲对他尤为疼爱，几个哥哥也很喜欢这个弟弟。三哥洛依，经常推着婴儿车带他出去，并高兴地用自己赚来的一点钱给他买玩具。

沃尔特的爸爸是个木工，手艺高超，他盖的漂亮房屋很受人青睐，因此一度靠建房出售为生。沃尔特的妈妈，漂亮能干，而且精于计算，堪称爸爸的好帮手。尽管这样，家里总不走运，坏天气啦、不景气啦……一个劲围着他们转。爸爸不认命，每当运气转坏他就搬一次家。在妈妈为沃尔特添了一个妹妹时，他们又举家迁往密苏里州的马瑟琳镇。

在沃尔特的眼睛里，马瑟琳的生活在他的心灵上绘下了美好的印迹。与都市的热闹、喧嚷不同，那是一处非常宁静美丽的农庄。农庄前的一大片草地周围有几棵古老的柳树，柳树条随风吹拂。还有两个苹果园，一个是老果园，一个是新的。园中有各种果树，其中有一种叫"狼河苹果"，果实异常肥硕，引得周围几英里的人都跑来观赏。

为了转交好运，爸爸买下了仙鹤农场。这里土质肥沃，爸爸和3个哥哥把大部分土地用来种玉米，另外还种小麦和大麦。家里养起奶牛，又买了猪、鸡和鸽子。妈妈一天忙到晚，给爸爸和孩子们烧一些吃的东西，帮他们洗衣服、缝补衬衫及外套，还要经管菜园，搅制牛油，以便到杂货店去换一些必需品。妈妈做的牛油纯而且味道鲜美，以至于杂货店老板特别开了一个柜台出售她做的牛油。

沃尔特因为年幼，就跟在母亲身后帮着干点杂活。他又瘦又高，一头蓬松的黄发，并且总喜欢充满好奇地看，眼睛转个不停，好像每个东西对他来讲都很新鲜。他的妹妹小露丝则跟在他后面转，形影不离。他在桥边自己玩泥巴时，如果附近的农人赶着四轮马车从旁边经过，他便会怯生生地站起身来向他们打招呼。他会赶着猪到没去过的地方找食物，猪也会让他骑在背上，每见到人，他便表演一下骑猪的本领。他待猪很好，有只小猪发育不良，沃尔特就拿婴儿用的奶瓶盛满奶去喂这只小猪，并给小猪起名叫"小瘦子"。"小瘦子"时时刻刻跟着他，就像一只狗一样。

一年年春去夏来，秋往冬至，小沃尔特也渐渐懂些事了。农活的不断更替，使他懂得了四季的变化。到了收获芦粟的季节，爸爸和哥哥就把收割回来的芦粟的茎放在压榨器中，沃尔特就牵着拉磨的马绕圈子转。当看到芦粟茎压碎成糊状时，他便会高兴得跳起来。这些沫糊可以做成糖蜜装在大桶中，或者倒在薄薄的煎饼上当早饭吃，也同样可以夹在蛋糕和姜饼中焙烧。如果收成较好，还可以用吸管把多余的糖浆收集起来，装在陶壶中，送到镇上的杂货店去换一些东西来。丰收的季节，还有令人快乐的事儿。麦子割下来后，农场上便弄来了庞大的蒸汽式打谷机，爸爸和哥哥们会格外出力，妈妈也在厨房中忙碌起来。厨房里不断地散发着炸鸡、玉米面包和巧克力蛋糕的香气。到了中午，全家人美美吃一顿丰盛的午餐，谈论起对生活的憧憬和安排。

好家风

沃尔特长大了许多。他开始喜欢到远离农场的地方去玩了，他的哥哥洛依就常陪他一起去。他第一次看到了附近树林中的胡桃树、榛子树、柿子树、野葡萄及野樱桃，这些树结果实时，人们可以任意采食。沃尔特也开始学会了观察林中的各种野兽——兔子、狐狸、松鼠、臭鼠和浣熊。他也开始搜寻树上的鸟儿——美洲鹑、乌鸦、鹰、啄木鸟、野云雀、北美红雀、鸫鹩、燕子和野鸽等等。炎热的夏天到来时，沃尔特又会和洛依一起到几英里外的黄溪去，在缓缓而流的清凉的溪水中泡上一会儿，他玩得非常快活。

不知从何时起，沃尔特开始喜欢上了火车。圣大菲铁路穿过离农场不远的乡间，他的叔叔麦克·马丁就是负责开马瑟琳到麦迪堡之间的火车司机。每次到仙鹤农场来时，沃尔特的叔叔都会带一大包糖给孩子们吃，沃尔特经常趴到铁轨上用耳朵贴着听火车开来的声音，也许是在盼望麦克叔叔的到来。那些日子里，他心目中时刻装着火车和马瑟琳镇站台。

一天，爸爸、妈妈和哥哥们都去了镇上，只有沃尔特和妹妹露丝在家。他们在家发现了一大桶黑乎乎的焦油，沃尔特忽地产生了画画的念头。他对妹妹说：

"用这个画画一定很不错，我们在墙上面画些画吧！画马瑟琳站台和火车！"

"好是好，可是这些焦油粘粘的，画上去擦不掉怎么办？"妹妹担心地问。

"一定可以擦掉。"

排除了顾虑。小兄妹俩就在面朝马路的白墙上大涂大抹起来。沃尔特画了许多房子，上面还冒着炊烟，露丝画了一些弯弯曲曲的线条，沃尔特认为这是铺向镇上来的铁轨。画完之后，他们突然发现焦油根本擦不掉，这下小兄妹俩开始紧张起来。爸爸回来之后，看见墙上黑黑的一片大为生气，但是他也懒得想办法去除掉那些结实的焦油，直到沃尔特一家搬走的时候，那些画还留在墙上。

20年后，这位"墙头画家"向全世界展示了自己惊人的才华，创造了一个又一个活泼可爱、家喻户晓的卡通人物：米老鼠、唐老鸭、白雪公主、爱丽丝、三只小猪……在第二次世界大战期间，沃尔特摄制了《小鹿班比》，用动画片鼓舞盟国的士气，他同期摄制的《空权制胜》，使大众以及决策者的想法深受影响，特别是罗斯福和丘吉尔，他们因此而决定在欧洲登陆时一定要提供足够的空中力量。

沃尔特笔下的米奇之所以可爱，因为它颇具冒险精神，正直诚实，缺乏世故，满怀要胜过他人的童稚野心："米奇是一个好先生，从不害人。他常深陷困境，但不是他的错。他最后总能化险为夷，而且面带笑容。"

好家风

胖子的小爸爸

奥本海默（1904—1967），美国物理学家。曾就读于哈佛大学、剑桥大学。在剑桥时受波恩的邀请到戈廷根大学工作并获得该校博士学位。回国后在加州大学和加州理工学院任教。此后，曾任美国政府首席原子能顾问等职。奥本海默被称为"原子弹之父"。1941年他参加了研究原子弹的曼哈顿计划。

胖子是孩子们喜爱的人物，因为他们在孩子们开心的嬉闹中显得那么和蔼可亲。胖给人以平和之感，使人想到富足和慷慨，胖子往往是滑稽乐天派。

曾经，有一个胖子从29000英尺的高度飞下地去，顷刻间把敌人的两家大兵工厂炸个粉碎，把它们所在的重要城市炸毁了一半。

这是在1945年8月9日。一枚叫做"胖子"的美国钚弹轰炸了敌国的一座城市，彻底摧毁了他们负隅顽抗的决心，结束了第二次世界大战。

谢谢"胖子"，不然英勇的盟军至少得再损失150万条生命，这绝不是信口开河，它是盟军里一位戴太阳镜、喜欢抽烟斗的老爷爷算出来的。

"胖子"的威力如此之大，是由谁制造的呢？他就是罗伯特·奥本海默。

罗伯特出生于美国纽约的一个富有家庭。爸爸鸠利阿斯·奥本海默是一位生在德国的企业家、绅士,他的妈妈是才华横溢的画家,在学校里教授艺术。

罗伯特的爸爸妈妈常请乐队在家里演奏古典交响乐,小罗伯特总是凝神谛听。这位穿着入时的小男孩,从不吵吵闹闹。

小罗伯特5岁那年,爷爷给了他一包矿石,小罗伯特拿到纽约中央公园去研究矿石的组成、开裂的表面及浸蚀的痕迹,并在家里设置了一间收藏矿物学书籍的书房。

到了入学的年龄,爸爸妈妈将小罗伯特送入纽约的伦理教化学校,它是专为天才儿童设立的,其宗旨是发展儿童独特的智慧和性格。这所学校的教学内容丰富、活跃,除一般课程外,还设了烹饪、缝纫、木工、编织和其他工艺,而且这所学校不分种族、肤色和信仰,它希冀一切幼小的心灵在水乳交融般的友谊气氛中,得到正常的发展。这一切给小罗伯特影响极深,即使他长大成名之后,也仍然厌恶人为的等级待遇和差别。

上学期间,为了增长学识,小罗伯特几乎没有假日。一个夏天,他用6个星期学完整整一年的化学课程。他还模仿大人的谈吐,参加讨论时事。小罗伯特很少与同龄的孩子交往,父母也不鼓励他参加户外活动。小罗伯特唯一的运动爱好是划船,于是爸爸就给他买了船,任他和弟弟玩耍。

小罗伯特埋头读书,他还将自己学的法文诗译成希腊文,再译成意大利文,并尝试保持原来的韵味。后来,这个小男孩竟使用成人所常用的词汇,打出一封"很有学问"的信,看过的人谁也不会相信他仅有11岁的年龄。

第二年,小罗伯特收到一份邀请,请他到纽约俱乐部的学术演讲会上去发表演说。小罗伯特感到很不好意思,他几乎没在大庭广众中间讲过话,羞怯使他生畏。他央求爸爸写信去解释一下他不能出席会议的原因,或干脆告诉这个俱乐部,他仅是个12岁的孩子。然而,热衷于出名的爸爸并不采纳。

在指定的那天晚上,爸爸妈妈陪着他到了会议厅。当这位小小的主讲者高坐在主讲席上时,他的妈妈在如雷的掌声中笑了,而小罗伯特却窘极了,但过了一会儿,他恢复了自信,开始旁证博引,侃侃而谈,演讲得十分成功。这篇题为《曼哈顿岛上的岩石》的演说后来发表在该矿物俱乐部的刊物上。26年后，以《曼哈顿计划》命名的原子弹工程的设计制造者正是当年的小罗伯特，这也许不是偶然的。

功夫不负有心人，罗伯特以第一名的成绩领取了自己的毕业证书。为了鼓励小罗伯特的好学，爸爸带着他去欧洲旅行。他们走遍了希腊、意大利、德国、法国、荷兰和英国。游山玩水的同时，小罗伯特采集了好多岩石标本。小罗伯特还登上比萨斜塔测试自由落体的轨迹，体验了一番当年物理大师伽利略的感受。他写生绘画，给各种建筑式样做出详细的注解，推断历史风尚对建筑风格产生的影响。

1943年初，第二次世界大战最关键、最艰苦的时候，罗伯特到新墨西哥州负责原子弹基地的建设工作，1945年7月16日，历时3年，耗资数千万美元的原子弹终于试验成功了。历史证明，后来的两次实战爆炸，加速了美、苏、中、英、法五大盟国最后的胜利。

撒烟丝的孩子

奥斯特洛夫斯基(1904—1936)，苏联作家。出身工人家庭，9岁当上了牧童，在车站食堂当过小伙计。十月革命爆发后，积极投身地下斗争。15岁自愿加入红军，在布琼尼骑兵师服役，作战英勇，后受重伤失去右眼。在战后的和平建设工作中，他的健康数次濒临危险。在双目失明的条件下，写成了30多万字的自传体小说《钢铁是怎样炼成的》，1935年获得列宁勋章。

放学了，有个罚站的小学生还不能回家。他跟一个有钱的孩子打了架，这使瓦西里神父十分生气。神父向这个叫尼古拉*的11岁小男孩严厉地下令说："今天不许你回家吃饭！"

瓦西里神父是这个教会学校里最有权力的人，他身穿一件又肥又大的黑色法衣，脖子上挂着一只沉重的十字架，虽说他是个身体虚弱的胖子，在学校的四堵墙里却人见人畏，谁都怕他。

---

*尼古拉：奥斯特洛夫斯基的名字。

好家风

　　同学们很快就走光了，神父担心尼古拉在空教室里淘气，便把他连揪带推地送进高年级课堂，叫他坐在最后一排座位上。

　　起先，尼古拉又是气愤又是饿，可是过了一会儿，他就听起老师讲课来。高年级的老师是一个瘦子，穿着黑色的上衣，正在跟学生讲地球，她说地球已经存在好几百万年了。尼古拉听了觉得很奇怪，几乎想站起来跟老师说："这跟《圣经》上所说的完全两样呀。"但是他怕挨罚，没敢提问。

　　尼古拉的《圣经》课，神父平时总是给他5分的。《祈祷书》和《新旧约》他都背得烂熟，他清楚地知道上帝哪一天创造了哪一种东西。尼古拉不知道是《圣经》上错了，还是那位老师讲错了，他决心问问瓦西里神父这件事。

　　在下一次上《圣经》课的时候，神父刚一坐下，尼古拉就举起手来，一得到允许，他就站起来说：

　　"神父，为什么高年级的老师说地球已经存在了好几百万年了，不像《圣经》上说的五千……"他突然给瓦西里神父那尖声的喊叫拦住了：

　　"混帐东西！胡说八道！这是你从《圣经》上学来的吗？"

　　尼古拉还没来得及答话，神父就拧住他的两只耳朵，把他的头往墙上乱撞起来，尼古拉被撞伤了，吓昏了，还被赶出了学校。

　　第二天，母亲去了学校，到神父面前苦苦央求，尼古拉才算复了学。从那天起，尼古拉就恨死了瓦西里神父。他又恨他，又怕他。他从来不饶恕侮辱他的人，他更不会忘记这顿冤枉打。

　　神父不喜欢尼古拉，常常侮辱他，往往为了极小的事情，神父就把他赶出门去，几个星期的工夫天天罚他在教室里站墙角，也不管他的功课，因此他不得不跟别的几个不及格的同学一道到神父家里去补考。

　　当他们在神父的厨房里等着补考的时候，尼古拉看到厨案上有一团发面。他想起明天是复活节，这面一定是准备蒸糕的。突然一个念头涌上心头，他高兴起来。因为他恨透了神父，就悄悄地把一撮烟末儿撒在面团上。

　　第二天早上，上课的铃声响了，全班学生都静悄悄地坐在位子上，神父气势汹汹地走进了教室。尼古拉看到神父这副神气，心里不安起来。

果然，神父用他那凶恶的小眼睛把全班同学扫视了一遍后，就发话了："节前上我家里来补考的，都站起来！"

神父瞪着从座位上站起来的6位小孩子——4个男的，2个女的。他们都惶恐地瞧着这个穿黑色法衣的人。

"你们坐下，"神父向那两个女孩子挥一挥手说。

两个女孩子赶快坐下，松了一口气。

瓦西里神父的那对小眼睛盯在其余4个男孩子身上。

"宝贝儿，到这儿来！"

瓦西里神父站起来，推开椅子，走到紧紧地挤在一起的4个小孩子跟前。

"你们这些小无赖，谁抽烟？"

4个人都小声回答：

"神父，我们都不抽烟。"

神父的脸气得发紫。

"混帐东西，你们都不抽烟，那么面团里的烟末儿是谁撒的？你们都不抽烟吗？好，我们马上就来瞧瞧！都把口袋翻过来！快！听见了没有？翻过来！"

其他3个孩子都顺从地做了，把自己口袋里的东西掏出来，放在桌子上。只有尼古拉，心里恨透了神父，他站着没动。

神父仔细地检查着他们口袋里面的每一条线缝，想找出一点烟末儿，但是什么也没找到，他就转过去对着尼古拉，这孩子的黑眼珠正瞪着他。

神父一向不喜欢这个倔强的穷孩子，他一面用手指戳着尼古拉穿破旧灰色衬衫的肩膀，一面从牙缝里问道：

"你为什么像木头一样站着？"

"我一只口袋也没有。"尼古拉低声地回答说。

"啊，没有口袋？你以为我就不知道谁能够做出那样可恶的事情——把复活节的面团糟蹋了，是不是？你以为现在学校里还能要你吗？哼，你这个小鬼，这回可不能便宜你了。上次是你母亲恳求才没有开除你，这回可不行了。你给我滚出去！"他使劲地拧住尼古拉的一只耳朵，把他推到走廊里，随手就把门关上了。

尼古拉被赶了出来，坐在教室门口的台阶上。他怎么回家呢？母亲为了生活，为了儿子，从早累到晚，给别人家干活。他怎么跟母亲说呢？想到这里，尼古拉给眼泪哽住了。

下课了，孩子们成群地拥到院子里来，围住尼古拉。他忧郁地坐在那里，一句话也不说。

这时，校长的头从教师办公室的窗口伸出来了，他那低沉的声音，使尼古拉吃了一惊。他喊道：

"叫奥斯特洛夫斯基马上到我这里来！"

尼古拉的心怦怦直跳，朝教员室走去。

尼古拉为了惩罚找茬欺负穷孩子的神父，被学校开除了。在这之后，他进车站食堂当过小伙计，在机车修配厂里做过工，15岁那年，他跟上了威名赫赫的骑兵元帅布琼尼，头戴缀有红星的尖角帽，穿着红色的宽裤子，挥舞着雪亮的军刀，在乌克兰的草原上，在第聂伯河畔，往来驰骋，英勇冲杀，成长为一个意志坚定的战士。

大河彼岸的召唤

斯诺（1905—1972），美国著名新闻记者、作家。早年当过铁路小工和印刷学徒，毕业于密苏里大学新闻学院，在海轮上烧过锅炉。1933年起在燕京大学任教，支持北京学生的爱国抗日活动，参加过"一·二九"运动。曾将《阿Q正传》《孔乙己》译成英文，撰写了闻名中外的《西行漫记》，书中对中国革命的发展做出了正确的预言。

许多人都见过一张抗日战争时期毛泽东头戴八角帽，双眉微蹙、面色冷峻的照片。这张像片出自一个杰出卓越的美国记者，埃德加·斯诺之手。是他，第一个走上"神秘"的中国革命"新大陆"。

那是1936年6月的夏天，天气正热，埃德加·斯诺要去完成他西北之行的重要一站：会晤毛泽东，一位受到国民党政府通缉的共产党领袖。还有另一位美国青年与他同行，那就是马海德大夫。

见到毛泽东后，斯诺想要给毛泽东拍摄一张很庄重的"标准"像，但他觉得领袖光着头，穿着随随便便，看样子太不正式。马海德却把这个问题解

好家风

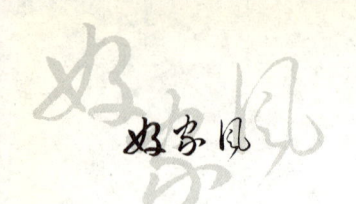

决了：他从斯诺头上把八角红军帽摘了下来，把它戴到毛泽东的头上。正如大家所知道的，这是当时拍摄下来的最好的一张照片，它将红军领袖的真神风韵推出展示给世界大众，也为斯诺赢得了现代新闻史"哥伦布"的美誉。

除此之外，斯诺还曾沿着中国当时仅有的 8000 英里铁路线进行了一次大旅行。烟波浩淼的太湖风光，河道纵横的东方水城苏州，水光潋滟的杭州，雄伟矗立的泰山，古柏参天的孔庙，婀娜秀丽的北京，这些美景使斯诺大饱眼福，深深领略了自己梦寐以求的"东方魅力"。斯诺自小养成的"旅行癖"彻底畅快了一番！

1905 年 7 月 19 日，斯诺出生在美国中部的堪萨斯城。这座城市，倚傍着奔流不息、滚滚南去的密苏里河，是沟通美国东南西北的一个交通枢纽。河上，货轮南来北往；城边，铁路支线伸向四方；郊外是一片肥沃富庶的原野。

斯诺的祖先是英格兰人，早年飘洋渡海移居北美，住在东海岸的北卡罗来纳。由于他们在独立战争中立下战功，联邦政府特地奖给他们一块位于西邻肯塔基州的土地，他们在那里建起一座美丽的庄园。早在内战前，他们就解放了庄园的契约奴隶。斯诺的祖辈坚定地维护南北统一。斯诺家族同当年的西部英雄一样，具有"开拓新地、寻求新生"的美好、勇敢的传统。

19 世纪 70 年代，斯诺的爷爷独自来到美国中西部的堪萨斯州，艰辛创业，办起农牧场，同时还经营商业。斯诺的父亲读过大学，毕业后，与一位爱尔兰-德国血统的姑娘结婚，并在芝加哥赚了一笔钱，接着就回到堪萨斯，买下一家牛羊商人的小报和一个印刷所，做起了印刷出版生意。

斯诺出生后，在天主教堂接受洗礼，取名为埃德加·帕克斯·斯诺，帕克斯是斯诺爷爷的名字。斯诺懂事后，嫌中间这个名字不好听，以后就再也没有用过。斯诺有一个姐姐和一个哥哥，他排行老三，也是最小的一个。

斯诺的父亲对孩子们有一个训导："金钱等于劳动"。它反映了美国人既重视金钱又重视劳动的观念。斯诺从 9 岁起，每逢周末假日，就和哥哥一起，从父亲开办的印刷所往合同报馆搬运包裹。后来他发现，到附近的一家药店可以挣更多的钱，就独自离开爸爸当了一名卖苏打水的小伙计。这当然得到父亲的赞赏，因为孩子才十来岁就懂得通过劳动谋生了。过了一些时候，少年的斯诺又到一条铁路线上当添机器油的少年员工，每个周末都可以免费随列车到不远的奥萨克风景区去做一次小旅行。

人在幼小时所得的印象，哪怕极其微小，小到几乎觉察不出，都对将来有极重大、极长久的影响。更何况，旅行具有那么大的吸引力，立即使少年斯诺对它如痴如狂。

在堪萨斯城斯诺一家居住的街区附近，有一爿中国人开的洗衣店。店老板是个广东人，喜欢吃老鼠，和自己家里人说起话来呷呷咿咿像鸭子，这使斯诺非常感兴趣。他常常随着一群顽童跟在店老板后面手舞足蹈，大声喊叫：

前面一个中国人，
洗衣做菜样样能。
嘴里嚼着老鼠肉，
甭提滋味有多嫩。

这件事给斯诺的印象很深，使他对遥远的中国产生了奇妙的感觉。从那时起，斯诺就梦想到远方，到中国这一"天朝帝国"去。斯诺读了许多历奇探险的书籍，笛福的《鲁滨逊飘流记》、儒勒·凡尔纳的《金银岛》《神秘岛》，马克·吐温的《汤姆·索亚历险记》《哈克·贝里芬历险记》、杰克·伦敦的游记，他对凡尔纳笔下无所不知的赛勒斯·史密斯博士真正着迷了。书籍大大增强了少年斯诺到外部世界去探险、去开眼界的欲望。有一次，他开着姐姐未婚夫的汽车到处兜风，撞坏了车子，连姐姐的婚约也给毁了。为了赔偿损失，他不得不用整个暑假时间去做工挣钱。

14岁那年的夏天，斯诺到距堪萨斯城不远的一个农场帮助收了几个星期的麦子，攒了一笔钱。他决定背着父母伙同两个中学同学鲍勃、查理到美国西海岸的加利福尼亚去旅行。外出把孩子们弄得魂牵梦绕，计划在秘密进行着。暑假一到，鲍勃立即开出家中新式的旅行车，三个朋友登程远行了。他

好家风

们沿着崎岖的圣菲小道向西挺进，穿过科罗拉多大峡谷和费瑟河涧，翻过峥嵘挺拔的落基山脉和内华达山脉，终于到达美国西海岸，看到了波澜壮阔、浩瀚无垠的太平洋。迎着阵阵强劲、湿热、多味的海风，望着海鸥翔集、浪花飞溅、水天相连、涛声起伏的洋面，斯诺伫立远眺、暇思良久，一个雄心勃勃的念头蓦然而生："太平洋，你这个庞然大物，总有一天我要征服你，去看彼岸的世界！"

在洛杉矶西南的圣莫尼克市，鲍勃的父母找到了孩子们，他们拉走了鲍勃，把汽车也开走了。斯诺只得与查理搭伴返回。钱花光了，他们就一路打零工，扒火车，有时也求人施舍，历尽奇遇、劫持和危险，才回到堪萨斯。

人回到了学校，心却还在旅途中。伟岸的幽川峡谷、广袤深邃的森林、变幻无穷的大海，在斯诺心中不停浮现。

少年时期的漫游，对斯诺未来的生活道路产生了决定性的影响。在旅行和探险的星光日影、山风夜雨中，他磨砺出了勇敢、坚韧、一往无前的精神品格。对于一个旅行家和记者，这些是不可或缺的。这一次远行，成为日后实现周游世界伟大理想的预习。

他有个会"算命"的母亲

钱拉·菲立浦（1922—1959），法国戏剧、电影表演艺术家。出身商人家庭，青年时代登台从艺，为世界影坛塑造了众多的思想性格各异的角色。代表作有《郁金香芳芳》《红与黑》《帕尔玛修道院》。

在法国南部美丽的海滨城市戛纳，有一对菲立浦夫妇。菲立浦这个姓，在法国太常见了，从历史上的国王到街头的鞋匠，像中国的张三、李四一样，车载斗量。我们故事里的这对菲立浦夫妇中的菲立浦先生，原是一个农夫气质浓厚的律师，后来改行经商，当上了旅馆行业的经理。他终日忙着招呼店务，无暇顾家。他的太太是斯拉夫族后裔，热情、好逗，身躯宽厚，心地像乌克兰草原一样纯朴，对自己的两个儿子异常疼爱，平日很喜欢跟孩子们一起嬉戏。因为老二是早产儿，发育缓慢，很晚才学会说话走路，菲立浦太太在他身上往往多添一只眼睛。

待到慢长的老二摇摇摆摆地踟蹰学步时，菲立浦太太整天牵着他在幽静的花园里练腿劲。在高大的林木间，在弯曲的小径上，经常可以看到菲立浦太太耐心的身影。

好家风

除了散步之外，菲立浦太太很喜欢给两个儿子讲故事，菲立浦太太的故事五花八门，有感伤的、快活的，也有悲惨的。她发现老二特别爱听那些逗乐的故事，常常为此笑得前仰后合，一双晶亮的蓝眼睛闪闪发光。对离奇古怪的故事老二也感兴趣，还经常想象和描绘这些故事里的人物该有什么穿着打扮、言行举止。并且，这个看去弱不禁风、含蓄稚气的老二还很爱演戏，喜欢独自扮演恐怖戏和悲剧戏中的每一个角色，这样做，他不怕有多次"死去"。

有一天，菲立浦太太突然看见老二在水里挣扎，随后就被波涛卷入水中。她顿时惊恐万分，慌慌忙忙喊人来救命。没想到，老二这时候又笑嘻嘻地重新露出了水面，并且迅速游回母亲的身边。原来他是在演戏呀！

在上中学哲学班的时候，老二得了胸膜炎。病愈之后，改为走读了。这正称菲立浦太太的心，因为老二特别需要照顾，住宿学校总没有在家里生活得舒适、愉快呀！

就在老二住家养病期间，命运之星降临了！菲立浦太太有个叫苏珊·德沃约的女朋友，曾经是法兰西喜剧院的成员，退休以后，来到戛纳安度晚年。在她组织的一次晚会上，有个男演员突然生病，无法出场朗诵诗歌，节目单上少了一个节目。苏珊在菲立浦家的沙龙里曾见过几次戏迷老二，这时想找他临时登台表演。从未在大庭广众中登过台的老二起初拒绝了，但架不住苏珊再三请求和鼓励，他才勉为其难地答应下来。一经郑重应允了，老二就准备得很认真。几天以后，他终于在一百多位艺术鉴赏水平较高的观众面前，自然大方地朗诵了弗朗克·诺汉的一首寓言诗。这次演出一结束，苏珊就高兴而激动地跑到菲立浦太太的面前去，热情地向她祝贺："这小家伙真棒，真了不起！并非我有什么职业性的癖好，不过我看您的儿子可以演戏。您丈夫会有什么意见呢？"

生意人总是惦着和谁打官司，菲立浦先生想让老二读法学院，将来好为家族出力。老二脑子里梦想的是当个火车司机什么的，虽说平时喜爱看戏看电影，模仿舞台动作，念叨台词，的确没想过以演戏为职业。

对儿子的前途命运，菲立浦太太心里可清楚得和明镜似的。当时正值第二次世界大战期间，法军溃败后，第一次世界大战的老英雄贝当元帅在贡比涅森林同德国元首阿道夫·希特勒签订了卖国协定，法兰西大片国土沦遭纳粹铁蹄践踏，唯有戛纳还是一块未被德军占领的自由区。一时许多影剧名流来到这里，所以尼斯顿时成了法国文化生活最为活跃的地方。

菲立浦太太很会用纸牌算命玩，许多影剧界人士在战火纷飞的年代里十分迷信，总爱来找这位"花园旅馆"的老板娘预卜吉凶祸福，她的占卜还经常使他们颇为信服。有一次，电影《女人湖》的导演马克·阿莱格雷也来找菲立浦太太算命，她顺便问他能否让自己的老二当个演员。马克似乎没有十分把握地答应了：

"那就把他交给我试试吧！"

嘿！菲立浦太太给自己儿子的这一命算得最准！因为这个菲立浦家的老二，就是后来大名鼎鼎的钱拉·菲立浦。

不是小姑娘干的事？我试试

卓娅（1923—1941），苏联女英雄。法西斯德国进攻苏联时，卓娅志愿参军，在敌后进行游击活动。1941年11月在执行任务时被德军俘虏，经受严刑拷打，坚贞不屈，壮烈牺牲。死后被追赠"苏联英雄"称号。

卓娅·科斯莫捷米扬斯卡娅，1923年9月13日出生在一个叫杨树林的小村，在村子周围，种着稞麦、燕麦的农田延伸得很远很远，春天来到的时候，草地上开满了野花，油绿的嫩草覆盖着大地，处处是红的、蓝的、金黄的野花，银菊、铃铛花、矢车菊，像火星似地怒放着。

卓娅生下来时身体很小，很瘦弱，但在弟弟舒拉出生后，尽管她才两岁，就开始照顾弟弟，要是弟弟醒了，屋里恰好又没有别人，她就摇他的摇篮，她还会照妈妈的吩咐做事情，把弟弟的尿布递给妈妈，把奶嘴放进弟弟嘴里。卓娅很爱弟弟舒拉，在舒拉学会走路以后，当着大人的面，她常常会学着大人说话："用不着娇惯孩子，让他哭会儿吧，这没什么！"等她一个人和小弟弟玩时，如果他跌倒哭起来，她会跑去拉他的手，努力把比自己胖得多的弟弟抱起来，撩起衣服替他擦眼泪，还劝他说："别哭，你要做一个勇敢的孩子。对啦，好孩子……你拿着积木，来，咱们铺一条铁路，你愿意吗？……这是画报，我给你看看画儿好吗？你来看……"

快满 8 岁时，卓娅的家从杨树林搬到了莫斯科，她和弟弟舒拉第一次乘坐轰隆隆作响的有轨电车，小姐弟俩把鼻子紧贴着电车玻璃窗，望着外边的高楼大厦，华丽的汽车，疾走的人群……首都的一切太吸引人了！就在这一年，卓娅上小学了。虽说舒拉还小，可他不愿一个人留在家里，他习惯了和姐姐在一起。正好她的妈妈是小学教师，校长把姐弟俩分配到妈妈的班里。

卓娅学习非常认真，在学校里，她把全部心思用在功课上，而且她很能抑制自己的感情，绝不表现出她和"老师"的母女关系，有时候，她像同学们一样直接称呼妈妈"留芭芙·齐莫菲耶夫娜"。

回到家，一吃完饭，她马上就坐下做作业，向来不需要大人催促。学习，对于她是最重要的、最感兴趣的事。每个字母，每个数字，她都尽量努力写好。她拿练习本和书的时候，也是那样小心谨慎，就像手里拿着一只娇嫩的花瓣和毛茸茸的小鸡似的。爸爸一向主张应该买崭新的课本给孩子们。他说："把有污渍的、零乱的书送给孩子们，是很不好的事，这样的书孩子们也不高兴爱惜它……"

在姐弟俩开始作功课的时候，卓娅会郑重地问："舒拉，你的手干净吗？"

最初弟弟不高兴接受："你管得着吗？去你的吧！离我远一点儿！"

慢慢地，舒拉就同意了，而且每当要去拿课本之前，不等姐姐提醒就洗手了。

除了认真地做功课，卓娅姐弟俩还挺喜欢画图画。卓娅乐于画房子。她画的房子顶盖很高，是翠绿色的，烟囱向外冒着烟。靠近房子是一棵苹果树，树上结满了圆圆的果子，有时候画上还有鸟儿、花儿、天空中的太阳……舒拉的图画本上画着向不同方向奔驰的马、狗、汽车和飞机。铅笔在舒拉手里从来不颤动，他画出的线条很均匀、有力。姐弟俩最喜欢玩妈妈发明的一种游戏："怪东西"。"怪东西"就是他们在白纸上随便画一条锯齿形的线，或是

好家风

一条曲线，或者一条奇形怪状的东西，妈妈就在这些无意义的线条上想象出两幅画来。

舒拉在纸上画上一个像长形鸡蛋似的东西，妈妈看过后，考虑半分钟，就添上鳍、尾巴、鳞、眼睛，于是在姐弟俩眼前就出现了一条……

"鱼！鱼！"他们高兴地喊道。

卓娅在纸上点了一个最平常的墨水点，妈妈就把它画成一朵很美的花：带茸的紫色菊花。

等姐弟俩长大了一些，他们就和妈妈调换了位置：妈妈画怪东西，由姐弟俩想出可以由这些东西画成什么。孩子们的想象力是不可限量的，很小的一个怪形状，会变成一座仙境般的楼台，几个斑点会变成一张人脸，曲线会变成大树。这些是那么有趣！

听妈妈读书也是一件乐事，妈妈常给他们读普希金的作品。普希金的诗，向姐弟俩打开了一个可爱的、美丽的和愉快的世界。再就是希腊神话、俄罗斯民间童话，赫克利斯大力士，英雄普罗米修斯，馋嘴的熊，妄想吃鱼、把半条尾巴冻在冰窟窿里的老狼……

他们可以把一首普希金写松鼠的诗背诵下来：

　　……唱着歌子，
　　一个劲咬着榛子，
　　榛子并不是平常的，
　　壳儿全是金的，
　　瓤儿是纯的绿宝石……

卓娅和舒拉虽然记住了很多的故事，可是他们仍一次又一次地要求："妈妈，请你给我们读关于金鱼……关于彼得大帝的故事……"

有一次妈妈给他们读《乔玛的童年》，读到乔玛的父亲因为他折断了花枝责打他的那一段，姐弟俩迫切地想知道以后的情形，但是天已经很晚了，妈妈让他们去睡了。后来的几个星期日，妈妈太忙，始终没能够给他们读完《乔玛的童年》。最后卓娅忍耐不住了，她拿起书来自己把它读完了。

从这以后，无论是什么，报纸也好，童话也好，课本也好，只要到她手里，她就会手不释卷地读下去。卓娅最喜欢读盖达尔的作品。盖达尔知道孩子们是用最大的尺度衡量一切：勇敢，他们喜欢不顾一切的；友爱，他们喜欢忘我的；忠实，他们喜欢无条件的。只要盖达尔的新书一出版，卓娅的妈妈就马上设法买一本。

卓娅曾经问妈妈："妈妈，盖达尔住在什么地方？"

"好像在莫斯科。"

"看看他才好呢！"

户外活动也是姐弟俩热衷的，每逢暑假开始，卓娅和舒拉都到少先队夏令营去。他们和同学们一起去林子里采浆果，在激流的河里游泳，练习射击。卓娅还得了一百米赛跑的第一名。

卓娅做什么都是那样一丝不苟。玩"白棍儿"游戏最能说明她的要强的性格。那是一个美好的夏天。表哥斯拉瓦来了，他教给卓娅姐弟俩和邻居的孩子一个游戏，他们非常喜爱这个游戏，它的名称叫"白棍儿"：在晚间，天黑的时候，暗色的东西和地面混成一色，眼睛只能辨别光亮和白色的东西时，最适合做这个游戏。

卓娅姐弟俩和邻居的孩子们分成两队，然后选出评判员来，评判员尽可能把白棍儿掷得远远的，所有参加游戏的人都去寻找白棍儿，谁找到了谁就马上跑回把它交给评判员。但往回送棍儿必须巧妙地、暗暗地、不使对方发觉。如果不被对方发觉，把棍儿交给评判员，这一队就得两分，如果对方发现了拿白棍儿的人，并捉住他，那两队各得一分。游戏继续到某一队获得10分为止。

卓娅和舒拉特别喜爱这个游戏。舒拉常当评判员，他的手有劲，能把棍掷得又远又巧妙，不容易被找到。有一次卓娅自己要出来投掷棍儿。

"这不是小姑娘干的事！"一个男孩子说。

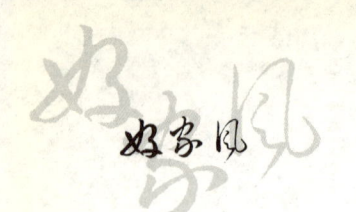

"不是小姑娘干的事？来，我试试！"

卓娅拿起棍儿来，抡了抡，掷了出去。棍儿落在很近的地方。卓娅脸红了，咬着嘴唇回家去了。

游戏结束后，斯拉瓦和舒拉一起回到家里时，他问卓娅："你为什么走了？"

卓娅不做声。

"生气啦？多余。你不会扔，让另一个会扔的人当评判员好啦。你就和大家在一起玩吧。用不着生气呀。自尊心在合乎限度的时候是好的，如果超过限度，那就不好了。"

卓娅仍然没有回答，在第二天晚间，她像往常一样参加了游戏。孩子们都喜欢她，谁也没提昨天的事。这件事全家人很快就忘掉了。

可是，有一天斯拉瓦走进屋子把卓娅的妈妈招呼了出来。他们转过屋角，走过了栅栏。

"留芭姑姑，你看！"斯拉瓦小声地说。

在距他们很远的地方，卓娅背对着他们站着。她抡起一件什么东西，把它掷出去了，自己随着就去把它拾起来。她在练习掷"白棍儿"。妈妈和斯拉瓦在树后隐藏着，卓娅没看见他们，她不知疲倦地一次又一次地掷木棍，跑去拾回来，又重新掷出去。最初她只是挥臂，以后全身都运动着，好像她本人也随着棍子飞，她把棍子掷得一次比一次更远。

妈妈和斯拉瓦表哥悄悄地走了，不久以后卓娅也回家来了。她累得脸红了，额上冒着汗珠。妈妈和表哥互相看了看，斯拉瓦表哥噗嗤一笑。卓娅问道：

"你笑什么？"

可是斯拉瓦也没解释。

接连几天，卓娅都在同一时间去外面掷石块，或掷木棍。大约10天之后，卓娅对邻居的孩子们说：

"来，咱们玩'白棍儿'呀！可是得我当评判员！"

"你还是不认输呀？"舒拉纳闷地说。

卓娅一言不发，挥动棍子就掷出去了。周围的孩子们只是惊讶地喊了一声:"哎呀!"棍子在空中一闪,就落到很远的什么地方去了。

"这小丫头真厉害呀!"外祖父在吃晚饭时说;"这棍子对你有什么要紧?并不是为了什么正经事,只是为了争口气。"

卓娅打算回答,可是外祖母抢到前头了:

"这正如俗话说的:'不到黄河心不死。'"接着她又微笑着补充说,"这样正合我的心。心里不服,非争这口气不可,对不对,外孙女?"

卓娅低头在盘子里吃菜,默默不语,后来她忽然微笑了,也用谚语回答说:"深水有肥鱼!"

围着桌子吃饭的人都笑了。

好家风

贝利！贝利！

贝利（1940—），世界球王。率巴西队连获3次世界杯赛冠军。1956年加入桑托斯足球俱乐部打左内锋，使该队几次获南美俱乐部杯赛冠军，1962年首次获世界俱乐部锦标赛冠军。1969年11月20日在其第909次比赛中射进第1000个球。贝利脚力出众，射门准确，有卓越预判能力，号称"黑珍珠"，成为巴西的英雄。

在巴西有这样的话："要是一样东西会动，踢它一脚；要是不会动，也给它一脚要它动；要是太大了踢不动，拿它去换样小的东西来踢。"

足球是巴西的国艺，像印度人的瑜伽，日本人的相扑一样，要想在巴西受人尊重，就得下场子动脚踢球，甚至国家元首和政府官员都要靠自己对足球的感情，博得国民的一份支持。所以巴西的孩子一学会站就开始学踢。学走倒是下一步的事。贝利也不例外。

那个年代巴西的经济状况不佳，贝利的爸爸堂丁奥虽是一位职业球员，家里并不宽裕，小贝利买不起球。可贝利是个真正有天份的孩子，因为他迷上的是踢球，而不是足球本身。当然，他嘴上说自己想当飞行员。

像某个乒乓球世界冠军用跛拉板儿当第一张球拍一样，小贝利的第一个足球也是代用品。他找来一只最大的袜子，塞满了破布或旧报纸，然后把它尽量按成球形，最后外面用绳子扎紧。小贝利的"足球"就做好啦。

"球"不怎么样，可贝利和小伙伴们却非常喜欢踢它，对球场他们更不讲究，什么场地都行。贝利家住的那条街要算开球率最高的，因为小伙伴们觉得没贝利球就踢不过瘾，可贝利还得照顾弟弟左卡。

对贝利一心一意地踢球，妈妈是不乐意的，贝利的妈妈把踢球看成抢劫银行那么坏，在妈妈眼里，堂丁奥爸爸脚法很不赖，家里的福气都给他踢到大街上和球场上去了。不过，妈妈也知道踢球的好处：那就是贝利没有机会去闯更大的祸。踢球时他不会离家太远，而且还可以成全一桩交易：贝利要想踢球，就得照顾左卡。

对未来世界球王的基础训练课程表来说，这部分加码似乎是太苛求了一点。又要专心踢球，又要当保姆，实在很难做到。左卡太小，他老是要爬上球场，有人跑过从他身上跌倒，他就大哭大叫钻回家里，贝利的耳光就吃定了。既然已经讲过左卡归他照顾，事情就这么定了，再争也无用。

贝利和小伙伴们的"球"越踢越精，随着年纪越来越大，"球"里面塞得东西也越来越多，"球"也越来越大，越来越重。他们加工"球"的"原料"有些是从晒衣绳上直接取下来的。袜子的主人还蒙在鼓里，还不知道自己对巴西未来的足球事业做出了贡献。

"球"越来越难踢了，因为每塞一次东西它就变得更重一些；"球"进过泥坑后，或者碰上阴雨天重量还要增加。但这些都没有关系，当时贝利一心只想着踢动"足球"，要它服从自己的意志。

后来，贝利和他的一群伙伴决定仿照大人们的样子，自己也组织一个像样的足球俱乐部，叫做"9·7"俱乐部，因为贝利家门前的鲁宾斯阿鲁达路的尽头是"9·7"街，而9月7日正是巴西独立纪念日。小伙伴们决心成立个像样的球队，要踢真正的足球，穿上正式的球衣、球裤、球鞋、球袜。总之，要像个名副其实的俱乐部。

好家风

俱乐部暂时决定总部就设在贝利家的后院,好在妈妈宁可让他呆在家里,少出去闯祸,所以她答应了。

俱乐部的第一项议程,首先要解决球的问题,很快就有办法了。

"我们来拼凑一下,"贝利出主意说,"为里约热内卢或圣保罗的三四个第一流俱乐部搞几套足球卡片。要选几个鼎鼎大名的队伍,像哥林仙队啦,火鸟队啦,达伽马队啦之流的。这种卡片一定好卖,可以换钱来买球。"

美国一度也流行过棒球卡片,巴西的足球卡片也是同一回事。卡片的正面是某个俱乐部大球星的照片,反面是有关这个球星的介绍。糖果、烟丝,几乎卖所有东西都可以附送一张这样的卡片。不论哪个街区,不论贫富,总有孩子们热衷于交换卡片。不同俱乐部的球员卡片,搞上四整套就一定能换一个新球,说不定还可以剩下些钱。大家都赞赏贝利的这个好主意。

有个孩子问:"那么球衣怎么办?"

伙伴们商谈了一下,结论是一种办法筹钱不够,要同时使用几种办法。

一个孩子说:"我有办法了。我家的木柴是星期五送来的,每个星期五放学后我就要回家堆柴。要是星期五我不回家,你们又刚好走过我家,肯自动去帮忙,像我们帮贝利的忙一样,那我妈一定会给你们一点东西。给的不一定多,但总会有。如果木柴到我们每人的家的时候,我们故意溜掉……"

贝利马上说:"我不干!"他认为这个计策太容易看穿,妈妈绝不会上当。

"好吧,你可以除外,因为卡片的主意是你想出来的。"

伙伴们进行了民主讨论,大家都同意了。然后再谈下去。

另一个孩子说:"我们可以到市中心去拾香烟头,取出烟丝来再卷成香烟,一根根地卖。"贝利和伙伴们认为这也是个好主意。香烟一根根零卖是常有的事,普通零卖的烟也是从整包拆开来的。他们可以卖得便宜些,一定卖得掉。建议一致通过,俱乐部成员继续讨论。

"收集些废铜烂铁、空瓶破罐卖给收购废品的人怎么样?他总是有兴趣买的。"

大家也同意了,除此之外,他们想不出别的主意了。可是他们觉得这些

办法已够忙一阵了,于是分头去执行任务。

"9·7"队终于成立了。球衣球裤都齐备了,就是缺球鞋。因此他们替自己封了个绰号,叫作"赤脚大队",贝利和小伙伴们很为队名取得贴切而自鸣得意。可后来在全城四处联系约人比赛的时候才发现,几乎每个穷人区都有一个球队有同样的外号。

"9·7"俱乐部终于配齐了两大套足球卡片,换来了一个足球。这个球并不合乎正式规格。但会员们不介意。这个球没有打气孔。充气的时候把内胆取出来,打足气,然后用橡皮筋把管子扎紧,塞回球壳,可是它会弹会跳,比起用碎布扎成的"球"可强多了。而且这个球又是大家自己换来的,贝利是球的保管人,球就放在他家。因为由贝利负责这个球,他无形中就成了队长。

"9·7"俱乐部人很多,远不止球队标准的11人。和外队比赛,人选问题老是引起很大的争辩。自己练球时,都足够分成两队比赛。和后来成名时一样,当时贝利踢的位置是中锋,但有时也踢后卫。如果他们的对手特强,有时贝利还打守门员的位置。

但不管对手有多强,"9·7"俱乐部的赤脚大队从来没有输过一场比赛。

随着年龄的增长,爸爸堂丁奥对贝利的影响也越来越大。小的时候,爸爸很放心地把贝利交给妈妈全权管教。等到他大些时,他就开始在儿子身上多花时间了。除了在诊所继续上班之外,他爸爸还一直为包鲁体育俱乐部踢球。他虽然空暇不多,还是抽空和贝利练球,要小贝利练好技术。

他有时间还把儿子带到街口附近一座弃置不用的西北俱乐部的旧球场,要贝利练带球和射门,他站在那里当守门员。球门柱虽已不在,父子俩就假想个球门在那儿。开始,贝利很难得才射进一球。爸爸好像本能地懂得该到哪个地方拦球似的。

爸爸经常摇摇头说:

"你只会右脚射门,要把球弄到右脚射门的位置,不仅耽误了时间,而且破坏了节奏,对手却得到了时间把你脚下的球抢走,因为你失去了平衡。守

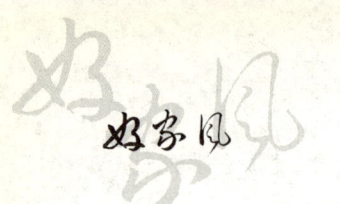

门员也有充裕的时间站好位置拦截你射来的球。地科*，看我的。"他就自己示范，说明两脚都能控球。

"就这样。要成为一个像样的球员，就得两脚一样灵活。不能停下来思考，必须成为一种无意识的行为……"

有时，爸爸这样对儿子讲："一下子你可能记不得那么多。先不要管你的脚。来顶顶头球。要记住，要用前额中心去顶，眼睛要睁开，嘴巴要闭上。上身后倾，然后向前顶球。仰得越后，顶起来就越有力，球就去得越远，千万不要眨眼！对，眼睛要睁开，嘴巴要闭上，用额中顶。对了！"

爸爸把球抛过来，儿子顶回去。爸爸慢慢后退，儿子就非得越顶越用力不可。爸爸又把球越抛越高，逼着儿子跳起来把球顶回给他。

"好了，再来练脚吧。左，右。要像我这样。对，这就比较对啦，再来一次。"

爸爸一次又一次地纠正贝利：

"要想踢出低球，就得弯膝，让膝盖正好在球的上方，然后用脚背踢球。记住，膝盖正在球的上方，用脚背踢。另一只脚要对着目标，试试看。"

贝利就踢了又踢。

"传球要用脚内侧踢。有时可以假装用内侧传球，让对方上当，然后用外侧前端把球传给另一边的队友，像这样。你试试看，再来一次。"

爸爸很有耐心地一遍又一遍地教贝利，纠正他。父子俩回家时满身大汗，又累又高兴，妈妈这下大兴问罪之师：

"堂丁奥，你干的好事！这是你的老大！以后他要当个饿得半死不活的足球员，不肯去学医、学法律，一点出息也没有，到时候你可别怪我！"

爸爸只好抱住妈妈笑笑，"别担心。如果他连左脚踢球都学不会，就根本成不了足球员，也就用不着你担心了！"

除了练足球外，当时在巴西内地的城镇儿童当中，甚至在成年人当中，玩

---

*地科：贝利的爱称。

扣子足球游戏也很盛行。找个桌面就成了球场，每方有11颗扣子，随便怎么摆。布阵就可以表现出一个比赛者的策略。一个接近四方形的小东西可以当作球，比如说一块方糖，一小块木头，有时甚至可以找来一颗方形钮扣。两个比赛者轮流用扣子打"球"，目的是把"球"打进对方所设的门里去。

贝利经常和弟弟左卡玩扣子足球游戏，一玩就是几个钟头。有时是因为外面下雨出不去，有时是在晚上临睡前。

有一天贝利和左卡在玩扣子足球，爸爸突然走了进来，一只手还拿着他不常穿的那条长裤。他从桌上捡起一颗扣子，和裤子上掉了扣子的地方比一比，然后转过头来瞪着小哥俩不作声。

左卡冲口而出："地科弄的！"

贝利并不知道那条裤子缺了扣子！可是已来不及想了。爸爸伸出手来要抓贝利。刹那间，他已越过桌子，飞到了屋外。好在后院的篱笆有些窟窿，贝利个子小，一下就钻出去了，爸爸却不能。最后贝利回到家时，爸爸已发现小哥俩玩的那颗扣子不是他裤子上的，才算饶了贝利。

在贝利贫困的童年时代，有一条叫雷士的小狗是他一个人独自享有的宝贝，它是邻居搬家时，送给贝利的。每次弟弟左卡要逗它，贝利就会感到一阵莫名其妙的忌妒。因为那条狗是他的！雷士似乎也明白这一点，而且对贝利报以赤诚，无论贝利到什么地方，它都紧紧跟着。贝利上学，它就守在校门外，贝利和小伙伴去打猎，它最爱在矮树丛中跑。它还是只最好的猎狗，把他们打下的鸟小心翼翼地衔回来，连皮毛也不会咬破。贝利他们去捉鱼，它就站在岸边喘气，又想参加凑热闹，但又不喜欢下水。

雷士最出色的是在贝利和伙伴们踢足球的时候。如果他们想放一些树枝在地上当球门，只要贝利指向那里叫声"挖！"雷士就会奔向那里拼命地挖，好像全世界的骨头都藏在下面似的。他们上场比赛的时候，它的那种机灵真是令人难以置信。它似乎懂得球场上孩子们跑来跑去，狗是不应该跑进去的。它会乖乖地坐在球门后边，等到球赛的半场结束，它会慢步跑到场边，坐在主人身旁，睁大眼睛望着他，半歪着头，就像是等主人对它讲话似的。它是

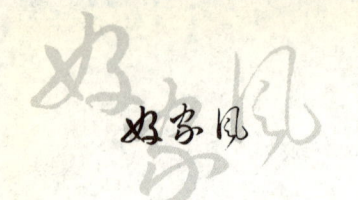

贝利的一个很理想的伙伴。

小狗雷士伴随着贝利度过困难的童年。多年后，贝利去桑托斯球队的时候，没法带它同去，只好把它留下。后来贝利第一次回家，家里人告诉他，在他走了以后没多久，雷士就失踪了。好久以后，贝利还觉得心里很难受，不知道有没有人喂小狗东西，它是不是在什么地方受到了伤害。

有一天，"9·7"队换了一个名字，叫作"阿美利钦阿"队。这是怎么回事呢？原来，包鲁的市长尼科拉·阿瓦龙尼先生决定举行一次全市区际少年足球锦标赛。可有一个条件：参加比赛的足球队必须要有像样的制服，包括正式的足球鞋。这么一来贝利和伙伴们就没法报名了。市里大多数赤脚大队也和他们一样，望门兴叹。赤脚大队的家长们都太穷，连饭都吃不饱，哪有钱给孩子们买足球鞋呢。

贝利他们挖空了心思，想办法找球鞋，可是一个主意也没有。其实全队只要凑齐11双球鞋就行了，替补队员是不必穿鞋子的。换人的时候，只要脱下鞋子交给上场的人穿就行了。在巴西有句俗话："穷人的脚是没有号码的。"有啥穿啥。小家伙们正想放弃报名机会的时候，突然来了个推销员，名叫塞莱特。他认得贝利家，也认得"9·7"队里其他一些球员的家。他给孩子们出了个主意：

"我给你们找球鞋，但你们要把我当作教练员。你们要好好练，还要服从我的命令。你们要有纪律性，像个正式的俱乐部。如果都听我的话，你们就可以在这个锦标赛里夺得冠军。"

孩子们说："太好啦！但你从哪里搞来球鞋呢？"

"这个我来管。"

有个大人帮他们的忙，贝利和伙伴们就感到好多了。贝利最初是准备请爸爸做队里的教练员，但他一来没空，二来也没办法弄那么多球鞋来。

塞莱特当教练真有两下子。他主动帮"9·7"队有个很大的原因：他有3个儿子在这个队里，塞罗伯托、塞马利亚和塞路易士。塞莱特又说："我们队名也要改一改。"

"为什么?"孩子们问。

"因为全市都知道你们这'9·7'队是个赤脚大队。现在你们穿上球鞋,自然也要改个队名了。我们把自己叫作'阿美利钦阿'队吧。"

葡萄牙文的"阿美利钦阿"就是"小亚美利加"的意思。塞莱特当然可以随他的意取名。孩子们只要有了球鞋,能参加比赛,队名就无所谓了。新教练的诺言果然实现了。塞莱特的职业是推销员,很有口才,他去西北俱乐部找到董事们商谈,大概说了一个连石头都会落泪的故事,结果捧回了那个俱乐部所有的破旧球鞋,很多俱乐部都把这样的球鞋收藏起来,大概是因为他们对球鞋的历史有感情吧。他带回来一大堆球鞋,堆在地上,笑了起来。"鞋子都来了,大家挑吧!"

接着就是一场热闹。每个人脱鞋、穿鞋、换鞋,忙个不停。大家都想要稍微新一点的,尺寸大小就不拘了。很奇怪的是,许多鞋子居然是太小,而不是太大。光着脚板走路的时间久了,脚似乎就会长得大些,身体的其他部分营养不良会发育得小些,唯独两只脚不是如此。从此贝利和伙伴们总算凑凑合合穿上鞋了,可以披甲上阵了。

塞莱特说的每句话都是算数的,一上场练球,他就把孩子们练得很苦,就是对自己的儿子也丝毫不通融。孩子们刚开始穿球鞋,还不习惯,在草地上踢球也不习惯,都得慢慢适应。草地球场也是塞莱特替孩子们找的。在西北俱乐部的老球场上,吸进的尘土和空气一样多。尘土飞扬的时候,队员们几乎看不到对手在哪里。因为不习惯穿球鞋,他们不断换鞋,想换到一双穿得舒服的球鞋。但最后大家终于习惯了,不再老是注意脚的感觉而集中全力去踢球了。

那次锦标赛,贝利和伙伴们自始至终都有信心会打赢。因为他们对其他的球队都很熟悉。在他们还是赤脚大队的时候,已经和那些队比赛过不少次了。贝利他们的优势在于这一队的历史比其他队都长。一起合作久了,队友们每个人会什么招数,不会什么招数,贝利这个队长心里都有底,贝利的行动,伙伴们也能预先料到。

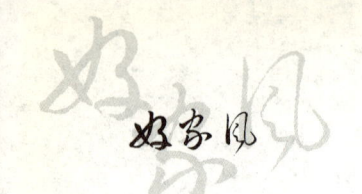

一开始贝利就和队友们配合得很好。从前贝利在街上踢球，到处都是坑坑洼洼的，或者是在高低不平的草地、球场上练球，光着脚丫，踢的是那种用袜子塞了破布做成的球；现在突然有了真正的草地球场，有了正规的装备，这都是他梦寐以求的。前后对比，真有天地之别。于是，他的球艺大有进展。

当时贝利才12岁，个子是全队最小的，可是每场比赛他的踢法都博得了观众的喝彩。原因很明显，贝利的打法在他这个年纪太少见、太难能可贵了。

比赛的观众很多，包鲁的市长尼科拉·阿瓦龙尼是这次锦标赛的主办者，也是当地报纸《包鲁日报》的发行人，所以报上登的消息非常多。报上的宣传，加上人们关于贝利球技的传说，好多人都跑来看他们队的比赛。

只要当天没有比赛，贝利和队友们就不停地苦练，不论他们还有多少别的事。放学后，干完擦皮鞋或者其他的活，队员们马上聚在一起练球。塞莱特规定了训练的内容：盘球、截球、控球、顶头球、踢罚球，又在球场上每一个位置练踢任意球，练完左脚练右脚，练完一小时又一小时。或者踢一场练习赛，一直踢到黄昏，直到天黑没法再踢下去为止。

锦标赛决赛那天，贝利有生以来第一次在足球场上感到有点紧张，因为赢的一队将会获得尼科拉·阿瓦龙尼胜利杯。决赛是在包鲁体育俱乐部运动场举行的，可以容纳近5000名观众，当时已经爆满！

上场时，贝利的心跳得很厉害，他觉得自己和队友们都太小了，他才12岁。队里年纪最大的是塞罗伯托，也只有14岁。那么多人在看，他们该怎么办？像包鲁那样的成人队比赛有时还没有这么多观众，西北队也一样。而贝利他们只是一群毛孩子，却有大量球迷把他们当作成人，在那里又喊又叫。这是一种很奇异的感觉……

球赛一开始，紧张就突然消失了。贝利感到这不过是在踢球而已，和别的比赛并没有多大区别。他很快就把观众忘掉了，他只记得：这场球一定要打赢。甚至连爸爸也在看自己踢球这一点贝利也不大放在心上。最要紧的是把球踢进球门，不要让对方的守门员把球救走！

贝利和伙伴们赢了！他们不仅赢了，而且取得了压倒对方的比分优势。贝利是这场比赛中进球最多的一个！阿美利钦阿队成为冠军了！这是贝利的球队赢得的第一个奖杯，主办人尼科拉市长把奖杯颁发给贝利和队友们。贝利捧着奖杯，绕场一圈。贝利在电视上见过冠军队员把奖杯举得高高的，现在他也依样画葫芦，把奖杯高举过头顶。看台上的观众站起来欢呼，有人还沿用旧俗，从最靠近球场的席位上扔钱下来。那个光彩的日子有两件事是贝利特别记得清楚的。一件是观众叫他的名字："贝利！贝利！"他们的叫声越来越响，那时他不但不讨厌这个名字，反而开始有点喜欢它了。另一件是爸爸在赛后把他紧紧抱住，说道：

"地科，你踢得漂亮。我自己上场也不会踢得比你好！"

回到家，爸爸自豪地宣布胜利的消息，妈妈第一次为了足球的事露出笑容。她紧紧地抱住贝利，向儿子表示祝贺，尽管她并没有去球场看贝利比赛。